中华经典诗文之美

徐中玉——主编

诗文评品

陈引驰 韩可胜——编著

上海人民出版社

出版说明

习近平总书记指出，中华文化积淀着中华民族最深沉的精神追求，代表着中华民族独特的精神标识；传承中华文化，要"以古人之规矩，开自己之生面"，重点做好创造性转化和创新性发展。为坚定文化自信，传承中华文脉，汲取古圣先贤的不朽智慧，激活民族文化的蓬勃生命力，上海人民出版社推出"中华经典诗文之美"系列丛书，以期通过出版工程的创造性转化，实现中华优秀传统文化的薪火相传、推陈出新。

丛书由著名学者、语文教育家徐中玉先生领衔主编，共13册，包括《诗经与楚辞》(陶型传编著)，《先秦两汉散文》(刘永翔、吕咏梅编著)，《汉魏六朝诗文赋》(程怡编著)，《唐宋诗》(徐中玉编著)，《唐宋词》(高建中编著)，《唐宋散文》(侯毓信编著)，《元散曲》(谭帆、邵明珍编著)，《元明清诗文》(朱惠国编著)，《近代诗文》(黄明、黄珅编著)，《古代短篇小说》(陈大康编著)，《笔记小品》(胡晓明、张炼红编著)，《诗文评品》(陈引驰、韩可胜编著)和《神话与故事》(陈勤建、常峻、黄景春编著)。所选篇目兼顾经典性与人文性，注重时代性与现实性，综合思想性与艺术性，引导读者从原典入手，使其在立身处世、修身养性、伦理亲情、民生疾苦、治国安邦等世界观、人生观、价值观方面有所思考和获益。

丛书设置"作者介绍"、"注释"、"说明"、"集评"栏目。"作者介绍"简要介绍作者生平及其著述,并大致勾勒其人生轨迹。"注释"解析疑难,解释重难点字词及部分读音,同时择要阐明历史典故、地理沿革、职官制度等知识背景,力求精当、准确、规范、晓畅。"说明"点明写作背景,阐释文章主题,赏析文章审美特色。"集评"一栏列选历代名家评点,以帮助读者更好理解和鉴赏。

丛书选录篇目出处,或于末尾注明所依底本,或于前言中由编选者作统一说明。选文所依底本均为慎重比照各版本后择优确定。原文中的古今字、通假字予以保留,不作改动;异体字在转换为简体字时,则依照现行国家标准予以调整。

丛书所选篇目的编次依据,或以文体之别,或以题材之异,或依作者朝代生平之先后,或依成书先后。成书年代或作者生平有异议者,则暂取一说。

"凡作传世之文者,必先有可以传世之心。"中华文明生生不息至今,是一代又一代仁人志士艰苦拼搏的成果;中华文明未来的繁荣兴盛,需要全体中华儿女的担当。"中华经典诗文之美"系列丛书的出版,将引导读者在对跨越时空、超越国度、富有永恒魅力、具有当代价值的传世诗文的百读不厌、常读常新中,树立民族自信心与自豪感,培养起守护、传承与弘扬中华优秀传统文化的传世之心,在实现"两个一百年"奋斗目标和中华民族伟大复兴中国梦的道路上,凝聚起全民的文化力量,和这个时代一同前行。

上海人民出版社
2017 年 6 月

导读

　　中国的文学源远流长，而有关文学的反省、品鉴、批评的文字同样可以推溯到很久以前。虽然，人们论定的"文学的自觉"的时代在汉魏之际，但是谁也无法否认《诗经》、《论语》、《庄子》、《毛诗序》等周、秦、两汉的古典中包含着中国古代最重要的文学观念。文学创作与理论批评的文字几乎从一开始就是并驾齐驱，互相关联、互相促进着向前发展的。

　　最初的文学批评，原不是那么纯粹、专门的，只是只言片语，如所谓"诗言志"、所谓"兴观群怨"；或者是一个生动的比喻，如"得鱼忘筌"，一个奇巧的寓言，如"轮扁斫轮"。从它们里边引申衍发的精义，奠定了中国艺术思想的基石，终焉蔚为大国。人们渐渐开始谈到文人，谈到具有文学质素的典籍。司马迁从自身的经验体察古往今来文士发愤创作的心理动机和情感需要（《史记·太史公自序》）；围绕着《诗经》、《楚辞》产生了系统的诗学思想（《诗大序》及汉人有关屈原作品的争议）。文学的自觉在文体意识的轨道上引人注目地展示（《典论·论文》、《文赋》、《文章流别论》）；文学发达的重要因素如情感（《兰亭集序》）、声律（《宋书·谢灵运传论》），在文学中也都有体现。终于出现"体大而虑周"的《文心雕龙》和"思深而意远"的《诗品》：前此的文学原理（《文心雕龙》之推究文"道"、包揽文体、贯通创作"神思"直至品鉴"知音"）和历史（《诗品》之梳理诗史脉络渊源、评定诗人高下）都得到了很好的总结。此后的每一次文学思潮的风云消长，每一种文学体式的成熟繁荣，如影之于形，或在前，或在后，在前是鼓吹预告，在后是概括定型，都可以看到文学品评的文字成果。如《修竹篇序》、如《童心说》、如黄庭坚之论诗"点铁成金"、如金圣叹之评点章回小说，都是文学史上不可不提的，而不仅仅是文学理论批评史上有地位而已。从最有限的意义上来说，历史上谈文论艺的篇什，至少可以帮助人们更好更深地理解文学史发展的曲折、文学作品为人传赏的奥秘。

况且，这些文字远不仅是干涩的理论而已。中外文学批评中的许多精品原就是艺术的瑰宝。西方文评中有所谓诗人——批评家的传统，在中国古代也自有这样的圣手在：曹植、沈约、陈子昂、杜甫、韩愈、白居易、苏轼、黄庭坚、李梦阳、汤显祖、袁宏道、王士禛等等，都堪称一时文坛的翘楚，领引风气的人物。他们的手笔多有着长久的魅力，如《兰亭集序》、《送孟东野序》甚至选入了《古文观止》，为万千学子熟读成诵。就文学论评的形式而言，它们中的不少名作更是一时文学体裁的运用：陆机的《文赋》就其"翰藻"之佳妙，入选《昭明文选》而无愧；刘勰文字传世殊少，但《文心雕龙》全书以骈文写就，足显其能文之才华。至于杜甫《戏为六绝句》肇其端始，后来如苏轼、元好问、王士禛（《戏仿元遗山论诗绝句三十二首》）、赵翼等等操笔题咏，论诗诗在文学史上成为势力不小的一股潮流，比较西方古罗马贺拉斯《诗艺》、法国布瓦罗《诗的艺术》、英国蒲柏《批评论》的诗体论文学的传统，真可说是中西辉映。

本书选录先秦至近代论诗谈文的篇章，所取都是在文学史、文学理论批评史上有重要价值的作品，兼顾其学术意义和美学成绩，力图呈现出中国古代诗文评的传统从涓涓细流到近代新文学诞生前夜的大致流程和风貌。这方面的宝贵遗产俯拾皆是，本书限于主客观原因，真正是挂一漏万。比如诗话、词话类作品珠玉满眼，但这里无法穷其枝叶，只能割爱了。书中金元明清部分由韩可胜负责撰写，先秦汉魏六朝唐宋及近代林纾以下部分并全稿通读，由我负责。疏漏之处，必不能免，祈读者指教。

陈引驰

目录

庄　子

《庄子》为道家的重要经典，《汉书·艺文志》著录五十二篇，现存三十三篇，分内、外、杂三部分，包括了庄子及后代道家的著作。庄子，名周，宋国蒙人，曾为漆园吏，拒绝过楚王的礼聘。庄子的思想以"自然"为核心，绝弃尘俗拘束，变化万端。

庄子·天道（选录）

世之所贵道者[1]，书也，书不过语[2]，语有贵也。语之所贵者，意也[3]，意有所随[4]。意之所随者，不可以言传也[5]，而世因贵言传书[6]。世虽贵之，我犹不足贵也[7]，为其贵非其贵也。[8]故视而可见者，形与色也；听而可闻者，名与声也。悲夫！世人以形色名声为足以得彼之情[9]。夫形色名声果不足以得彼之情，则知者不言，言者不知[10]，而世岂识之哉？

桓公[11]读书于堂上。轮扁[12]斫轮于堂下，释椎凿[13]而上，问桓公曰："敢

---

[1]　此句历来释为：世人所贵重于言说的，据敦煌写本斯一六〇三号，无"道"字，似更直捷通畅。
[2]　书不过语：书上者，只不过是语言。
[3]　至此，提出了书即文字、语言、意旨的连续性关系。
[4]　随：谓追随、指向。
[5]　意之所随者：即"道"；在庄学的观念中，"道"是超脱形名的，《老子》也有"道可道，非常道"的说法。
[6]　此言世人因贵重语言而传诵书籍。
[7]　此言世人虽看重书籍，我却以为不足珍视它。
[8]　此言世人所珍重的不是可珍重者。
[9]　情：实，指超越形色名声的道的本然。
[10]　知者不言，言者不知：出自《老子》五十六章。
[11]　桓公：齐桓公。
[12]　轮扁：造车轮的匠人，名扁。
[13]　椎凿：这些都是造车轮的工具。

问公之所读者何言邪？"公曰："圣人之言也。"曰："圣人在乎？"公曰："已死矣。"曰："然则君之所读者，古人之糟魄已夫！"桓公曰："寡人读书，轮人安得议乎？有说则可，无说则死！"轮扁曰："臣也，以臣之事观之[1]：斫轮，徐则甘而不固[2]，疾则苦而不入[3]。不徐不疾，得之于手而应于心，口不能言，有数[4]存焉于其间。臣不能以喻臣之子，臣之子亦不能受之于臣，是以行年七十而老斫轮。古之人与其不可传也死矣，然则君之所读者，古人之糟魄已夫！"

说明

《庄子》书中的深妙义理既诉诸语言，更善于借寓言形容，此处所选《天道》一节正是名言与故事结合的好例。它的中心观点是言意之间的乖离；《周易·系辞传》也有"书不尽言，言不尽意"的说法，其"书"、"言"、"意"的连续性关系与《庄子》"书"、"语"、"意"正相契合。"言"、"意"关系论既是语言符号论的关键论题，在文学创作及理论中也是一个源远流长的话头，后代陆机《文赋》、刘勰《文心雕龙》都曾涉及。《庄子》此处深刻地揭示了言、意的矛盾关系，是说"不可言诠"；《外物》篇言及"得意忘言"，则是"可以意会"。两相结合，是庄学对古典言意学说的奠基。正是既有"言不尽意"、"意"在"言"外的困境，后代的诗人才努力试图以有限的言辞来传达丰富的意旨，"言有尽而意无穷"，造成"象外之象"、"韵外之致"。

---

[1] 臣之事：即斫轮的工作。

[2] 徐：缓。甘：松滑。

[3] 苦：滞涩。

[4] 数：术。

毛诗序

《诗经》的传授，在汉时有申公所传《鲁诗》、辕固生所传《齐诗》、韩婴所传《韩诗》三家今文诗，以及毛亨、毛苌所传古文《毛诗》；三家诗立于学官，《毛诗》未得立；魏晋后今文三家诗失传，《毛诗》独盛。《毛诗序》列于各诗之前，释各篇题意；首篇《关雎》下则释篇意外，有通论《诗》义的文字，是称《诗大序》，其作者有子夏、毛公、卫宏诸说，未有定论。

毛诗序

《关雎》[1]，后妃之德也[2]，风之始也[3]，所以风[4]天下而正夫妇也。故用之乡人焉，用之邦国焉[5]。风，风也，教也；风以动之，教以化之。

诗者，志之所之也[6]，在心为志，发言为诗。情动于中而形[7]于言，言之不足故嗟叹之，嗟叹之不足故永歌之，[8]永歌之不足，不知手之舞之，足之蹈之也。

情发于声，声成文谓之音。[9]治世之音安以乐，其政和；乱世之音怨

---

[1] 《关雎》：《诗经》首篇的篇名，亦即《国风·周南》首篇。

[2] 后妃：天子妻子，此谓周文王妃太姒。唐代孔颖达《毛诗正义》释"后妃之德"道："言后妃性行和谐，贞专化下，寤寐求贤，供奉职事。"

[3] 风：指《诗经》的《国风》部分；此句言《关雎》为"国风"之首篇。

[4] 风：教化。

[5] 此两句，孔颖达《毛诗正义》释道："令卿大夫以之教其民也"，"令天下诸侯以之教其臣也。"以上释《关雎》，以下通论《诗三百》义，谓《诗大序》。

[6] 此言诗是内心志意所生发出来的。

[7] 形：表露。

[8] 永：长。

[9] 文：次序、节奏；声音和协构成音乐。

以怒，其政乖[1]；亡国之音哀以思，[2] 其民困。故正得失，动天地，感鬼神，莫近于诗[3]。先王以是经夫妇[4]，成孝敬，厚人伦，美教化，移风俗。

故诗有六义焉：一曰风，二曰赋，三曰比，四曰兴，五曰雅，六曰颂[5]。上以风化下，下以风刺上，主文而谲谏[6]，言之者无罪，闻之者足以戒，故曰风。至于王道衰，礼义废，政教失，国异政，家殊俗，而变风、变雅[7]作矣。国史[8]明乎得失之迹，伤人伦之废，哀刑政之苛，吟咏情性，以风其上，达于事变而怀其旧俗者也。故变风发乎情，止乎礼义。发乎情，民之性也；止乎礼义，先王之泽也。是以一国之事，系一人之本，谓之风；言天下之事，形四方之风，谓之雅。[9]雅者，正也，言王政之所由废兴也。政有小大，故有小雅焉，有大雅焉。颂者，美盛德之形容，以其成功告于神明者也。是谓四始[10]，诗之至也。

然则《关雎》《麟趾》之化[11]，王者之风，故系之周公。南，言化自北

---

[1] 乖：乖戾，失当。
[2] 哀以思：哀伤而忧思。
[3] 莫近于诗：莫过于诗。
[4] 经：常；即端正意。
[5] 风、雅、颂、赋、比、兴，是为诗之“六义”；在今天的眼光看来，前三者是《诗》之体制，而后三者是《诗》之表现方法；赋、比、兴是风、雅、颂所兼备的，所以风下先列出三者，雅、颂下则省略了。《诗大序》下文对风、雅、颂别作诠说，倾向其政教内涵；而赋、比、兴则缺而不论，照朱熹《诗集传》的说法较为简明，分别是：“赋者，敷陈其事而直言之者也”、“比者，以彼物比此物也”、“兴者，先咏他物以引起所咏物也。”
[6] 谲谏：以隐约言辞劝谏而不直言。
[7] 变风、变雅：指风、雅中写及政教败坏的诗作，旧以国风中“邶风”以下为变风，大雅中《民劳》以下及小雅中《六月》以下为变雅。
[8] 国史：史官。
[9] 此释风、雅之区别：一诸侯国事由作诗者之心声表达，此谓风；言整个王朝政事，表达四方风俗，此谓雅。
[10] 四始：孔颖达《毛诗正义》引郑玄的意见，指风、大雅、小雅、颂。司马迁《史记·孔子世家》据《鲁诗》称《关雎》为风始，《鹿鸣》为小雅始，《文王》为大雅始，《清庙》为颂始；《关雎序》始即称《关雎》“风之始也”，与此说同。
[11] 《关雎》《麟趾》是《诗·国风·周南》之首尾二篇。

而南也。《鹊巢》《驺虞》¹之德，诸侯之风也，先王之所以教，故系之召公。《周南》《召南》²，正始之道，王化之基。³是以《关雎》乐得淑女，以配君子，忧在进贤，不淫其色；哀窈窕，⁴思贤才，而无伤善之心焉。是《关雎》之义也。

说明

　　《诗大序》是儒家诗学第一篇纲领性的系统论述，它所涉及的诗学命题既是前此各观念的综合，更是此后主流诗学的源头。

　　就前一方面而言，《诗大序》"诗者，志之所之也，在心为志，发言为诗"，实际是《尚书·尧典》"诗言志"的发展；"情动于中而形于言"的说法，在《乐记·乐本》中亦可见到："情动于中，故形于声，声成文谓之音。"《诗大序》将"志"与"情"结合起来，就较周全地指出了诗之根本特质。《诗大序》讲"风化"，即诗之感染教化作用，这点孔子"移风易俗莫善于乐"、孟子"仁言不如仁声之入人也深"、《乐记》"其感人深，其移风易俗"等，也曾涉及。

　　就后者而言，《诗大序》作为儒家诗学的核心文献，对诗与礼义、政教的关系问题的论说定下了此后主流观点的基调。"发乎情，止乎礼义"可称千年来口熟能详的了；"主文而谲谏，言之者无罪，闻之者足以戒"则表露出儒家理想中文化工具与政治权势间的微妙关联。"正变"说在传统的诗史观上有着深远的影响，便从现代眼光来看，"治世之音安以乐"、

---

[1]　《鹊巢》《驺虞》是《诗·国风·召南》之首尾两篇。
[2]　《周南》《召南》是《诗经》十五国风之首二国风。
[3]　此言《周南》《召南》是"正其初始之大道，王业风化之基本"（《毛诗正义》）。
[4]　窈窕：美好意。哀：爱。（参钱锺书《管锥编》）

"乱世之音怨以怒"、"亡国之音哀以思"的说法，含有对文学与时代关系的正确认识，也是值得肯定的。

最后，上边引及的那些语句一再为后人传述，也证明了《诗大序》的经典性，因为经典必然是始终活在思想流程之中的。

王　逸

王逸，字叔师，南郡宜城人，生卒年不详。东汉安帝时曾为校书郎，顺帝时官至侍中。《楚辞章句》为其重要传世著作，另作诗文，明人辑为《王叔师集》。

楚辞章句序

昔者孔子睿圣明哲，天生不群，[1] 定经术，删《诗》《书》，正《礼》《乐》，制作《春秋》，以为后王法。门人三千，罔不昭达。[2] 临终之日，则大义乖而微言绝。[3]

其后周室衰微，战国并争，道德陵迟，[4] 谲诈萌生，于是杨、墨、邹、孟、孙、韩之徒，[5] 各以所知著造传记，或以述古，或以明世。而屈原履忠被谮，[6] 忧悲愁思，独依诗人之义，而作《离骚》，[7] 上以讽谏，下以自慰。遭时暗乱，不见省纳，[8] 不胜愤懑，遂复作《九歌》以下凡二十五篇。[9] 楚人高其行义，[10] 玮其文采，[11] 以相教传。

---

[1] 睿：明；不群：出众不凡。
[2] 罔：无；昭达：明白通晓。
[3] 此语出自刘歆《移让太常博士书》："及夫子没而微言绝，七十子终而大义乖。"乖：乖离、违异。
[4] 陵迟：衰颓。
[5] 杨、墨、邹、孟、孙、韩：杨朱、墨翟、邹衍、孟轲、荀况、韩非。
[6] 谮：诬陷。
[7] 诗人：《诗三百》之作者。此语出自司马迁《史记·屈原贾生列传》："《国风》好色而不淫，《小雅》怨诽而不乱，若《离骚》者，可谓兼之矣。"
[8] 省：省察。纳：采纳谏言。
[9] 班固《汉书·艺文志》著录屈原赋二十五篇。
[10] 高：推重。
[11] 玮：珍视。

至于孝武帝，恢廓道训，使淮南王安作《离骚经章句》[1]，则大义粲然。[2]后世雄俊，莫不瞻慕，舒肆妙虑[3]，缵述其词。[4]逮至刘向典校经书，分为十六卷。[5]孝章即位，深弘道艺，而班固、贾逵[6]复以所见改易前疑，各作《离骚经章句》。其余十五卷，阙而不说。[7]又以壮为状[8]，义多乖异，事不要括。[9]今臣复以所识所知，稽之旧章，合之经传，作十六卷章句[10]。虽未能究其微妙，然大指之趣略可见矣。[11]

且人臣之义，以忠正为高，以伏节为贤。[12]故有危言以存国，杀身以成仁。是以伍子胥不恨于浮江，[13]比干不悔于剖心，[14]然后忠立而行成，荣显而名著。若夫怀道以迷国[15]，详愚而不言，[16]颠则不能扶，危则不能安，[17]婉娩以顺上，[18]逡巡以避患，[19]虽保黄耇，[20]终寿百年，盖志士之所耻，愚夫之所贱也。

---

[1] 据《汉书·淮南王安传》，汉武帝命刘安作《离骚传》，即此《离骚经章句》。

[2] 粲：鲜明，明了。

[3] 舒肆：抒发。

[4] 缵：继；谓继续《离骚》之创制。

[5] 刘向辑录《楚辞》为十六卷。

[6] 贾逵：东汉经学家。

[7] 阙：缺。

[8] 此谓文字差讹，"壮"误为"状"等。

[9] 要括：简括。

[10] 王逸《楚辞章句》以刘向本为底本，作了十六卷章句，他所增加的第十七卷的注文出于后人之手。

[11] 趣：趋向，意向。

[12] 伏节：坚执节操。

[13] 伍子胥：原为楚人，投吴后伐其祖国，最终因数谏吴王夫差，被赐死投尸江中。

[14] 比干：商贵族，强谏纣王，被剖心而死。

[15] 此语本《论语·阳货》："怀其宝而迷其邦，可谓仁乎？"

[16] 详：同"佯"，伪作意。

[17] 此语本《论语·季氏》："危而不持，颠而不扶，则将焉用彼相矣。"

[18] 婉娩：柔顺的样子。

[19] 逡巡：犹豫不前。

[20] 黄耇：高寿。

8

今若屈原，膺忠贞之质，[1] 体清洁之性，直若砥矢[2]，言若丹青，进不隐其谋，退不顾其命，此诚绝世之行，俊彦之英也。而班固谓之露才扬己，竞于群小之中，怨恨怀王，讥刺椒、兰，苟欲求进，强非其人，不见容纳，忿恚自沉，[3] 是亏其高明，而损其清洁者也。昔伯夷、叔齐让国守分，不食周粟，遂饿而死，[4] 岂可复谓有求于世而怨望哉？且诗人怨主刺上曰："呜呼小子，未知臧否。匪面命之，言提其耳。"[5] 风谏之语，于斯为切。然仲尼论之，以为大雅。[6] 引此比彼，屈原之词，优游婉顺，宁以其君不智之故，欲提携其耳乎？而论者以为露才扬己，怨刺其上，强非其人，殆失厥中矣。[7]

夫《离骚》之文，依托五经以立义焉。"帝高阳之苗裔"[8]，则"厥初生民，时惟姜嫄"[9]也。"纫秋兰以为佩"[10]，则"将翱将翔，佩玉琼琚"[11]也。

---

[1]　膺：怀。

[2]　此语出《诗·小雅·大东》："周道如砥，其直如矢。"砥为磨刀石，形容其平正；矢，箭矢，形容其直。

[3]　此数语出自班固《离骚序》；椒、兰：楚大夫子椒、司马子兰，与屈原不睦。

[4]　伯夷、叔齐事见《史记·伯夷列传》。让国守分：伯夷叔齐为孤竹君子，遗命立叔齐，二人出走以让国。不食周粟：二人曾劝阻武王伐纣，周灭殷后，耻食周粟而饿死在首阳山隐居处。

[5]　此诗为《诗·大雅·抑》，《毛诗序》谓其主旨是卫武公刺周厉王；"小子"谓周厉王，"臧"意为善。四句大意：唉呀小子，不知好坏，不仅面训，还得扯耳。"耳提面命"的成语就是出自此处。

[6]　旧说孔子删定"诗三百"，故说孔子编次此诗入"大雅"部分。

[7]　殆失厥中：恐怕有失中正。

[8]　此为《离骚》诗句，以下先举者皆是。帝高阳，即颛顼，据说是楚人之祖，屈原故此自称其后人。

[9]　此《诗·大雅·生民》句。姜嫄，后稷之母，是周人之先代。

[10]　纫：贯串起来。佩：佩带之饰物。

[11]　此《诗·郑风·有女同车》句。将翱将翔：且翱且翔。

"夕揽洲之宿莽"[1]，则《易》"潜龙勿用"[2]也。"驷玉虬而乘鹥"[3]，则"时乘六龙以御天"[4]也。"就重华而陈词"[5]，则《尚书》《咎繇》之谋谟[6]也。登昆仑而涉流沙[7]，则《禹贡》之敷土[8]也。故智弥盛者其言博，才益多者其识远。屈原之词，诚博远矣。自终没以来，名儒博达之士，著造词赋，莫不拟则其仪表[9]，祖式其模范，取其要妙，窃其华藻。所谓金相玉质，百世无匹，名垂罔极[10]，永不刊灭者矣。[11]

说明

屈原为代表的楚辞文学是与《诗经》为源始的中原诗学传统并进的一股潮流。汉代文学深受南方文化之影响，楚辞作品堪称汉赋之先导，而诗歌中楚风更是悠远不绝，鲁迅先生《汉文学史纲要》特列"汉宫之楚声"一篇，确有特识。

但在汉代，随着儒学思想的消长，对屈原的评价颇有分歧：刘安《离骚传》、司马迁《屈原传》推尊屈原其人其文，至谓"虽与日月争光可也"。东汉班固《离骚序》一方面承认"其文弘博丽雅，为辞赋宗，后

---

[1]　揽：采；宿莽：经冬不死的草。
[2]　此《周易·乾》初九爻辞。"九"为阳爻，"初"则处下，故称"潜龙"；"勿用"，不用于世意。
[3]　驷：四马之车；虬：无角之龙；鹥：五采凤鸟。
[4]　此为《周易·乾卦》象辞，六龙指六爻均为阳，御天即升天意。
[5]　重华：舜名。
[6]　咎繇：即皋陶；《尚书·皋陶谟》可见皋陶在帝舜前之陈谋。
[7]　此合《离骚》"邅吾道夫昆仑兮"及"忽吾行此流沙兮"二句而成。
[8]　敷土：治理水土。《尚书·禹贡》："禹敷土。"
[9]　拟则其仪表：仿效其形式。
[10]　罔极：无穷无尽，永远。
[11]　刊灭：磨灭。

世莫不斟酌其英华，则象其从容"，另一方面就屈原"露才扬己"的性行、"多称昆仑冥婚宓妃"的虚诞夸饰表示不满，以为："谓之兼《诗》风雅而与日月争光，过矣。"王逸的这篇《楚辞章句序》可说就是针对班固的驳议。其一，论定屈原"膺忠贞之质，体清洁之性"，至于其创作"上以讽谏，下以自慰"，《诗》人耳提面命之语，孔子尚列为"大雅"，则屈原更无从指责了；其二，屈原之文章实在是"依托五经以定义"的，虽然这样寻章摘句多少让人觉得勉强，不过说《离骚》契合经义对于反驳班固倒是合宜的论辩手段。

王逸在《楚辞章句序》中是就汉代屈原评论的大分歧发论，侧重于屈原其人其文的个性与儒学主流传统冲突抑或协调的问题；但他对楚辞文学的体会远不仅局限于此，《离骚经序》对其艺术表现方式的总结可能更具有长久的价值："《离骚》之文，依《诗》取兴，引类譬喻。故善鸟香草，以配忠贞；恶禽臭物，以比谗佞；灵修养人，以媲于君；宓妃佚女，以譬贤臣；虬龙鸾凤，以托君子；飘风云霓，以为小人。其辞温而雅，其义皎而朗。"

曹　丕

曹丕（187—226），字子恒，曹操次子，公元二二〇年代汉而立，建立魏。他好诗赋，著作颇多，为当时文士集团的领袖之一。《典论》是曹丕希望由它实现不朽的著作，精心结撰，抄写立碑，希冀流传，而今却只剩下《论文》、《自叙》两篇了。

典论·论文

文人相轻，[1]自古而然。[2]傅毅之于班固，[3]伯仲之间耳，而固小之[4]，与弟超书曰[5]："武仲以能属文为兰台令史[6]，下笔不能自休[7]。"夫人善于自见，[8]而文非一体，鲜能备善，[9]是以各以所长，相轻所短。里语曰："家有弊帚，享之千金。"[10]斯不自见之患也。

今之文人，鲁国孔融文举，[11]广陵陈琳孔璋，[12]山阳王粲仲宣，[13]北海徐

---

[1]　轻：轻视。
[2]　自古而然：自古就是如此的。
[3]　傅毅：字武仲，曾任兰台令史，与班固一同校理藏书。
[4]　伯仲：兄弟间长为伯，次为仲；小：轻略、藐视。
[5]　超：班固弟班超，曾出使西域多年，为西域都护，封定远侯。
[6]　兰台令史：兰台为汉宫中藏书处，置令史六人典校图书等。属：连缀。属文：作文。
[7]　休：止，此谓文章冗长。
[8]　自见：自见其长。
[9]　备善：兼擅各体文章。
[10]　此即敝帚自珍的意思。
[11]　孔融，字文举，为孔子后裔，善文章，后为曹操所杀。
[12]　陈琳，字孔璋，曾为袁绍草檄数曹操罪状，后归曹，多执笔书檄。
[13]　王粲：字仲宣，长于诗赋。

干伟长，[1] 陈留阮瑀元瑜，[2] 汝南应玚德琏，[3] 东平刘桢公干。[4] 斯七子者，[5] 于学无所遗，[6] 于辞无所假，[7] 咸以自骋骐骥于千里，仰齐足而并驰，[8] 以此相服，亦良难矣。[9] 盖君子审己以度人，故能免于斯累而作论文。[10]

王粲长于辞赋，徐干时有齐气，[11] 然粲之匹也。如粲之《初征》《登楼》《槐赋》《征思》，干之《玄猿》《漏卮》《圆扇》《橘赋》，[12] 虽张、蔡不过也。[13] 然于他文，未能称是。[14] 琳、瑀之章表书记，今之隽也。[15] 应玚和而不壮，刘桢壮而不密。[16] 孔融体气高妙，有过人者，然不能持论，理不胜辞，[17] 以至乎杂以嘲戏。[18] 及其所善，扬、班俦也。[19]

---

[1]　徐干，字伟长，长诗赋，有《中论》一书。

[2]　阮瑀，字元瑜，受业于蔡邕，长于书檄，其子阮籍为著名诗人。

[3]　应玚，字德琏，善诗文。

[4]　刘桢，字公干，长于诗，当时曾与曹植并称"曹刘"。

[5]　七子：这七人在文学史上称"建安七子"，除孔融外，都是曹氏邺下文人集团的主要人物；曹丕对孔融文才也深有赏会，曾经购求其遗篇。

[6]　遗：遗缺；即谓七子于学无所不窥。

[7]　假：因袭；即谓七子在文辞上不因袭前人，能自铸伟辞。

[8]　骐骥：千里马；下句谓七子才学并驾齐驱。

[9]　良：实在。谓要七子相服，实在不易。

[10]　君子：曹丕自称。此言自己能先度量自己而后评说他人，所以可免文人相轻之弊而评文论艺。

[11]　齐气，齐地风俗舒缓，此谓徐干文章风格。王充《论衡·率性》讲到过"齐舒缓"的风尚，班固《汉书·地理志》也曾谈到齐地歌诗的舒缓体格："齐诗曰：'子之营兮。遭我乎峱之间兮。'又曰：'俟我于著乎而。'此亦其舒缓之体也。吴札闻齐之歌曰：'泱泱乎大风也哉！'"

[12]　上举王粲、徐干诸赋，《初征》、《槐》、《圆扇》见《全后汉文》，《登楼赋》见《文选》，《征思》、《玄猿》、《漏卮》、《桔》等已佚。

[13]　张、蔡：张衡、蔡邕，东汉著名赋家。

[14]　言王粲、徐干作其他文体不及所作赋出色。

[15]　隽：俊，出众。

[16]　和而不壮：平和但不够雄壮。壮而不密：雄壮但不够细密。

[17]　理不胜辞：即辞藻为佳，但持理不够。

[18]　言孔融文章有庄谐并出的情况。

[19]　俦：同等。扬、班：扬雄、班固。

常人贵远贱近，向声背实¹，又患暗于自见，谓己为贤。

夫文本同而末异²，盖奏议宜雅，书论宜理，铭诔尚实，诗赋欲丽。³此四科不同，故能之者偏也；唯通才能备其体。

文以气为主⁴，气之清浊有体⁵，不可力强而致。⁶譬诸音乐，曲度虽均，节奏同检⁷，至于引气不齐⁸，巧拙有素，虽在父兄，不能以移子弟。⁹

盖文章，经国之大业，不朽之盛事¹⁰。年寿有时而尽，荣乐止乎其身，二者必至之常期，未若文章之无穷。是以古之作者，寄身于翰墨¹¹，见意于篇籍，不假良史之辞，不托飞驰之势，¹²而声名自传于后。故西伯幽而演《易》，周旦显而制《礼》，¹³不以隐约而弗务¹⁴，不以康乐而加思¹⁵。夫然则古人贱尺璧而重寸阴，惧乎时之过已。¹⁶而人多不强力，贫贱则慑于饥寒，富贵则流于逸乐，遂营目前之务，而遗千载之功，日月逝于上，体

---

[1]　贵远贱近：厚古薄今。向声背实：只注意名声而不在乎实际。

[2]　本同而末异：文章之根本原理只是一个，但各文体的特定要求则不同。

[3]　这是曹丕对各种文体特殊性的规定。

[4]　气：指作者所禀赋的气质及其在文章中的体现。

[5]　气之清浊，近乎气之刚柔。

[6]　言气及其表现是原来禀赋的呈现，不可勉强的。

[7]　言曲调高低、节奏缓急相同。

[8]　引气：吹奏时的行气。

[9]　父兄不能教予子弟，这就是《庄子》说的，"有数存焉于其间，臣不能以喻臣子，臣之子亦不能受之于臣"。

[10]　经国：治国。不朽之盛事：古有"三不朽"之说，"立言"为其一，"太上有立德，其次有立功，其次有立言，虽久不废，此之谓不朽"（《左传》）。

[11]　翰墨：笔墨，即指写作之事。

[12]　假：借。飞驰之势：指达官显宦。此言不必依凭史官的记载，也不必依托官宦的位势。

[13]　西伯：周文王。《史记·太史公自序》："昔西伯拘羑里，演《周易》。"据传周文王被商纣拘禁时将易之八卦推演成六十四卦。周旦：周公旦，据传他辅成王为摄政时制作《周礼》。

[14]　隐约：穷困。弗务：不从事。

[15]　加思：转变著述的心思。

[16]　尺璧：径达一尺的玉璧；璧为圆形，中呈圆孔。这是源自《淮南子》的说法："圣人不贵尺之璧，而重寸之阴，时难得而易失也。"

貌衰于下，忽然与万物迁化¹，斯志士之大痛也。

融等已逝，唯干著论，成一家言。²

说明

  曹丕与建安七子中大多数人的关系亲密，在某种程度上可说是邺下文人集团的领袖人物。他以太子之尊，爱好文艺，亲近文士，对当时文学风气的形成起了很大的作用。《典论》是一部综合性的论著，曹丕自己对它颇为爱重，是希冀由此书而立言，自致于不朽之域的。可惜今天只能见到《自叙》和《论文》这两篇完整的文字了。

  《典论·论文》评议并世著名文士之才性，未始没有受到汉末品评风习的影响，而在文学批评历史上更重要的贡献，大概在于他对文学价值的推尊和"文以气为主"的论断。

  就前一个方面而言，曹丕所举西伯演《易》、周旦制《礼》的例子，乃至论及奏议、书论、铭诔、诗赋的文体，都说明他显非仅指现代意义的文学，但至少包含文学在内，且《论文》一篇举及篇名如王粲、徐干的创作确都是辞赋一类。鲁迅曾称曹丕的时代在现代眼光看来堪称"文学的自觉时代"（《魏晋风度及文章与药及酒之关系》），不是没有道理的。

  其次，曹丕将作家内在的气性与其作品的风格用"气"联系、贯通起来，这也是一种深入的见解，后来刘勰《文心雕龙·体性》便也论涉此一问题。《论文》中"徐干时有齐气"、"孔融体气高妙"的品题，可视

---

[1] 迁化：迁变物化，《庄子》早就有"物化"之说。

[2] 融：孔融。唯干著论，成一家言：指徐干著有《中论》一书，自成一家之言，这在《与吴质书》中也有表述："著《中论》二十篇，成一家之言，辞义典雅，足传于后，此子为不朽矣。"

作曹丕以气质才性论文的表证。

曹丕的文体意识值得更充分的估价。事实上，文学独立意识的滋长在很大程度上体现在文体区别方面：从《论文》的"诗赋欲丽"到《文赋》的"诗缘情而绮靡"，可说至为显豁。那一时代如挚虞《文章流别论》、李充《翰林论》、刘勰《文心雕龙》、萧统《文选序》等等，没有不在思辨文学时不涉及文体论的，而曹丕的先识无疑应给予重视。

最后提一下《论文》中"文章"一辞。汉代以"文学"与"文章"分指学术性文字和文学性文字，《史记》、《汉书》中往往可见此类分别；到了后来更有明以"儒学"与"文章"对举的（刘劭《人物志·流业》："能属文著述是为文章"，"能传圣人之业而不能干事施政，是为儒学。"）；曹丕时代以后，"文章"与"文学"渐趋混一，皆与"儒学"对举（《三国志·魏志·文帝纪》："帝好文学，以著述为务，自所勒成垂百篇；又使诸儒撰集经传，随类相从，凡千余篇。"而范晔《后汉书》分列《儒林传》与《文苑传》也是这一表现，萧子显作《南齐书》时明确标出《文学传》，但文中屡有"文章"之目）。由此说来，曹丕的"文章"概念实延汉代涵义，指"属文著述"的作品。

曹 植

曹植（192—232），字子建，曹操三子。封陈王，谥"思"，后世称陈思王。曹植年幼聪颖，颇有文采，受到曹操宠爱。后在与曹丕的争位斗争中失利，备受曹丕、曹叡父子的猜忌，饱尝播迁之苦。前后诗风因而有变。他在诗史上地位一度甚高，钟嵘《诗品》以为："陈思之于文章也，譬人伦之有周、孔。"

与杨德祖书

植白：

数日不见，思子为劳，想同之也。

仆少小好为文章，迄至于今二十有五年矣。然今世作者，可略而言也。昔仲宣独步于汉南，孔璋鹰扬于河朔，伟长擅名于青土，公干振藻于海隅，德琏发迹于此魏，[1] 足下高视于上京。当此之时，人人自谓握灵蛇之珠，[2] 家家自谓抱荆山之玉[3]。吾王于是设天网以该之，顿八纮以掩之，[4] 今悉集兹国矣。然此数子，犹复不能飞骞绝迹，一举千里也。以孔璋之才，不闲于辞赋，而多自谓能与司马长卿同风，譬画虎不成反为狗者也。前有书嘲之，反作论盛道仆赞其文。夫钟期不失听，于今称之[5]；

---

[1]　仲宣：王粲。孔璋：陈琳。伟长：徐干。公干：刘桢。德琏：应玚。此数人列建安七子中，见前曹丕《典论·论文》注。

[2]　灵蛇之珠：《淮南子·览冥训》高诱注："隋侯，汉东之国，姬姓诸侯也。隋侯见大蛇伤断，以药傅之；后蛇于江中衔大珠以报之，因曰：隋侯之珠。"

[3]　荆山之玉：即和氏璧，楚人六和得之于荆山，故名。

[4]　纮：此指天维，维持宇宙者。

[5]　钟期：钟子期，即伯牙的高山流水之知音。此言钟子期知音，至今人们还称道这事。

吾亦不能妄叹者，畏后世之嗤余也。[1]

世人著述，不能无病。仆常好人讥弹其文，有不善应时改定。[2]昔丁敬礼尝作小文，[3]使仆润饰之，仆自以才不过若人，辞[4]不为也。敬礼谓仆："卿何所疑难。文之佳恶，吾自得之，后世谁相知定吾文者邪？"吾常叹此达言，以为美谈。昔尼父之文辞，与人通流；至于制《春秋》，游、夏之徒乃不能措一辞。[5]过此而言不病者，吾未之见也。

盖有南威之容，[6]乃可以论于淑媛；[7]有龙渊之利，[8]乃可以议于断割。刘季绪才不能逮于作者，[9]而好诋诃文章，掎摭利病。[10]昔田巴毁五帝、罪三王、呰五霸于稷下，一旦而服千人；[11]鲁连一说，使终身杜口。[12]刘生之辩，未若田氏；今之仲连，求之不难，可无叹息乎？人各有好尚：兰茝荪蕙之芳，众人所好，而海畔有逐臭之夫；咸池六茎之发，[13]众人所共乐，而墨翟有非之之论；[14]岂可同哉？

---

[1]　此言我不能对陈琳的辞赋妄加赞叹，是怕后人嗤笑我啊。
[2]　好：喜欢。此言我常喜欢让别人来给文章挑刺，有不好的地方随时就改易它。
[3]　丁敬礼：丁廙，与兄丁仪和曹植关系亲密，为植谋太子之立，曹丕继位后就杀掉了丁仪兄弟。
[4]　辞：推辞。
[5]　游、夏：子游、子夏，都是孔子的学生，孔子弟子以其专长分德行、言语、政事、文学四科，游、夏二位是文学之出色者（《论语·先进》）。孔子著《春秋》曾说过"知我者其惟《春秋》，罪我者其惟《春秋》"，极为郑重，故此"笔则笔"、"削则削"，他即如游、夏之类文学高足亦不容置一辞。《史记·孔子世家》："孔子在位听讼，文辞有可与人共者，弗独有也。至于为《春秋》，笔则笔，削则削，子夏之徒不能赞一辞。弟子受《春秋》，孔子曰：'后世知丘者以《春秋》，而罪丘者亦以《春秋》。'"
[6]　南威：南之威，古时晋国美人。
[7]　淑媛：美女。
[8]　龙渊：古时吴国名匠所铸宝剑名。
[9]　刘季绪：刘修，字季绪，荆州刺史刘表之子。
[10]　掎摭：指摘。
[11]　田巴：齐国辩士，非毁三王五帝，一旦服千人，稷下无人能驳他。
[12]　鲁连：鲁仲连，齐国辩士，他驳倒田巴，后者终身闭口。
[13]　咸池、六茎，都是古代乐曲名，据《汉书·礼乐志》一为黄帝作，一为颛顼作。
[14]　《墨子》有《非乐》一篇，故有此语。

今往仆少小所著辞赋一通相与。[1]

夫街谈巷说，必有可采；击辕之歌，[2]有应风雅。匹夫之思，未易轻弃也。辞赋小道，固未足以揄扬大义，彰示来世也。

昔扬子云先朝执戟之臣耳，犹称壮夫不为也；[3]吾虽德薄，位为蕃侯，[4]犹庶几戮力上国，[5]流惠下民，建永世之业，流金石之功，[6]岂徒以翰墨为勋绩，辞赋为君子哉？若吾志未果，吾道不行，则将采庶官之实录，辩时俗之得失，定仁义之衷，成一家之言。虽未能藏之于名山，将以传之于同好。非要之皓首，岂今日之论乎？其言之不惭，恃惠子之知我也。[7]

明早相迎，书不尽怀。曹植白。

说明

曹植是建安时期的杰出诗赋家，在后代评家眼光中曾据有甚高的地位，钟嵘《诗品》在评说其作品"骨气奇高，词采华茂，情兼雅怨，体被文质，粲溢今古，卓尔不群"之后，叹道"陈思之于文章也，譬人伦之有周、孔"，便可见一斑。但曹植的论艺文字殊少，主要的也就是这一篇。

---

[1]　曹植将早先所作诗赋交杨修，是请他阅正的意思。
[2]　击辕之歌：古时尧舜圣明，百姓击车辕而颂歌太平。
[3]　扬雄曾称辞赋之类是"童子雕虫篆刻"，"壮夫不为"（《法言·吾子》）。
[4]　曹植时为临淄侯。
[5]　戮力：勉力，并力。
[6]　金石之功：古时颂功记事或铭于钟鼎，或勒于碑石。
[7]　惠子：惠施，与庄周为辩友，常相切磋，庄子在他去世后曾感叹无有对谈之人了。此曹植言如非期以白首永好，哪会有这番议论，言谈之过当，是自恃老朋友了解我而发。

《与杨德祖书》据考作于建安二十一年，曹植将自己的文章写送杨修的同时所作，杨修称赏此文："蔚矣其文，诵读反复；虽讽《雅》、《颂》，不复过此。"(《答临淄侯笺》)

书中对王粲、陈琳、徐干、刘桢、应场等的文名给予充分的尊重，但对陈琳"不闲于辞赋"则给出了明确的否定态度；这与曹丕《典论·论文》中指出文体不同，"能之者偏也，唯通才能备其体"的观点是一致的。此信的主要部分是谈评赏问题，曹植希望有人能时时讥弹自己的文字，俾使改进；同时他也是深感知音之难，所谓"有南威之容，乃可以论于淑媛；有龙渊之利，乃可以议于断割"，实在是与莱辛所说"只有天才可以理解天才"的话一样令常人丧气的，不过如曹植那样的才子透出些自傲的口吻也算不得嚣张。

最有意思的是，曹植在信的末尾，一反对文章之事的自负和珍重（如他不敢妄赞陈琳辞赋，"畏后世之嗤余也"），引述了扬雄的话，说："辞赋小道，固未足以揄扬大义，彰示来世。"他自称"德薄"，但祈望做的是："建永世之业，流金石之功。"这话字面上有些操切，当时杨修就引仲山甫之流作诗的例子，以为扬雄"过言"，反诘曹植：建功立名"岂与文章相妨害哉"？其实曹植的态度用不着过于执着，他不过以建功立业置于文章之上而已，这也符合传统的"三不朽"之次第；还有一层如鲁迅先生所言："子建的文章做得好，一个人大概总是不满意自己所做而羡慕他人所为的，他的文章已经做得好，于是他便敢说文章是小道。"(《魏晋风度及文章与药及酒之关系》)对照曹丕的言论，我们可以相信这种心理多少是实际存在的："生有七尺之形，死唯一棺之土，唯立德扬名，可以不朽，其次莫如著篇籍。"(《与王朗书》)反正曹丕那时已坐稳了太子的位子。(该书作于建安二十二年冬，《典论·论文》就"融等已逝"看，也差不多在这时候。)

陆　机

陆机（261—303），字士衡，吴郡华亭人。陆机出身江东名门，祖陆逊、父陆抗是吴之名相、名将。晋灭吴后，陆机退居故里十年，闭门苦读。太康末年，与弟陆云入洛。后在八王之乱中丧身。陆机为当时诗文名家，辞藻绮丽，为太康文学的代表人物。

文赋

余每观才士之所作，窃有以得其用心¹。夫其放言遣辞，良多变矣。²妍蚩好恶，可得而言³。每自属文，尤见其情⁴。恒患意不称物，文不逮意⁵，盖非知之难，能之难也⁶。故作《文赋》以述先士之盛

---

[1]　才士：此指能文之士。窃：谦词，自称。用心：作文之用心。两句言每读能文之士的文章，常对其为文之心有所体会。

[2]　放言遣辞：为文造意。良：实在，诚然。此两句言，能文之士的文章，实在是千变万化。

[3]　妍蚩：美丑。两句言文章之美丑善恶，我能够说出来的。

[4]　属：连缀。属文：写文章。情：情状，实况。此言每当自己作文时，尤能体会其间情况。钱锺书《管锥编》评此二句"与开篇二语呼应，以己事印体他心，乃全赋眼目所在。盖此文自道甘苦，故于抽思呕心，琢词断髭，最能状难见之情，写无人之态，所谓'得其用心'，'自见其情'也"。

[5]　恒：常常，总是。意：写作表达的意想。称：相称，符合。物：所拟表现的物象。文：写就的文章。逮：及，达到。《文选》李周翰注："体属于物，患意不似物；文出于意，患词不及意也。"近人王焕镳释曰："患意不似物之情态，词不能尽如意所欲出也。""物"、"意"、"文"之间的这种关系实际是"言"、"意"关系的进一步拓展：将所欲传达的外在物象引入。这一思索后代艺术家也深有感触，如苏轼说："求物之妙如系风捕影，能使是物了然于心者，盖千万人的不一遇也，而况能使了然于口与手者乎？"（《答谢民师书》）郑板桥题画文字中也提及这一现象："江馆清秋，晨起看竹，烟光日影露气，皆浮动于疏枝密叶之间。胸中勃勃遂有画意。其实胸中之竹，竟不是眼中之竹也。因而磨墨展纸，落笔倏作变相，手中之竹又不是胸中之竹也。"

[6]　盖：连词，有推测之意。此言道理并非难懂，只是做起来困难。《文选》李善注引《尚书》"非知之难，行之惟艰"作为出处，钱锺书《管锥编》驳曰："二语见《伪古文尚书·说命》，唐人尚不知其膺，故引为来历；实则梅赜于东晋初方进《伪书》，陆机在两晋时未及见也；此自用《左传·昭公十年》子皮谓子羽语：'非知之难，将在行之。'得诸巧心而不克应以妍手，固作者所常自憾。"

藻，¹因论作文之利害所由，他日殆可谓曲尽其妙²。至于操斧伐柯，虽取则不远，³若夫随手之变，良难以辞逮⁴。盖所能言者，具于此云尔⁵。

伫中区以玄览，⁶颐情志于典坟⁷。遵四时以叹逝，瞻万物而思纷；⁸悲落叶于劲秋，喜柔条于芳春⁹。心懔懔以怀霜，志眇眇而临云；¹⁰咏世德之骏烈，诵先人之清芬¹¹；游文章之林府，嘉丽藻之彬彬¹²。慨投篇而援笔，聊宣之乎斯文¹³。

---

[1]　先士：先前的才士。盛藻：华茂的文章。

[2]　利害：利病。由：原由。殆：大约。可谓：黄侃《文选评点》："谓"是衍文；此言今以能为难，他日庶几能之耳。此两句言：论说为文的得失原由，日后或许可以尽悉抉发其中奥妙。

[3]　"操斧伐柯"出自《诗·豳风·伐柯》"伐柯伐柯，其则不远"，《毛传》"柯，斧柄也"，孔颖达《正义》"执柯以伐柯，比而视之，旧柯短则如其短，旧柯长则如其长，其法不在远也"。此言行文虽可取法前人。

[4]　此两句言至于那些随时的变化，就难以用文辞表述尽悉了。

[5]　此言我所能说出的都写在这儿了。以上是《文赋》的序。

[6]　伫：久立。中区：即区中，谓天地之间。玄览：心观。出自《老子》"涤除玄览"，河上公注曰："心居玄冥之处，览知万物，故谓之玄览。"此句意为：立于天地间心感万物。

[7]　颐：养，熏染。情志：情性与志意。典坟：《左传·昭公十二年》有《三坟》、《五典》的说法，据孔安国说："伏羲、神农、黄帝之书，谓之《三坟》，言大道也；少昊、颛顼、高辛、唐、虞之书，谓之《五典》，言常道也。"这句是说由古籍来陶染情志。以上两句总起作文感物、习学的两大要途。

[8]　遵：循。四时：春夏秋冬。思纷：思绪纷纭。《文选》李善注曰："循四时而叹其逝往之事，揽视万物盛衰而思虑纷纭也。"陆机自撰有《感时赋》、《叹逝赋》。

[9]　此言春秋景物对诗人之感发作用，后来的刘勰（《文心雕龙·物色》："春秋代序，阴阳惨舒，物色之动，心亦摇焉"）、钟嵘（《诗品·序》："若乃春风春鸟，秋月秋蝉，夏云暑雨，冬月祁寒，斯四候之感诸诗者也"）也都谈及此一方面。

[10]　懔懔：严正高峻的神态。眇眇：同"渺渺"，高远的样子。此两句形容心志之高洁。

[11]　世德：祖先之功德。骏：大。烈：功业。陆机之祖陆逊，父陆抗为东吴重臣，故称"世德之骏烈"；庾信《哀江南赋序》："陆机之辞赋，先陈世德。"也有另一种从文章上讲的说法，《文选》张铣注："咏当时俊美之述作，诵先贤词赋之芬芳。"清芬：亦形容美德之词。

[12]　此两句承上"颐情志于典坟"的一方面。游：浏览。嘉：赞美。林府：谓前人佳作多如丛林、库藏。彬彬：文质兼备之意，见《论语·雍也》："文质彬彬。"

[13]　慨：心有所感。投篇谓：放下前人的篇什。援笔：提起笔来。宣：表达。斯文：指此《文赋》。此两句言心有所感，放下别人的文章，自己提笔将感思写入此篇《文赋》之中。

其始也，皆收视反听，耽思旁讯，[1] 精骛八极，心游万仞[2]。其致也，情瞳昽而弥鲜，物昭晰而互进[3]，倾群言之沥液，漱六艺之芳润[4]，浮天渊以安流，濯下泉而潜浸[5]。于是沉辞怫悦，若游鱼衔钩，而出重渊之深；[6]浮藻联翩，若翰鸟缨缴，而坠曾云之峻[7]。收百世之阙文，采千载之遗韵，[8]谢朝华于已披，启夕秀于未振[9]，观古今于须臾，抚四海于一瞬[10]。

然后选义按部，考辞就班[11]，抱景者咸叩，怀响者皆弹[12]。或因枝以振

---

[1] 收视反听：方廷珪《昭明文选大成》释道"收视，敛其目之所视；反听，绝其耳之所听"，其作用是能专心致志，"惟不扰于物，乃能体物也"（程千帆《文论要诠》），并不是真的要耳目充塞，《史记·商君列传》载赵良语"反听之谓聪，内视之谓明"，说的就是这个道理。耽思：沉思。旁讯：四下搜求。《管锥编》："傍，谓四面八方，正下二句之'八极'、'万仞'。"

[2] 精：精神。骛：飞驰。"八极"谓其广，"万仞"谓其高，形容动思之无拘自由。《文心雕龙·神思》有类似的说法："悄焉动容，视通万里。"以上"其始也"，言构思之初始情态。

[3] 其致也：言文思来到的情状。瞳昽：日初升渐明的样子；昭晰：明朗清晰。此言内在情思由朦胧而渐明晰鲜明，外在的物象也清楚地涌来。

[4] 倾：倾注。漱：荡。沥液：喻精华。群言：指诸子百家之书论。六艺：《易》、《诗》、《书》、《礼》、《乐》、《春秋》六经。此二句言经史百家之精粹，纷至沓来供笔端驱遣。

[5] 此二句言文思或升上天渊飘流，或潜入地泉浸润。

[6] 怫悦，李善注"难出之貌"，形容吐词艰涩的情形。以下游鱼衔钩出重渊即此象喻。

[7] 翰：高飞。缨缴：中箭。此言出语骏利，联翩而至，有如中箭飞鸟坠而下。以上数句"以鱼、鸟喻辞藻，而以钓弋喻思虑之为用也"（《文论要诠》），其构思出自《吕氏春秋·功名》："善钓者出鱼乎十仞之下，饵香也；善弋者下鸟乎百仞之上，弓良也。"

[8] 此言古来遗阙文章都可供采撷。阙文：出《论语·卫灵公》"吾犹及史之阙文也。"

[9] 谢：辞谢。启：启开。《文选》张铣注："朝华已披，谓古人已用之意，辞而去之；夕秀未振，谓古人未述之旨，开而用之。"这两句的涵义，唐大圆说得最明白："上句是务去陈言，下句是独出心裁。"

[10] 抚：占有。两句形容可将时空兼摄于当下。

[11] 黄侃曰"已上言构思之状"，此句始则"言命篇之始，部署意辞之状。"义：义旨。考：考究。此言意、辞都要安置适当有序。英国作家斯威夫特曾说过：风格即适当词语在适当的位置而已。

[12] 景：影。就字面而言，《文选》吕延济注曰："谓物有抱光景者，必以思叩触之而求文理；物有怀音响者，必以思弹击之以发文意。"结合选义考辞的上下文意脉，盖指使义、辞的涵义充分表露出来，即黄侃所说"应有之义，皆无所遗"（程千帆《文论要诠》引）。

叶，或沿波而讨源[1]。或本隐以之显，或求易而得难[2]。或虎变而兽扰，或龙见而鸟澜[3]。或妥贴而易施，或岨峿而不安[4]。罄澄心以凝思，眇众虑而为言[5]，笼天地于形内，挫万物于笔端[6]。始踯躅于燥吻，终流离于濡翰[7]。理扶质以立干，文垂条而结繁[8]。信情貌之不差，故每变而在颜；[9]思涉乐其必笑，方言哀而已叹[10]。或操觚以率尔，或含毫而邈然[11]。

---

[1] 枝与叶，源与波的关系即本末、主旨与阐说的关系：两句言或者先明主旨，或者曲终奏雅。

[2] 隐与显，难与易，说的是文义的阐说问题：或由难及易，渐次揭明主旨，或由易而难，层层深入奥义。"本隐以之显"是《史记》说《易》的话（《司马相如列传》）；"求易而得难"，则出自《老子》"图难于其易"。

[3] 扰：驯服。澜：涣散。龙虎喻作文之根本，兽鸟喻文之枝节。此两句言立主脑之要。

[4] 妥贴：平稳，因而易于遣辞造义。岨峿：参差不定，因而颇费斟酌。钱锺书《管锥编》释以上四句道："虎为兽王，海则龙窟。主意已得，陪宾衬托，安排井井，章节不紊，如猛虎一啸，则百兽帖服；'妥贴而易施'，即'兽扰'之遮诠也。新意忽萌，一波起而万波随，一发牵而全身动，如龙腾海立，则鸥鸟惊翔；'岨峿不安'，亦即'鸟澜'之遮诠矣。"

[5] 罄：尽。澄心：澄静之心。此言静心凝思，即《文心雕龙·神思》所谓："陶钧文思，贵在虚静。"眇：妙。此言妙统诸思绪而成文，《易传》有"妙万物而为言"的说法。

[6] 笼：笼罩，概括。挫：截取，拾取。此言将天地万物宣写于文章之中。《文选》张铣注："天地虽大，可笼于文章形内；万物虽众，可折挫取其形，以书于笔之端。"

[7] 踯躅：不进貌，形容艰涩。流离：指流利畅达。燥吻：干燥的嘴唇。濡翰：饱含墨汁的笔。此言开始口头往往难以口述，而最终顺畅地形诸笔端。

[8] 理：指为文所欲传达的意思。文：文辞。此以树为喻，《文选》吕延济注："质犹本根也；为文之理，必先扶持本根，乃立其干，谓先树理，次择词也，故如垂条而结繁茂也。"这类以文意为主，以辞为附的看法，许多文评者都曾谈到过，如范晔《狱中与诸甥侄书》："当以意为主，以文传意；以意为主，则其旨必见，以文传意，则其辞不流。"刘勰也说："情者文之经，辞者理之纬，经正而后纬成，理定而后辞畅，此立文之本源也。"（《文心雕龙·情采》）

[9] 情貌：内在真实与外表体貌。此言内外相契，意立则外在呈显必随之，这也就是《毛诗序》所说的："情动于中而形之言。"

[10] 此两句承上意、辞关系而来：乐、哀是内在的情、意，笑、叹是外显的表达。《文心雕龙·夸饰》有"谈欢则字与笑并，论戚则声共泪偕"。

[11] 觚：古时书写用的木板。操觚：写文章。毫：笔毫。率尔：轻率、轻易。邈然：杳远貌。此言或者信笔写去，不假思索；或者执笔犹疑，沉思良久。刘勰将两种情况归结到为文者的才性："骏发之士，心总要术，敏在虑前，应机立断；覃思之人，情饶歧路，鉴在疑后，研虑方定。"

伊兹事之可乐，固圣贤之所钦[1]。课虚无以责有，叩寂寞而求音[2]。函绵邈于尺素，吐滂沛乎寸心[3]。言恢之而弥广，思按之而愈深[4]。播芳蕤之馥馥，发青条之森森[5]，粲风飞而猋竖，郁云起乎翰林[6]。

体有万殊，物无一量，纷纭挥霍，形难为状[7]。辞程才以效伎，意司契而为匠[8]，在有无而僶俛，当浅深而不让[9]。虽离方而遁员，期穷形而尽相[10]。故夫夸目者尚奢，惬心者贵当。言穷者无隘，论达者唯旷[11]。诗缘情而绮靡[12]，赋体物而浏亮[13]。碑披文以相质[14]，诔缠绵而凄

---

[1]　兹事：指作文之事。创作为乐事，作者多有自白，如曹植《与丁敬礼书》："故乘兴为书，含欣而秉笔，大笑而吐辞，亦欢之极也。"陆云《与兄平原书》："文章既自可羡，且解愁忘忧。"

[2]　课：试探、考察。责：责求。钱锺书释此两句"指作文时之心思，思之思之，无中生有，寂里出音，言语道穷而忽通，心行绝路而顿转"。

[3]　函：含，包容。吐：倾吐，吐露。素：写文之绫绢。《文选》刘良注："绵邈，远也；滂沛，大也。虽远者含文于尺素之上，虽大者吐辞于寸心之间。"

[4]　此言文辞愈扩张而引申愈广，情思愈探究而意显深刻。

[5]　蕤：草木之花。馥馥：芳香。森森：茂盛的样子。此言文辞之美。

[6]　粲：明丽。猋：猋风，疾风。郁：盛貌。此亦形容文采美丽飞扬。

[7]　挥霍：变化快。状：摹写，状写。此四句言文体多样而物象无定，变化多而迅速，难以确切摹状。程千帆《文论要诠》说："此言文体之殊途，由于物象之有别；风格之屡迁，由于情志之无方。"

[8]　程：呈现。伎：技巧。契：规程。此言辞与意的关系，文辞纷纷献技，但规划主司则是意旨。《文选》李善注："众辞俱凑，若程才效伎；取舍由意，类司契为匠。"

[9]　上句谓辞，出自《诗·邶风·谷风》"何有何亡，黾勉求之"，言辞之取舍当勉力斟酌。下句谓意，《诗·邶风·谷风》"就其深矣，方之舟之；就其深矣，泳之游之"，言意之深浅应明白确定。

[10]　遁：通，避开。方圆谓规矩，离方遁圆，指轶出常规。此言文章虽有时显得脱出常规，但终以穷尽形相为目标。

[11]　夸目者：尚辞藻者。惬心者：切理厌心者。穷、达，都是畅达尽致的意思。此言作者才性有异，因为文者追求也各不相同。

[12]　缘情：抒情。绮靡：华美，陈柱释："绮言其文采，靡言其声音。"（《讲陆士衡〈文赋〉自记》）李善注此句道："诗以言志，故曰缘情；绮靡，精妙之言。"

[13]　体：体现，表现。李善注："赋以陈事，故曰体物；浏亮，清明之称也。"

[14]　李善注："碑以叙德，故文质相半。"

怆¹。铭博约而温润²，箴顿挫而清壮³。颂优游以彬蔚⁴。论精微而朗畅⁵。奏平彻以闲雅⁶，说炜晔而谲诳⁷。虽区分之在兹，亦禁邪而制放⁸。要辞达而理举，故无取乎冗长⁹。

其为物也多姿，其为体也屡迁¹⁰。其会意也尚巧，其遣言也贵妍¹¹。暨音声之迭代，若五色之相宜¹²。虽逝止之无常，固崎锜而难便，苟达变而识次，犹开流以纳泉。¹³如失机而后会，恒操末以续颠，¹⁴谬玄黄之秩序，故淟涊而不鲜¹⁵。

---

[1] 诔：叙逝者事迹以表哀悼的文体。李善注："诔以陈哀，故缠绵凄怆。"

[2] 李善注："博约，谓事博文约也。"张铣注："博谓意深，约谓文省。"温润：《文心雕龙·铭箴》说："铭兼褒赞，故体贵弘润。"

[3] 顿挫：抑扬顿挫。李善注曰："箴以讥刺得失，故顿挫清壮。"

[4] 彬蔚：华盛的样子。李善注："颂以褒述功美，以辞为主，故犹游彬蔚。"

[5] 李善注："论以评议臧否，以当为宗，故精微朗畅。"刘熙载《艺概·文概》："精微以意言，朗畅以辞言。"

[6] 平彻：平正深彻。闲雅：文雅得体。

[7] 炜晔：光盛的样子。谲诳：诡言多端。此上分说诗、赋、碑、诔、铭、箴、颂、论、奏、说十种文体的特质。

[8] 邪、放：偏邪、放纵，分指意、辞两方面而言。

[9] 此言辞达意，理有物，而切忌冗长。以上四句言各文体共同的要点。

[10] 李善注："万物万形，故曰多姿；文非一则，故曰屡迁。"

[11] 会意：构思立意。

[12] 迭：更换。宜：鲜明。李善注："言音声迭代而成文章，若五色相宜而为绣也。"这两句表现了陆机对声律的自觉，黄侃指出："后来范（晔）、沈（约）声律之论，皆滥觞于此，实已尽其要妙也。"

[13] 逝止：去留。崎锜：不安的样子。黄侃曰："二句必联下文义乃见，言音声无常，惟达变者能调之也。"达变：通晓变化之规律。识次：了解变化之秩序。末句言达变识次，则行文顺畅，如开河道以容众泉般流畅。

[14] 失机：失去切合的机会。末、颠：尾、头。此言失去时机配搭错讹，则必如以尾续头，不成统绪。

[15] 玄黄，原有"天玄地黄"之说，天地象譬秩序。淟涊：垢浊。此言如失去次序，则混乱污浊。

或仰逼于先条，或俯侵于后章[1]。或辞害而理比，或言顺而义妨[2]。离之则双美，合之则两伤[3]。考殿最于锱铢，定去留于毫芒[4]。苟铨衡之所裁，固应绳其必当[5]。

或文繁理富，而意不指适[6]。极无两致，尽不可益[7]。立片言而居要，乃一篇之警策[8]。虽众辞之有条，必待兹而效绩[9]。亮功多而累寡，故取足而不易[10]。

或藻思绮合，清丽芊眠[11]。炳若缛绣，凄若繁弦[12]。必所拟之不殊，乃暗合于曩篇[13]。虽杼轴于予怀，怵他人之我先[14]。苟伤廉而愆义，亦虽爱而

---

[1] 此言行文失序，前文与后文会发生抵触的情形。《文选》吕向注："谓思之俯仰前后不定，故或逼挨先成之条例，或侵改后次之章句，谓未安也。"《文心雕龙·章句》从正反两面也论述过这一问题："章句在篇，如茧之抽绪。原始要终，体必鳞次。启行之辞，逆萌中篇之意；绝笔之言，追媵前句之旨。故能外文绮交，内义脉注，跗萼相衔，首尾一体。若辞失其朋，则羁旅而无友；事乖其次，则飘寓而不安。是以插句忌于颠倒，裁章归于顺序，斯固情趣之指归，文笔之同致也。"

[2] 理比：理顺。此言文辞、意不能对称，有时文辞不顺而道理顺畅，有时文辞通顺而道理却不清楚。《文心雕龙·总木》也说："或义华而声悴，或理拙而文泽。"

[3] 离：除去；之：指"辞害"、"义妨"。

[4] 殿：评量之最低准则。最：评量之最高准则。此言在至为细微处评出高下，在非常细致处定其去留。

[5] 铨衡：衡量。绳：准绳。如果衡量裁剪，应以适当为准绳。

[6] 适：读如"的"，目标、主脑之意。此言文辞、义理繁复，但意旨却没有表明。

[7] 极：承上"理富"言，"今语所谓'中心思想'，'无两致'者，不容有二也"（《管锥编》）。
尽：承上"文繁"言，谓虽繁而不可显得累赘。

[8] 居要：处于关键处。警策，"即全文之纲领眼目"（《管锥编》），"凡文章必有一段或数语为一篇之精神所团聚处，或为一篇之精神所发源处"（陈柱《讲陆士衡〈文赋〉自记》），"不可与后世常称之'警句'混为一谈"（《管锥编》）。

[9] 兹：指"警策"。此言其他的文辞，一定要以警策之言确立方得以产生其功效。

[10] 亮：实在。在警策语则功多累少，足以传义，不必更易。

[11] 绮合：如美丽织品之会合。芊眠：草木光盛的样子。此言文思之光丽。

[12] 两句一从色彩，一从音响描写词藻之美。

[13] 曩篇：即先士之盛藻。此言这些作品或会暗合前人佳作。

[14] 杼轴：织机上纵横织出经、纬的部件。此以织布为喻，说或者自出机杼的作品，别人却早已先说过了。

必捐[1]。

或苕发颖竖，离众绝致[2]。形不可逐，响难为系[3]。块孤立而特峙，非常音之所纬[4]。心牢落而无偶，意徘徊而不能揥[5]。石韫玉而山晖，水怀珠而川媚[6]。彼榛楛之勿翦，亦蒙荣于集翠[7]。缀《下里》于《白雪》，吾亦济夫所伟[8]。

或托言于短韵，对穷迹而孤兴[9]。俯寂寞而无友，仰寥廓而莫承[10]。譬偏弦之独张，含清唱而靡应[11]。

或寄辞于瘁音，言徒靡而弗华[12]。混妍蚩而成体，累良质为瑕[13]，象

---

[1] 廉：廉耻。怨：违背。此承上言，有暗合处，虽出自家妙思，但如果涉嫌剽窃之耻，有伤道义，那即使喜好也一定要删去。

[2] 苕：苇花。颖：禾穗的尖端。致：风致。此言文中佳句或许如苇花开而穗尖挺，有超绝一切的风致。

[3] 李善注曰："言方之于影而形不可逐，譬之于声而响难系也。"形容佳句难得，不可复取。

[4] 此亦形容佳句之超凡脱俗。《文心雕龙·隐秀》也说："秀也者，篇中之独拔者也。"

[5] 牢落：寂寥。揥：捐弃。此言佳句独立而无偶，心意犹豫是去是留。

[6] 韫：含藏。李善注曰："虽无佳偶，因而留之，譬若水石之藏珠玉，山川为之辉媚也。"

[7] 榛楛：草木丛生滥长。翠：青。比喻佳句于翠鸟，虽如丛杂生长草木般的平常言辞，得佳句也能生色。

[8] 《下里》、《白雪》，分别是低级与高雅的乐曲。宋玉《对楚王问》："客有歌于郢中者，其始曰《下里巴人》，国中属而和者数千人；其为《阳阿薤露》，国中属而和者数百人；其为《阳春白雪》，国中属而和者不过数十人……是以其曲弥高，其和弥寡。"此言将雅音与俗音和合，也可使文章奇伟。钱锺书以为上四句，前两句讲庸言得秀句而增光，后二句讲秀句也待庸句之烘托。

[9] 短韵：篇幅短小的文章。李善注："短韵，小文也；言文小而事寡，故曰穷迹；迹穷而无偶，故曰孤兴。"

[10] 此言文小而乏呼应的情形。李善注："言事寡而无偶，俯求之则寂寞而无友，仰应之则寥廓而无所承。"

[11] 偏弦：言单弦。清唱：清妙的音声。此言文章短小，虽有妙音，却无应和。李善注："言累句以成文，犹众弦之成曲，今短韵孤起，譬偏弦之独张。弦之独张，含清唱而无应；韵之孤起，蕴丽则而莫承也。"

[12] 瘁音：无力疲弱的文辞。靡：美。华：光彩。此言无力的文辞虽美而无光彩。这大约就是《文心雕龙·风骨》所说缺乏风骨的文辞："若丰藻克赡，风骨不飞，则振采失鲜，负声无力。"

[13] 李善注："妍谓言靡，蚩谓瘁音。"此言美丑混而成章，连累美质也有瑕疵。

下管之偏疾，故虽应而不和[1]。

或遗理以存异，徒寻虚而逐微[2]。言寡情而鲜爱，辞浮漂而不归[3]。犹弦么而徽急，故虽和而不悲[4]。

或奔放以谐合，务嘈囋而妖冶[5]。徒悦目而偶俗，故声高而曲下[6]。寤《防露》与《桑间》，又虽悲而不雅[7]。

或清虚以婉约，每除烦而去滥[8]，阙大羹之遗味，同朱弦之清氾[9]，虽一唱而三叹，固既雅而不艳[10]。

[1] 下管：堂下吹奏的管乐；古时堂上升歌，堂下管乐，管乐音声偏快。李善注："其音既瘁，其言徒靡。类乎下管，其声偏疾。升歌与之间奏，虽复应，而不和谐。"有呼应而不和谐，这是较上段更进一层的说法。

[2] 遗理：遗弃义理。存异：尚奇巧。寻虚、逐微：承上弃理、尚奇巧而言，究心于虚文，追逐微末的妙词。后来李谔《上高祖革文华书》对建安以来的文风所作批判就申发此意："魏之三祖，更尚文词，忽君人之大道，如雕虫之小艺。下之从上，有同影响，竞骋文华，遂成风俗。江左齐梁，其弊弥甚，贵贱贤愚，唯务吟咏。遂复遗理存异，寻虚逐微，竞一韵之奇，争一字之巧。连篇累牍，不出月露之形；积案盈箱，唯是风云之状。"

[3] 鲜：缺少。不归：李善注："不归于实也。"

[4] 么：小。徽：琴节，此作"调"解。悲：动人。《文选》李周翰曰："托思于物，必有至情爱好者，然后形之于言也。若遗其理要，存于小异，多为虚饰，以逐微细，言而寡情，情复少爱，则浮辞漂荡，不归于事实矣。亦由弦小而调急，虽声和谐，则躁烈而不悲也。"

[5] 上句，《文选》吕延骈济注："或有奔驰放纵其思以求和合。"嘈囋：吕延济注为"浮艳声"。

[6] 偶：配合，迎合。

[7] 寤：悟，觉。《防露》有不同的解说，何焯以为："指'岂不夙夜，谓行多露'言；言《桑间》不可并论，故戒妖冶也"，徐攀凤则以为是与《桑间》一样的卑靡之作（《选注纠何》）。《桑间》，《汉书·地理志》："卫地有桑间濮上之阻，男女亦亟聚会，声色生焉，故俗称郑、卫之音。"悲而不雅：虽然能感动人，但不属雅正，而是轻险邪淫。后人批评宫体诗也用此语："江左梁末，弥尚轻险，始自储宫，刑乎流俗，杂沓滞以成音，故虽悲而不雅。"

[8] 此言文辞淡泊质朴，去除繁缛淫滥。

[9] 大羹：不调五味的肉汁。朱弦：深红色的琴弦。遗味：《礼记·乐记》："清庙之瑟，朱弦而疏越，一唱而三叹，有遗音者矣；大飨之礼，尚玄酒而俎腥鱼，大羹不和，有遗味者矣。"清氾：清散而不繁密，古时祭祀之乐的特性，重在庄严质朴。此两句，《文选》李善注："作文之体，必须文质相半，雅质相资。今文少而质多，故既雅而不艳。比之大羹而阙其余味，方之古乐而同清氾，言质之甚也。"

[10] 一唱而三叹：《荀子·礼论》："清庙之歌，一唱而三叹也。"艳：丰润美艳。陆机在雅正之外要求艳，正是时代特色所在：那是一个要求美的时代。以上"应"、"和"、"悲"、"雅"、"艳"，是陆机的美学标准。

若夫丰约之裁，俯仰之形，因宜适变，曲有微情[1]。或言拙而喻巧，或理朴而辞轻[2]。或袭故而弥新，或沿浊而更清[3]。或览之而必察，或研之而后精[4]。譬犹舞者赴节以投袂，歌者应弦而遣声[5]。是盖轮扁所不得言，亦非华说之所能精[6]。

　　普辞条与文律，良余膺之所服[7]。练世情之常尤，识前修之所淑[8]。虽濬发于巧心，或受欸于拙目[9]。彼琼敷与玉藻，若中原之有菽[10]。同橐籥之罔穷，与天地乎并育[11]。虽纷蔼于此世，嗟不盈于予掬[12]。患挈瓶之屡空，病昌言之难属[13]。故踸踔于短垣，放庸音以足曲[14]。恒遗恨以终篇，岂怀盈而自足[15]。惧蒙尘于叩缶，顾取笑乎鸣玉[16]。

　　若夫应感之会，通塞之纪，来不可遏，去不可止[17]。藏若景灭，行犹

---

[1]　丰约：指文章之繁简。俯仰：指文辞之安排。因宜适变：因各种情况而制宜，随时变化。此言文章之繁简、上下之安排，因宜而变化，确有曲折而微妙之处。

[2]　此言有时拙简的文辞含有巧义，有时义理朴素而华辞为外饰。

[3]　此言以故为新，化朽为奇，激浊扬清之义。陆机《遂志赋》中有"拟遗迹以成规，咏新曲于故声"的句子。

[4]　此言文章妙处，有一览即知者，也有须研索乃得者。

[5]　节：音乐的节律。此以歌者、舞者合音乐节拍而唱、舞为喻。

[6]　轮扁：见前选《庄子·天道》，言其中奥妙无法言说。

[7]　辞条、文律，都是说为文的法式。膺：胸。

[8]　练：阅历，熟悉。尤：过错。前修：前贤，即前文之"先士"。淑：美善。《文选》李周翰注："练简时人之常过，乃识前贤之所美。"

[9]　濬，深。欸：嗤。此言这些虽深得自巧思，但或为庸人所嗤笑。

[10]　琼敷、玉藻：比喻美文。中原之有菽：《诗·小雅·小宛》"中原有菽，庶民采之"，言美文可由人采致。

[11]　橐籥：《老子》："天地之间，其犹橐籥乎？"冶铁时鼓风器。此言与天地共存而无穷。

[12]　纷蔼：繁多。掬：双手捧持。此言美文甚多，我所采获甚少。

[13]　挈瓶：汲水用具。《文选》吕延济注："谓小智之人，才思屡空也。"昌言：善言。下句言佳文难作。

[14]　踸踔：单足而行的样子。此言智小才微，如跛足逾墙之困窘，故而只好写出庸言来完篇了。

[15]　言早怀遗憾完篇，哪有自是之心呵。

[16]　《说文解字》："缶，瓦器，所以盛酒浆；秦人鼓之以节歌。"《文选》李善注，"缶，瓦器而不鸣，更蒙之以尘，故取笑乎鸣玉之声也。"

[17]　应感之会，通塞之纪：言创作时感兴、文思的通畅与滞塞。下两句言此通塞不可捉摸，来去都不可自主控制。

响起[1]。方天机之骏利，夫何纷而不理[2]。思风发于胸臆，言泉流于唇齿[3]。纷葳蕤以馺遝，唯毫素之所拟[4]。文徽徽以溢目，音泠泠而盈耳[5]。及其六情底滞，志往神留[6]，兀若枯木，豁若涸流[7]，揽营魂以探赜，顿精爽于自求[8]。理翳翳而愈伏，思轧轧其若抽[9]。是故或竭情而多悔，或率意而寡尤[10]。虽兹物之在我，非余力所戮[11]。故时抚空怀而自惋，吾未识夫开塞之所由也[12]。

伊兹文之为用，固众理之所因[13]。恢万里而无阂，通亿载而为津[14]。俯贻则于来叶，仰观象乎古人[15]。济文武于将坠，宣风声于不泯[16]。涂无远而不弥，理无微而不纶[17]。配霑润于云雨，象变化乎鬼神[18]。被金石而德广，流管弦而日新[19]。

---

[1] 景：影。此亦形容文思之起、灭。
[2] 言文思快捷时，一切头绪皆可理清。
[3] 此形容思绪顺利，涌动于胸中，而言词也就脱口而出。
[4] 葳蕤：繁盛的样子。馺遝：杂多的样子。毫素：笔与纸。思绪如涌，只须笔纸书写就行了。
[5] 徽徽：文采华美。泠泠：音韵清逸。此形容天机骏利之时所写下的文章。
[6] 六情：喜怒哀乐好恶六种情感。底滞：钝涩的意思。此转而言文思滞塞的情形。
[7] 《文选》吕延济注："兀若槁木，思不动也；豁若涸流，思之竭也。"
[8] 营魂：灵魂。精爽：精神。陆机诗中亦有"营魂怀兹土，精爽若飞沉"的句子（《赠从兄诗》）。赜：幽深玄奥的道理。此言收拾精神来探寻奥义。
[9] 翳翳：遮蔽的样子。轧轧：难出的样子。此言文思沉潜，出若抽丝的迟滞一般。
[10] 这概括两种情形，一是耗尽才情而犹多遗恨，一是任意挥写却殊少过失。
[11] 兹物：文章。戮力：并力。此言文章虽由我作，但如文思开塞之类并非全由己力可成。
[12] 惋：叹。开塞：即上文所谓"通塞"，李善注："开谓天机骏利，塞谓六情底滞。"
[13] 此下说文章之功用。文章之作用，原就在义理据以发抒。《文心雕龙·体性》："夫情动而言形，理发而文见，盖沿隐以至显，因内而符外者也。"
[14] 阂：阻隔。此形容文章可沟通时、空的间隔。
[15] 贻则：垂范。叶：世。此言文章上可取范于前贤，下可示则于后世。
[16] 文武：文武之道。风声：风教。此言文章可维持道义、教化。
[17] 涂：路途。弥、纶：包笼、总括。此言文章包含天下之广，义理之深微。
[18] 《文选》李周翰注："文德可以养人，故配霑润于云雨；出幽入微，故象变化乎鬼神。"
[19] 被金石：指勒记于钟鼎碑石。流管弦：言配上音乐。李善注："言文之善者，可被之金石，施之乐章。"

说明

《文赋》是文学创作经验的系统综合，且以赋的美文形式写出，在文学理论批评的历史上占有极为重要的地位。后来刘勰的《文心雕龙》就在许多方面承续、发展了陆机的观点，清代章学诚便指出："刘勰氏书，本陆机氏说而倡论文心"（《文史通义·文德》）。

《文赋》于文学之源头（感物与习学）、创作之构思、谋篇布局、文体风格、作文利病、文章功用，一一论涉，较之曹丕《典论·论文》，对文学的理论探究大大深入了，而这些体会又多是自己创作切身经验的提升，所谓"每自属文，尤见其情"。即如其论想象"精骛八极，心游万仞"，"观古今于须臾，抚四海于一瞬"，论灵感"来不可遏，去不可止"，"方天机之骏利，夫何纷而不理，思风发于胸臆，言泉流于唇齿"，都是新鲜生动且确凿不可易的观照；后代文评家所言"寂然凝虑，思接千载；悄焉动容，视通万里"（《文心雕龙·神思》），"意静神王，佳句纵横，若不可遏"（皎然《诗式》），莫不是其印证。

陆机的文学观念既申发前人所有：如"意不称物，文不逮意"，便是将《易传》、《庄子》释义方面的困惑定位于文学创作领域，又如"馨澄心以凝思，眇众虑而为言"就是将道家"虚静"养心的境界移诠为文构思之心态；并且能体现当代的文学好尚：他之所谓"悲"、"艳"都是美文时代的兴趣，而"诗缘情而绮靡"的"新语"，则"扼要的指明了当时的五言诗的趋向"（朱自清《诗言志辨》）。

陆机《文赋》之精彩，固是他个人天才的呈显，实亦受其所处时代之氛围所赐：曹丕、曹植兄弟今即可见多篇论文手札；陆机弟陆云《与兄平原书》数十通中多有谈艺语，更可视作陆机切磋精研文章之道的背景。

集评

陆云曰：兄文自为雄，非累日精拔，卒不可得言。《文赋》甚有辞，绮语颇多，文适多，体便欲不清。不审兄呼尔不？

——《与兄平原书》

刘勰曰：昔陆氏《文赋》，号为曲尽，然泛论纤悉，而实体未该。

——《文心雕龙·总术》

钟嵘曰：陆机《文赋》，通而无贬。

——《诗品·序》

李善曰：臧荣绪《晋书》曰：机，字士衡，吴郡人。祖逊，吴丞相；父抗，吴大司马。机少袭领父兵，为牙门将军。年二十而吴灭，退临旧里，与弟云勤学，积十一年，誉流京华，声溢四表，被征为太子洗马，与弟云俱入洛。司徒张华，素重其名，旧相识以文。华呈天才绮练，当时独绝；新声妙句，系踪张蔡。机妙解情理，心识文体，故作《文赋》。

——《文选》注

方廷珪曰：按兹赋前后共十二段，若不将序文细分其段落，读者不免望洋而叹，疑前后多复叠矣。首段是序作赋缘起。"其始也"以下三段，是从读古人文而得其用心变化所在，是以己之属文印合古人处。"体有万殊"一段，即言人之作文，用意虽有不同，然作文必当辨体，世人已有程式，起入下文。"其为物也"五段，发明序中"妍蚩好恶，可得而言"意。"普辞条"一段，言近人为文不及古人处，病由不知法前修；诚知法前修，便知文之有妍媸好恶，其利害全由气机之通塞。末段极赞文之功用大，见古往今来，立德立功立言，无不因文以显，亦从己之咏世德，诵先人及游文章之林府见及，应转首段。细针密线，实开韩柳二家论文之先，且已尽学者作文之利害。

——《昭明文选大成》

骆鸿凯曰：唐以前论文三篇。自刘彦和《文心》而外，简要精切，未有过于士衡《文赋》者。顾彦和之作，意在益后生；士衡之作，意在述先藻。又彦和以论为体，故略细明钜，辞约旨隐。要之言文之用心莫深于《文赋》，陈文之法式莫备于《文心》，二者固莫能偏废也。往者，李善注《选》，类引事而鲜及意义，独于《文赋》，疏解特详，资来学以津梁，阐艺林之鸿宝，意至善也。

——《文选学》

程千帆曰：盖单篇特论，综核文术，简要精确，自古以来，未有及此篇者也。观其辞锋所及，凡命意、遣辞、体式、声律、文术、文病、文德、文用，莫不包罗，可谓内须弥于芥子者已。

——《文论要诠》

王羲之

王羲之（321—379），字逸少，东晋书法家、文学家。出身世族，官至右军将军、会稽内史。

兰亭集序

永和九年[1]，岁在癸丑，暮春之初，会于会稽山阴之兰亭[2]，修禊事也[3]。群贤毕至，少长咸集。此地有崇山峻岭，茂林修竹，又有清流激湍，映带左右[4]，引以为流觞曲水[5]，列坐其次。虽无丝竹管弦之盛，一觞一咏，亦足以畅叙幽情。是日也，天朗气清，惠风和畅，[6] 仰观宇宙之大，俯察品类之盛[7]，所以游目骋怀，足以极视听之娱，信可乐也。

夫人之相与，俯仰一世，或取诸怀抱，晤言一室之内[8]，或因寄所托，放浪形骸之外[9]。虽趣舍万殊[10]，静躁不同，当其欣于所遇，暂得于己，快然自足，不知老之将至[11]；及其所之既倦[12]，情随事迁，感慨系之矣！向

---

[1]　永和九年：公元 353 年；"永和"为东晋穆宗年号。

[2]　会稽：郡名。山阴：今绍兴。

[3]　禊事：古时农历三月上旬自巳日临水祭神以除不祥，魏时改为三月三日。

[4]　谓水光映照，左右环绕。

[5]　在环曲的流水中置酒杯浮流，止于何处，即由坐列其处者饮酒。

[6]　惠风：和风。

[7]　品类：万物之种类。

[8]　此言与知友晤谈室内，倾吐胸襟。

[9]　此言寄情志于身外，不拘形迹。

[10]　趣舍：趋好与舍弃。

[11]　"不知老之将至"为孔子语，见《论语·述而》。

[12]　所之：所好所趋者。

之所欣，俛仰之间，已为陈迹 ¹，犹不能不以之兴杯 ²。况修短随化，终期于尽 ³。古人云，"死生亦大矣" ⁴，岂不痛哉！每览昔人兴感之由，若合一契 ⁵，未尝不临文嗟悼，不能喻之于怀 ⁶。固知一死生为虚诞，齐彭殇为妄作 ⁷。后之视今，亦犹今之视昔，悲夫！故列叙时人，录其所述 ⁸。虽世殊事异，所以兴怀，其致一也。后之览者，亦将有感于斯文。

说明

永和九年三月三日，谢安、孙绰、王羲之等四十余人集于山阴兰亭，各有歌咏，王羲之此文即为诸诗汇集的序文。

文中写到了敏感的心灵在自然中的欢欣和对生死大问题的悲感，很明快地点出了这批诗人创作的背景和心境。人生与自然的对照所产生的诗歌是呈现着普遍性的，同时，王羲之的这篇序文也透露了时代的特定历史性。那时诗人的心底存着一份对生命的玄思，而这种玄思时时刻刻，乃至在自然山水中也总在流泄。生命的忧思与山水的乐感交错，一方面奏出"悲欣交集"的心音，另一方面也凸现玄言、山水诗之更替。

---

[1]　此言世间迁变之速。

[2]　兴怀：发生感慨。

[3]　言生命之长短随造化迁变，终归于尽期。

[4]　此为孔子语，见《庄子·德充符》。

[5]　此言览察古人感慨之缘由，与今人契合无间。

[6]　言无法自解。

[7]　此言死生等齐的观念是为虚妄。《庄子·大宗师》："孰知生死存亡为一体者，吾与之为友。"彭祖：古长寿者。殇子：早夭者。"齐彭殇"见《庄子·齐物论》："莫寿于殇子，而彭祖为夭。"

[8]　所述：即当时所作诗篇。

　　　　　　　　　　　　　　　　　　　　　　　　　诗文评品

刘　勰

　　刘勰（约465—约532），字彦和，东莞莒人，世居京口。少时家贫，未婚娶，依定林寺僧佑十余年，钻研佛典。齐末成体大思密的《文心雕龙》五十篇。梁初入仕，曾任南康王萧绩的记室和昭明太子萧统的通事舍人。晚年皈依佛门，法名慧地。著作另有《灭惑论》、《梁建安王造剡山石城寺石像碑》。

文心雕龙·神思

　　古人云：形在江海之上，心存魏阙之下[1]。神思之谓也。文之思也，其神远矣[2]。故寂然凝虑，思接千载；悄焉动容，视通万里[3]；吟咏之间，吐纳珠玉之声；眉睫之前，卷舒风云之色[4]。其思理之致乎[5]！故思理为妙，神与物游[6]。神居胸臆，而志气统其关键[7]；物沿耳目，而辞令管其枢机[8]。枢机方通，则物无隐貌；关键将塞，则神有遁心[9]。是以陶钧文

[1]　这是古时魏公子牟的话，原是在野怀朝的意思，刘勰用以表达神思无所局限的意思。原话见《庄子·让王》。
[2]　此言文思驰骋极远。
[3]　此言凝神思虑，突破时空局限。
[4]　此言琢磨声韵，悬想形容。
[5]　致：形态、形状。
[6]　思理：即构思。神与物游：心神与物象结合在一起，浮沉变化。
[7]　此言神思在胸中之运作，情志气质是关键所在。
[8]　感官感受物象，言辞是传达它们的媒介。
[9]　此承上而言，语辞通畅可写尽物态，情志滞塞则构思涣散。遁：逃。

思，贵在虚静，疏瀹五脏，澡雪精神[1]。积学以储宝，酌理以富才[2]，研阅以穷照，驯致以绎词[3]；然后使玄解之宰，寻声律而定墨，独照之匠，窥意象而运斤[4]。此盖驭文之首术，谋篇之大端[5]。夫神思方运，万涂竟萌[6]，规矩虚位，刻镂无形[7]，登山则情满于山，观海则意溢于海，我才之多少，将与风云而并驱矣。方其搦翰，气倍辞前；暨乎篇成，半折心始[8]。何则？意翻空而易奇，言征实而难巧也[9]。是以意授于思，言授于意[10]；密则无际，疏则千里[11]；或理在方寸，而求之域表；或义在咫尺，而思隔山河[12]。是以秉心养术，无务苦虑，含章司契，不必劳情也[13]。

人之禀才，迟速异分[14]，文之制体，大小殊功[15]。相如含笔而腐毫[16]，

·

---

[1] 陶钧：制陶的转轮，此言运作。此言构思时要使内心精神保持在虚静的状态。五藏即五脏，肺心肝肾脾。瀹：疏通。《庄子·知北游》："疏瀹而心，澡雪而精神。"《七发》："澡概胸中，洒练五藏。"

[2] 此言学养、析理之重要。

[3] 绎，或作怿，整理，运作。此言研读阅历尽心观照，又要训其情志以运作言词。

[4] 玄解之宰：指运思之心。定墨：落墨写作。运斤：运作斧斤，此指实践构思。此言依声律而落墨，据构想形象来创作。

[5] 大端：大关节。

[6] 涂：途。萌：萌生。此言构思想象之初，无数思路并发。

[7] 此言由虚无中构思，刻画种种。《文赋》"课虚无以责有，叩寂寞以求音"，也是这一意思。

[8] 搦翰：执笔。这是说执笔之初，意气远盛于文辞，完篇之后，表达的只不过是原先的一半。

[9] 此言意想蹈虚易于新奇，而文辞质实难于巧妙。

[10] 此言"思"、"意"、"言"三者间的递次关系。

[11] 此言三者或者契合，或者乖离的情状。

[12] 域表：域外。方寸：内心。此言"意"、"理"难以把握。

[13] 秉心：持守其心。含章司契：含有文采而掌握规律。此言作家信执心静，练养文术，保有文采又掌握规律，就不必苦思冥想了。

[14] 此言人的天赋，迟缓敏捷各有不同。

[15] 制体：体式。

[16] 司马相如为文思索迟缓，含着笔毫致使它都腐烂了。

扬雄辍翰而惊梦[1]，桓谭疾感于苦思[2]，王充气竭于沉虑[3]，张衡研《京》以十年[4]，左思练《都》以一纪[5]，虽有巨文，亦思之缓也。淮南崇朝而赋《骚》[6]，枚皋应诏而成赋[7]，子建援牍如口诵[8]，仲宣举笔似宿构[9]，阮瑀据鞍而制书[10]，祢衡当食而草奏[11]，虽有短篇，亦思之速也。若夫骏发之士，心总要术，敏在虑前，应机立断[12]；覃思之人，情饶歧路，鉴在疑后，研虑方定[13]。机敏故造次而成功，虑疑故愈久而致绩[14]。难易虽殊，并资博练[15]。若学浅而空迟，才疏而徒速，以斯成器，未之前闻。是以临篇缀虑，必有二患；理郁者苦贫，辞溺者伤乱[16]。然则博见为馈贫之粮，贯一为拯乱之

[1] 扬雄为文苦思，竭耗精神，致夜做噩梦，事见桓谭《新论》："思虑精苦，赋成遂困倦小卧，梦其五脏出在地，以手收而内之；及觉，病喘悸，大少气，病一岁。"

[2] 桓谭也因苦思致病："尝激一事而作小赋，用精思太剧，而至感动发病，弥日瘳。"（《新论》）

[3] 王充因著《论衡》精气衰竭，见《后汉书·王充传》。

[4] 张衡写作《二京赋》，"精思傅会，十年乃成"（《后汉书·张衡传》）。

[5] 一纪：十二年。左思写作《三都赋》，用了十年时间（《文选》李善注引臧荣绪《晋书》）。以上言文章构思写作之迟。

[6] 淮南王刘安受诏作《离骚赋》，即时写就，见高诱《淮南鸿烈解叙》："诏使为《离骚赋》，自旦受诏，日早食已上。"

[7] 枚皋为文之速见《汉书·枚皋传》："上有所感，辄使赋之，为文疾，受诏辄成。"

[8] 子建行文迅速，杨修《答临淄侯笺》："又尝亲见执事，握牍持笔，有所造作，若成诵在心，借书于手，曾不斯须，少留思虑。"

[9] 王粲提笔就写，好像是已往的成篇而已。《三国志·魏志·王粲传》："善属文，举笔便成，无所改定，时人常以为宿构。"

[10] 阮瑀在马鞍上作文，即时而成，《三国志·魏志·王粲传》裴松之注引《典略》："太祖尝使瑀书与韩遂。时太祖适近出，瑀随从，因于马上具草，书成呈之。"

[11] 《后汉书·祢衡传》记他在荆州为刘表重作奏章，"须臾立成，辞义可观"，又记他在黄祖的宴会上作《鹦鹉赋》，"文不加点，辞采甚丽"。此处刘勰合二事为一事。以上言构思写作之速。

[12] 骏发：文思快捷。此言文思爽利的人心知文章要求，无须多虑，作文当机立断。

[13] 覃思：深思。此言文思凝滞的人，心里怀着多重思路，疑虑之后才有裁断，细作思量才能定夺。

[14] 此对比思虑敏捷与迟滞者的不同。

[15] 博练：广泛的演习。

[16] 思理沉郁者往往显贫乏，沉溺藻饰者则常见芜杂。

药 [1]，博而能一，亦有助乎心力矣。

若情数诡杂，体变迁贸 [2]。拙辞或孕于巧义，庸事或萌于新意 [3]。视布于麻，虽云未费，杼轴献功，焕然乃珍 [4]。至于思表纤旨，文外曲致，言所不追，笔固知止 [5]。至精而后阐其妙，至变而后通其数 [6]，伊挚不能言鼎 [7]，轮扁不能语斤 [8]，其微矣乎！

赞曰 [9]：神用象通，情变所孕 [10]。物以貌求，心以理应 [11]。刻镂声律，萌芽比兴 [12]。结虑司契 [13]，垂帷制胜 [14]。

说明

《文心雕龙》是古代"体大思精"的文论著作，"体大"在于全书包含的论文章原理、文体论、创作论等各方面的综合，"思精"则体现在能

---

[1]　针对上述情况，提出博见识、一条理的办法。
[2]　此言文章作法很多，体势也迁变不定。贸：易。
[3]　拙朴言辞或会蕴含妙理，平凡事情或能萌发新义。
[4]　杼轴：织机代称。此以布、麻比较为例，两者虽相承续，但经织理，变为光彩的珍物了，以比喻文思的功用。
[5]　这也就是言不及意的意思。
[6]　此言只有至于精微的境界，才会体会其中奥秘，也就是说只能以同等质量的实践去印证，而无法说清。
[7]　伊尹以烹调的例子说商汤，有"鼎中之变，精妙微纤，口弗能言，志弗能喻"之语（《吕氏春秋·本味》）。
[8]　此参见前选《庄子·天地》。
[9]　赞，篇后论语，《文心雕龙》多为四言韵语。
[10]　文思运作，与物象同其浮游，包含各种情味变化。
[11]　物象以外形吸引人，文士则以心灵来应和之。
[12]　此言创作中关涉声律、比兴的酝酿、经营。
[13]　结虑：集中思虑，即构思。司契：掌其规律。
[14]　此言虚静为文即可获成功，此暗用"运筹帷幄之中，决胜千里之外"的话；"垂帷"所含"虚静"义，参见《汉书·叙传》"下帷覃思"。

将前人观念更推进一步。《神思》便是"思精"的一个表现，比如论心境之"虚静"可溯源于《庄子》，论神思之飞动已见于《文赋》，但以往都没有《神思》说得全面、透彻。此外，刘勰讲到了"神与物游"的"意象"问题，讲到"言"、"意"之间的离合问题，讲到想象与"积学"、"酌理"的辩证关系，都无疑是将文学创作的想象构思问题大大丰富了。

文心雕龙·风骨

《诗》总六义，风冠其首[1]，斯乃化感之本源，志气之符契也[2]。是以怊怅述情[3]，必始乎风；沉吟铺辞，莫先于骨。故辞之待骨，如体之树骸；情之含风，犹形之包气[4]。结言端直，则文骨成焉；意气骏爽，则文风清焉[5]。若丰藻克赡，风骨不飞，则振采失鲜，负声无力[6]。是以缀虑裁篇，务盈守气[7]。刚健既实，辉光乃新。其为文用，譬征鸟之使翼也[8]。

故练于骨者，析辞必精；深乎风者，述情必显[9]。捶字坚而难移，结响凝而不滞[10]，此风骨之力也。若瘠义肥辞，繁杂失统，则无骨之征也[11]；思不环周，索莫乏气，则无风之验也[12]。昔潘勖锡魏，思摹经典，群才韬笔，乃其骨髓峻也[13]；相如赋仙，气号凌云，蔚为辞宗，乃其风力遒

[1] 《诗》有六义：风、赋、比、兴、雅、颂，"风"居其首；参见前选《毛诗序》。

[2] 言"风"为感染力之本源，是对作者志气的相契合的表现。风、气两者之间有相关性，《尔雅·释言》："风，气也。"《庄子·齐物论》："大块噫气，其名为风。"本篇多涉及"气"的概念，实是因为就作者而言的"气"，表现于作品中便是所谓"风"。

[3] 怊怅：抑郁失意的样子。

[4] 此言文辞须有"骨"，如形体有待骨骸方能树立；情思须含"风"，如形体包含气才有生命。

[5] 此言文辞正而有力，文骨便形成了；意气爽朗骏利，文风也便产生了。清，一作"生"。

[6] 此言文章如辞藻丰赡，而风骨不具备，那么辞采也会失去光泽，音调也显疲弱。

[7] 因为风骨之根本究竟可推溯到作者的志气，所以这里说文章写作，归根到底要守养气性。

[8] 征鸟：鹰隼一类猛禽。此言志气对文章的作用非常关键，就如猛禽之飞翔依赖其双翼。

[9] 此言深明风骨，则表现情思、选择词语便会明了、精当。

[10] 捶字：炼字的意思，即上文"析辞"的说法；坚而难移，即谓精确恰当。下句言声调，"凝"也是"难移"的意思，"不滞"是说流畅。

[11] 风骨以"清峻"为尚，义辞失统而辞肥义少，故是"无骨"。

[12] 索莫：精神沉郁的样子。此言文思不周圆，沉闷不已，便是"无风"。

[13] 汉末献帝时策命曹操为魏公，加九锡，策文出潘勖之手，该文取法《尚书》，胜过他人，刘勰认为即"骨峻"的缘故。韬笔：收笔，即逊于潘氏的意思。

诗文评品

也¹。能鉴斯要，可以定文；兹术或违，无务繁采²。

故魏文称"文以气为主，气之清浊有体，不可力强而致"。故其论孔融，则云"体气高妙"；论徐干，则云"时有齐气"；论刘桢，则云"有逸气"³。公干亦云："孔氏卓卓，信含异气，笔墨之性，殆不可胜⁴。"并重气之旨也。夫翚翟备色而翾翥百步，肌丰而力沉也⁵；鹰隼乏采而翰飞戾天，骨劲而气猛也⁶。文章才力，有似于此。若风骨乏采，则鸷集翰林⁷；采乏风骨，则雉窜文囿⁸。唯藻耀而高翔，固文笔之鸣凤也。

若夫镕铸经典之范，翔集子史之术，洞晓情变，曲昭文体⁹，然后能莩甲新意，雕画奇辞¹⁰。昭体故意新而不乱，晓变故辞奇而不黩¹¹。若骨采未圆，风辞未练，而跨略旧规，驰骛新作，虽获巧意，危败亦多¹²。岂空结奇字，纰谬而成经矣¹³。《周书》云："辞尚体要，弗惟好异¹⁴。"盖防文滥也。然文术多门，各适所好，明者弗授，学者弗师。于是习华随侈，

[1] 相如赋仙，见《史记·司马相如传》："相如既奏《大人》之颂，天子大说，飘飘有凌云之气，似游天地之间意也。"此言司马相如《大人赋》之成功，就在其"风"劲。

[2] 此言能明了此点，就可以为文了；如果违背这一原则，也用不着劳心缀辞了。

[3] 此上引述见《典论·论文》，参见前选，刘桢"有逸气"，见曹丕《与吴质书》。

[4] 此刘桢评孔融语，原文已佚。

[5] 翚：五采俱备的山鸡。翟：长尾山鸡。翾：小飞。翥：奋飞。此以五采山鸡肌肥力弱，无法远飞，譬喻文章缺乏风力的弊处。

[6] 翰飞戾天：高飞至天，语出《诗经·小雅·小宛》。此言鹰隼之类虽乏采饰，但有风力，故能高飞入天。此与上句对比而言。

[7] 翰林：翰墨之林，即文坛。此言仅有风骨而无文采，就如鹰落文章之林。

[8] 此言有文采而乏风骨，就如山鸡窜入文苑。刘勰对上述两种情况都是表示不满的，他主张"藻耀而高翔"，即既有文采又有风骨。

[9] 此言综合经子史的精粹，明晓文章情思、文体各方面。

[10] 莩甲：萌生。

[11] 此承上而言。黩：淫滥。

[12] 跨略旧规：越过旧的法则。此言只有注意了风骨，才谈得上别的创造。

[13] 空结奇字：徒然缀合奇巧的辞句。成经：成功一种常则。

[14] 此出伪古文《尚书·毕命》，意为文辞重在表达要旨，不在新异。

流遁忘反 [1]。若能确乎正式，使文明以健，则风清骨峻，篇体光华 [2]。能研诸虑，何远之有哉 [3]！

赞曰：情与气偕，辞共体并 [4]。文明以健，珪璋乃聘 [5]。蔚彼风力，严此骨鲠 [6]。才锋峻立，符采克炳 [7]。

说明

"风骨"是《文心雕龙》中最引起后人争论的范畴之一，或者虚涵解释，或者落实析辨，如黄侃先生《文心雕龙札记》就说："风即文意，骨即文辞"。"风骨"原即是一个用法多端的概念，可评论人物的形体风神，可概括书画作品的风格。刘勰的概念实际也不是全然严格的，但大致是说文思清劲文辞峻健的美，所谓"风清骨峻"与建安文学的特质有着深层的关联性。虽然不必将"风""骨"决然判别为与"文意""文辞"相关，但就文中多将"情"与"风"、"辞"与"骨"相并说，认为"风"多于情思、"骨"多于"文辞"表现出来，还是恰当的。刘勰对"风骨"与其他范畴的关系也有值得注意的论说，如"风骨"与"气"、"风骨"与"文采"。前者如明代黄叔琳的概括"气是风骨之本"，与其作者才气学习与作品风格关系密切（参见前选《体性》）的观点是契合的；后者则

---

[1]　此言但知追求华美，忘却根本的流荡不返。
[2]　确乎正式：确定正确的法式。文明以健：文思明晰而辞语挺拔。风清骨峻：这是刘勰正面提出的风骨含义。
[3]　此言注意上述各端，即可达风骨境界。
[4]　此言情与风力相关，辞与骨力相关。
[5]　珪璋：聘问时的礼器。此言文章达到"风清骨峻"，则能周行天下。
[6]　此言树立风骨。
[7]　风骨立，则文才显而文采见。

很能见出刘勰的辩证态度。

刘勰论"风骨"，显示出与建安文学精神的联系，其篇中多引曹丕论"气"之语，也可见出文学理论上的汲取，而后来的批评家也多沿袭"风骨"范畴，表彰建安文学的风神，以抨击丰藻肥辞而索莫乏气的文风，比如唐代陈子昂称"汉魏风骨，晋宋莫传"（《与东方左史虬修竹篇序》），殷璠则说："四百年内，曹、刘、陆、谢，风骨顿尽"（《河岳英灵集》小序）。其实，刘勰在本篇中所贬"空结奇字"、"习华随侈"，也是有所指的，正针对着当时的文风。

集评

黄侃曰：风骨，二者皆假于物以为喻。文之有意，所以宣达思理，纲维全篇，譬之于物，则犹风也。文之有辞，所以摅写中怀，显明条贯，譬之于物，则犹骨也。必知风即文意，骨即文辞，然后不蹈空虚之弊。或者舍辞意而别求风骨，言之愈高，即之愈渺，彦和本意不如此也。绅诵斯篇之辞，其曰"怊怅述情，必始于风，沈吟铺辞，莫先于骨"者，明风缘情显，辞缘骨立也。其曰"辞之待骨，如体之树骸，情之含风，犹形之包气"者，明体恃骸以立，形恃气以生；辞之于文，必如骨之于身，不然则不成为辞也，意之于文，必若气之于形，不然则不成为意也。其曰"结言端直，则文骨成焉，意气骏爽，则文风清焉"者，明言外无骨，结言之端直者，即文骨也；意外无风，意气之骏爽者，即文风也。其曰"丰藻克赡，风骨不飞"者，即徒有华辞，不关实义者也。其曰"缀虑裁篇，务盈守气"者，即谓文以命意为主也。其曰"练于骨者，析辞必精，深乎风者，述情必显"者，即谓辞精则文骨成，情显则文风生也。其云"瘠义肥辞，无骨之征，思不环周，无气之征"者，明治文气以运思为要，植文骨以修辞为要也。其曰"情与气偕，辞共体并"者，明气不能自显，情显则气具其中，骨不能独章，辞章则骨在其中也。

综览刘氏之论，风骨与意辞，初非有二。然则察前文者，欲求其风骨，不能舍意与辞也；自为文者，欲健其风骨，不能无注意于命意与修辞也。风骨之名，比也；意辞之实，所比也。今舍其实而求其名，则适令人迷罔而不得所归宿，海气之楼台，可以践历乎？病眼之空花，可以把玩乎？彼舍意与辞而别求风骨者，其亦海气、空花之类也。彦和既明言风骨即辞意，复恐学者失命意修辞之本而以奇巧为务也，故更揭示其术曰："镕铸经典之范，翔集子史之术，洞晓情变，曲昭文体，然后能孚甲新意，雕画奇辞。昭体故意新而不乱，晓变故辞奇而不黩。"明命意修辞，皆有法式，合于法式者，以新为美，不合法式者，以新为病。推此言之，风藉意显，骨缘辞章，意显辞章，皆遵轨辙，非夫弄虚响以为风，结奇辞以为骨者矣。大抵舍人论文，皆以循实反本酌中合古为贵，全书用意，必与此符。《风骨》篇之说易于凌虚，故首则诠释其实质，继则指明其径途，仍令学者不致迷罔，其斯以为文术之圭臬者乎。

　　　　　　　　　　　　—— 黄侃《文心雕龙札记》

文心雕龙·养气

昔王充著述，制《养气》之篇[1]，验己而作[2]，岂虚造哉！夫耳目鼻口，生之役也[3]；心虑言辞，神之用也。率志委和[4]，则理融而情畅；钻砺过分，则神疲而气衰；此性情之数也。夫三皇辞质，心绝于道华[5]；帝世始文，言贵于敷奏[6]；三代春秋，虽沿世弥缛，并适分胸臆，非牵课才外也[7]。战代枝诈[8]，攻奇饰说；汉世迄今，辞务日新，争光鬻采[9]，虑亦竭矣。故淳言以比浇辞，文质悬乎千载[10]；率志以方竭情，劳逸差于万里[11]；古人所以余裕，后进所以莫遑也。[12]

凡童少鉴浅而志盛，长艾识坚而气衰[13]，志盛者思锐以胜劳[14]，气衰者

---

[1]　汉代王充曾作《养性》十六篇，今已佚。

[2]　言经过自己的体验而成就的著作。《论衡·自纪》说自己"发白齿落，日月逾迈"，"贫无供养，志不娱怀"，因作《养性》十六篇，"养气自守，适食则酒，闭明塞聪，爱精自保，适辅服药引导，庶冀性命可延，斯须不老"。

[3]　此出自《吕氏春秋·贵生》。

[4]　率：循。委和：出《庄子·知北游》，谓任从自然也。

[5]　三皇：各种说法不一，据《史记》司马贞《三皇本纪》为庖牺氏、女娲氏、神农氏。此言三皇时文辞朴质，没有华丽的心意。

[6]　帝世：指尧舜时代。敷奏：臣对君的建言。此言到了尧舜的时代，始有文采。《原道》："唐虞文章，则焕乎始盛。"《奏启》："昔唐虞之臣，敷奏以言"。

[7]　三代：夏、商、周。适分：随性适分。牵课：牵连。此言三代至春秋，虽然文采代增，但都适顺作者性分表达，并非外在于才性处强求的。

[8]　战代：战国时代。枝诈：繁杂不实。

[9]　此言汉代时，文辞力图新变，争奇炫采。

[10]　淳、浇：厚、薄。此言淳厚的文辞与浅薄的文辞相比较，在文采与朴质的差别悬隔千年。

[11]　随顺情性的作品与竭尽情思的创作，劳逸的差别有万里之遥。

[12]　所以古人显得从容有闲，而后来的作者忙碌无暇。

[13]　长艾：老年，《礼记·曲礼上》："五十曰艾。"这是说年少者与老年人的一般优劣。

[14]　胜劳：能受得了疲劳。

虑密以伤神，斯实中人之常资，岁时之大较也。若夫器分有限，智用无涯，或惭凫企鹤[1]，沥辞镌思，于是精气内销，有似尾闾之波[2]，神志外伤，同乎牛山之术[3]；怛惕之盛疾[4]，亦可推矣。至如仲任置砚以综述[5]，叔通怀笔以专业[6]，既暄之以岁序，又煎之以日时[7]，是以曹公惧为文之伤命，陆云叹用思之困神，非虚谈也[8]。

夫学业在勤，功庸弗怠，故有锥股自厉，和熊以苦之人[9]。志于文也，则申写郁滞，故宜从容率情，优柔适会[10]。若销铄精胆，蹙迫和气，秉牍以驱龄，洒翰以伐性[11]，岂圣贤之素心，会文之直理哉！[12]且夫思有利钝，时有通塞[13]，沐则心覆，且或反常[14]，神之方昏，再三愈黩[15]。是以吐纳文艺，

---

[1] 这是说不依循自己的性情，徒然倾慕他人的优长，典出《庄子·骈拇》："长者不为有余，短者不为不足。是故凫胫虽短，续之则忧；鹤胫虽长，断之则悲。"
[2] 尾闾，是海水外泄的地方，见《庄子·秋水》："天下之水，莫大于海，万川归之，不知何时止而不盈；尾闾泄之，不知何时已而不虚。"
[3] 此言用神太甚，将如秃山。牛山，齐国东南山，原林木甚美，"斧斤伐之"，"牛羊又从而牧之"，所以残秃了（《孟子·告子上》）。
[4] 怛惕：惊恐忧惧。
[5] 王充著《论衡》事，见《初学记》引谢承《后汉书》："王充于室内门户墙柱，各置笔砚，著《论衡》八十五篇。"
[6] 叔通：东汉曹褒字，他"常憾朝廷制度未备，慕叔孙通汉礼仪，昼夜研精，沈吟专思，寝则怀抱笔札，行则诵习文书，当其念至，忘所之适"。
[7] 此言长年累月的苦思如受日晒、受煎熬。
[8] 曹公：曹操，其事不得详。陆云，陆机之弟，他的《与兄平原书》有"用思困人"语。
[9] 锥股自厉：苏秦读书刻苦，"欲睡，引锥自刺其股，血流至地"（《战国策·秦策》）。"功庸弗怠"，"和熊以苦之人"是后人所补，非刘勰原文，因为以熊胆和丸，以其苦刺激勤学是唐人柳仲郢的故事（见《新唐书》本传）。
[10] 此言从容不迫地顺着情性，适应着时机。
[11] 此言消耗精神，逼迫和气，手执纸张驱遣自己的年命，挥笔伤伐自己的生命。
[12] 这哪是圣人的本意，写作的大道呢！
[13] 文思有敏捷迟钝的时候，或通畅或阻塞。
[14] 洗头时心位反复，见《左传·僖公二十四年》。
[15] 黩：此头脑的昏黑。

务在节宣¹，清和其心，调畅其气，烦而即舍，勿使壅滞²，意得则舒怀以命笔，理伏则投笔以卷怀³，逍遥以针劳，谈笑以药倦⁴，常弄闲于才锋，贾余于文勇⁵，使刃发如新，腠理无滞⁶，虽非胎息之迈术，亦卫气之一方也⁷。

赞曰：纷哉万象，劳矣千想。玄神宜宝，素气资养⁸。水停以鉴，火静而朗⁹。无扰文虑，郁此精爽。¹⁰

说明

"养气"之"气"与《风骨》之"气"略有不同，黄侃《文心雕龙札记》说："养气谓爱精自保，与《风骨》篇所云诸'气'不同。此篇之作，所以补《神思》篇之未备，而求文思常利之术也。"这确是文艺创作中的一大问题。刘勰主张创作应"率志委和"、"适分胸臆"，而反对劳神竭虑。文中首先提出养气与创作的关系，指出销伤精神的弊端，最后提出养气的方法。

---

[1]　节宣：有节制的宣发。
[2]　此言当清明心境，调畅气志，烦郁时就且放下，不使它滞塞。
[3]　伏：隐伏不显。卷怀：收拾起来、退藏，《论语·卫灵公》："邦有道则仕，邦无道则可卷而怀之。"
[4]　针劳、药倦：谓消除疲倦。
[5]　此言在轻闲中显其才力，在创作方面潜力无穷。
[6]　刃发如新：形容锐气常新，出《庄子·养生主》"刀刃若新发于硎。"腠理：肌肤之纹理，此言文章气脉。
[7]　胎息：古代修养内气的方法。此言这虽不是修养身心的妙术，但也是养气的一种方法。
[8]　玄神：精神。
[9]　水停以鉴：静水明朗可鉴，《庄子·德充符》："人莫鉴于流水，而鉴于止水。"火静而朗：火头不摇曳时最为明朗。
[10]　郁：积累。此言不要扰乱文思，保有其清明。

集评

　　黄侃曰：养气谓爱精自保，与《风骨》篇所云诸气不同。此篇之作，所以补《神思》篇之未备，而求文思利之术也。《神思》篇曰："枢机方通，则物无隐貌，关键将塞，则神有遁心，是以陶钧文思，贵在虚静，疏瀹五藏，澡雪精神。"又云："秉心养术，无务苦虑，含章思契，不必劳情也。"《文赋》亦曰："应感之会，通塞之纪，来不可遏，去不可止，或竭情而多悔，或率意而寡尤，虽兹物之在我，非余力之所勠。"以二君之言观之，则文思利钝，至无定准，虽有上材，不能自操张弛之术，但心神澄泰，易于会理，精气疲竭，难于用思，为文者欲令文思常赢，惟有弭节安怀，优游自适，虚心静气，则应物无烦，所谓明镜不疲于屡照也。然心念既澄，亦有转不能构思者，士衡云"理翳翳而愈伏，思乙乙其若抽"；虽使闭聪塞明，一念若兴，仍复未静以前之状，故彦和云"意得则舒怀命笔，理伏则投笔卷怀"；亦惟听其自然，不复强思以自困，若云心虚静者，即能无滞于为文，则亦不定之说也。大凡为学为文，皆有弛张之数，故《学记》云："君子之于学也，藏焉、修焉、息焉、游焉。"注云："藏，谓怀抱之；修，习也；息，谓作劳休止之谓息；游，谓闲暇无事之谓游。"然则息游亦为学者所不可缺，岂必终夜以思，对案不食，若董生下帷，王劭思书，然后为贵哉？至于为文伤命，益有其徵，若夫相如含笔而腐毫，扬雄辍翰于惊梦，桓谭疾感于苦思，王充气竭于思虑，彦和既举之矣。后世若杜甫之性耽佳句，李贺之呕出心肝，又有吟成一字，撚断数髭，二句三年，一吟流泪，此皆销铄精胆，蹙迫和气，虽有妙文，亦自困之至也。又人才有高下，不可强为，故《颜氏家训》云："钝学累功，不妨精熟，拙义研思，终归蚩鄙，但成学士，自足为人，必乏天才，勿强操笔。"此言才气庸下，虽使沥辞镌思，终然无益也。大抵年少精力有余，而照理不深，虽用苦思，而文章未即工妙，年齿稍长，略谙文术，操觚之际，又患精力不能赴之，此所以文鲜名篇，而思理两致之匪易也。恒人或用养气之说，尽日游宕，无所用心，其于文章之术未尝研炼，甘苦疾徐未尝亲验，苟以养气为言，虽使颐神胎息，至于百龄，一旦临篇，还成龃龉，彦和养气之说，正为刻厉之士言，不为逸游者立论也。

—— 黄侃《文心雕龙札记》

文心雕龙·时序

时运交移，质文代变，古今情理，如可言乎！昔在陶唐，德盛化钧[1]，野老吐"何力"之谈[2]，郊童含"不识"之歌[3]。有虞继作，政阜民暇[4]，"薰风"诗于元后，"烂云"歌于列臣[5]。尽其美者，何乃心乐而声泰也[6]。至大禹敷土，"九序"咏功[7]，成汤圣敬，"猗欤"作颂[8]。逮姬文之德盛，《周南》勤而不怨[9]；大王之化淳，《邠风》乐而不淫[10]。幽厉昏而《板》《荡》怒[11]，平王微而《黍离》哀[12]。故知歌谣文理，与世推移，风动于上，而波震于下者。春秋以后，角战英雄，六经泥蟠[13]，百家飙骇[14]。方是

[1]　陶唐：尧，初居陶，后徙唐，史称陶唐氏。化：教化。钧：均。
[2]　"何力"之谈，即《击壤歌》："吾日出而作，日入而息，凿井而饮，耕田而食，尧何等力。"（《论衡·艺增》）
[3]　"不识"之歌，即《康衢谣》："立我蒸民，莫非尔极，不识不知，顺帝之则。"（《列子·仲尼》）
[4]　有虞：舜。政阜民暇：政绩盛大而百姓安闲。
[5]　舜曾作《南风歌》有"南风之薰兮"句；又君臣共倡和《卿云歌》，舜倡有"卿云烂兮"一句。
[6]　"尽其美者何"，即"其尽美者何"，意为它们那么完美是为什么呢？声泰：音调安泰。
[7]　大禹分治九州水土，有歌咏其功德。"九序咏功"，《尚书·大禹谟》："九功惟叙，九叙惟歌。"
[8]　成汤圣敬：商之开创者汤圣明严慎；"圣敬"，出《诗经·商颂·长发》："圣敬日跻。""猗欤"，《诗经·商颂·那》："猗与那与。"
[9]　姬文：周文王，姬姓，故称。《周南》：《诗经》中《国风》之一；《左传·襄公二十九年》记吴公子季札听《周南》、《召南》之乐，有"勤而不怨"的评语。
[10]　大王：周文王祖父。吴季札听乐后称"乐而不淫"。
[11]　幽厉：周幽王、周厉王。《板》、《荡》都是《大雅》中的篇章，《诗序》分别以为"凡伯刺厉王也"，"召穆公伤周室大坏也。厉王无道，天下荡荡，无纲纪文章，故作是诗也"。
[12]　平王：周平王，为东周首位天子。《黍离》，见《诗经·王风》中，《诗序》："《黍离》，闵宗周也。周大夫行役，至于宗周，过故宗庙宫室，尽为禾黍，闵周室之颠覆，彷徨不忍去而作是诗也。"
[13]　泥蟠：《法言·问神》："龙蟠于泥"，即谓"六经"沉沦。
[14]　形容诸子百家风起云涌。

时也，韩、魏力政[1]，燕、赵任权[2]，五蠹六虱[3]，严于秦令，唯齐、楚两国，颇有文学[4]。齐开庄衢之第[5]，楚广兰台之宫[6]，孟轲宾馆[7]，荀卿宰邑[8]，故稷下扇其清风[9]，兰陵郁其茂俗[10]，邹子以谈天飞誉[11]，驺奭以雕龙驰响[12]，屈平联藻于日月，宋玉交彩于风云。观其艳说，则笼罩《雅》《颂》[13]。故知炜烨之奇意，出乎纵横之诡俗也[14]。

爰至有汉，运接燔书[15]，高祖尚武，戏儒简学[16]，虽礼律草创[17]，《诗》

---

[1]　力政：即力征，谓强力征伐。

[2]　任权：运用权术。

[3]　五蠹：《韩非子》以"学者"、"言古者"、"带剑者"、"近御者"及"商工之民"为五种害虫。六虱：《商君书·靳令》："六虱，曰礼乐、曰诗书、曰修善、曰孝弟、曰诚信、曰贞廉、曰仁义、曰非兵、曰羞战。"此法家学说大行于秦国，所以以下文称"严于秦令"。

[4]　文学：总称学术文化。

[5]　齐国"开第康庄之衢，高门大屋，尊宠之，览天下诸侯宾客，言齐能致天下贤士也"。（《史记·孟子·荀卿列传》）

[6]　宋玉《风赋》："楚襄王游于兰台之宫，宋玉、景差侍。"兰台宫可见也是招纳文士的地方。

[7]　孟子在齐位尊，不居官位而称"宾师"，齐王往见于宾馆。

[8]　荀况曾作兰陵令，《史记·孟子·荀卿列传》："齐人或谗荀卿，荀卿乃适楚，而春申君以为兰陵令。"

[9]　稷下：齐国都门之下，当时学士聚集论学之所在，《史记·孟子·荀卿列传》："自驺衍与齐之稷下先生，如淳于髡、慎到、环渊、接子、田骈、驺奭之徒，各著书言治乱之事以干世主。"

[10]　刘向《荀子叙》："兰陵多善为学，盖以孙卿也。"

[11]　邹子：邹衍，稷下学者之一，当时有"谈天衍"之称，刘向《别录》："邹衍之所言，五德终始，天地广大，书言天事，故曰谈天。"（《史记集解》引）飞誉：驰名。

[12]　驺奭，稷下学者之一，有"雕龙奭"之称，刘向《别录》："修衍之文饰，若雕镂龙文，故曰雕龙。"

[13]　此言屈原、宋玉的文采胜于《雅》、《颂》。

[14]　此言屈、宋的奇思文采，出于纵横家的诡诞风气。《史记·屈原贾生列传》称屈原"长于辞令"，"出则接遇宾客，应付诸侯"。

[15]　燔书：指秦始皇焚书事。

[16]　高祖：刘邦。简：简慢，轻略。戏儒事，见《史记·郦食其传》："沛公不好儒，诸客冠儒冠来者，沛公辄解其冠，溲溺其中。"

[17]　《汉书·礼乐志》："汉兴，拨乱反正，日不暇给，犹命叔孙通制礼仪，以正君臣之位。"《汉书·艺文志》："汉兴，萧何草律。"

《书》未遑，然《大风》《鸿鹄》之歌[1]，亦天纵之英作也。施及孝惠，迄于文、景[2]，经术颇兴，而辞人勿用。贾谊抑而邹、枚沉[3]，亦可知已。逮孝武崇儒，润色鸿业，礼乐争辉，辞藻竞骛：[4]柏梁展朝谳之诗[5]，金堤制恤民之咏[6]，徵枚乘以蒲轮[7]，申主父以鼎食[8]，擢公孙之对策[9]，叹倪宽之拟奏[10]，买臣负薪而衣锦[11]，相如涤器而被绣[12]，于是史迁、寿王之徒[13]，严、终、枚皋之属[14]，应对固无方，篇章亦不匮[15]，遗风余采，莫与比盛。越昭及宣，

---

[1]　《大风歌》，汉高祖平黥布过沛时作，辞曰："大风起兮云飞扬，威加海内兮归故乡，安得猛士兮守四方！"（《史记·汉高祖本纪》）。《鸿鹄歌》，刘邦拟易太子而不成，与戚夫人歌"鸿鹄高飞"云云（《史记·留侯世家》）。

[2]　施：延。孝惠：汉惠帝刘盈。文、景：汉文帝刘恒、汉景帝刘启。

[3]　经术颇兴：文帝时置《论语》、《孝经》、《尔雅》、《孟子》等博士，景帝时置《诗》、《春秋》、《公羊》等博士。贾谊，"天子后亦疏之，不用其议，以谊为长沙王太傅"（《汉书·贾谊传》）；邹阳，"孝王怒，下之吏，将欲杀之"（《史记·邹阳传》）；枚乘，"以病去官"（《汉书·枚乘传》）。这些都是"辞人勿用"或"抑"而"沉"的例子。

[4]　孝武：汉武帝刘彻。骛：疾驰。其"崇儒"，《汉书·武帝纪赞》称："初立，表章六经，兴太学，号令文章，焕焉可述。后嗣得遵洪业，而有三代之风。"

[5]　柏梁，台名，武帝时筑，诏群臣有能为诗者得上坐，曾与群臣于台上宴饮联句成诗。

[6]　金堤：黄河瓠子口决口所筑堤，汉武帝作《瓠子歌》，中有"泛滥不止兮愁吾人"，是"恤民"之意。

[7]　蒲轮：以蒲草裹轮，以保安稳，《汉书·枚乘传》："武帝自为太子闻乘名，及即位，乘年老，乃以安车蒲轮征乘。"

[8]　申：伸，有重用意。鼎食：形容饮食有气派地位。《汉书·主父偃传》记主父偃有功得贵，群臣赂金累多，"或说偃曰：太横。偃曰：……丈夫生不五鼎食，死则五鼎烹耳"！

[9]　擢：拔取。公孙弘奏《举贤良对策》，"天子擢弘对为第一"。

[10]　倪宽为张汤拟奏文，汉武帝问："前奏非俗吏所及，谁为之者？"知为倪宽，叹道："吾固闻之久矣！"（《汉书·倪宽传》）

[11]　朱买臣原先"家贫"，"常艾薪樵以给食"，后发迹被拜为会稽太守，汉武帝对他说："富贵不归故乡，如衣绣夜行，今子何如？"（《汉书·朱买臣传》）

[12]　司马相如曾在临邛卖酒，"涤器（洗酒器）于市中"，后拜中郎将。

[13]　史迁：司马迁，著《史记》的伟大史学家。寿王：吾丘寿王，以善"格五"的博戏受召待诏，后为光禄大夫侍中（《汉书·吾丘寿王传》）。

[14]　严、终、枚皋：严助、终军、枚皋，都是能文之士。

[15]　此言上述诸人既有口辩，写的作品亦多。

实继武绩[1]，驰骋石渠[2]，暇豫文会，集雕篆之轶材[3]，发绮縠之高喻[4]，于是王褒之伦，底禄待诏[5]。自元暨成[6]，降意图籍，美玉屑之谭，清金马之路[7]，子云锐思于千首[8]，子政雠校于《六艺》[9]，亦已美矣。爰自汉室，迄至成、哀[10]，虽世渐百龄，辞人九变[11]，而大抵所归，祖述楚辞，灵均余影[12]，于是乎在。

自哀、平陵替，光武中兴[13]，深怀图谶[14]，颇略文华，然杜笃献诔以免

---

[1]　昭、宣：汉昭帝刘弗陵、汉宣帝刘询。他们二人继续武帝的业绩，宣帝时就立《尚书》、《礼》、《易》、《春秋》多家，班固《两都赋序》将武帝宣帝并称："至于武、宣之世，乃崇礼官，考文章，内设金马石渠之署，外兴乐府协律之事，以兴废继绝，润色宏业。"

[2]　石渠：阁名，汉宣帝甘露五年，诏诸儒讲"五经"同异于此。

[3]　雕篆：扬雄《法言·吾子》曾称辞赋之作为"雕虫篆刻"。轶材：非凡骏逸的人才。《汉书·王褒传》"召高材刘向、张子侨、华龙、柳褒等待诏金马门"。

[4]　绮縠之高喻：汉宣帝曾说"辞赋大者与古诗同义，小者辩丽可喜，辟如女工有绮縠"。

[5]　底禄：得到爵禄，《左传》"底禄以德"，杜预注："底，致也。"

[6]　元、成：元帝刘奭、成帝刘骜。

[7]　降意图籍：《汉书·元帝纪》称元帝"多材艺，善史书"，"少而好儒"；《成帝纪》称"壮好经书"。玉屑之谭：即美的言辞，王充《论衡·书解》有"玉屑满箧，不成为宝"句。金马之路：金马门前的路，金门因旁有铜马而得名。此言尊礼文士。

[8]　子云：扬雄。桓谭《新论》："吾素好文，见子云工为赋，欲从之学，子云曰：能读千赋，则善为之矣。"

[9]　子政：刘向。《汉书·艺文志》："至成帝时，以书颇散亡，使谒者陈农求遗书于天下，诏光禄大夫刘向校经传诸子诗赋。"

[10]　哀：哀帝刘欣。此言自汉朝建立至成帝、哀帝。

[11]　九：为约数，言其多也。此言百余年间辞人变化亦多。

[12]　灵均：屈原字。认为汉人创作祖述屈赋是一种较为普遍的看法，沈约《宋书·谢灵运传论》称"一世之士，各相慕习，源其飙流所始，莫不同祖风骚"。

[13]　平：平帝刘衍。光武：光武帝刘秀，恢复汉室，史称东汉或后汉。

[14]　《后汉书·光武帝纪》："宛人李通等以图谶说光武。"唐李贤注："图，河图也；谶，符命之书。"《正纬》篇中，刘勰也说道："光武之世，笃信斯术，风化所靡，学者比肩。"此即"颇略文华"的原故。

刑¹，班彪参奏以补令²，虽非旁求，亦不遐弃。及明帝叠耀³，崇爱儒术，肄礼璧堂⁴，讲文虎观⁵，孟坚珥笔于国史⁶，贾逵给札于瑞颂⁷，东平擅其懿文⁸，沛王振其通论⁹，帝则藩仪¹⁰，辉光相照矣。自和、安已下，迄至顺、桓¹¹，则有班、傅、三崔，王、马、张、蔡¹²，磊落鸿儒，才不时乏，而文章之选，存而不论¹³。然中兴之后，群才稍改前辙，华实所附，斟酌经辞，盖历政讲聚¹⁴，故渐靡儒风者也。降及灵帝¹⁵，时好辞制，造羲皇之书，开鸿都之赋，而乐松之徒，招集浅陋，故杨赐号为驩兜，蔡邕比之俳优¹⁶，

---

[1]　《后汉书·文苑传》："收笃送京师，金大司马吴汉薨，光武诏诸儒诔之，笃于狱中为诔辞最高。帝美之，赐帛免刑。"

[2]　《后汉书·班彪传》记班彪为窦融从事，融还京师，"光武问曰：'所上奏章，谁参与之？'融对曰：'皆从事班彪所为。'帝雅闻彪才，因召入见，举可肄茂才，拜徐令"。

[3]　明帝：汉明帝刘庄。"帝"，范文澜《文心雕龙注》以为当作"章"，指汉章帝刘炟，以切合"叠耀"之说。

[4]　肄：习。璧堂：即辟雍，古时讲学习礼所在。

[5]　虎观：白虎观，汉章帝曾在此召集学者讨论经学。

[6]　珥笔：古时史官插笔于冠侧，以便随时记录。班固曾为兰台令史，与他人共同修撰《世祖本纪》等近三十篇。

[7]　汉明帝时，"有神雀集宫殿官府，冠羽有五采"，贾逵认为是胡人降服的瑞征，明帝"敕兰台给笔札，使作《神雀颂》"。（《后汉书·贾逵传》）

[8]　东平：东平王刘苍，能文，《后汉书·东平王苍传》："苍以天下化平，宜修礼乐，乃与公卿共议定南北郊冠冕车服制度及光武庙登歌八佾舞数。"

[9]　沛王：沛献王刘辅。《通论》：《五经话》。《后汉书·沛献王辅传》："好经书，善说《京氏易》、《孝经》、《论语传》及图谶，作《五经论》，时号之曰《沛王通论》。"

[10]　帝、藩：分指上文汉明、章二帝及东平、沛二王。则：典型。仪：仪表，表率。

[11]　安：汉安帝刘祜。和：汉和帝刘肇。顺：汉顺帝刘保。桓：汉桓帝刘志。

[12]　此举班固、傅毅、崔骃、崔瑗、崔实、王逸、马融、张衡、蔡邕。

[13]　磊落：众多的样子。鸿儒：王充以"能精思著文，连结篇章者为鸿儒"（见前选《论衡·超奇》）。文章之选：当指王充所谓"采摭传书以上书奏记"的"文人"。

[14]　历政讲聚，指上文"讲文虎观"事。

[15]　灵帝：汉灵帝刘宏。

[16]　《后汉书·蔡邕传》："帝好学，自造《皇羲篇》五十章，因引诸生能为文赋者，本颇以经学相招，后诸为尺牍及工书鸟篆者，皆加引召，遂至数十人，侍中祭酒乐松、贾护多引无行趋势之徒并待制鸿都门下，喜陈方俗闾里小事，帝甚悦之，待以不次之传。"对此蔡邕批评"连偶俗语有类俳优"；《后汉书·杨赐传》记杨赐以舜时凶臣驩兜比喻。

其余风遗文，盖蔑如也[1]。

自献帝播迁[2]，文学蓬转[3]，建安之末，区宇方辑[4]。魏武以相王之尊，雅爱诗章[5]；文帝以副君之重，妙善辞赋[6]；陈思以公子之豪，下笔琳琅[7]；并体貌英逸，故俊才云蒸[8]。仲宣委质于汉南[9]，孔璋归命于河北[10]，伟长从宦于青土[11]，公干徇质于海隅[12]，德琏综其斐然之思[13]，元瑜展其翩翩之乐[14]，文蔚、休伯之俦[15]，于叔、德祖之侣[16]，傲雅觞豆之前[17]，雍容衽席之上，洒笔以成酣歌，和墨以藉谈笑[18]。观其时文，雅好慷慨，良由世积乱离，风衰俗怨，并志深而笔长[19]，故梗概而多气也[20]。至明帝纂戎，制诗度曲，征篇

---

[1] 蔑如：不足道言的意思。

[2] 献帝：汉献帝刘协。播迁，董卓挟献帝自洛阳至长安，曹操又迁之于许。

[3] 蓬转：形容文学之士流转各地如蓬草随风。

[4] 建安：献帝年号。辑：安泰。

[5] 魏武：曹操，曹丕建魏后追尊为武帝。

[6] 文帝：曹丕。副君：太子之意。

[7] 陈思：陈思王曹植。琳琅：形容其美如玉石。

[8] 体貌：尊礼的意思。《汉书·贾谊传》："所以体貌大臣而励其节也。"颜师古注："体貌谓礼容而敬之。"云蒸：形容人才之多盛。

[9] 仲宣：王粲；他先依荆州刘表，后归曹操，而荆州在汉水之南，故称"委质于汉南"。

[10] 孔璋：陈琳，原依袁绍，曾代袁草檄讨曹，后归曹。

[11] 伟长：徐干，他原籍北海。

[12] 公干：刘桢，原籍东平，在海边。

[13] 德琏：应玚。斐然：有文采的样子。曹丕《与吴质书》："德琏常斐然有述作之意。"

[14] 元瑜：阮瑀。翩翩：美好貌。曹丕《与吴质书》："元瑜书记翩翩，致足乐也。"

[15] 文蔚：路粹。休伯：繁钦。

[16] 于叔：当为子叔，邯郸淳。德祖：杨修。

[17] 傲雅：狂放风雅。觞豆：酒器、食器，此言饮宴。

[18] 曹丕《与吴质书》："昔日游处，行则同舆，止则接席，何尝须臾相失！每至觞酌流行，丝竹并奏，酒酣耳热，仰而赋诗，当此之时，忽然不自知乐也。"藉：助。

[19] 志深而笔长：情志深远而笔意绵长。

[20] 梗概：慷慨。

章之士，置崇文之观 ¹，何、刘群才 ²，迭相照耀。少主相仍，唯高贵英雅，顾盼合章 ³，动言成论。于时正始余风，篇体轻澹，而嵇、阮、应、缪 ⁴，并驰文路矣。

逮晋宣始基，景、文克构 ⁵，并迹沉儒雅，而务深方术 ⁶。至武帝惟新 ⁷，承平受命，而胶序篇章，弗简皇虑 ⁸。降及怀、愍，缀旒而已 ⁹。然晋虽不文，人才实盛：茂先摇笔而散珠 ¹⁰，太冲动墨而横锦 ¹¹，岳、湛曜联璧之华 ¹²，机、云标二俊之采 ¹³，应、傅、三张之徒 ¹⁴，孙、挚、成公之属 ¹⁵，并结藻清英，流韵绮靡，前史以为运涉季世 ¹⁶，人未尽才，诚哉斯谈，可为叹息！

---

[1] 明帝：魏明帝曹叡。纂戎：继承大业，《诗经·大雅·蒸民》："缵戎祖考。"《三国志·魏志·明帝纪》："监崇文观，征善属文者以充之。"

[2] 何、刘：何晏、刘劭。

[3] 少主相仍：齐王芳，高贵乡公髦、陈留王奂，即位时年幼，故称。高贵：高贵乡公曹髦。英雅：《三国志·魏志·高贵乡公纪》："才慧夙成，好问尚辞。"合章：当为"含章"，有文采之意。

[4] 正始：齐王芳年号。嵇、阮、应、缪：嵇康、阮籍、应璩、缪袭。

[5] 晋宣：晋宣帝司马懿。景、文：晋景帝司马师、晋文帝司马昭，都是晋武帝司马炎时追尊的。始基：始奠定基础。克构：能承父业。

[6] 言司马氏父子深隐于儒学之中，而专力于权术之运用。

[7] 武帝代魏而立，故称"惟新"。

[8] 胶序：学校。简：通。言文教尚非君王考虑到的。

[9] 怀、愍：晋怀帝司马炽、晋愍帝司马邺。缀旒：冠上垂珠，此意危殆，二帝后为刘聪所执。

[10] 茂先：张华。

[11] 太冲：左思。

[12] 岳：潘岳。湛：夏侯湛。《晋书·夏侯湛传》："与潘岳友善，每行止同舆接茵，京都谓之连璧。"

[13] 机、云：陆机、陆云。晋灭亡后，陆氏兄弟到洛阳，张华有"伐吴之役，利获二俊"的说法。

[14] 应、傅、三张：应贞、傅玄、张载、张协、张亢。

[15] 孙、挚、成公：孙楚、挚虞、成公绥。

[16] 季世：末世、衰世。

元皇中兴[1]，披文建学，刘、刁礼吏而宠荣[2]，景纯文敏而优擢[3]。逮明帝秉哲[4]，雅好文会，升储御极，孳孳讲艺，练情于诰策，振采于辞赋，庾以笔才逾亲[5]，温以文思益厚[6]，揄扬风流，亦彼时之汉武也。及成、康促龄[7]，穆、哀短祚[8]，简文勃兴[9]，渊乎清峻，微言精理，函满玄席[10]，澹思浓采，时洒文囿。至孝武不嗣，安、恭已矣[11]。其文史则有袁、殷之曹[12]，孙、干之辈[13]，虽才或浅深，珪璋足用。自中朝贵玄，江左称盛，因谈余气，流成文体[14]。是以世极迍邅[15]而辞意夷泰[16]，诗必柱下之旨归[17]，赋乃漆园之义疏[18]。故知文变染乎世情，兴废系乎时序，原始以要终，虽百世可知也[19]。

---

[1]　元皇：晋元帝司马睿。中兴：建东晋。
[2]　刘、刁：刘隗、刁协。礼吏：遵礼执法之吏。元帝深器刘隗，"委以刑宪"（《晋书》本传），而"凡所制度，皆禀于协焉"（《晋书》本传）。
[3]　景纯：郭璞。《晋书·郭璞传》："词赋为中兴之冠。璞《江赋》，其辞甚伟，为世所称。后复作《南郊赋》，帝见而嘉之，以为著作佐郎。"
[4]　明帝：晋明帝司马绍。秉哲：天生明智。《晋书·明帝纪》，"幼而聪哲"，"有文武才略，钦贤爱客，雅好文辞"。
[5]　庾：庾亮。
[6]　温：温峤。
[7]　成、康：晋成帝司马衍、晋康帝司马岳。
[8]　穆、哀：晋穆帝司马聃、晋哀帝司马丕。
[9]　简文：晋简文帝司马昱。
[10]　《晋书·简文帝纪》："清虚寡欲，尤善玄言。"
[11]　孝武：晋孝武帝司马曜。当时有晋终于司马曜的谶语"晋祚尽昌明"（曜字昌明），故说"不嗣"。安、恭：晋安帝司马德宗、晋恭帝司马德文，前者为刘裕缢杀，后者禅位刘宋后亦被杀。
[12]　袁、殷：袁宏、殷仲文。
[13]　孙、干：孙盛、干宝。袁、殷有文采，孙、干为史家。
[14]　中朝：西晋。江左：东晋。此言西晋贵玄学，东晋更盛，清谈风尚流播而成玄言文学。
[15]　此言世道艰难。
[16]　夷泰：平淡安然。
[17]　柱下：老子曾为周柱下史。此言当时诗赋以老子学说为归依。
[18]　漆园：庄子曾为漆园吏。此言当时诗赋以庄子学说为阐发的对象。
[19]　此总结文学兴衰演变与时代相关。原始以要终：溯源沿流的意思。

自宋武爱文，文帝彬雅，秉文之德¹，孝武多才²，英采云构。自明帝以下，文理替矣³。尔其缙绅之林，霞蔚而飙起；王、袁联宗以龙章⁴，颜、谢重叶以凤采⁵，何、范、张、沈之徒⁶，亦不可胜也。盖闻之于世，故略举大较。

暨皇齐驭宝，运集休明：⁷太祖以圣武膺箓⁸，高祖以睿文纂业⁹，文帝以贰离含章¹⁰，中宗以上哲兴运，并文明自天，缉遐景祚¹¹。今圣历方兴，文思光被，海岳降神，才英秀发，驭飞龙于天衢，驾骐骥于万里，经典礼章，跨周轹汉，唐、虞之文，其鼎盛乎！鸿风懿采，短笔敢陈；飏言赞时，请寄明哲。

赞曰：蔚映十代，辞采九变¹²。枢中所动，环流无倦¹³。质文沿时，崇替在选，终古虽远，暖焉如面¹⁴。

---

［1］　宋武：宋武帝刘裕。《宋书·武帝纪》："选备儒官，弘振国学。"《南史·王俭传》："宋武帝好文章，天下悉以文采相尚。"文帝：宋文帝刘义隆，《南史·宋文帝纪》："上好儒雅，又命丹阳尹何尚之立玄学，著作郎何承天立史学，司徒参军谢元立文学，各聚门徒，多就业者，江左风俗，于斯为美，后言政化，称元嘉焉。"

［2］　孝武：宋孝武帝刘骏，《南史·宋孝武帝纪》："少机颖，神明爽发，读书七行俱下，才藻甚美。"

［3］　明帝：宋明帝刘彧。替：衰。

［4］　联宗、重叶，均谓家族多文才；龙章、凤采，皆言有文采。王，如王诞、王僧达、王微、王韶之、王淮之；袁，如袁淑、袁湛、袁粲。

［5］　颜，如颜延之、颜峻；谢，如谢灵运、谢惠连、谢庄。

［6］　何，如何承天、何尚之、何长瑜；范，如范泰、范晔；张，如张永、张敷、张望；沈，如沈怀文、沈怀远。

［7］　皇齐，称当世萧齐。休明：美好光明。

［8］　太祖：齐太祖高帝萧道成。膺箓：受天之符命。

［9］　高祖：当为"世祖"，齐武帝萧赜。

［10］　文帝，文惠太子萧长懋。贰离：指身为太子。

［11］　中宗：当作高宗，即齐明帝萧鸾。此言上述诸君都禀赋天才，前程光明远大。

［12］　十代：唐、虞、夏、商、周、汉、魏、晋、宋、齐。

［13］　此言文学绕着时代的中枢而流变。

［14］　此言文学质朴与华采的变换依时代而定，而其兴衰也与时代相关，古远的事，由此亦可明白如当面。

说明

  《时序》可说是刘勰"具体而微"的文学历史勾勒，自上古至萧齐，一一点评。其中颇能指出各代文学的要点，如西汉是"祖述楚辞"；建安文学则是"雅好慷慨"，"并志深而笔长，故梗概而多气"；西晋为"结藻清英，流韵绮靡"；东晋玄风，"辞意夷泰"，"诗必柱下之旨归，赋乃漆园之义疏"，这些评议都是切中肯綮的。而"文变染乎世情，兴废系乎时序"更是对文学与时代关系的透辟概括。

文心雕龙·物色

春秋代序，阴阳惨舒[1]，物色之动，心亦摇焉[2]。盖阳气萌而玄驹步，阴律凝而丹鸟羞[3]，微虫犹或入感，四时之动物深矣。若夫珪璋挺其惠心，英华秀其清气[4]，物色相召，人谁获安[5]？是以献岁发春，悦豫之情畅[6]；滔滔孟夏，郁陶之心凝[7]；天高气清，阴沉之志远；霰雪无垠，矜肃之虑深[8]；岁有其物，物有其容；情以物迁，辞以情发。一叶且或迎意[9]，虫声有足引心。况清风与明月同夜，白日与春林共朝哉！

是以诗人感物，联类不穷[10]；流连万象之际，沉吟视听之区[11]；写气图

---

[1] 屈原《离骚》："春与秋其代序。"张衡《西京赋》："夫人在阳时则舒，在阴时则惨。"

[2] 物色：即言景物，《文选》赋有物色类，李善注："有物有文曰色。"此言物心之间感应。《明诗》有"人禀七情，应物斯感"之说，钟嵘《诗品序》也有"气之动物，物之感人，故摇荡性情，形诸舞咏"。

[3] 上句言阳气动则蚂蚁出土走动，《大戴礼记·夏小正》："玄驹贲，玄驹也者，蚁也；贲者何也？走于地中也。"下句言阴气凝结时候，螳螂就来吃蚊蚋并收藏之备冬食。羞：《夏小正》以为"进也，不尽食也"。《夏小正》："八月，丹鸟羞白鸟。丹鸟者谓丹良也，白鸟者谓蚊蚋也。"

[4] 此以美玉、奇花比喻人类的心气，言微虫尚且感于时节物色，何况"性灵所钟"，"天地之心"的人。

[5] 此言人怎能无动于衷。

[6] 以下分叙四时变化与人情的喜忧变化相应。"献岁发春"，《楚辞·招魂》："献岁发春兮，汩吾南征。"悦豫：快乐。

[7] 滔滔孟夏：《九章·怀沙》有"滔滔孟夏兮，草木莽莽。"郁陶：忧闷，《尚书》"五子之歌"："郁陶乎予心"。

[8] 天高气清：《九章·涉江》有"泬寥兮天高而气清"。霰雪无垠：《九章·涉江》有"霰雪纷其无垠兮"。霰：雪珠。矜肃：严肃。

[9] 《淮南子·说山训》："见一叶落而知岁之将暮。"

[10] 诗人，指《诗经》的作者。此言《诗经》之感于物，引发联想无有穷尽。

[11] 徘徊于万千景象，吟咏于所见所闻。

貌，既随物以宛转 ¹；属采附声，亦与心而徘徊 ²。故灼灼状桃花之鲜 ³，依依尽杨柳之貌 ⁴，杲杲为出日之容 ⁵，瀌瀌拟雨雪之状 ⁶，喈喈逐黄鸟之声 ⁷，喓喓学草虫之韵 ⁸。皎日嘒星，一言穷理 ⁹；参差沃若，两字连形 ¹⁰。并以少总多，情貌无遗矣 ¹¹。虽复思经千载，将何易夺 ¹²？及《离骚》代兴，触类而长 ¹³，物貌难尽，故重沓舒状 ¹⁴，于是嵯峨之类聚，葳蕤之群积矣 ¹⁵。及长卿之徒，诡势瑰声 ¹⁶，模山范水，字必鱼贯 ¹⁷，所谓诗人丽则而约言，辞人丽淫而繁句也 ¹⁸。

至如《雅》咏棠华，或黄或白 ¹⁹；《骚》述秋兰，绿叶紫茎 ²⁰；凡摛表五色，贵在时见 ²¹，若青黄屡出，则繁而不珍。

---

[1]　此承"流连万象"而言，图写对象的情貌，随其变化而变化。《明诗》"宛转附物"即此意。

[2]　此承上"沈吟视听"而言，缀饰声色，在心中反复斟酌。

[3]　灼灼：花盛开貌，《诗经·周南·桃夭》："桃之夭夭，灼灼其华。"

[4]　《诗经·小雅·采薇》："昔我往矣，杨柳依依。"

[5]　杲杲：光明貌，《诗经·卫风·伯兮》："其雨其雨，杲杲出日。"

[6]　瀌瀌：雪大貌。《诗经·小雅·角弓》："雨雪瀌瀌。"

[7]　《诗经·周南·葛覃》："黄鸟于飞，集于灌木，其鸣喈喈。"

[8]　《诗经·召南·草虫》："喓喓草虫。"

[9]　皎：明亮。嘒：微光。《诗经·王风·大车》："有如皎日。"《诗经·召南·小星》："嘒彼小星。"

[10]　参差：不齐的样子。沃若：美盛之貌。《诗经·周南·关雎》："参差荇菜。"《诗经·卫风·氓》："桑之未落，其叶沃若。"

[11]　以少的文字概括丰富的情态，完全表现出其神其貌。

[12]　此言以上之言辞表现，千年来都无法改易之，言其精准也。

[13]　屈原的创作接着兴盛，触类旁通，更有发展。

[14]　以重叠字来表现物状。

[15]　嵯峨：高险。葳蕤：草木叶垂。这都是重叠文字的表现。

[16]　长卿：司马相如，言其文章体势、声调都奇诡不凡。

[17]　言用字罗列堆砌，鱼贯不穷。

[18]　此发挥汉代扬雄"诗人之赋丽以则，辞人之赋丽以淫"的说法（《法言·吾子》）。

[19]　棠华，当为裳华，是花盛的意思，《诗经·小雅·裳裳者华》："裳裳者华，或黄或白。"

[20]　《骚》，泛称《楚辞》。《九歌·少司命》："秋兰兮青青，绿叶兮紫茎。"

[21]　时：指恰当时机，即《论语·宪问》"夫子时然后言"之"时"。此言铺写五采，贵在恰当，而不在繁杂。

自近代以来[1]，文贵形似[2]，窥情风景之上，钻貌草木之中[3]。吟咏所发，志惟深远[4]，体物为妙，功在密附[5]。故巧言切状，如印之印泥，不加雕削，而曲写毫芥[6]。故能瞻言而见貌，即字而知时也[7]。然物有恒姿，而思无定检[8]，或率尔造极，或精思愈疏。且《诗》、《骚》所标，并据要害[9]，故后进锐笔，怯于争锋[10]，莫不因方以借巧，即势以会奇[11]，善于适要[12]，则虽旧弥新矣。是以四序纷迴，而入兴贵闲[13]；物色虽繁，而析辞尚简；使味飘飘而轻举，情晔晔而更新。古来辞人，异代接武[14]，莫不参伍以相变，因革以为功[15]，物色尽而情有余者，晓会通也[16]。若乃山林皋壤，实文思之奥府，略语则阙，详说则繁[17]。然屈平所以能洞鉴风骚之情者，抑亦江山之助乎[18]！

赞曰：山沓水匝，树杂云合。目既往还，心亦吐纳[19]。春日迟迟，秋

---

[1]　此言南朝以来。

[2]　形似：形貌逼真。

[3]　窥入风物景色的情质、研究草木花朵的形貌。

[4]　此言诗歌创作，情志当求深远。

[5]　描绘物象之精妙，在于准确恰当。

[6]　此言切至的描写当如印鉴印在封泥上，用不着修饰，就写尽毫微。

[7]　此言因其准确而见文字言辞如见物象时节。

[8]　定检：一定的法式。

[9]　《诗经》、《楚辞》的描写已抓住了要害。

[10]　后来的作家就怯于去争短长比高低。

[11]　言后代作者因袭其方法以取得巧妙，就着情势以把握新奇。

[12]　适要：抓住物象之要点。

[13]　四序：四季时序。入兴贵闲：写作时感发兴会当以虚静为贵，此参见前选《神思》的论述。

[14]　接武：接踵。

[15]　前后作家，大多是错综变化，有继承有变化的。

[16]　此言物色含蕴深远，钟嵘《诗品序》有"文已尽而意有余"，与此相类。

[17]　此言山林景色是文章深奥府库，文辞简不足以表现，详叙则又显繁冗。

[18]　屈原之能洞悉作诗赋之情，也是得江山物色的帮助吧。

[19]　山复水绕，树杂云合，双目反复观照景物，内心也玩味再三。

风飒飒 [1]。情往似赠，兴来如答 [2]。

说明

《物色》谈论了自然景物对创作者及其创作的影响，所谓"情以物迁，辞以情发"；总结了《诗》，《骚》乃至汉赋创作的经验；提出了图写物色的基本原则，是古典文学理论中对心物关系论述的一篇精辟文字。"心物"关系是一个重要问题，刘勰"春秋代序，阴阳惨舒，物色之动，心亦摇焉"之前，如陆机就已说过："遵四时以叹逝，瞻万物而思纷，悲落叶于劲秋，喜柔条于芳春"（参前选《文赋》）。《文心雕龙》原亦有"神与物游"（参前选《神思》）的观念，此篇论述也都是围绕"心物"轴线展开，如"物色相召，人谁获安"，如"写气图貌，既随物以宛转；属采附声，亦与心而徘徊"，如"情往似赠，兴来如答"，莫不是讲说心物交流而发生艺术创作的道理。

《物色》对文学表现的特点也有涉及，如"以少总多，情貌无遗"，"物色虽繁而析辞尚简"，"物色尽而情已余"，都是与当时玄学风尚有关的论断，而在后代有深远影响于中国文论史的，这类新变的因素也值得充分注意。

---

[1] 春日迟迟，春天阳光舒畅，见《诗经·豳风·七月》；秋风飒飒，萧飒之声，《九歌·山鬼》："风飒飒兮木萧萧。"
[2] 此言以情待物，而物以诗兴回报，写心物之交流。

文心雕龙·知音

知音其难哉！音实难知，知实难逢。逢其知音，千载其一乎！夫古来知音，多贱同而思古[1]，所谓"日进前而不御，遥闻声而相思"也[2]。昔《储说》始出[3]，《子虚》初成[4]，秦皇、汉武，恨不同时。既同时矣，则韩囚而马轻[5]，岂不明鉴同时之贱哉！至于班固、傅毅，文在伯仲，而固嗤毅云"下笔不能自休"[6]。及陈思论才，亦深排孔璋，敬礼请润色，叹以为美谈，季绪好诋诃，方之于田巴[7]，意亦见矣。故魏文称"文人相轻"[8]，非虚谈也。至如君卿唇舌，而谬欲论文，乃称"史迁著书，谘东方朔"。于是桓谭之徒，相顾嗤笑[9]。彼实博徒[10]，轻言负诮，况乎文士，可妄谈哉！故鉴照洞明，而贵古贱今者，二主是也[11]；才实鸿懿，而崇己抑人者，班、

[1] 同：同时代，言看轻同代人而思慕往古。
[2] 见《鬼谷子·内楗》，御：进用。
[3] 《储说》，指《韩非子》各篇，书中有《内外储说》。秦始皇读韩非《孤愤》等，叹："嗟乎！寡人得见此人与之游，死不恨矣！"（《史记·老庄申韩列传》）
[4] 《子虚》，即司马相如《子虚赋》，汉武帝很赞赏，《史记·司马相如传》："上读《子虚赋》而善之，曰：朕独不得与此人同时哉！"
[5] 韩囚而马轻：韩非下狱而死而司马相如并未受重用，都是秦皇、汉武见到所远慕者后的作为。此上议论本诸《抱朴子·广譬》："贵远而贱近者，常人之用情也；信耳而疑目者，古今之所患也。是以秦王叹息于韩非之书，而想其为人；汉武慷慨于相如之文，而恨不同时。及既得之，终不能拔，或纳谗而诛之，或放之乎冗散。"
[6] 班固讥傅毅事，参见前选曹丕《典论·论文》。
[7] 曹植之贬评陈琳，叹丁敬礼请改文章语，及比好苛评的刘季绪为古之田巴，俱参前选曹植《与杨德祖书》。
[8] 此语见《典论·论文》："文人相轻，自古而然。"
[9] 君卿：楼护，能言辩，时有"楼君卿唇舌"之称（《汉书·游侠传》）。楼护说司马迁著《史记》请教东方朔，为桓谭所笑事，今不可考。
[10] 彼：指楼护。
[11] 二主：秦始皇、汉武帝。

曹是也 [1]；学不逮文，而信伪迷真者，楼护是也。酱瓿之议 [2]，岂多叹哉！

夫麟凤与麏雉悬绝 [3]，珠玉与砾石超殊 [4]，白日垂其照，青眸写其形 [5]。然鲁臣以麟为麏 [6]，楚人以雉为凤 [7]，魏民以夜光为怪石 [8]，宋客以燕砾为宝珠 [9]。形器易徵，谬乃若是；文情难鉴，谁曰易分 [10]。

夫篇章杂沓，质文交加，知多偏好，人莫圆该 [11]。慷慨者逆声而击节 [12]，酝藉者见密而高蹈 [13]，浮慧者观绮而跃心 [14]，爱奇者闻诡而惊听 [15]。会己则嗟讽，异我则沮弃 [16]，各执一隅之解，欲拟万端之变 [17]。所谓"东向而望，不见西墙"也。[18]

---

[2]　酱瓿之议：言不为人重，好文字只被用来覆酱坛子，《汉书·扬雄传》记扬雄著《太玄》，刘歆对他说："空自苦！今学者有禄利，然尚不能明《易》，又如《玄》何？吾恐后人用覆酱瓿也。"

[3]　此言獐子、野鸡与麒麟、凤凰相差极远。

[4]　此言珠玉与碎石差别极大。

[5]　青眸：青眼，言正视也。

[6]　此见《公羊传·哀公十四年》，鲁人不识，孔子知为麟。

[7]　此见《尹文子·大道》："楚人担山雉者，路人问何鸟也，担雉者欺之曰：凤凰也。路人曰：我闻有凤凰，今直见之。"

[8]　《尹文子·大道》："魏田父有耕于野者，得宝石径尺，弗知其玉也，以告邻人，邻人阴欲图之，谓之曰怪石也。"

[9]　《阙子》："宋之愚人得燕石于梧台之东，归而藏之以为宝。"（《艺文类聚》卷六）

[10]　此言器物有形且难辨徵，文章难以鉴别，更是难分辨了。

[11]　圆该：周到、周全。

[12]　激情慷慨者迎着乐声击节称赏。

[13]　含蓄者见了深蕴的作品精神高举。

[14]　小慧浮智见着美饰就快意。

[15]　好奇的人听到异诡的内容就留意。

[16]　合于自己的趣味就叹赏，不合则不理会。

[17]　这是执片面的解会，去衡量万千变化。

[18]　《淮南子·氾论训》："东面而望，不见西墙。"

66　　　　　　　　　　　　　　　　　　　　　　　　　　　　　　　诗文评品

凡操千曲而后晓声 [1]，观千剑而后识器 [2]。故圆照之象，务先博观 [3]。阅乔岳以形培塿 [4]，酌沧波以喻畎浍 [5]，无私于轻重，不偏于憎爱，然后能平理若衡，照辞如镜矣 [6]。是以将阅文情，先标六观 [7]：一观位体 [8]，二观置辞 [9]，三观通变 [10]，四观奇正 [11]，五观事义 [12]，六观宫商 [13]。斯术既形 [14]，则优劣见矣。

夫缀文者情动而辞发 [15]，观文者披文以入情 [16]，沿波讨源，虽幽必显 [17]。世远莫见其面，觇文辄见其心 [18]。岂成篇之足深，患识照之自浅耳 [19]。夫志在山水，琴表其情 [20]，况形之笔端，理将焉匿。故心之照理，譬目之照形，目了则形无不分，心敏则理无不达。然而俗鉴之迷者，深废浅

---

[1] 桓谭《新论》："成少伯工吹竽，见安昌侯张子夏鼓琴，谓曰：音不通千曲以上，不足以为知音。"

[2] 桓谭《新论》："扬子云攻于赋，王君大习兵器。余欲从二子学。子云曰：能读千赋则善赋。君大曰：能观千剑则晓剑。"

[3] 此言要能周全评赏，一定要先博观。

[4] 见过高山才见出小山之小。

[5] 见过沧海才明白小沟之小。

[6] 只有无所偏私，才会公平如秤而明照如镜。

[7] 六观：六种观照的方法。

[8] 位体：所采文体，《镕裁》："履端于始，则设情以位体。"

[9] 置辞：安排语辞。

[10] 通变：对传统的承续与新变。

[11] 奇正：奇与正的表现方法。

[12] 事义：《事类》篇来看，是作品中援引以证己的事理，即用典的情况。

[13] 宫商：指作品的声律。

[14] 斯术：即上述"六观"。

[15] 这是经典的说法，《毛诗序》："情动于中而形于言。"《体性》也说"情动而言形"，又《物色》"辞以情发"。

[16] 此言读者可由文字而体会其情志。

[17] 即由如波流的外在文辞追溯到内在情思的源头，则虽隐微也必可显明。

[18] 此言作品可使人跨越时间，见原来作者之心。

[19] 言原非篇章深奥，只是鉴别力浅弱而已。

[20] 此见《吕氏春秋·本味》："伯牙鼓琴，钟子期听之。方鼓琴而志在泰山，钟子期曰：'善哉乎鼓琴，巍巍乎若泰山。'少选之间，而志在流水，钟子期又曰：'善哉乎鼓琴，汤汤乎若流水。'钟子期死，伯牙破琴绝弦，终身不复鼓琴。"

售 [1]，此庄周所以笑《折杨》[2]，宋玉所以伤《白雪》也 [3]！昔屈平有言："文质疏内，众不知余之异采 [4]。"见异唯知音耳 [5]。扬雄自称"心好沉博绝丽之文" [6]，其事浮浅 [7]，亦可知矣。夫唯深识鉴奥，必欢然内怿 [8]，譬春台之熙众人 [9]，乐饵之止过客 [10]。盖闻兰为国香，服媚弥芬 [11]；书亦国华，玩绎方美 [12]。知音君子，其垂意焉。

赞曰：洪钟万钧，夔旷所定 [13]。良书盈箧，妙鉴迺订 [14]。流郑淫人，无或失听 [15]。独有此律，不谬蹊径 [16]。

说明

《知音》讲的是批评鉴赏问题。首先指出"知实难逢"：贵古贱今，文人相轻是其关键。其次指出"音实难知"：一是因为"篇章杂沓、质

[1] 此言俗人观鉴浅偏，深意的作品受冷遇而浅露的反受欣赏而行世。
[2] 《折杨》为俗曲，此见《庄子·天地》："大声不入于里耳，《折杨》、《皇华》则嗑然而笑。"
[3] 宋玉《对楚王问》："客有歌于郢中者，其始曰《下里巴人》，国中属而和者数千人……其为《阳春白雪》，国中属而和者不过数十人。"
[4] 此言内心朴质而外表疏落，人们都不知我的特异之才，见《九章·怀沙》。
[5] 知晓其人奇才的，只有知音了。
[6] 此见《答刘歆书》。
[7] 其：当作"不"。
[8] 见识深刻、品鉴深奥的作品，一定能得到内心的欢愉。
[9] 此《老子》语："众人熙熙……如登春台。"（二十章）
[10] 《老子》有"乐与饵，过客止"（三五章）语。以上以登春台及音乐美食喻妙旨深蕴的作品之吸引人。
[11] 《左传·宣公三年》："以兰有国香，人服媚之如是。"
[12] 书亦国之文明精华，要细玩才得其美。
[13] 钧：三十斤。夔：舜时的乐官。旷：师旷，为春秋时晋之乐师。
[14] 言书只有深妙的品鉴才能定其高下。
[15] 流郑：流荡的郑声，"郑声淫"，故称。淫人：使人沉淫。
[16] 此言依观鉴之通律，便不会迷惑失途。

文交加"，二是因为"知多偏好，人莫圆该"。在知音难得且难做的情况下，刘勰提出"博观"的原则，和"六观"的具体方法和标准。因为这样的方法，了解文学及为文者之心是完全可以做到的："岂成篇之足深，患识照之自浅耳！"

钟　嵘

钟嵘（466—518），字伟长，颍川长社人。齐永明年间为国子生，入梁，官至西中郎将晋安王记室。有《诗品》三卷，可说是五言诗的评鉴与历史的综合著作，"思深而意远"（《文史通义·诗话》）。

诗品序

序曰：气之动物，物之感人[1]，故摇荡性情，形诸舞咏[2]。欲以照烛三才，晖丽万有，灵祇待之以致飨，幽微藉之以昭告。动天地，感鬼神，莫近于诗[3]。

昔《南风》之辞[4]，《卿云》之颂[5]，厥义夐矣[6]。夏歌曰"郁陶乎予心"[7]，楚谣曰"名余曰正则"[8]，虽诗体未全，然略是五言之滥觞也[9]。逮汉李陵，

---

[1]　气：气候。四季代序，物色因变而感动人心，即《文心雕龙·物色》："春秋代序，阴阳惨舒，物色之动，心亦摇焉。"

[2]　"摇荡性情，形诸舞咏"，即《诗大序》："情动于中而形于言，言之不足故嗟叹之，嗟叹之不足故永歌之，永歌之不足，不知手之舞之，足之蹈之也。"

[3]　三才：天、地、人。万有，世间万物。灵祇：神明。幽微：鬼物。飨：祭祀。"动天地"以下，见《诗大序》。

[4]　《南风》，见《孔子家语》舜作，词曰："南风之薰兮，可以解吾民之愠兮；南风之时兮，可以阜吾民之财兮。"

[5]　《卿云》，见《尚书大传》卷一，为舜与群臣倡和者，词曰："卿云烂兮，纠缦缦兮，日月光华，旦复旦兮。"

[6]　言其含意深长。

[7]　此为《尚书》中《五子之歌》之词。

[8]　此见《楚辞·离骚》。

[9]　滥觞：水流之初极小，仅能浮酒杯，谓事物之始，见《荀子·子道》："昔者江出于岷山，其始出也，其源可以滥觞。"

始著五言之目矣[1]。"古诗"眇邈[2]，人世难详，推其文体，固是炎汉之制[3]，非衰周之倡也[4]。自王、扬、枚、马之徒[5]，词赋竞爽[6]，而吟咏靡闻。从李都尉迄班婕妤[7]，将百年间，有妇人焉，一人而已[8]。诗人之风，顿已缺丧[9]。东京二百载中[10]，惟有班固《咏史》[11]，质木无文[12]。降及建安[13]，曹公父子，笃好斯文；平原兄弟[14]，郁为文栋[15]；刘桢、王粲，为其羽翼。次有攀龙托凤[16]，自致于属车者[17]，盖将百计。彬彬之盛，大备于时矣！尔后陵迟衰微[18]，迄于有晋。太康中[19]，三张、二陆、两潘、一左[20]，勃尔复兴，踵武前王[21]，风流未沫[22]，亦文章之中兴也。永嘉时[23]，贵黄、老，稍尚虚谈，于

---

[1] 《文选》中有李陵赠苏武诗，五言，但当出后人伪托。

[2] 古诗，指今所见《古诗十九首》之类，据《诗品》卷上"古诗"条，钟嵘所见有五九首之多。

[3] 古以五行配各朝代，汉为火德，故称炎汉。

[4] 衰周：谓春秋战国时代。

[5] 王、扬、枚、马：王褒、扬雄、枚乘、司马相如，都是汉代有名的辞赋家。

[6] 爽：明。此言各位词赋家互相争胜。

[7] 李都尉：李陵，官骑都尉，故称。班婕妤，《玉台新咏》有《怨诗》一首。

[8] 一人：指李陵。

[9] 言《诗经》传统，顿然沦丧。

[10] 东京：指东汉，定都洛阳，相对西汉长安为东京。

[11] 《咏史》言缇萦救父上书。

[12] 言质实无文采。

[13] 建安：汉献帝年号。

[14] 平原：曹植，曾被封为平原侯。

[15] 郁：茂盛。

[16] 此言围绕着曹氏父子的文士。

[17] 属车：君王出行，侍从的车辆。

[18] 陵迟：下降，衰落。

[19] 太康：晋武帝年号。

[20] 三张：张载、张协、张亢兄弟。二陆：陆机、陆云兄弟。两潘：潘岳、潘尼叔侄。一左：左思。

[21] 此言继承前代的盛迹，《离骚》："及前王之踵武。"

[22] 风流：文章传统。沫：尽。

[23] 永嘉：晋怀帝年号。

时篇什，理过其辞，淡乎寡味。爰及江表[1]，微波尚传，孙绰、许询、桓、庾诸公诗[2]，皆平典似《道德论》[3]，建安风力尽矣[4]。先是郭景纯用隽上之才，变创其体；刘越石仗清刚之气，赞成厥美[5]。然彼众我寡，未能动俗[6]。逮义熙中[7]，谢益寿斐然继作[8]。元嘉中[9]，有谢灵运，才高词盛，富艳难踪，固已含跨刘、郭[10]，凌轹潘、左[11]。故知陈思为建安之杰[12]，公干、仲宣为辅[13]；陆机为太康之英，安仁、景阳为辅[14]；谢客为元嘉之雄[15]，颜延年为辅：斯皆五言之冠冕[16]，文词之命世也[17]。

夫四言，文约易广，取效《风》《骚》，便可多得，每苦文繁而意少，故世罕习焉[18]。五言居文词之要，是众作之有滋味者也，故云会于流俗[19]。岂不以指事造形，穷情写物，最为详切者耶！故诗有六义焉：一曰兴，二曰比，三曰赋。文已尽而意有余，兴也；因物喻志，比也；直书其事，寓言写物，赋也。弘斯三义，酌而用之，干之以风力，润之以丹彩[20]，使

[1] 江表：江外，指江南，此言东晋时代。
[2] 桓、庾：桓温、庾亮。
[3] 《道德论》，指阐发道家学说的文章，魏何晏曾将其注《老子》的心得著成《道德论》。
[4] 建安风力：即建安风骨，指其峻爽有劲的文学风格。
[5] 郭景纯：郭璞，有《游仙诗》。刘越石：刘琨，有《扶风歌》。
[6] 彼：指玄言诗风。我：指郭、刘变革的诗风。
[7] 义熙：晋安帝年号。
[8] 谢益寿：谢混。
[9] 元嘉：宋文帝年号。
[10] 含跨：包含、跨越。
[11] 凌轹：超出，居上。
[12] 陈思：曹植，封陈王，谥号"思"，故称。
[13] 公干、仲宣：刘桢、王粲。
[14] 安仁、景阳：潘岳、张协。
[15] 谢客：谢灵运，小时曾寄养别家，小字客儿。
[16] 言上述诸人是为五言诗之杰出领袖。
[17] 命世：名高一世。
[18] 便可多得：言可多得益。
[19] 会于流俗：切合世人的口味。
[20] 此言以风力为骨干，以文采为润饰。

咏之者无极，闻之者动心，是诗之至也。若专用比兴，患在意深，意深则词踬[1]。若但用赋体，患在意浮，意浮则文散，嬉成流移[2]，文无止泊[3]，有芜漫之累矣。

若乃春风春鸟，秋月秋蝉，夏云暑雨，冬月祁寒[4]，斯四候之感诸诗者也。嘉会寄诗以亲，离群托诗以怨。至于楚臣去境[5]，汉妾辞宫[6]。或骨横朔野，或魂逐飞蓬；或负戈外戍，杀气雄边；塞客衣单，孀闺泪尽；又士有解佩出朝，一去忘返；女有扬娥入宠，再盼倾国[7]。凡斯种种，感荡心灵，非陈诗何以展其义？非长歌何以骋其情？故曰："《诗》可以群，可以怨。"[8]使穷贱易安，幽居靡闷，莫尚于诗矣。故词人作者，罔不爱好。今之士俗，斯风炽矣。才能胜衣[9]，甫就小学[10]，必甘心而驰骛焉[11]。于是庸音杂体，各各为容。至使膏腴子弟，耻文不逮。终朝点缀，分夜呻吟，独观谓为警策[12]，众睹终沦平钝。次有轻薄之徒，笑曹、刘为古拙[13]，谓鲍照羲皇上人[14]，谢朓今古独步。而师鲍照，终不及"日中市朝满"[15]；学

---

[1]　踬：言不通畅。
[2]　随意写去，易见游移无主旨。
[3]　止泊：归宿。
[4]　祁：大、严。
[5]　此言屈原被放逐事。
[6]　此言汉代王昭君辞别汉宫，远嫁匈奴事。
[7]　倾城倾国之说，见《汉书·外戚传》记李延年所歌："北方有佳人，绝世而独立，一顾倾人城，再顾倾人国。宁不知倾国与倾城，佳人难再得。"
[8]　此见《论语·阳货》。
[9]　胜衣：言刚能穿上成人之衣，言其尚幼。
[10]　小学：《汉书·食货志》："八岁入小学。"
[11]　驰骛：追求。
[12]　此言日夜吟咏，自以为佳。
[13]　曹、刘：曹植、刘桢。
[14]　羲皇：伏羲。此言推尊鲍照。
[15]　此为鲍照《代结客少年场行》。

谢朓，劣得"黄鸟度青枝"[1]。徒自弃于高听，无涉于文流矣。

观王公缙绅之士[2]，每博论之余，何尝不以诗为口实[3]，随其嗜欲，商榷不同。淄渑并泛[4]，朱紫相夺[5]，喧议竞起，准的无依[6]。近彭城刘士章[7]，俊赏之士[8]，疾其淆乱，欲为当世诗品，口陈标榜[9]，其文未遂，感而作焉。

昔九品论人[10]，《七略》裁士[11]，校以宾实[12]，诚多未值[13]。至若诗之为技，较尔可知[14]，以类推之，殆均博弈。方今皇帝，资生知之上才[15]，体沉郁之幽思[16]，文丽日月，赏究天人[17]，昔在贵游[18]，已为称首[19]。况八纮既奄[20]，风靡云蒸，抱玉者联肩，握珠者踵武[21]。固以瞰汉、魏而不顾，吞晋、宋于胸中。谅非农歌辕议[22]，敢致流别。嵘之今录，庶周旋于闾里，均之于谈笑耳。

---

[1] 此为虞炎《玉阶怨》之句。
[2] 缙绅：插于带中，古时臣以笏插带中，故此为官吏之代称。
[3] 口实：谈吐之资。
[4] 淄、渑：二水名，味道不同，《淮南子·道应训》："淄渑之水合，易牙尝而知之。"
[5] 朱紫：正色、杂色。此言正邪混淆。
[6] 准的：标准。
[7] 刘士章，《诗品》列为下品。
[8] 言刘士章是很能鉴赏的人物。
[9] 标榜：言揄扬。
[10] 班固《汉书·古今人表》分九个等第。
[11] 汉刘歆总理群书，分《辑略》、《六艺略》、《诸子略》、《诗赋略》、《兵书略》、《术数略》、《方术略》，合为《七略》奏上。此以刘歆将作者分别归入各类而言。
[12] 宾实：即"名实"，《庄子·逍遥游》："名者，实之宾也。"
[13] 值：相当。
[14] 较尔：明白、明显。
[15] 生知：生而知之，见《论语·季氏》。
[16] 沈郁：深远。
[17] 司马迁《报任少卿书》："究天人之际，穷古今之变。"此言赏鉴文学至于穷究天人之理。
[18] 此言萧衍当年在萧子良门下合称"竟陵八友"的情形。《梁书·武帝纪》："竟陵王子良开西邸，招文学，高祖与沈约、谢朓、王融、萧琛、范云、任昉、陆倕等并游焉，号曰八友。"
[19] 此言彼时已称领袖。
[20] 八纮：天之八维。此言已拥有天下。
[21] 此言人才众多。曹植《与杨德祖书》："人人自谓握灵蛇之珠，家家自谓抱荆山之玉。"
[22] 农：农夫。辕：车夫。

序曰：一品之中，略以世代为先后，不以优劣为铨次[1]。又其人既往，其文克定，今所寓言，不录存者。夫属词比事[2]，乃为通谈。若乃经国文符，应资博古[3]；撰德驳奏，宜穷往烈[4]。至乎吟咏情性，亦何贵于用事[5]？"思君如流水"[6]，既是即目[7]；"高台多悲风"[8]，亦唯所见；"清晨登陇首"[9]，羌无故实[10]；"明月照积雪"[11]，讵出经史？观古今胜语，多非补假[12]，皆由直寻[13]。颜延、谢庄，尤为繁密[14]，于时化之。故大明、泰始中[15]，文章殆同书钞[16]。近任昉、王元长等[17]，辞不贵奇，竞须新事[18]，尔来作者，寖以成俗[19]。遂乃句无虚语，语无虚字[20]，拘挛补衲，蠹文已甚[21]。但自然英旨[22]，罕值其人。词既失高，则宜加事义，虽谢天才，且表学问，亦一理乎[23]！

---

[1] 此言《诗品》的编次原则。

[2] 属词比事：作文用事。

[3] 有关国事的文书，应博用古典。

[4] 撰写叙德行或驳议奏疏，应穷列古人的功业。

[5] 用事：即用典。

[6] 此为徐干《室思》句。

[7] 言是就目前所见而写的。

[8] 此见曹植《杂诗》。

[9] 此为张华诗，《北堂书钞》卷一五七引。

[10] 故实：典故。

[11] 此见谢灵运《岁暮》。

[12] 补假：拼合，假借典故。

[13] 直寻：直接描写情景。

[14] 颜延：颜延之。繁密：言用事之多。

[15] 大明：宋孝武帝年号。泰始：宋明帝年号。

[16] 书钞：指类书那样的典故辑录。

[17] 王元长：王融。

[18] 任、王二人，《诗品》分别中、下品，其评任昉："既博物，动辄用事，所以诗不得奇。"

[19] 尔来：近来。寖：渐渐。

[20] 此言每句有典，字有出处。

[21] 勉强拼凑，伤害文学。

[22] 自然精美，是钟嵘的美学理想。

[23] 此言文才不足，以典实补充，虽非天才表现，多少表示些学问，也成其一理吧。

陆机《文赋》，通而无贬；李充《翰林》，疏而不切[1]；王微《鸿宝》[2]，密而无裁；颜延论文[3]，精而难晓；挚虞《文志》[4]，详而博赡，颇曰知言。观斯数家，皆就谈文体，而不显优劣。至于谢客集诗[5]，逢诗辄取；张隐《文士》[6]，逢文即书。诸英志录，并义在文，曾无品第。嵘今所录，止乎五言。虽然，网罗今古，词人殆集，轻欲辨彰清浊[7]，掎摭利病[8]，凡百二十人[9]。预此宗流者[10]，便称才子。至斯三品升降，差非定制，方申变裁，请寄知者尔[11]。

序曰：昔曹、刘殆文章之圣，陆、谢为体贰之才[12]，锐精研思，千百年中，而不闻宫商之辨[13]，四声之论[14]。或谓前达偶然不见，岂其然乎[15]？尝试言之：古曰诗颂，皆被之金竹[16]，故非调五音，无以谐会[17]。若"置酒高

---

[1]　李充有《翰林论》三卷，已佚。

[2]　王微著《鸿宝》，《隋书·经籍志》记为十卷，已佚。

[3]　指《庭诰》中论文之语。

[4]　《文志》，指《文章志》，《隋书·经籍志》记"四卷"。

[5]　谢灵运曾集录诗，有《诗集》五十卷、《诗集钞》十卷、《诗英》九卷见《隋书·经籍志》，今均佚。

[6]　张隐，有《文士传》五十卷，今佚。

[7]　轻欲：大胆想要之意。

[8]　掎摭：指摘。

[9]　《诗品》品评，上品十一人，中品三十九人，下品七十二人，合计一百二十二人。

[10]　列入所论各流派中的诗人。

[11]　此"上、中、下三品之评定，并非定论，或者有变化，请知者鉴之"的意思。

[12]　此以儒门圣贤比拟文坛。李康《运命论》："仲尼至圣，颜、冉大贤……孟轲、孙卿体二希圣"。此以陆机、谢灵运比拟为次于曹植、刘桢的贤人。

[13]　宫商：泛指文章声调。

[14]　四声：平、上、去、入四声。

[15]　这是反对沈约以为声律论"此秘未睹"的反问。

[16]　金竹：乐器。

[17]　五音：宫、商、角、徵、羽。

堂上"[1]，"明月照高楼"[2]，为韵之首。故三祖之词[3]，文或不工，而韵入歌唱，此重音韵之义也，与世之言宫商异矣。今既不被于管弦，亦何取于声律耶？齐有王元长者，尝谓余云："宫商与二仪俱生[4]，自古词人不知用之，惟颜宪子论文乃云'律吕音调'[5]，而其实大谬；唯见范晔、谢庄，颇识之耳[6]。"尝欲造《知音论》，未就而卒。王元长创其首，谢朓、沈约扬其波[7]，三贤咸贵公子孙，幼有文辨。于是士流景慕，务为精密，襞绩细微[8]，专相凌架[9]，故使文多拘忌，伤其真美。余谓文制，本须讽读，不可蹇碍，但令清浊通流，口吻调利，斯为足矣[10]。至如平上去入，则余病未能；蜂腰鹤膝，闾里已具[11]。

陈思"赠弟"[12]，仲宣《七哀》[13]，公干"思友"[14]，阮籍《咏怀》[15]，子卿"双

---

[1]　阮瑀《杂诗》有"置酒高堂上，友朋集光辉"句，但非首句，与下文之"韵、首"不合。而曹植《箜篌引》首二句正是"置酒高殿上，亲交从我游"。故学者或以为钟嵘误记，或以为《诗品》原文为"置酒高殿上"。

[2]　此见曹植《七哀诗》。

[3]　三祖：魏武帝曹操、文帝曹丕、明帝叡。

[4]　二仪：天地。此言天地与五音共生。

[5]　颜宪子：颜延之，谥号为"宪子"。

[6]　范晔、谢庄识音律。参见《宋书》中的相关记载。

[7]　此言王、谢、沈等人倡导声律论的情况。

[8]　此言繁缛如衣裙之皱褶。

[9]　言互相争胜。

[10]　此言自己的声韵主张，以协调流利为主。

[11]　蜂腰、鹤膝：沈约等"八病"中的二种。据《文镜秘府论》的解释："蜂腰者，五言诗中，一句之中第二字不得与第五字同声，言两头粗，中央细，似蜂腰也"；"鹤膝者，五言诗中，第五字不得与第十五字同声，言两头细，中央粗，似鹤膝也。"钟嵘以为此类在民歌中已有了。

[12]　此指曹植《赠白马王彪》。

[13]　王粲《七哀诗》。

[14]　指刘桢《赠徐干》。

[15]　阮籍《咏怀》八十二首。

凫"[1]，叔夜"双鸾"[2]，茂先"寒夕"[3]，平叔"衣单"[4]，安仁"倦暑"[5]，景阳"苦雨"[6]，灵运《邺中》[7]，士衡《拟古》[8]，越石"感乱"[9]，景纯"咏仙"[10]，王微"风月"[11]，谢客"山泉"[12]，叔源"离宴"[13]，鲍照"戍边"[14]，太冲《咏史》[15]，颜延"入洛"[16]，陶公《咏贫》之制[17]，惠连《捣衣》之作[18]，斯皆五言之警策者也。所以谓篇章之珠泽[19]，文采之邓林[20]。

说明

　　《诗品》论诗人品第，《序》则从历史的纵向演变中讨论了五言诗的

---

[1]　　指苏武《别李陵诗》，有"双凫俱北风"句。

[2]　　指嵇康《赠秀才从军》，有"双鸾匿景曜"句。

[3]　　指张华《杂诗》，有"繁霜降当夕"句。

[4]　　指何晏诗，此诗今佚。

[5]　　指潘岳诗，《悼亡》有"㶁暑随节阑"句。

[6]　　指张协《杂诗》，中有"飞雨散朝兰"、"密雨如散丝"等句。

[7]　　指谢灵运《拟魏太子邺中集诗》八首。

[8]　　陆机《拟古》十四首。

[9]　　刘琨《扶风歌》等。

[10]　　郭璞有《游仙诗》十四首。

[11]　　王微咏风月诗已不存，江淹《拟王徵君微养疾》有"清阴往来远，月华散前墀"，是知《养疾》为王微关涉"风月"之作。

[12]　　谢灵运，山水诗大家，写及山泉的很多。

[13]　　谢混《送二王在领军府集诗》有"乐酒辍今辰，离端起来日"。

[14]　　鲍照《代出自蓟北门行》咏戍边事。

[15]　　左思有《咏史》八首。

[16]　　颜延之有《北使洛》诗。

[17]　　陶渊明有《咏贫士诗》七首。

[18]　　谢惠连有《捣衣诗》。

[19]　　珠泽：出珠之泽，见《穆天子传》："天子北征，舍于珠泽。"

[20]　　邓林：夸父逐日，弃其杖而为邓林（《山海经·海外北经》），此与"珠泽"均喻文采荟萃所在。

发展过程和各时代的特点，还特别表明了自己"自然"的诗学理想，着重谈论了对南朝诗坛重典实、讲音韵的意见，最后罗列了汉魏以下五言诗的经典名篇。

《诗品序》在文论史上的突出价值首先是勾勒了五言诗的演进大势，标举了曹植、陆机、谢灵运这一条五言诗的主流，指出了五言诗"指事造形，穷情写物，最为详切"的特征。其次，"自然英旨"的标榜，在当时诗坛上有充分的现实意义。这一方面，钟嵘一则以为"吟咏情性，亦何贵于用事"，"古今胜语，多非补假，皆由直寻"；二则以为在声律上"清浊通流，口吻调利"也就足矣了，受制于繁复的声律要求，"文多拘忌，伤其真美"。这都是对其时诗风很早又切近根本的批评。

集评

　　章学诚曰：《诗品》之于论诗，视《文心雕龙》之于论文，皆专门名家，勒为成书之初祖也。《文心》体大而虑周，《诗品》思深而意远。盖《文心》笼罩群言，而《诗品》深从六艺溯流别也。论诗论文而知溯流别，则可以探源经籍，而进窥天地之纯，古人之大体矣。此意非后世诗话家所能喻也。

—— 章学诚《文史通义·诗话》

萧 统

萧统（501—531），字德施，南兰陵人。梁武帝萧衍长子，立为太子，后谥"昭明"，世称"昭明太子"。他雅好文学，遍读群书，著作文集二十卷，已佚，明人辑有《昭明太子集》。主持编选的《文选》录战国、秦、汉至齐、梁的各体诗文，为现存最早的总集，在文学史上有深远的影响。

文选序

式观元始，眇觌玄风[1]，冬穴夏巢之时，茹毛饮血之世，世质民淳，斯文未作。逮乎伏羲氏之王天下也[2]，始画八卦，造书契，以代结绳之政[3]，由是文籍生焉。《易》曰："观乎天文，以察时变；观乎人文，以化成天下[4]。"文之时义，远矣哉[5]！若夫椎轮为大辂之始，大辂宁有椎轮之质[6]？增冰为积水所成，积水曾微增冰之凛[7]。何哉？盖踵其事而增华，变其本而加厉[8]。物既有之，文亦宜然。随时变改，难可详悉[9]。

尝试论之曰：《诗序》云："诗有六义焉，一曰风，二曰赋，三曰

[1]　式：语首助词。眇：同"渺"。元始：生民之初。玄风，遥远的风俗，远古的风尚。
[2]　逮：等到，及。王：统治。
[3]　此言以文字代替结绳记事的情状。
[4]　此为《易·贲卦·象辞》。言观察天文以察知四时之变，观察人文以教化天下。
[5]　此语出自《易·豫卦》。
[6]　大辂：古时天子祭天时的乘车。椎轮：古时无辐条的木车。此言大辂由椎轮演进，但大辂却没有椎轮的质朴形式。
[7]　增：同"层"。此言层冰由水积而成，但积水却没有层冰的冷意。
[8]　踵：继。此上句言椎轮与大辂之关系，是进一步的发展；下句言水与冰的关系，是变化得更加厉害了。
[9]　此言文章之变随时而有，难以尽知。

比，四曰兴，五曰雅，六曰颂。"至于今之作者，异乎古昔，古诗之体，今则全取赋名[1]。荀、宋表之于前，贾、马继之于末[2]。自兹以降，源流实繁。述邑居则有"凭虚"、"亡是"之作，戒畋游则有《长杨》、《羽猎》之制[3]。若其纪一事，咏一物，风云草木之兴，鱼虫禽兽之流，推而广之，不可胜载矣。

又楚人屈原，含忠履洁[4]，君匪从流，臣进逆耳[5]，深思远虑，遂放湘南，耿介之意既伤，壹郁之怀靡愬[6]，临渊有怀沙之志[7]，吟泽有憔悴之容[8]。骚人之文，自兹而作[9]。

诗者，盖志之所之也，情动于中而形于言[10]。《关雎》、《麟趾》，正始之道著[11]；桑间、濮上，亡国之音表[12]。故风雅之道，粲然可观[13]。自炎汉中叶，厥途渐异[14]，退傅有"在邹"之作，降将著"河梁"之篇[15]。四言五言，

---

[1]　班固《两都赋序》："赋者古诗之流也。"
[2]　荀、宋：荀况、宋玉。贾、马：贾谊、司马相如。《文选》"赋"外另有"骚体"，故不标屈原。荀况有《赋篇》、宋玉有《风赋》等。
[3]　述邑居：讲述邑居的篇章。凭虚：指张衡《西京赋》，首句曰"有凭虚公子者"云云。亡是：指司马相如《上林赋》，其开篇道："亡是公听然而笑。"《长杨》、《羽猎》：扬雄两篇赋名。
[4]　履：行为，实践。
[5]　君王不是从善如流之人，臣下进逆耳忠言。
[6]　壹郁：即忧郁。靡愬：即无诉。
[7]　屈原临投江之前作《怀沙》。
[8]　《楚辞·渔父》："屈原既放，游于江潭，行吟泽畔，颜色憔悴，形容枯槁。"
[9]　此言骚体文自屈原而有。
[10]　见前选《诗大序》。
[11]　此分别为《周南》之首、末篇，参前选《毛诗序》《周南》、《召南》，正始之道，王化之基"。
[12]　《礼记·乐记》："桑间、濮上之音，亡国之音也。"郑玄注："濮水之上，地有桑间者，亡国之音于此水出也。昔殷纣使师延作靡靡之乐，已而自沈于濮水。后师涓过焉，夜闻而写之，为平公鼓之，是之谓也。"
[13]　粲：明白的。
[14]　此言自汉代中叶，发生了变异。
[15]　退傅：指韦孟，曾为楚元王傅，因元王孙戊无道，作《讽谏诗》，退居邹，又作《在邹》诗。
　　　降将：李陵，其《与苏武诗》其三有"携手上河梁"之句。

区以别矣 [1]。又少则三字 [2]，多则九言 [3]，各体互兴，分镳并驱。颂者，所以游扬德业，褒赞成功 [4]，吉甫有"穆若"之谈，季子有"至矣"之叹 [5]。舒布为诗，既言如彼 [6]，总成为颂，又亦若此 [7]。次则：箴兴于补阙 [8]，戒出于弼匡 [9]，论则析理精微，铭则序事清润，美终则诔发 [10]，图像则赞兴 [11]。又：诏诰教令之流 [12]，表奏牋记之列 [13]，书誓符檄之品 [14]，吊祭悲哀之作 [15]，答客指事之制 [16]，三言八字之文 [17]，篇辞引序 [18]，碑碣志状 [19]，众制锋起，源流间出 [20]。譬陶匏异器，并为入耳之娱；黼黻不同，俱为悦目之玩 [21]。作者之致，盖云备矣 [22]。

余监抚余闲 [23]，居多暇日。历观文囿，泛览辞林，未尝不心游目想，

---

[1] 韦孟之作为四言，李陵则为五言，故言两相区别。

[2] 《汉郊祀歌》有三字句。

[3] 九言诗如谢庄《白帝》一首。

[4] 游扬：宣扬。

[5] 《诗经·大雅·烝民》："吉甫作诵，穆如清风。"《左传·襄公二十九年》记吴季札观乐，听《颂》，叹："至矣哉！"

[6] 舒布：抒发心意而成诗，是那样的。

[7] 总括功德为颂，又是这样的。

[8] 此言"箴"之兴在于补救缺失。

[9] "戒"的产生是为匡辅的目的。

[10] "诔"是为赞美死者。

[11] 有图像，就有了相配的"赞"文。

[12] 诏、诰、教令等体。

[13] 表、奏、牋记一类。

[14] 书、誓、符、檄四类。

[15] 吊、祭等哀悼之作。

[16] 答客：如东方朔《答客难》。指事：如枚乘《七发》。

[17] 不详，骆鸿凯以为即"离合体"，将一字拆合的游戏韵语，有三言体的，亦有八字的。

[18] 篇、辞、引、序，如曹植《美女篇》、汉武帝《秋风辞》、曹植《箜篌引》、王羲之《兰亭集序》。

[19] 碑、碣：记死者身世，方形为碑，圆形为碣。志、状：墓志、行状。

[20] 众制：各种体裁。此言各种体制纷纷揭起，前后各成源流依次出现。

[21] 各类乐器都可悦耳，各色锦绣皆能娱目。此言上述各类文体都有益处。

[22] 致：兴致、意趣。

[23] 监抚：监国抚军。

移晷忘倦 [1]。由姬、汉以来，眇焉悠邈 [2]，时更七代，数逾千祀 [3]。词人才子，则名溢于缥囊；飞文染翰，则卷盈乎缃帙 [4]。自非略其芜秽，集其清英，盖欲兼功，太半难矣 [5]！若夫姬公之籍，孔父之书，与日月俱悬，鬼神争奥 [6]，孝敬之准式 [7]，人伦之师友，岂可重以芟夷 [8]，加之剪截？老、庄之作，管、孟之流，盖以立意为宗，不以能文为本，今之所撰，又以略诸 [9]。若贤人之美辞，忠臣之抗直，谋夫之话，辩士之端，冰释泉涌，金相玉振 [10]。所谓坐狙丘，议稷下 [11]，仲连之却秦军 [12]，食其之下齐国 [13]，留侯之发八难 [14]，曲逆之吐六奇 [15]。盖乃事美一时，语流千载，概见坟籍，旁出子史 [16]，若斯之流，又亦繁博，虽传之简牍，而事异篇章 [17]，今之所集，亦所不取。至于记事之史，系年之书 [18]，所以褒贬是非，纪别同异 [19]，方之篇翰，亦已

---

[1]　移晷：日影移动，言长时间。

[2]　姬：周朝，姬姓。

[3]　七代：周、秦、汉、魏、晋、宋、齐。

[4]　缥，帛之青白色。缃：帛之浅黄色。囊：书袋。帙：书套。

[5]　此言篇什甚多，非取精华，要全览是太难了。

[6]　姬公：周公。孔父：孔子，鲁哀公诔孔子，称为"尼父"，故有"孔父"之目。此言周、孔之典籍可与日月同辉，与鬼神争胜。

[7]　准式：标准。

[8]　芟夷：删蔺。

[9]　略诸：省略不取。

[10]　金相玉振：谓金玉之美声。

[11]　此言田巴的辩议，《鲁连子》有"辩于狙丘而议于稷下"之句（《文选·与杨德祖书》李善注引）。

[12]　秦兵围邯郸，魏王使辛垣衍劝赵帝秦，鲁仲连斥之，秦兵知赵无降意，退军五十里。

[13]　郦食其在楚汉战争中，说齐王广降汉，下齐七十余城。

[14]　留侯：张良，他举八个理由阻止刘邦封六国之后，见《史记·留侯世家》。

[15]　曲逆：陈平，曾受封曲逆侯，他先后六出奇计献汉高祖刘邦。

[16]　此言上述事迹见于经典及子史，流传千古。

[17]　简牍：竹简木牍，是古时著写的工具。言此类事虽有记载，但是与文章却又不同。

[18]　此言史书。

[19]　此言史书的功用。

不同[1]。若其赞论之综缉辞采，序述之错比文华[2]，事出于沉思，义归乎翰藻[3]。故与夫篇什，杂而集之。远自周室，迄于圣代，都为三十卷，名曰《文选》云尔。

凡次文之体，各以汇聚[4]。诗赋体既不一，又以类分；类分之中，各以时代相次。

说明

《文选》录战国、秦、汉以下文章。分体汇辑，为现存最早的诗文总集。在历史上，《文选》影响极为深远，后来的研究竟成"选学"。《文选》保存大量古代佳作，对文学以后的发展形成了巨大的推动力，唐代杜甫就有"精熟《文选》理"的诗句。《文选序》主要阐述其编选原则。萧统首先推溯文学踵事增华、变本加厉的发展，叙述各体文学的源流，而后将所选作品与诸子、史书作了区别，所谓诸子"以立意为宗，不以能文为本"，而史书"褒贬是非，纪别同异，方之篇翰，亦已不同"，都显示出对文学特质的把握。《文选序》中"事出于沉思，义归乎翰藻"，"综缉辞采"，"错比文华"的判断标准标志着萧统对文学的正面观念，在后代亦极有影响。

---

[1]　比较文章，史书是不同的。
[2]　此言史书中的"论"、"赞"、"序"等也是缀合文辞，错综华采的。
[3]　沉思：指构思。翰藻：指辞采。
[4]　汇：作"类"解，言全书分类汇聚。

魏　征

魏征（580—643），字玄成，馆陶人。早年参与李密、窦建德的义军。唐太宗时为谏议大夫，后任秘书监、侍中，封郑国公。他是贞观之治时代的主要大臣之一。由《隋书·文学传序》亦可见出魏征的文学远见卓识。

隋书·文学传序

《易》曰："观乎天文，以察时变，观乎人文，以化成天下"[1]，《传》曰："言，身之文也，言而不文，行之不远。"[2] 故尧曰"则天"，表文明之称[3]；周云"盛德"，著焕乎之美[4]。然则文之为用，其大矣哉！上所以敷德教于下，下所以达情志于上。大则经纬天地，作训垂范；次则风谣歌颂，匡主和民。或离谗放逐之臣，涂穷后门之士，道轭轲而未遇，志郁抑而不申，愤激委约之中，飞文魏阙之下，奋迅泥滓，自致青云，振沉溺于一朝，流风声于千载，往往而有。是以凡百君子，莫不用心焉。

自汉、魏以来，迄乎晋、宋，其体屡变，前哲论之详矣。暨永明、天监之际[5]，太和、天保之间[6]，洛阳、江左，文雅尤盛。于时作者，济阳江淹、吴郡沈约、乐安任昉、济阴温子升、河间邢子才、钜鹿魏伯起

---

[1]　此见《周易·贲》之《彖传》。

[2]　《国语·晋语》："言，身之文也。"《左传·襄公二十五年》："言之不文，行之不远。"

[3]　尧"则天"，是孔子的话："大哉尧之为君也！巍巍乎唯天为大，唯尧则之！荡荡乎，民无能名焉。巍巍乎其有成功也。焕乎其有文章！"（《论语·泰伯》）

[4]　《论语·八佾》："周监乎二代，郁郁乎文哉！"

[5]　永明：齐武帝萧赜年号。天监：梁武帝萧衍年号。

[6]　太和：北魏孝文帝元宏年号。天保：北齐文宣帝高洋年号。

等 [1]，并学穷书圃，思极人文。缛彩郁于云霞，逸响振于金石，英华秀发，波澜浩荡，笔有余力，词无竭源。方诸张、蔡、曹、王，亦各一时之选也 [2]。闻其风者，声驰景慕。然彼此好尚，互有异同：江左宫商发越，贵于清绮；河朔词义贞刚，重乎气质。气质则理胜其词，清绮则文过其意。理深者便于时用，文华者宜于咏歌。此其南北词人得失之大较也。若能掇彼清音，简兹累句，各去所短，合其两长，则文质斌斌，尽善尽美矣 [3]。梁自大同之后 [4]，雅道沦缺，渐乖典则，争驰新巧。简文、湘东 [5]，启其淫放；徐陵、庾信，分路扬镳。其意浅而繁，其文匿而彩，词尚轻险，情多哀思。格以延陵之听，盖亦亡国之音乎 [6]！周氏吞并梁、荆 [7]，此风扇于关右，狂简斐然成俗 [8]，流宕忘反，无所取裁。

高祖初统万机，每念斫彫为朴，发号施令，咸去浮华 [9]。然时俗词藻，犹多淫丽，故宪台执法，屡飞霜简。炀帝初习艺文，有非轻侧之论，暨乎即位，一变其风。其《与越公书》、《建东都诏》、《冬至受朝诗》及

---

[1]　后三位温子升、魏收、邢邵为北朝文人，前三位则是南朝诗人。温、邢齐名，当时有人认为："江左文人，宋有颜延之、谢灵运，梁有沈约、任昉，我子升足以陵颜轹谢，含任吐沈。"（《北史》本传）温死后，邢魏齐称，所谓"大邢小魏"，但魏鄙邢文，邢反斥之："江南任昉，文体本疏，魏收非直模拟，亦大偷窃。"魏也来揭邢的老底："伊常于沈约集中作贼，何意道我偷任！"

[2]　张、蔡、曹、王：张衡、蔡邕、曹植、王粲。

[3]　《论语·雍也》："质胜文则野，文胜质则史，文质彬彬，然后君子。"《论语·八佾》："子谓《韶》尽美矣，又尽善也。"

[4]　大同：梁武帝萧衍年号。

[5]　简文：梁简文帝萧纲。湘东：湘东王萧绎，后之梁元帝。

[6]　延陵：延陵季子，即春秋时吴国公子季札，观乐而各有评论。此言梁季诗歌在季札必以为亡国之音。

[7]　宇文护陷江陵，灭梁，故此梁荆合称。宇文护后由魏入周，故称"周氏"。

[8]　狂简：志大事略，见《论语·公冶长》："吾党小子狂简，斐然成章，不知所以裁之。"

[9]　此言隋文帝杨坚反对文风绮靡，李谔《上隋高祖革文华书》："及大隋受命，圣道事兴，屏黜轻浮，遏止华伪……开皇四年，普诏天下，公私文翰，并宜实录。其年九月，泗州刺史司马幼之文表华艳，付所司治罪，自是公卿大臣，咸知正路，莫不钻仰坟索，弃绝华绮。"

《拟饮马长城窟》，并存雅体，归于典制。虽意在骄淫，而词无浮荡，故当时缀文之士，遂得依而取正焉[1]。所谓能言者未必能行，盖亦君子不以人废言也。

爰自东帝归秦，逮乎青盖入洛，四隩咸暨，九州攸同。江、汉英灵，燕、赵奇俊，并该天网之中，俱为大国之宝。言刈其楚，片善无遗，润木圆流，不能十数，才之难也，不其然乎！时之文人，见称当世，则范阳卢思道、安平李德林、河东薛道衡、赵郡李元操、钜鹿魏澹、会稽虞世基、河东柳晉、高阳许善心等，或鹰扬河朔，或独步汉南[2]，俱骋龙光，并驱云路，各有本传，论而叙之。其潘徽、万寿之徒，或学优而不切，或才高而无贵仕，其位可得而卑，其名不可堙没，今总之于此，为《文学传》云。

说明

贞观年间，唐太宗令魏征主持重修周、齐、梁、陈、隋五代史，本篇是出自魏征亲笔的史论之一。

魏征的文学观念是较为折衷的，他在开篇就申明了文章的政教之用："上所以敷德教于下，下所以达情志于上。"而对如"屈原放逐乃赋《离骚》"的怨愤抒发也作了充分肯定。

他对萧纲以下的宫体诗风是持批评态度的，"其意浅而繁，其文匿而彩，词尚轻险，情多哀思"，斥为"亡国之音"，这结合《隋书·经籍志》中集部的总论看得更清楚："梁简文之在东宫，雅好篇什，清辞巧制，止

---

[1]　以上为隋炀帝的文学观念的述评。
[2]　此用曹植语："仲宣独步于汉南，孔璋鹰扬于河朔。"参见前选《与杨德祖书》。

乎衽席之间；雕琢蔓藻，思极闺阁之内。后生好事，递相放习，朝野纷纷，号为宫体，流宕不已，讫于丧亡。"但他又不像当时李谔那样完全否弃汉魏之际以下的文学："魏之三祖，更尚文词，忽君人之大道，好雕虫之小技……江左齐梁，其弊弥甚……连篇累牍，不出月露之形；积案盈箱，唯是风云之状……文笔日繁，其政日乱。"(《上隋高祖革文华书》)他看到了南北文风各自的特点，认为这对以后文学的发展都是有益的因素，"缛采郁于云霞，逸响振于金石"，无疑是从正面来说的。

唐代文学的空前繁荣，历史证明是兼综南方文学之文采音韵与北方文学的骨力气质而获得的。魏征在这方面有深远的眼光，确实非同凡响。南北文学的区别与关系是一个大题目，历来有许多零星而精辟的见解，近代刘师培有综合性的专论，参见后选《南北文学不同论》。

陈子昂

陈子昂（661—702），字伯玉，梓州射洪人。二十四岁中进士，援麟台正字，转右拾遗。屡上书言事，多不见采纳。随建安王武攸宜伐契丹，仍受排斥。辞官归里，为县令段简陷死狱中。友人卢藏用辑其诗文为《陈伯玉集》。他是初唐诗风的主要变革者之一。

修竹篇序

东方公足下[1]：文章道弊五百年矣[2]。汉、魏风骨，晋、宋莫传[3]，然而文献有可征者。仆尝暇时观齐、梁间诗，彩丽竞繁，而兴寄都绝[4]，每以永叹。思古人常恐逶迤颓靡，风雅不作，以耿耿也[5]。一昨于解三处见明公《咏孤桐篇》[6]，骨气端翔[7]，音情顿挫，光英朗练[8]，有金石声[9]。遂用洗心饰视，发挥幽郁[10]。不图正始之音，复睹于兹，可使建安作者相视而笑[11]。

---

[1]　东方公：东方虬，武则天时为左史。此文是和东方虬《孤桐》而作的《修竹篇》的序。
[2]　此言建安以下至当代，约当五百年。
[3]　这就是钟嵘所说的"建安风力尽矣"，但钟嵘所指年代似稍迟，在东晋玄言诗风盛时。
[4]　兴寄：比兴、寄托，言文章的深意。
[5]　此言想到古人的情形，常怕文风衰颓，风雅的诗道不振，因而心中忽忽不安。
[6]　此篇今不见。
[7]　此言骨力端直，骨气飞动。
[8]　此言诗之声调抑扬，色彩明朗。
[9]　谓作品之单绝，《世说新语·文学》："孙兴公作《天台赋》成，以示范荣期，云：'卿试掷地，要作金石声！'"
[10]　饰：《周礼·地官·封人》郑玄注："饰，谓刷治洁清也。"此言东方虬之作使自己一新心眼，内心抑闷得以发抒。
[11]　此言东方虬之作可与建安文章并论。"不图正始之音，复睹于兹"：《世说新语·赏誉》："王敦为大将军，镇豫章。卫玠避乱，从洛投敦，相见欣然，谈话弥日，于时谢鲲为长史，敦谓鲲曰：'不意永嘉之中，复闻正始之音。'"

解君云："张茂先、何敬祖，东方生与其比肩[1]。"仆亦以为知言也。故感叹雅制，作《修竹诗》一篇，当有知音以传示之。

说明

陈子昂以"复古"为旗帜，而其内在的精神冲动在于突破南朝以下"彩丽竞繁，而兴寄都绝"的文风，开拓出唐诗发展的新天地。实际上，对晋宋以下绮靡诗风的不满和批评，是隋唐之际文坛的普遍思潮，但对未来的方向似乎没有一个明朗而简劲的指向。陈子昂在此文中标举"汉魏风骨"，以"骨气端翔、音情顿挫，光英朗练"为尚，在传统中发掘新的精神，构成自己的"文章"之"道"，开一代之风气。陈子昂的变革不重在消极的否弃"彩丽"，而从精神上呼唤变革，树立"风骨"。殷璠以为盛唐诗之勃盛是"声律"、"风骨"两方面结合的缘故（《河岳英灵集序》）。"声律"这一方面是沈佺期、宋之问承继南朝诗学的形式探索的结果，而"风骨"则是陈子昂始作俑，变创齐梁诗歌格调的成绩，正所谓有"因"有"革"，方成大业。陈子昂的努力有很大影响，他的朋友卢藏用就说他"卓立千古，横制颓波，天下翕然，质文一变"（《右拾遗陈子昂文集序》），而后来的韩愈也论定："国朝盛文章，子昂始高蹈。"（《荐士》）

---

[1]　张茂先：张华。何敬祖：何劭。

李 白

李白（701—762），字太白，号青莲居士。少时居绵州彰明，读书吟诗，遍观百家，尤好神仙。二十五岁时辞亲远游，出三峡，游历洞庭、庐山、扬州等地。与故相许圉师孙女结婚后居安陆十年。后迁山东，隐于徂徕山。天宝元年应诏入京，供奉翰林。三年后赐金放还，漫游南北。安史乱起，入永王李璘幕府，兵败流夜郎，道遇赦东还。卒于当涂。族叔李阳冰编次《草堂集》二十卷，已佚。今本《李太白集》出宋人手。

古风（其一）

大雅久不作，[1] 吾衰竟谁陈？[2]
王风委蔓草，[3] 战国多荆榛。[4]
龙虎相啖食，[5] 兵戈逮狂秦。[6]
正声何微茫，[7] 哀怨起骚人。[8]
扬马激颓波，[9] 开流荡无垠。[10]
废兴虽万变，宪章亦已沦。[11]

---

[1] 大雅：《诗经》一部分，此指关乎政事的诗作。
[2] 吾衰：《论语·述而》"甚矣吾衰也"，此以孔子口吻叹《大雅》之传统无人绍述。
[3] 王风：《诗经》十五"国风"的一部分，为周室东迁洛邑一带的作品。委：委弃。委蔓草：形容衰歇。
[4] 荆榛：丛杂的树木，此亦谓荒没衰落。
[5] 龙虎：指战国七雄，班固《答宾戏》曾形容七雄"分裂诸夏，龙战虎争"。
[6] 逮：到。意谓战事直延续到强秦一统。
[7] 正声：指上述《风》、《雅》一类作品。
[8] 骚人：指屈原、宋玉等人。以屈原作《离骚》故称楚辞体为"骚体"，其作者为"骚人"。
[9] 扬马：扬雄、司马相如，汉赋重要作家。
[10] 垠：边际。
[11] 宪章：诗歌法度。

自从建安来，¹ 绮丽不足珍。²

圣代复元古，³ 垂衣贵清真。⁴

群才属休明，⁵ 乘运共跃鳞。⁶

文质相炳焕，⁷ 众星罗秋旻。⁸

我志在删述，⁹ 垂辉映千春。

希圣如有立，¹⁰ 绝笔于获麟。¹¹

说明

李白《古风》共计五十九首，远绍《风》、《骚》，近承汉魏，多表达其人生感慨和社会理想，明人胡震亨曾评其源流及主旨："太白《古风》，其篇富于子昂之《感遇》，俭于嗣宗之《咏怀》；其发抒性灵，寄托规讽，实相源流也。"（《唐音癸签》）本诗为《古风》第一首，较系统地阐发其诗史见解，提出自然清真、文质炳焕的诗学理想，宋代刘克庄以为"此今古诗人断案也"（《后村诗话》）。诗中最为人知的当是"自从

---

[1] 建安：汉末献帝年号（196—220），时三曹（操、丕、植）七子（孔融、陈琳、王粲、阮瑀、应玚、刘桢、徐干）作品刚健有风力，与后代文风有别。

[2] 绮丽：形容建安以后诗坛讲究华美辞藻的风格。

[3] 圣代：指唐代。元古：远古。此谓唐代恢复泰古之淳朴。

[4] 垂衣：《周易·系辞传》："垂衣裳而天下治。"清真：谓自然。

[5] 群才：指当时文士。属：逢。休明：好时代。

[6] 跃鳞：龙踏跃的样子。

[7] 文质：指文学之内容与形式。此句即文质彬彬的意思。

[8] 旻：天空。此句形容并世文才辉映如秋空星辰。

[9] 删述：即从事文学；孔子有"删诗"的故事，又自谓"述而不作"，故称。

[10] 希圣：追仿圣人孔子。立：有所树立，立言之类也。

[11] 孔子修《春秋》，至鲁哀公十四年春，因"西狩获麟"，孔子以为祥兽出于乱世之不治之征，叹"吾道穷矣"，而绝笔于该年。李白以此申述将如孔子立言至终。

建安来，绮丽不足珍"的评断，虽然这在唐人普遍贬抑六朝的言论中也算得坚决，不过我们的理解大可不必那么绝对：李白至少对谢朓再三致意，比如"蓬莱文章建安骨，中间小谢又清发"（《宣州谢朓楼饯别校书叔云》），又比如"解道'澄江静如练'，令人长忆谢玄晖"（《金陵城西楼月下吟》）。

集评

朱熹曰：李白诗不专是豪放，亦有雍容和缓底，如首篇"大雅久不作"多少和缓。

—— 朱熹《朱子语类》

赵翼曰：青莲一生本领，即在五十九首《古风》之第一首。开口便说《大雅》不作，骚人斯起，然词多哀怨，已非正声；至扬、马益流宕，建安以后，更绮丽不足法；迨有唐文运肇兴，而己适当其时，将以删述续获麟之后。是其眼光所注，早已前无古人，后无来者，直欲于千载之后上接《风》、《雅》。盖自信其才分之高，趋向之正，足以起八代之衰，而以身任之，非徒大言欺人也。

—— 赵翼《瓯北诗话》

古风（其三十五）

丑女来效颦，还家惊四邻。¹

寿陵失本步，笑杀邯郸人。²

一曲斐然子，³ 雕虫丧天真。⁴

棘刺造沐猴，⁵ 三年费精神。

功成无所用，楚楚且华身。⁶

《大雅》思文王，⁷ 颂声久崩沦⁸

安得郢中质，一挥成风斤。⁹

---

[1]　颦：皱眉不悦貌。丑女效颦的故事，出自《庄子·天运》："西施病心而颦其里，其里之丑人见之而美，归亦捧心而颦其里；其里之富人见之，坚闭门而不出，贫人见之，挈其妻子而去走。彼知颦美而不知颦之所以美。"

[2]　邯郸学步的故事，见《庄子·秋水》："子独不闻寿陵余子之学行于邯郸与？未得国能，又失其故行矣，直匍匐而归耳。"此上以《庄子》典故批评效仿而失本真的创作。

[3]　斐然：文采华美貌，《论语·公冶长》有"斐然成章"。

[4]　雕虫：谓雕琢小技，扬雄曾说过辞赋之类是"雕虫篆刻"，"壮夫不为"的玩意儿（《法言·吾子》)。

[5]　棘：丛生细小的枣树。此棘刺之端刻猴的故事出于《韩非子》，卫国有人以此微雕技艺自夸而欺骗了燕王，得享"五乘之奉"。

[6]　楚楚：衣冠鲜明貌。华身：得个人之荣华。

[7]　大雅：《诗经》中一部分。文王：周文王。

[8]　颂：《诗经》中《颂》的部分。

[9]　这两句亦典出《庄子》："郢人垩漫其鼻端，若绳翼，使匠石斫之，匠石运斤成风，听而斫之，尽垩而鼻不伤，郢人立不失容。宋元君闻之，召匠石曰：'尝试为寡人为之。'匠石曰：'臣则尝能斫之，虽然，臣之质死久矣。'"（《徐无鬼》)

说明

　　李白在本诗中运用《庄子》的典故对摹拟、雕琢的文风作了批评，他所推崇的是"天真"，至于"大雅思文王，颂声久崩沦"之类恐怕不是主旨所在，应该肯定"清水出芙蓉，天然去雕饰"（《赠江夏韦太守良宰》）才是他真正的祈向。

杜　甫

杜甫（712—770），字子美。河南巩县人。原出长安杜陵，自称杜陵布衣，又号少陵野老。唐初诗人杜审言孙。唐玄宗时应进士举，不第。天宝末献《三大礼赋》，召试文章，授京兆府兵曹参军。安史之乱中谒肃宗，官左拾遗。后去官入蜀，筑草堂于浣花溪。严武表为检校尚书工部员外郎。卒于耒阳。有《杜甫集》六十卷。《旧唐书》卷一九○《文苑》、《新唐书》卷二○一《文艺》有传。

戏为六绝句

一

庾信文章老更成，[1] 凌云健笔意纵横。[2]
今人嗤点流传赋，[3] 不觉前贤畏后生。[4]

---

[1] 庾信：南朝梁代作家，奉使至魏，梁亡后先后仕于魏、北周。成：功夫成熟之意。庾信仕于北方，一变早先"文采绮艳"之"庾体"（《周书·庾信传》），文章深具骨力，寄寓亡国之恨，故乡之思，故有"老更成"之语；杜甫此处也曾谈到："庾信生平最萧瑟，暮年诗赋动江关。"（《咏怀古迹》之一）"老更成"，杜诗中亦有类似的语句："波澜独老成。"（《赠郑谏议》）

[2] 此句形容庾信晚年风格。凌云：《史记·司马相如列传》："司马相如既奏《大人赋》，天子大悦，飘飘然有凌云气游天地之意。"

[3] 嗤点：嗤笑指点。

[4] 前贤：指庾信。后生：即上句之"今人"。此两句的读法，略有不同。如翁方纲认为："此反语也，言今人嗤点昔人，则前贤应畏后生矣，嬉笑之词，以此辈不必与庄论耳。"（《石洲诗话》）而汪师韩以为："乃诘问之言，今人诋毁庾信之赋，岂前贤如庾者，反畏尔曹后生耶？"（《诗学纂闻》）但不以今人之诋言废前贤的宗旨是无疑问的。

集评

仇兆鳌曰：首章推美庾信也。开府文章老愈成格，其笔势则凌云超俗，其才思则纵横出奇，后人取其流传之赋，嗤笑而指点之，岂知前贤自有品格，未见其当畏后生也。当时庾信诗赋与徐陵并称，盖齐梁间特出者。

——仇兆鳌《杜少陵集详注》

宗廷辅曰：此首论赋。庾子山赋，自魏、晋而下，允称独步。少陵奋迅，起而绍之，非特词旨藻丽，其一种沉郁顿挫，极有相似之处。入之深，故言之切。《哀江南》一篇，冠绝古今，乃作于入周之后，已在暮年，故云"老更成"也。"凌云健笔意纵横"七字，是庾赋切实注脚，假移作评诗即非是。唐自开、宝以降，国初淳庞之气浸漓，后生辈多觉前贤古拙，恣情评泊，至令绝世名篇，供其嗤点。譬之风狂猘狗，何足与校。"不觉"者，愤词也，非逊词也。

——宗廷辅《古今论诗绝句》

二

王杨卢骆当时体，[1] 轻薄为文哂未休。[2]
尔曹身与名俱灭，[3] 不废江河万古流。[4]

集评

仇兆鳌曰：此表章王、杨四子也。四公之文，当时杰出，今乃轻薄其为

---

[1] 王杨卢骆：王勃、杨炯、卢照邻、骆宾王，四人合称初唐四杰。体：指体制风格。
[2] 哂：哂笑，讥笑。轻薄为文：通常以为指论者认为四杰文体轻薄，而如洪迈等则认为是指轻薄之人为文讥笑四杰（《容斋四笔》"身名俱灭，以责轻薄子"），皆可通。
[3] 尔曹：你辈，指哂笑四杰的人。
[4] 江河万古流：喻四杰文章。

文而哂笑之，岂知尔辈不久销亡，前人则万古长垂，如江河不废乎！

—— 仇兆鳌《杜少陵集详注》

　　宗廷辅曰：此首论四六。隋、唐以前，以骈俪为文，单行为笔，故梁昭明撰集八代之作，名曰《文选》，明其不取朴率也。第二句"文"字著眼。王、杨、卢、骆是唐初四杰。"当时体"，谓相传共守之体。"轻薄"，则指后生辈。是时昌黎未出，天下尚不知古文，哂之者非哂其四六，哂其体之古拙，犹赋之嗤点庾信云尔。"尔曹"二句，不啻大声疾呼矣。　　—— 宗廷辅《古今论诗绝句》

<h2 style="text-align: center">三</h2>

　　纵使卢王操翰墨，[1] 劣于汉魏近风骚。[2]
　　龙文虎脊皆君驭，[3] 历块过都见尔曹。[4]

集评

　　刘辰翁曰：第三诗又只借卢、王反复言之，以为纵使不及汉魏、《风》、《骚》，毕竟皆异材也。尔曹自负不浅，然过都历块，乃可见耳。所以极形容前辈之未易贬也。

—— 刘辰翁《评点杜子美诗集》

------

[1]　卢王：卢照邻、王勃，此处概指四杰。翰墨：即指文章之事，曹丕《典论·论文》："寄身于翰墨。"

[2]　风骚：《国风》与《离骚》。此二句谓四杰文章虽不如汉、魏时代的作品近乎《风》、《骚》的典型。"卢王操翰墨，劣于汉魏近风骚"形成完整的意思。

[3]　龙文、虎脊：骏马名，前者见《汉书·西域传赞》，后者见《汉书·礼乐志》之《天马歌》。君驭：君王龙马之意，因龙文、虎脊"皆见重于汉庭，故曰'君驭'。"（仇兆鳌《杜少陵集详注》）

[4]　历块过都：语出王褒《圣主得贤臣颂》"过都越国，蹷如历块"，言疾速过都国如行小土块间。尔曹：同上首所谓嗤点四杰的人。

史炳曰："纵使卢王"云云，言卢、王诸人翰墨，虽不及汉、魏之近《风》《骚》，然其才力雄骏如龙文虎脊之马，堪充君驭，而超越都邑如历片土，俯视尔曹，真下乘耳。

—— 史炳《杜诗琐证》

浦起龙曰：《风》《骚》为韵语之祖，后来格调变移，造端于汉之苏、李，继轨于魏之建安，至唐初诸子出而体裁又变。要之皆同祖《风》《骚》也。故言纵使卢、王翰墨劣于汉、魏之近《风》《骚》者，要亦国初之《风》《骚》也。譬犹天闲上驷，顿足云霄，吾见驽马之竭蹶而不副矣。上抑下扬极有分寸。

—— 浦起龙《读杜心解》

<h2 align="center">四</h2>

才力应难跨数公，[1]凡今谁是出群雄？
或看翡翠兰苕上，[2]未掣鲸鱼碧海中。[3]

集评

钱谦益曰："凡今谁是出群雄"，公所以自命也。"兰苕翡翠"，指当时研揣声病，寻章摘句之徒；"鲸鱼碧海"，则所谓"浑涵汪洋，千汇万状"，兼古人而有之者也。亦退之所谓"横空盘硬、妥帖排奡，垠崖崩豁，乾坤雷硠"者也。论至于此，非李、杜谁足以当之，而他人有不抚然自失者乎？

—— 钱谦益《读杜二笺》

宗廷辅曰：前三者分论古人，此首递论今人。数公指庾信及王、杨、卢、

---

[1] 数公：指前诗中言及之庾信与四杰。
[2] 翡翠兰苕：语出晋郭璞《游仙诗》"翡翠戏兰苕，容色更相鲜"，言珍禽芳草辉映可悦，此处形容词采之鲜妍。
[3] 鲸鱼碧海：指笔力之雄健。

骆，是说古人；"凡今谁是出群雄"，是说今人。古人才力甚大，著"应难"二字，有许多佩服之意；今人亦未可一概抹煞，著"谁是"二字，有许多想望之意。"翡翠兰苕"，喻文采鲜妍，乃今人所擅之一能；"鲸鱼碧海"，喻体魄伟丽，数公之才却是如此。其广狭大小，岂可相提并论哉！

—— 宗廷辅《古今论诗绝句》

五

不薄今人爱古人，[1] 清词丽句必为邻。[2]
窃攀屈宋宜方驾，[3] 恐与齐梁作后尘。[4]

集评

宗廷辅曰：此首承"今人"、"古人"，而复揣自己也。"不薄今人"，承"翡翠兰苕"句，言今人所能如此，似无可薄；"爱古人"，承"鲸鱼碧海"句，言古人所能如此，实有可爱。"清词丽句必为邻"，言于古今人中择其清词丽句以为依傍也。下二句始明己志。公许身稷、稷，流离陇、蜀，乃心唐室，正与被谗见放、忧国爱君之屈子同此遭际、同此心思，故云"方驾"也。曰"窃攀"、曰"宜"，有极欲思齐而又不敢卤莽之意。齐、梁当时文体，李谔所谓"连篇累牍，不出月露之形；积案盈箱，唯是风云之状"者，曰"恐与作后尘"，有深惧沾染之意，言其不以是为工也。

—— 宗廷辅《古今论诗绝句》

---

[1] 此句意谓论诗不以古今划限而已。
[2] 邻：亲近依傍之意。
[3] 屈宋：屈原、宋玉。窃：谦词。方驾：并驾齐驱。
[4] 齐梁：南朝两国号；唐人普遍认为齐、梁时代的作品徒具藻饰之美，如前选唐陈子昂《与东方左史虬修竹篇序》："齐、梁间诗，彩丽竞繁，而兴寄都绝。"作后尘：步其后尘之意。

六

未及前贤更勿疑，递相祖述复先谁？¹

别裁伪体亲风雅，²转益多师是汝师。³

集评

　　杨慎曰：此少陵示后人以学诗之法。前二句戒后人之愈趋愈下，后二句勉后人之学乎其上也。盖谓后人不及前人者，以递相祖述日趋日下也。必也区别裁正浮伪之体，而上亲《风》、《雅》，则诸公之上，转益多师，而汝师端在是矣。

—— 杨慎《升庵诗话》

　　王嗣奭曰：今人才力未及前贤，以其递相祖述，愈趋愈下，无能为之先者。必也别裁其伪体而上亲于《风》、《雅》，始知渊源所自，前贤皆可为师。是转益多师，而汝师即在是矣。此亦公之自道也。公诗祖述《三百》而旁搜诸家，以集其成。如楚《骚》、汉魏诗、乐府铙歌，齐、梁以来，甚多仿效，而公独无之。然独其诗，皆《三百》之嫡派、古人之雁行也。其所师可知矣。如孔子识大识小无不学，而贤不贤皆师矣。不如是，何以谓之集大成哉？

—— 王嗣奭《杜臆》

说明

　　这组论诗绝句是这一体式的开山之作，郭绍虞先生曾指出它的意义

---

[1]　递相祖述：语本沈约《宋书·谢灵运传论》"异轨同奔，递相祖述"，此谓因袭成风，昧去本源。

[2]　别裁：区别而裁除。伪体：即递相祖述之体制。风雅：《诗经》之《风》、《雅》。

[3]　此句谓兼涵古今，无所不师。

和价值道："杜甫《戏为六绝句》开论诗绝句之端，亦后世诗话所宗。论其体则轫，语其义则精。盖一生诗学所诣，与论诗主旨所在，悉萃于是，非可以偶尔游戏视之也。考杜集编年诸本，此六绝句均在上元二年，时杜甫已五十岁，则为其晚年之作，故能精当如是。"（《杜甫戏为六绝句集解》）组诗前三首主要涉及庾信、初唐四杰等作家的具体评价，后三者则是其诗学宗旨的呈显。概而言之，杜甫希望以《风》、《骚》为宗本，推尊汉魏，兼取近人，既欣赏"清词丽句"之秀美，又追慕"掣鲸鱼碧海中"的气魄，并且提出了"转益多师"的法门，其眼光之辩证高远，表现出集大成者的气度。

江上值水如海势聊短述 [1]

为人性僻耽佳句，语不惊人死不休。
老去诗篇浑漫与，[2] 春来花鸟莫深愁。
新添水槛供垂钓，[3] 故著浮槎替入舟。[4]
焉得思如陶谢手，[5] 令渠述作与同游。[6]

说明

　　这诗表明自己的作诗态度，与"律中鬼神惊"（《赠郑谏议》）、"遣词必中律"（《桥陵诗三十韵》）等说法是契合的。后代如许印芳之非议"起二句立志甚高，然必说破，便嫌浅露；次句尤嫌火气太重，大非雅人吐属"，则属无谓求疵。"浑漫与"与"晚节渐于诗律细"（《遣闷呈路十九曹长》）似有抵牾，但前者未始不可理会为老来愈熟、自然洒脱的境界。

----

[1]　此诗约于公元 761 年作于成都，"江"指锦江。
[2]　漫与：言不经意而作。赵次公释此二联道："耽佳句而语惊人，言其平昔如此；今老矣，所为诗则漫与而已，无复着意于惊人也。"
[3]　槛：窗下木栏。
[4]　浮槎：浮水之木筏。
[5]　陶谢：晋宋间诗人陶渊明、谢灵运。
[6]　渠：他。此联谓安得如陶、谢一流诗人，共与游吟。

集评

吕本中曰：陆士衡《文赋》云："立片言以居要，乃一篇之警策"，此要论也。文章无警策则不足以传世，盖不能竦动世人。如老杜及唐人诸诗，无不如此。但晋、宋间人，专致力于此，故失于绮靡，而无高古气味。杜诗云："语不惊人死不休"，所谓惊人语，即警策也。

—— 吕本中《童蒙训》

田雯曰：少陵此诗盖目触江上光景，思成佳句，以吟咏其奔涛骇浪之势，而不可得，废然长叹。曰"性癖"、曰"惊人"，言平生所笃嗜在诗也。曰"老去漫与"，与"晚节渐于诗律细"似不相属，谦辞也。曰"花鸟莫深愁"，言诗人刻毒，遇一花一鸟，摹写无余，能令花鸟愁也。今老无佳句，不必"深愁"矣。花鸟尚然，况值此江势之大，闭口束手，能复有惊人篇章耶？故只可添水槛以垂钓，著浮槎以闲游而已。若述作之手，非陶、谢不可，吾则何敢？悠悠千载，犹思慕陶、谢不置焉。少陵殆抑然自下者，全无矜夸语气。言在题外，神合题中，而江如海势之奇观，隐跃纸上矣。

—— 田雯《古欢堂集杂著》

咏怀古迹 [1]

摇落深知宋玉悲，[2] 风流儒雅亦吾师。
怅望千秋一洒泪，萧条异代不同时。
江山故宅空文藻，[3] 云雨荒台岂梦思。[4]
最是楚宫俱泯灭，舟人指点到今疑。[5]

说明

　　宋玉与屈原并为楚辞重要作家，刘勰所谓"屈宋逸步，莫之能追"（《文心雕龙·辨骚》）。杜甫对屈宋亦表推崇，《戏为六绝句》即有"窃攀屈宋疑方驾"的句子。宗廷辅《古今论诗绝句》以为"言屈原而兼宋玉者，亦不过牵连而及"，观本诗可知其大谬不然。

---

[1]　《咏怀古迹》共五首，公元766年作于夔州，分咏庾信、宋玉、王昭君、刘备、诸葛亮之相关古迹。本诗列第二。
[2]　摇落：宋玉《九辩》："悲哉秋之为气也，萧瑟兮草木摇落而变衰。"
[3]　故宅：归州（湖北秭归）与江陵都有宋玉旧居，此处指前者。文藻：指宋玉之文采。
[4]　云雨：宋玉《高唐赋》记叙楚王梦巫山神女的故事，神女自称上帝少女瑶姬，"旦为行云，暮为行雨"。荒台：即云梦泽中楚王梦会神女的高唐台遗迹。岂梦思：谓非仅梦境，或说指宋玉《高唐赋》有讽谏之义，或说因宋玉之虚构而有今荒台之实。
[5]　这一层意思是说文士长存而王者烟灭，李白《江上吟》亦云："屈平词赋悬日月，楚王台榭空山丘。"

集评

王嗣奭曰：玉悲"摇落"，而公云"深知"，则悲与之同也。故"怅望千秋"，为之"洒泪"；谓玉萧条于前代，公萧条于今代，但不同时耳。不同时而同悲也……知玉所存虽止文藻，而有一段灵气行乎其间，其"风流儒雅"不曾死也。

—— 王嗣奭《杜臆》

沈德潜曰：怀宋玉亦所以自伤。言斯人虽往，文藻犹存，不与楚宫同其泯灭，其寄慨深矣。

—— 沈德潜《唐诗别裁》

方东树曰：一意到底不换，而笔势回旋往复，有深韵。七律固以句法坚峻、壮丽、高朗为贵，又以机趣凑泊、本色自然天成者为上乘。

—— 方东树《昭昧詹言》

解闷（十二首选四首）

其五

李陵苏武是吾师，¹孟子论文更不疑。

一饭未曾留俗客，数篇今见古人诗。²

其六

复忆襄阳孟浩然，³清诗句句尽堪传。

即今耆旧无新语，⁴漫钓槎头缩颈鳊。⁵

其七

陶冶性灵存底物，⁶新诗改罢自长吟。

孰知二谢将能事，⁷颇学阴何苦用心。⁸

---

[1] 李陵苏武：汉武帝时人，李以出征力竭降匈奴，苏以出使羁留塞北，《文选》中录有苏、李互赠道别的诗，历来认为五言诗之祖，但当是后人托名者。此句仇兆鳌认为是述孟云卿论诗语。本诗原有自注："校书郎云卿"，下文"孟子"即孟云卿，为同时诗人。

[2] 此言孟云卿诗有古风。

[3] 孟浩然：唐代诗人（689—740），隐居襄阳，诗与王维齐名。

[4] 此时孟浩然已逝二十余年，故曰"无新语"。

[5] 槎：一说即筏，一说断木。《襄阳耆旧传》称：岘山下，汉水中，出鳊鱼，味极肥美，常禁人采捕，以槎断水，因谓之槎头鳊。孟浩然诗中亦写及此鱼"试垂竹竿钓，果得槎头鳊"，"鸟泊随阳雁，鱼藏缩颈鳊"。上二句，赵次公释曰："言今耆旧之间，不复造新语以言鳊鱼，但漫钓之而已。"

[6] 底物：犹言此物，俗语也。

[7] 二谢：谢灵运（385—433）、谢朓（464—499），南朝诗人。此谓精熟二谢之诗艺能事。

[8] 阴何：阴铿、何逊，南朝诗人。

其八

不见高人王右丞，¹ 蓝田丘壑蔓寒藤。²
最传秀句寰区满，³ 未绝风流相国能。⁴

说明

《解闷》十二首公元 766 年作于夔州，此处所选为其中五、六、七、八首。杜甫是中国诗史上承上启下的人物，对诗歌艺术有充分的自觉，这表现在他对汉魏六朝及唐初诗人的琢磨和汲取（见"陶冶性灵存底物"及《戏为六绝句》等），也表现在他对并世诗人的体味中，如《解闷》中对王、孟的品评。而且这种品评堪称深入，如杨伦就点出杜甫"赞襄阳只一'清'字，赞摩诘只一'秀'字，品评不苟"（《杜诗镜铨》）。

集评

贺贻孙曰：少陵云："李陵苏武是吾师。"少陵沉雄顿挫，与苏、李淡宕一派殊不相类，乃知古人师资，不在形声相似，但以气味相取。

—— 贺贻孙《诗筏》

王士禛曰：子美与孟浩然诗不同调，此诗可谓具眼，次篇亦具眼，公论

---

[1] 王右丞：王维（701—761），唐代诗人，曾官尚书右丞，故称。
[2] 蓝田：王维在此有辋川别墅，居止多年。杜甫作此诗时，王维已死，故言"漫寒藤"。
[3] 寰区：即言天下。
[4] 诗下自注：右丞弟今相国缙。浦起龙《读杜心解》引《金壶记》："王维与弟缙，名冠一时。时议云：论诗则王维、崔颢，论笔则王缙、李邕。"

诗文评品

古人不必苟同也。

——《唐宋诗醇》

翁方纲曰："孰知二谢将能事，颇学阴何苦用心"，言欲以大小谢之性灵而兼学阴、何之苦诣也。"二谢"只作性灵一边人看，"阴何"只作苦心锻炼一边人看，似乎公之自命，乃欲兼而有之，亦初非真欲学阴、何，亦初非真自许为二谢也。

—— 翁方纲《石洲诗话》

李东阳曰：唐诗李、杜之外，孟浩然、王摩诘足称大家。王诗丰缛而不华靡，孟却专心古淡而悠远深厚，自无寒俭枯瘠之病。由此言之，则孟为尤胜。储光羲有孟之古而深远不及，岑参有王之缛而又以华靡掩之。故杜子美称"吾怜孟浩然"，称"高人王右丞"，而不及储、岑，有以也夫。

—— 李东阳《麓堂诗话》

春日忆李白

白也诗无敌，飘然思不群。[1]
清新庾开府，[2] 俊逸鲍参军。[3]
渭北春天树，江东日暮云。[4]
何时一樽酒，重与细论文。

说明

"古今诗人，举不能出杜之范围，惟太白天才超逸绝尘，杜所不能压倒，故尤心服，往往形之篇什也"（杨伦《杜诗镜铨》）。杜甫对李白风神天才深为倾倒，很久以后还有"三夜频梦君，情亲见君意"（《梦李白》）的诗句。杜诗中也最能见出李白的才性，本诗所谓"飘然思不群"，他如"李白一斗诗百篇"（《饮中八仙歌》）、"笔落惊风雨，诗成泣鬼神"（《寄李十二白二十韵》）、"敏捷诗千首，飘零酒一杯"（《不见》）、"痛饮狂歌空度日"（《赠李白》）等皆属传神之作，这类一位伟大诗人为另一位

[1] 不群：不凡。唐陈彝曰："飘然思不群"五字，得白之神（《唐诗选脉会通评林》引）。
[2] 庾开府：庾信，北周时官至骠骑大将军开府仪同三司，故称。杨慎评道："杜工部称庾开府曰清新，清者流丽而不浊滞，新者创见而不陈腐也。"（《升庵诗话》）
[3] 鲍参军：鲍照，南朝诗人，曾任前军参军，故称。乔忆评道："杜诗'俊逸鲍参军'，'逸'字作奔逸之逸，才托出明远精神。"（《剑溪说诗》）此二句以庾、鲍之风格形容李白。
[4] 渭北：指咸阳，在渭水之北。江东：指李白所在。此二句写两人所在地，见阻隔思念之意。李、杜于公元744年夏相识在洛阳，同游梁、宋一带；次年秋后李去江东，杜往京都，两人不再谋面，此诗是杜甫在京时所作。

伟大诗人写照的文字在全部人类历史上都是堪称稀罕而可珍的。可珍中之尤可珍者，在杜甫有关李白的诗里往往还含有宝贵的诗学见解：当我们了解了他对李白"冠盖满京华，斯人独憔悴"（《梦李白》）、"世人皆曰杀，吾意独怜才"（《不见》）的观感后，再读到"文章憎命达"（《天末怀李白》），就该知晓其深刻的涵义；当杜甫评说"李侯有佳句，往往似阴铿"（《与李十二白寻范十隐居》）、"清新庾开府，俊逸鲍参军"时，我们不仅对李白诗歌的风格，且对唐诗与以往的诗歌传统的联系有了更好的理解。这种在谈论当代诗歌时，结合前代诗人的批评，是杜甫所精熟的，比如他评孟浩然就道："赋诗何必多，往往凌鲍谢"（《遣兴》其五），关于自己，就前选诸作即可见："窃攀屈宋宜方驾"、"颇学阴何苦用心"等，都显示着他自觉的诗史意识。

集评

浦起龙曰：此篇纯于诗学结契上立意。方其聚首称诗，如逢庾、鲍，何其快也。一旦春云迢递，"细论"无期，有黯然神伤者矣。四十字一气贯注，神骏无匹。

—— 浦起龙《读杜心解》

《唐诗从绳》曰：起二句虽对，却一气直下，唯其"思不群"，所以"诗无敌"，又是倒因起法。"清新"似"庾开府"，"俊逸"似"鲍参军"，径作五字，名"硬装句"。对"谓北树"，望"江东云"，头上藏二字，名"藏头句"。五己地，六彼地，怀人诗必见其所在之地，方有实境。七、八何时重与"尊酒"，相对细酌论文，分装成句。

韩　愈

　　韩愈（768—824），字退之，河阳人。贞元八年中进士，后升至刑部侍郎，因谏迎佛骨，贬潮州刺史。后又升至兵部侍郎、吏部侍郎。谥"文"。韩愈是古文运动盟主，"文起八代之衰"；诗则引领中唐雄奇险怪一派风气。有《昌黎先生集》。

送孟东野序

　　大凡物不得其平则鸣：草木之无声，风挠之鸣[1]；水之无声，风荡之鸣。其跃也或激之[2]，其趋也或梗之[3]，其沸也或炙之；金石之无声[4]，或击之鸣。人之于言也亦然，有不得已者而后言，其歌也有思，其哭也有怀。凡出乎口而为声者，其皆有弗平者乎！

　　乐也者，郁于中而泄于外者也，择其善鸣者而假之鸣[5]。金、石、丝、竹、匏、土、革、木[6]八者，物之善鸣者也。维天之于时也亦然，择其善鸣者而假之鸣。是故以鸟鸣春，以雷鸣夏，以虫鸣秋，以风鸣冬，四时之相推夺[7]，其必有不得平者乎！其于人也亦然。人声之精者为言，文辞之于言，又其精也，尤择其善鸣者而假之鸣。其在唐虞，咎

---

[1]　挠：屈折。
[2]　激：阻碍而激起。
[3]　梗：梗阻。
[4]　金石：钟磬之类乐器。
[5]　假：假借。
[6]　丝：琴瑟之类。竹：笛之类。匏：笙之类。土：埙。革：鼓。木：柷敔。
[7]　推夺：推移代换。

陶 [1]、禹 [2]，其善鸣者也，而假以鸣；夔弗能以文辞鸣 [3]，又自假于《韶》以鸣 [4]。夏之时，五子以其歌鸣 [5]。伊尹鸣殷 [6]，周公鸣周 [7]。凡载于《诗》《书》六艺 [8]，皆鸣之善者也。周之衰，孔子之徒鸣之 [9]，其声大而远。《传》曰："天将以夫子为木铎" [10]，其弗信矣乎！其末也 [11]，庄周以其荒唐之辞鸣 [12]。楚，大国也。其亡也，以屈原鸣。臧孙辰 [13]、孟轲、荀卿，以道鸣者也，杨朱 [14]、墨翟、管夷吾 [15]、晏婴 [16]、老聃、申不害 [17]、韩非、慎到 [18]、田骈 [19]、邹衍 [20]、尸佼 [21]、孙武、张仪、苏秦之属，皆以其术鸣。秦之兴，李斯鸣之。汉之时，司马迁、相如、扬雄，最其善鸣者也。其下魏晋氏 [22]，鸣者不及于古，然亦未尝绝也。就其善者，其声清以浮，其节数以急 [23]，其辞淫以

---

[1]　咎陶：皋陶，《尚书·皋陶谟》记载他的言论。

[2]　禹：古之圣王，《尚书》有《大禹谟》一篇。

[3]　夔：尧舜时代的乐官。

[4]　韶：舜时的音乐，孔子曾以为《韶》乐"尽善尽美"。

[5]　此见白居易《与元九书》注二五。

[6]　伊尹：殷汤之相，伪《尚书》有《伊训》等篇。

[7]　周公，《尚书》中有《大诰》、《洛诰》等篇。

[8]　六艺：诗、书、礼、乐、易、春秋。

[9]　孔子之徒：孔子等人。

[10]　此见《论语·八佾》，木铎是以木为舌的铃。

[11]　末：指周末。

[12]　《庄子·天下》自称行文为"谬悠之说，荒唐之言"。

[13]　春秋时鲁大夫，《论语》中多处提及他。

[14]　杨朱：百家争鸣时很有影响，有"不归墨则归为杨"的说法，但《汉书·艺文志》已不著录其著作。

[15]　管夷吾：管仲，今《管子》一书保存了一些他的言行记录。

[16]　晏婴：《晏子春秋》录其言行。

[17]　申不害：战国时韩昭侯之相，《汉书·艺文志》有《申子》六篇，今佚。

[18]　慎到：战国时赵人，《慎子》四十二篇，已佚，今有辑本。

[19]　田骈：齐稷下先生之一，《田子》二十五篇，已佚。

[20]　邹衍：齐人，讲阴阳五行之学，号"谈天衍"，《邹子》已佚。

[21]　尸佼：楚人，《尸子》已佚。

[22]　指魏、晋两朝。

[23]　此言魏晋作品节奏急而频。

哀，其志弛以肆；其为言也，乱杂而无章。将天丑其德莫之顾邪[1]？何为乎不鸣其善鸣者也？

唐之有天下，陈子昂、苏源明[2]、元结[3]、李白、杜甫、李观[4]，皆以其所能鸣。其存而在下者，孟郊东野始以其诗鸣。其高出魏晋，不懈而及于古，其他浸淫乎汉氏矣[5]。从吾游者，李翱[6]、张籍[7]，其尤也，三子者之鸣信善矣，抑不知天将和其声，而使其鸣国家之盛耶？抑将穷饿其身，思愁其心肠，而使自鸣其不幸邪？三子者之命，则悬乎天矣。其在上也奚以喜？其在下也奚以悲？

东野之役于江南也[8]，有若不释然者[9]，故吾道其命于天者以解之。

说明

韩愈、孟郊是中唐一大诗歌流别的代表，与元、白之流利近俗不同，多奇崛不平之气。孟郊酸寒穷困，韩愈在此文中为抒解其抑郁，专力发挥了"不平则鸣"的观点。

发愤而垂文的认识，其源久远。屈原《惜诵》"发愤以抒情"，司马迁则概括"诗三百篇，大抵圣贤发愤之所为作也"。韩愈"不平则鸣"的

---

[1] 丑：以为丑。
[2] 苏源明：天宝间有名的文学家。
[3] 元结：唐诗人，杜甫对他颇有好评。
[4] 李观：唐代古文家。
[5] 此是对孟郊诗的评价，以为其诗高于魏晋，不懈追求可达古代的境界，其余的也及于汉代。
[6] 李翱：韩愈门生，有《李文公集》。
[7] 张籍：韩愈门人，诗史上以乐府名。
[8] 孟郊为溧阳尉，故称"役于江南"。
[9] 释然：轻松愉悦的样子。

说法虽然涵义可以说较为广泛，"鸟鸣春"、"雷鸣夏"，"虫鸣秋"，"风鸣冬"，不必是说所鸣都是穷苦忧愁的，但他无疑是较为侧重这一方面的：对孟郊，他就提到"穷饿其身，思愁其心肠"，"使自鸣其不幸"的情形，而在《荆潭唱和诗序》中更明确说："和平之音淡薄，而愁思之声要妙；欢愉之辞难工，而穷苦之言易好也。是故文章之作，恒发于羁旅草野。"这种穷愁而诗兴的观念正是中国诗学中的主流，杜甫有"文章憎命达"（《天末怀李白》）的诗句，后来欧阳修《梅圣俞诗集序》更说诗"穷者而后工"，"愈穷则愈工"。

白居易

白居易（772—846），字乐天，自号香山居士。祖籍太原，生于新郑。幼敏悟，中进士后任翰林学士、左拾遗。因上书触权贵，贬江州司马。后官至太子少傅，以刑部尚书致仕，居洛阳。白居易是中唐重要诗人，先后与元稹、刘禹锡并称。他是新乐府诗歌运动的主要代表。有《白氏长庆集》。

与元九书

月日，居易白，微之足下：

自足下谪江陵¹，至于今，凡枉赠答诗仅百篇²。每诗来，或辱序，或辱书，冠于卷首³。皆所以陈古今歌诗之义，且自叙为文因缘与年月之远近也⁴。仆既受足下诗，又谕足下此意，常欲承答来旨，粗论歌诗大端，并自述为文之意，总为一书，致足下前。累岁已来⁵，牵故少暇；间有容隙，或欲为之，又自思所陈亦无出足下之见，临纸复罢者数四，卒不能成就其志；以至于今。今俟罪浔阳⁶，除盥栉食寝处无余事，因览足下去通州日所留新旧文二十六轴⁷，开卷得意，忽如会面⁸。心所蓄者，便欲快

---

[1] 元稹得罪宦官自监察御史降为江陵士曹参军。
[2] 仅：近。此言元稹赠和的诗篇几达百篇。
[3] 此言诗首都或加序或附信。
[4] 所附之序、书的功用是论诗及自叙写诗时间及原委。
[5] 累岁已来：连年、多年以来。
[6] 此时白居易被贬为江州司马，故称"俟罪"。
[7] 通州，在四川，当时元稹除通州司马。
[8] 忽：即刻。

言，往往自疑，不知相去万里也。既而愤悱之气思有所泄 [1]，遂追就前志，勉为此书。足下幸试为仆留意一省 [2]。

夫文尚矣，三才各有文 [3]：天之文，三光首之 [4]；地之文，五材首之 [5]；人之文，六经首之。就六经言，《诗》又首之。何者？圣人感人心而天下和平 [6]。感人心者，莫先乎情，莫始乎言，莫切乎声，莫深乎义。诗者：根情，苗言，华声，实义 [7]。上自圣贤，下至愚騃，微及豚鱼，幽及鬼神 [8]，群分而气同，形异而情一 [9]，未有声入而不应，情交而不感者。

圣人知其然，因其言，经之以六义 [10]；缘其声，纬之以五音 [11]。音有韵，义有类。韵协则言顺，言顺则声易入；类举则情见，情见则感易交。于是乎孕大含深，贯微洞密，上下通而一气泰 [12]，忧乐合而百志熙 [13]。五帝三皇所以直道而行，垂拱而理者，揭此以为大柄，决此以为大窦也 [14]。

故闻"元首明，股肱良"之歌 [15]，则知虞道昌矣 [16]。闻五子洛汭之歌，则知夏政荒矣 [17]。言者无罪，闻者足戒，言者闻者莫不两尽其心焉。

---

[1]　此言想要发抒心中抑闷。
[2]　省：省读。
[3]　天、地、人，称"三才"。
[4]　三光：《白虎通·封公侯》："天有三光，日、月、星。"
[5]　五材：金、木、水、火、土。
[6]　感：感化。
[7]　以情为根，以言为苗，以声为华（花），以义为（果）实。
[8]　此广包上智下愚，动物鬼神而言。
[9]　情：实。
[10]　六义：即诗六义，参见前选《毛诗序》。
[11]　五音：宫、商、角、徵、羽。
[12]　古以天地为"气"所构，《庄子·知北游》："通天下一气耳。"
[13]　熙：和悦。
[14]　窦：洞渠。
[15]　《尚书·皋陶谟》："元首明哉！股肱良哉！庶事康哉！"
[16]　虞：舜。
[17]　汭：水流弯曲处。传说夏朝太康荒淫无道，其弟五人在洛水旁等他不到，作"五子之歌"，其中有"惟彼陶唐，有此冀方，今失厥道，乱其纪纲"。

洎周衰秦兴，采诗官废，上不以诗补察时政，下不以歌泄导人情。乃至于谄成之风动，救失之道缺。于时六义始刓矣[1]。

国风变为骚辞，五言始于苏、李[2]。苏、李、骚人，皆不遇者，各系其志，发而为文。故河梁之句，止于伤别，泽畔之吟，归于怨思[3]。彷徨抑郁，不暇及他耳。然去《诗》未远，梗概尚存。故兴离别则引双凫一雁为喻，讽君子小人则引香草恶鸟为比[4]。虽义类不具，犹得风人之什二三焉[5]。于时六义始缺矣。

晋、宋已还，得者盖寡。以康乐之奥博，多溺于山水；以渊明之高古，偏放于田园。江、鲍之流[6]，又狭于此。如梁鸿《五噫》之例者[7]，百无一二焉。于时"六义"寝微矣，陵夷矣[8]。

至于梁、陈间，率不过嘲风雪、弄花草而已。噫！风雪花草之物，《三百篇》中岂舍之乎？顾所用何如耳。设如"北风其凉"，假风以刺威虐也[9]；"雨雪霏霏"，因雪以愍征役也[10]；"棠棣之华"，感华以讽兄弟也[11]；"采采苯苢"，美草以乐有子也[12]。皆兴发于此而义归于彼。反是者，可乎

---

[1]　刓：磨损。

[2]　苏、李：苏武、李陵。

[3]　上句言苏、李间赠答诗，其中有"携手上河梁"句；下句言屈原之创作，《渔父》的序中说："屈原既放，游于江潭，行吟泽畔，颜色憔悴，形容枯槁。"

[4]　上句言苏、李诗，苏武别李陵诗有"二凫俱北飞，一凫独南翔"句。下句言屈原作品中多以香草比君子，而以恶鸟比小人。

[5]　此言屈原创作虽然没有兼备六义，但还是传承了《国风》作者十之二、三的精神。

[6]　康乐：谢灵运封康乐公，故称。江、鲍：江淹、鲍照。

[7]　《五噫》是梁鸿经洛阳慨叹为政之奢华与为民之勤苦而作的，辞云："陟彼北芒兮，噫！顾瞻帝京兮，噫！宫阙崔巍兮，噫！民之劬劳兮，噫！辽辽未央兮，噫！"

[8]　陵夷：衰微没落。

[9]　此见《诗经·邶风·北风》。

[10]　此见《诗经·小雅·采薇》。

[11]　此见《诗经·小雅·棠棣》。

[12]　此见《诗经·周南·苯苢》。

哉？然则"余霞散成绮，澄江净如练"[1]，"离花先委露，别叶乍辞风"之什[2]，丽则丽矣，吾不知其所讽焉。故仆所谓嘲风雪、弄花草而已。于时六义尽去矣。

唐兴二百年，其间诗人不可胜数。所可举者，陈子昂有《感遇诗》二十首[3]，鲍防有《感兴诗》十五首[4]。又诗之豪者，世称李、杜。李之作，才矣奇矣，人不逮矣，索其风雅比兴，十无一焉。杜诗最多，可传者千余首，至于贯串今古，覙缕格律[5]，尽工尽善，又过于李。然撮其《新安吏》、《石壕吏》、《潼关吏》、《塞芦子》、《留花门》之章，"朱门酒肉臭，路有冻死骨"之句[6]，亦不过三四十首。杜尚如此，况不逮杜者乎！

仆常痛诗道崩坏，忽忽愤发，或食辍哺，夜辍寝，不量才力，欲扶起之。嗟乎！事有大谬者，又不可一二而言。然亦不能不粗陈于左右。

仆始生六七月时，乳母抱弄于书屏下，有指无字"之"字示仆者，仆虽口未能言，心已默识。后有问此二字者，虽百十其试，而指之不差。则仆宿习之缘，已在文字中矣。及五六岁，便学为诗，九岁谙识声韵，十五六始知有进士，苦节读书。二十已来，昼课赋[7]，夜课书，间又课诗，不遑寝息矣。以至于口舌成疮，手肘成胝，既壮而肤革不丰盈[8]，未老而齿发早衰白，瞥瞥然如飞蝇垂珠在眸子中也，动以万数。盖以苦学力文所致[9]，又自悲矣。

---

[1]　此为谢朓《晚登三山还望京邑》句。
[2]　此为鲍照《玩月城西门》句。
[3]　陈子昂《感遇》有三十八首。
[4]　《感兴诗》今已佚，《全唐诗》收有五首他诗。
[5]　精熟格律。
[6]　此为《自京赴奉先县咏怀五百字》句。
[7]　课：攻习。
[8]　肤革：皮肤。
[9]　勤苦向学，努力为文所致。

家贫多故，二十七方从乡赋[1]，既第之后，虽专于科试，亦不废诗。及授校书郎时[2]，已盈三四百首。或出示交友如足下辈，见皆谓之工，其实未窥作者之域耳。自登朝来，年齿渐长，阅事渐多，每与人言，多询时务，每读书史，多求理道[3]，始知文章合为时而著，歌诗合为事而作。是时皇帝初即位[4]，宰府有正人，屡降玺书，访人急病[5]。仆当此日，擢在翰林，身是谏官，月请谏纸，启奏之外，有可以救济人病，裨补时阙[6]，而难于指言者[7]，辄咏歌之，欲稍稍递进闻于上。上以广宸听，副忧勤[8]；次以酬恩奖，塞言责[9]；下以复吾平生之志。岂图志未就而悔已生[10]，言未闻而谤已成矣。

又请为左右终言之，凡闻仆《贺雨诗》，而众口籍籍，已谓非宜矣[11]。闻仆《哭孔戡》诗，众面脉脉，尽不悦矣[12]。闻《秦中吟》，则权豪贵近者相目而变色矣[13]。闻《乐游园》寄足下诗，则执政柄者扼腕矣[14]。闻《宿紫阁村》诗，则握军要者切齿矣[15]。大率如此，不可遍举。不相与者号为沽

---

[1]　乡赋：乡贡。唐代各州保送考进士，白居易时在公元799年。
[2]　校书郎：属秘书省，掌校雠图书。
[3]　理道：沿国之道。
[4]　此指唐宪宗即位时。
[5]　此言宰相杜黄裳能访查人民的疾苦。
[6]　阙：缺。
[7]　难以指明言说。
[8]　宸聪：皇帝之听闻。副：符合。
[9]　塞言责：尽谏官的职责。
[10]　悔：祸。
[11]　《贺雨》，劝皇帝改善人民生活。
[12]　《哭孔戡》，哭悼孔戡之死的作品。脉脉：对望。
[13]　《秦中吟》是白居易新乐府创作的代表作，十首形成组诗。
[14]　扼腕：愤而难耐的样子。
[15]　《宿紫阁村》写的是神策军的横暴。

名，号为沽讦，号为讪谤[1]。苟相与者，则如牛僧孺之戒焉[2]。乃至骨肉妻孥皆以我为非也。其不我非者，举世不过三两人。有邓鲂者[3]，见仆诗而喜，无何而鲂死。有唐衢者[4]，见仆诗而泣，未几而衢死。其余则足下，足下又十年来困踬若此[5]。呜呼！岂六义四始之风，天将破坏不可支持耶？抑又不知天之意，不欲使下人之病苦闻于上耶？不然，何有志于诗者不利若此之甚也！

然仆又自思，关东一男子耳[6]。除读书属文外，其他懵然无知，乃至书画棋博可以接群居之欢者，一无通晓，即其愚拙可知矣。初应进士时，中朝无缌麻之亲[7]，达官无半面之旧[8]。策蹇步于利足之途，张空拳于战文之场[9]。十年之间，三登科第[10]，名入众耳，迹升清贯[11]，出交贤俊，入侍冕旒[12]。始得名于文章，终得罪于文章，亦其宜也。

日者，又闻亲友间说，礼、吏部举选人，多以仆私试赋判传为准的[13]。其余诗句，亦往往在人口中。仆恶然自愧，不之信也[14]。及再来长安，

---

[1] 不相契合的人们则说我是沽取名誉，是诋毁攻击，是诽谤朝廷。
[2] 相交的人们则以牛僧孺的前鉴来劝诫。唐宪宗策试贤良方正直言极谏举人，牛僧孺的指陈时政因言语激切而得罪权贵和宦官，受到处分。
[3] 邓鲂：不得志而早死的诗人。
[4] 唐衢：白居易同时诗人，《旧唐书》有传。
[5] 此言元稹十年来亦困顿如此。
[6] 关：指函谷关。
[7] 缌麻：细麻布丧服，古代"五服"中最轻的一种。此言朝中没有最远的亲戚。
[8] 无半面之旧：没见过一面的意思。
[9] 蹇步：跛足的坐骑。
[10] 白居易先后三次登第，应吏部试以书判拔萃科登第，应"才识兼茂明于体用科"被录入四等。
[11] 清贯：近皇帝而清要的官员。
[12] 冕旒：指皇帝。
[13] 礼部、吏部选举，礼部必试诗赋，考取后由吏部复试，判状为吏部必考者。私试：李肇《国史补》："（进士将试前）群居而赋，谓之私试。"此言以白居易私试时的赋、判为准的。
[14] 恶：惭愧的样子。

又闻有军使高霞寓者[1]，欲娉倡妓，妓大夸曰："我诵得白学士《长恨歌》，岂同他妓哉？"由是增价。又足下书云：到通州日，见江馆柱间有题仆诗者，复何人哉？又昨过汉南日，适遇主人集众乐娱他宾，诸妓见仆来，指而相顾曰："此是《秦中吟》、《长恨歌》主耳。"自长安抵江西，三四千里，凡乡校、佛寺、逆旅、行舟之中，往往有题仆诗者。士庶、僧徒、孀妇、处女之口，每每有咏仆诗者。此诚雕虫之戏，不足为多。然今时俗所重，正在此耳。虽前贤如渊、云者[2]，前辈如李、杜者，亦未能忘情于其间哉！

古人云："名者公器，不可以多取。"[3]仆是何者？窃时之名已多。既窃时名，又欲窃时之富贵。使己为造物者，肯兼与之乎？今之迍穷[4]，理固然也。况诗人多蹇，如陈子昂、杜甫，各授一拾遗，而迍剥至死[5]。李白、孟浩然辈不及一命，穷悴终身[6]。近日孟郊六十，终试协律。张籍五十，未离一太祝[7]。彼何人哉[8]！彼何人哉！况仆之才又不逮彼。今虽谪佐远郡，而官品至第五，月俸四五万，寒有衣，饥有食，给身之外，施及家人，亦可谓不负白氏之子矣。微之微之，勿念我哉！

仆数月来，检讨囊箧中，得新旧诗各以类分，分为卷目[9]。自拾遗来，凡所遇所感，关于美刺兴比者，又自武德迄元和，因事立题，题为《新乐府》者，共一百五十首，谓之"讽谕诗"。又或退公独处，或移病闲

---

[1]　高霞寓：当时为振武邠宁节度使。
[2]　渊：王褒，字子渊；云：扬雄，字子云。
[3]　此见《庄子·天运》。
[4]　迍：进行艰难。
[5]　迍剥：困顿。
[6]　此言李白、孟浩然一个官职也没有担任过。
[7]　孟郊六十岁才做到协律郎，张籍到了五十岁，也还是太常寺太祝而已。
[8]　此叹那些人都是有才之人。
[9]　此言将诗作以类分卷，各为一卷。

居，知足保和，吟玩性情者一百首，谓之"闲适诗"。又有事物牵于外，情理动于内，随感遇而形于叹咏者一百首，谓之"感伤诗"。又有五言、七言、长句、绝句，自一百韵至两韵者四百余首，谓之"杂律诗"。凡为十五卷，约八百首。异时相见，当尽致于执事。

微之！古人云："穷则独善其身，达则兼济天下。"[1]仆虽不肖，常师此语。大丈夫所守者道，所待者时。时之来也，为云龙，为风鹏[2]，勃然突然，陈力以出[3]；时之不来也，为雾豹，为冥鸿[4]，寂兮寥兮，奉身而退。进退出处，何往而不自得哉？故仆志在兼济，行在独善，奉而始终之则为道，言而发明之则为诗。谓之"讽谕诗"，兼济之志也；谓之"闲适诗"，独善之义也。故览仆诗，知仆之道焉。其余杂律诗，或诱于一时一物，发于一笑一吟，率然成章，非平生所尚者，但以亲朋合散之际，取其释恨佐欢。今铨次之间，未能删去，他时有为我编集斯文者，略之可也。

微之！夫贵耳贱目，荣古陋今，人之大情也。仆不能远征古旧[5]，如近岁韦苏州歌行[6]，才丽之外，颇近兴讽。其五言诗又高雅闲澹，自成一家之体。今之秉笔者谁能及之？然当苏州在时，人亦未甚爱重，必待身后，然人贵之。今仆之诗，人所爱者，悉不过杂律诗与《长恨歌》已下耳。时之所重，仆之所轻。至于讽谕者，意激而言质，闲适者，思澹而

---

[1]　此为《孟子·尽心上》语。

[2]　《易经》有"云从龙，风从虎"之说；《庄子·逍遥游》："鹏……抟扶摇而上者九万里……风斯在下矣。"

[3]　陈力：尽自己的力量。

[4]　雾豹、冥鸿，都指隐退者，前者见《列女传·贤明》："南山有玄豹，雾雨七日而不下食，何也？欲以泽其毛而成文章也，故藏而远害。"后者见《法言·问明》："治则见，乱则隐，鸿飞冥冥，弋人何慕焉！"

[5]　古旧：谓远古之时的例子。

[6]　韦苏州：韦应物，曾为苏州刺史，故称。

词迁，以质合迁，宜人之不爱也。

今所爱者，并世而生，独足下耳。然千百年后，安知复无如足下者出而知爱我诗哉？故自八九年来，与足下小通则以诗相戒，小穷则以诗相勉，索居则以诗相慰¹，同处则以诗相娱。知吾罪吾，率以诗也。如今年春游城南时，与足下马上相戏，因各诵新艳小律，不杂他篇，自皇子陂归昭国里²，迭吟递唱，不绝声者二十里余。樊、李在旁³，无所措口。知我者以为诗仙，不知我者以为诗魔。何则？劳心灵，役声气⁴，连朝接夕，不自知其苦，非魔而何？偶同人当美景，或花时宴罢，或月夜酒酣，一咏一吟，不知老之将至。虽骖鸾鹤、游蓬瀛者之适，无以加于此焉。又非仙而何？微之微之！此吾所以与足下外形骸、脱踪迹⁵，傲轩鼎、轻人寰者，又以此也。

当此之时，足下兴有余力，且与仆悉索还往中诗⁶，取其尤长者，如张十八古乐府⁷，李二十新歌行⁸，卢、杨二秘书律诗⁹，窦七、元八绝句¹⁰，博搜精缀，编而次之，号《元白往还诗集》。众君子得拟议于此者，莫不踊跃欣喜，以为盛事。嗟乎！言未终而足下左转¹¹，不数月而仆又继行¹²，心期索然，何日成就？又可为之叹息矣。

---

[1]　索居：独居。
[2]　皇子陂：长安城南名胜。昭国里：长安东南里名，白居易曾居此。
[3]　樊：樊宗师。李：李建。
[4]　劳动心神费耗声音气力。
[5]　脱：脱弃，不拘的意思。
[6]　将当时往还者的诗都找来。
[7]　张十八：张籍。
[8]　李二十：李绅。
[9]　卢：卢拱。杨：杨巨源。
[10]　窦七：窦巩。元八：元宗简。
[11]　左转：左迁，即贬官。
[12]　指自己跟着被贬。

又仆尝语足下：凡人为文，私于自是[1]，不忍于割截，或失于繁多，其间妍媸益又自惑，必待交友有公鉴无姑息者[2]，讨论而削夺之，然后繁简当否得其中矣。况仆与足下，为文尤患其多。已尚病之，况他人乎？今且各纂诗笔，粗为卷第，待与足下相见日，各出所有，终前志焉[3]。又不知相遇是何年，相见在何地，溘然而至[4]，则如之何！微之微之，知我心哉！

浔阳腊月，江风苦寒，岁暮鲜欢，夜长无睡。引笔铺纸，悄然灯前，有念则书，言无次第，勿以繁杂为倦，且以代一夕之话也。微之微之，知我心哉！乐天再拜。

说明

白居易与元稹有很深的交谊，当时元、白二人也是在诗坛为人并称的。此文中可见出白居易对元稹深厚的感情，因而此文可说是密友间的体己之论。

白居易早年有积极入世的精神，在诗学观念上自然持正统儒家的"美刺"观点，其讽喻诗正是这一观点的实践。在本文中他所概括的名言便是"文章合为时而著，歌诗合为事而作"，这也就是其《新乐府序》中说的："为君、为臣、为民、为事而作，不为文而作也。"从这观点出发，他所见到的诗歌历史就是"六义"沦丧的历史：六朝之"嘲风雪，弄花草"不必说，至于李白，"风雅比兴，十无一焉"，而杜甫可称道的"亦

---

[1]　即自以为佳的意思。
[2]　公鉴：公正的鉴定。
[3]　终：完成。
[4]　此言不幸有生死之事。

不过三四十"!

　　不过，儒家诗学自有其"中和"的作用。白居易也继承了诗之感发人情的传统观点，认为诗是"根情"的，且将自己"吟玩性情"的"闲适诗"作为"独善其身"的作品，与体现"兼济天下"之志的"讽喻诗"并列，达到了适度的平衡，更不必说文中对自己作诗似仙似魔的认可了。

杜　牧

杜牧（803—852），字牧之，京兆万年人。祖父杜佑为德、顺、宪宗的三朝宰相，著有《通典》。杜牧博通经史，善诗文，中进士，又贤良方正直言极谏科及第，任弘文馆校书郎。因牛李党争牵连，仕途几经升降。有《樊川文集》。

李贺集序

大和五年十月中[1]，半夜时，舍外有疾呼传缄书者[2]，某曰，必有异，亟取火来[3]。及发之，果集贤学士沈公子明书一通。曰："吾亡友李贺，元和中义爱甚厚，日夕相与起居饮食。贺且死，尝授我平生所著歌诗，离为四编，凡千首。数年来，东西南北，良为已失去[4]。今夕醉解[5]，不复得寐，即阅理箧帙[6]，忽得贺诗前所授我者。思理往事，凡与贺话言嬉游，一处所，一物候[7]，一日夕，一觞一饭，显显焉无有忘弃者，不觉出涕。贺复无家室子弟，得以给养恤问，常恨想其人、咏其言止矣[8]。子厚于我，与我为《贺集》序，尽道其所来由，亦少解我意。"某其夕不果以书道不可，明日就公谢[9]，且曰："世为贺才绝出前。"让。居数日，某深惟公曰：

---

[1]　大和五年：唐文宗大和年号第五年，公元 831 年。
[2]　缄书：信。
[3]　亟：急。
[4]　良为：确实以为。
[5]　醉解：酒醒。
[6]　箧帙：箱中书稿。
[7]　物候：景物。
[8]　言止：言谈举止。
[9]　不果：不能。言当晚不得以书谢辞沈子明，第二天去他处辞谢。

"公于诗为深妙奇博，且复尽知贺之得失短长，今实叙贺不让，必不能当君意，如何？"复就谢，极道所不敢叙贺。公曰："子固若是，是当慢我[1]。"某因不敢辞，勉为贺序，然其甚惭。

皇诸孙贺[2]，字长吉，元和中，韩吏部亦颇道其歌诗[3]。云烟绵联，不足为其态也；水之迢迢，不足为其情也；春之盎盎，不足为其和也[4]；秋之明洁，不足为其格也[5]；风樯阵马，不足为其勇也[6]；瓦棺篆鼎，不足为其古也[7]；时花美女，不足为其色也；荒国陊殿[8]，梗莽丘垅[9]，不足为其恨怨悲愁也；鲸呿鳌掷[10]，牛鬼蛇神，不足为其虚荒诞幻也。盖《骚》之苗裔，理虽不及，辞或过之[11]。《骚》有感怨刺怼[12]，言及君臣理乱，时有以激发人意。乃贺所为，无得有是。贺能探寻前事，所以深叹恨今古未尝经道者，如《金铜仙人辞汉歌》《补梁庾肩吾宫体谣》，求取情状离绝，远去笔墨畦迳间[13]，亦殊不能知之。

贺生二十七年死矣。世皆曰："使贺且未死，少加以理，奴仆命《骚》可也。"[14]贺死后凡十某年，京兆杜某为其序。

---

[1]　慢：轻慢。
[2]　李贺本是郑王之后，是唐之宗室子弟。
[3]　韩吏部：韩愈。《新唐书·李贺传》："七岁能辞章，韩愈、皇甫湜始闻未信，过其家，使贺赋诗，援笔辄就如素构，自目曰《高轩过》，二人大惊，自是有名。"
[4]　和：谐和。
[5]　格：风格，格调。
[6]　风樯：风浪中的船帆。阵马：战阵上的骏马。
[7]　瓦棺：烧土而就之棺。篆鼎：刻篆文之鼎。
[8]　陊：破败。
[9]　这是指荒草丛生的坟墓。
[10]　呿：张口的样子。
[11]　此言李贺的作品承继楚骚的精神，虽乏理致，但文辞或许更为奇丽。
[12]　怼：怨恨。
[13]　此言李诗中之情状，远超笔墨文字。
[14]　此言李贺如能加以理致，则可胜过楚骚，驱使它如同奴仆般。

诗文评品

说明

　　李贺是唐诗人中有异彩的一位，而杜牧也是诗坛才子，杜牧以敏锐的感受写出了李贺诗歌的风神，后人之体悟或无以过之。

集评

　　贺贻孙曰：唐人作唐人诗序，亦多夸词，不尽与作者痛痒相中。惟杜牧之作《李长吉序》，可以无愧……为长吉传神……其谓长吉诗为"骚之苗裔"一语，甚当。盖长吉诗多从《风》、《雅》及《楚辞》中来，但入诗歌中，遂成创体耳。

—— 贺贻孙《诗筏》

苏　洵

苏洵（1009—1066），字明允，号老泉，眉州眉山人。早年不好学，后发愤攻读，大器晚成，受欧阳修推荐，任秘书省校书郎。与子苏轼、苏辙合称"三苏"。有《嘉祐集》。

仲兄字文甫说

洵读《易》至《涣》之六四曰："涣其群元吉[1]。"曰，嗟夫，群者，圣人所欲涣以混一天下者也。盖余仲兄名涣，而字公群，则是以圣人之所欲解散涤荡者以自命也，而可乎？他日以告，兄曰：子可无为我易之[2]。洵曰：唯。既而曰：请以"文甫"易之。如何？

且兄尝见夫水之与风乎？油然而行[3]，渊然而留[4]，渟泗汪洋[5]，满而上浮者，是水也。而风实起之。蓬蓬然而发乎太空[6]，不终日而行乎四方，荡乎其无形，飘乎其远来，既往而不知其迹之所存者，是风也。而水实形之[7]。今夫风水之相遭乎大泽之陂也[8]，纡馀委蛇[9]，蜿蜒沦涟[10]，安而相推，怒而相凌，舒而如云，蹙而如鳞，疾而如驰，徐而如徊，揖让旋辟[11]，相

---

[1]　涣：涣散的意思。涣其群：孔颖达《周易正义》释道："能为群物散其险害，故曰'涣其群'也。"因能散释群险，故称"元吉"。

[2]　可无：可否。

[3]　油然：水流的样子。

[4]　渊然：水深的样子。

[5]　渟泗：水静止的样子。

[6]　蓬蓬然：起貌，《庄子·秋水》："蓬蓬然起于北海。"

[7]　风之流动，因水的波纹而显形。

[8]　陂：池。

[9]　屈折弯曲的样子，此语出司马相如《上林赋》。

[10]　沦涟：都是说风行水上而水成文。

[11]　辟：避退，形容水波的回转。

顾而不前，其繁如毂，其乱如雾，纷纭郁扰，百里若一。汩乎顺流至乎沧海之滨[1]，滂薄汹涌，号怒相轧，交横绸缪[2]，放乎空虚，掉乎无垠，横流逆折，溃旋倾侧[3]，宛转胶戾[4]，回者如轮，萦者如带，直者如燧，奔者如焰，跳者如鹭，投者如鲤，殊然异态，而风水之极观备矣。故曰"风行水上涣"[5]。此亦天下之至文也。

然而此二物者，岂有求乎文哉？无意乎相求，不期而相遭，而文生焉。是其为文也，非水之文也，非风之文也。二物者非能为文，而不能不为文也，物之相使而文出于其间也，故此天下之至文也。今夫玉非不温然美矣，而不得以为文；刻镂组绣，非不文矣，而不可与论乎自然；故夫天下之无营而文生之者[6]，唯水与风而已。

昔者，君子之处于世，不求有功，不得已而功成，则天下以为贤；不求有言，不得已而言出[7]，则天下以为口实。乌乎！此不可与他人道之，唯吾兄可也。

说明

苏洵以风水为喻，论"文"之自然生成："水"是内在的质素灵机，"风"是外在的机缘兴会，"无意乎相求，不期而相遭，而文生焉"；此"文"非"水之文"，亦非"风之文"，而是两者结合的产物。苏洵的意

[1]　汩：水流急速的样子。
[2]　绸缪：互相连结。
[3]　溃：涌起。
[4]　胶戾：邪曲的样子。
[5]　《易·涣》卦："象曰：风行水上涣。"言风吹水面，波纹四散的样子。
[6]　无营：无所营求。
[7]　韩愈《送孟东野序》："人之于言也亦然，有不得已者而后言。"

见相当辩证，仅有美质不够，"玉非不温然美矣，而不得以为文"，但刻意组绣，虽然可显示出"文"，但"不可与论乎自然"。"自然"是非常重要的一点，"风"、"水"相遇，"不能不为文"，这"不能不"，就表示了"必然"、"自然"如此的意思。这一观点为苏轼所继承，他也谈到"不能不"："昔之为文者，非能为之为工，乃不能不为之为工也。"（《江行唱和集序》）这据他自述就是得自其父苏洵："自少闻家君之论文，以为古之圣人有所不能自己而作者，故轼与弟辙为文至多，而未尝敢有作文之意。"苏轼以"水"喻"文"的话也是非常有名的："吾文如万斛泉源，不择地而出，在平地滔滔汩汩，虽一日千里无难。及其与山石曲折，随物赋形而不可知也。所可知者，常行于所当行，常止于不可不止，如是而已矣。"（《文说》）

苏　轼

苏轼（1037—1101），字子瞻，眉州眉山人。嘉祐二年进士，授凤翔府判官，转大理寺丞，殿中丞。与王安石新政意见不合，出为杭州通判，知密、徐、湖州。因被劾以诗讥刺朝廷，召赴御史台对质，时称"乌台诗案"。贬黄州团练副使。哲宗时旧党执政，苏轼还朝，与司马光等废新法主张又不合，出知杭州、扬州。其间两度还朝任吏、兵、礼部尚书。新党又上台后，贬琼州别驾。徽宗即位，赦归，卒于常州。苏轼是宋代博学多才的艺术家，他的诗文都达到了当时的最高水平。

书黄子思诗集后

予尝论书，以谓钟、王之迹[1]，萧散简远，妙在笔画之外。至唐颜、柳[2]，始集古今笔法而尽发之，极书之变，天下翕然以为宗师。而钟、王之法益微。

至于诗亦然。苏、李之天成[3]，曹、刘之自得[4]，陶、谢之超然[5]，盖亦至矣。而李太白、杜子美以英玮绝世之姿，凌跨百代，古今诗人尽废；然魏、晋以来，高风绝尘，亦少衰矣[6]。李、杜之后，诗人继作，虽间有远韵，而才不逮意。独韦应物、柳宗元发纤秾于简古，寄至味于澹

---

[1]　钟、王：钟繇、王羲之，魏晋时书法大家，尤其后者被尊为"书圣"。
[2]　颜、柳：颜真卿、柳公权，唐代著名书法家。
[3]　苏、李：苏武、李陵。
[4]　曹、刘：曹植、刘桢。自得：是自然出于自身的意思。
[5]　陶、谢：陶渊明、谢灵运。
[6]　少：稍。

泊¹，非馀子所及也。唐末司空图崎岖兵乱之间，而诗文高雅，犹有承平之遗风，其论诗曰："梅止于酸，盐止于咸，饮食不可无盐梅，而其美常在咸酸之外²。"盖自列其诗之有得于文字之表者二十四韵³，恨当时不识其妙，予三复其言而悲之。

闽人黄子思，庆历、皇祐间号能文者。⁴予尝闻前辈诵其诗，每得佳句妙语，反复数四，乃识其所谓，信乎表圣之言，美在咸酸之外，可以一唱而三叹也。予既与其子几道、其孙师是游，得窥其家集。而子思笃行高志，为吏有异材，见于墓志详矣，予不复论，独评其诗如此。

说明

苏轼以书法为引子，论艺术臻于成熟境界，而其原初的简远天成风味也就消失了。在诗歌史上，唐代李白、杜甫"凌跨百代"，则"古今诗人尽废"，但"高风绝尘"的气韵便衰减了。这一层意思，他在别处也说过："书之美者莫如颜鲁公，然书法之坏自鲁公始；诗之美者莫如韩退之，然诗格之变自退之始。"（《诗人玉屑》引）在李、杜以下的诗人中，苏轼独标举韦应物、柳宗元，就是因为他们在"纤秾"之外有"简古"风味，能"寄至味于澹泊"。枯淡和膏腴的辩证统一，是苏轼所企慕的诗学极境，他晚年和陶渊明诗，就是这种绚烂之至而后归乎平淡的实

---

[1]　苏轼在别处也标举过韦应物、柳宗元诗歌兼综两种风格的特质："柳子厚诗在陶渊明下，韦苏州上"，"贵乎枯澹者，谓其外枯而中膏，似澹而实美，渊明、子厚之流是也，若中、边皆枯澹，亦何足道？"（《东坡题跋·评韩柳诗》）当时论者就已肯定了苏轼这一文学史新梳理："前人论诗，初不知有韦苏州、柳子厚"，"至东坡而后发此秘。"（曾季貍《艇斋诗话》）

[2]　此参前选司空图《与李生论诗书》。

[3]　此二十四韵：指《与李生论诗书》中所列举自己的诗例。

[4]　庆历、皇祐：都是宋仁宗的年号。

践。苏辙为《和陶》所作《诗引》引述了苏轼对陶诗的评价"吾于诗人无所甚好，独好渊明之诗；渊明作诗不多，然其诗质而实绮，癯而实腴，自曹、刘、鲍、谢、李、杜诸人，皆莫及也"，说的也正是这种两类风格融合的特点。这样的判断在历史上也是有同声共音者在的，如题司空图《诗品·绮丽》："浓尽必枯，淡者屡深。"

集评

黄庭坚曰：东坡《书黄子思诗卷后》论陶、谢诗，钟、王书，极有理。

—— 黄庭坚《与王庠周彦书》

曾季狸曰：东坡《黄子思诗序》论诗至李、杜，字画至颜、柳，无遗巧矣，然钟、王萧散简远之意，至颜、柳而尽；魏晋诗人高风远韵，至李、杜而亦衰。此说最妙。大抵一盛则一衰，后世以为盛，则古意必已衰。物物皆然，不独诗、字画然也。

—— 曾季狸《艇斋诗话》

答谢民师书

近奉违[1]，亟辱问讯[2]，具审起居佳胜[3]，感慰深矣。轼受性刚简[4]，学迂材下，坐废累年，不敢复齿缙绅。[5]自还海北，见平生亲旧，惘然如隔世人，况与左右无一日之雅，而敢求交乎[6]？数赐见临，倾盖如故，幸甚过望，不可言也。

所示书教及诗、赋、杂文，观之熟矣。大略如行云流水，初无定质[7]，但常行于所当行，常止于所不可不止[8]，文理自然，姿态横生。

孔子曰："言之不文，行而不远。"[9]又曰："辞达而已矣。"[10]夫言止于达意，即疑若不文，是大不然。求物之妙，如系风捕影[11]，能使是物了然于心者[12]，盖千万人而不一遇也，而况能使了然于口与手者乎？是之谓辞

---

[1] 奉违：离别未见。

[2] 多次承蒙问候。

[3] 知你一切都好。

[4] 受性：禀性。

[5] 自言多年受贬谪，不敢再自处于士大夫间。

[6] 无一日之雅：言以往从无一面之交。

[7] 以行云流水喻文章，宋初田锡《贻宋小著书》已见，"犹微风动水，了无定文；太虚浮云，莫有常态"。

[8] 此又见于《文说》，参苏洵《仲兄字文甫说》后"说明"引。

[9] 《左传·襄公二十五年》："仲尼曰：志有之：'言以足志，文以足言。'不言，谁知其志，言之无文，行而不远。"

[10] 《论语·卫灵公》语。孔子原意是说"辞"以"达意"为主，文采不必过求，朱熹《注》即说"辞取达意而止，不以富丽为工"；当时的司马光也以为孔子是说"足以通意，斯止矣，无事于华藻宏辩也"（《答孔文仲司户书》）。苏轼则是以此为至高的境界："辞至于达，足矣，不可以有加矣。"（《答王庠书》）

[11] 苏轼在《文与可画筼筜谷偃竹记》中也曾形容过这样的情形："执笔熟视，乃见其所欲画者，急起从之，振笔直遂，以追其所见，如兔起鹘落，少纵则逝矣。"

[12] 此言使所要表现的事物在心中明了清晰，即《文与可画筼筜谷偃竹记》中所谓"画竹必先得成竹于胸中"。

达。辞至于能达，则文不可胜用矣[1]。扬雄好为艰深之辞，以文浅易之说。若正言之，则人人知之矣[2]。此正所谓"雕虫篆刻"者[3]，其《太玄》、《法言》，皆是类也，而独悔于赋，何哉[4]？终身雕虫，而独变其音节，便谓之"经"，可乎？屈原作《离骚经》，盖风雅之再变者[5]，虽与日月争光可也，可以其似赋而谓之"雕虫"乎？使贾谊见孔子，升堂有余矣；而乃以赋鄙之，至与司马相如同科[6]！雄之陋，如此比者甚众[7]。可与知者道，难与俗人言也。因论文偶及之耳。欧阳文忠公言："文章如精金美玉，市有定价，非人所能以口舌定贵贱也[8]。"纷纷多言，岂能有益于左右？愧悚不已。

所需惠力"法雨堂"字[9]，轼本不善作大字，强作终不佳，又舟中局迫难写，未能如教。然轼方过临江，当往游焉，或僧欲有所记录，当作数句留院中，慰左右念亲之意。今日已至峡山寺，少留即去，愈远。惟万万以时自爱。不宣。

---

[1] 此即言"辞达"，而后文采自然用不胜用了。

[2] 正言之：直接说出来。

[3] 此是扬雄贬辞赋之言，见《法言·吾子》。

[4] 苏轼以为扬雄的著作都是浅陋的，何以晚年只悔少年作赋，而不及其余。《太玄》、《法言》都是扬雄的著作，《汉书·扬雄传》："欲求文章成名于后世，以为经莫大于《易》，故作《太玄》；传莫大于《论语》，作《法言》。"

[5] 《离骚》继承《诗经》风雅传统，司马迁早已指出："《国风》好色而不淫，《小雅》怨诽而不乱，若《离骚》者，可谓兼之矣。"（《史记·屈原列传》）

[6] 苏轼反对扬雄将贾谊与司马相如并称，扬雄之言见《法言·吾子》："诗人之赋丽以则，辞人之赋丽以淫，如孔氏之门用赋也，则贾谊升堂，相如入室矣，如其不用何？"

[7] 比者：指此类言论。

[8] 此言不详出处，苏轼自己有此类论说："文章如金玉，各有定价，先后递相汲引，因其言以信于世，则有之矣。至其品目高下，盖付之众口，决非一夫所能抑扬。"

[9] 惠力：寺名。

说明

此文中，苏轼对谢民师诗文的评价，实即也是对自己文学观念及创作的说明和评定，"行云流水"，"常行于所当行，常止于所不可不止，文理自然，姿态横生"；这只要与《文说》中的自评相比较，就很清楚了。此文另一要点是对孔子"辞达而已矣"的说法做了新的解释，不是将它作为一个最低的标准，而是作为很高的境界："辞达"实则就是将"物"、"心"、"手"通贯无碍，将要表现的对象充分表现出来，"是物了然于心"，且"了然于口于手"，这确是需要很高的技艺。

集评

陈献章曰：此书大抵论文，曰"行云流水"数语，此长公文字本色。

——《三苏文范》卷十二引

李光地曰：同时王荆公、曾子固、司马温公皆尊扬子，品题至在孟、荀之上，坡公遂显攻之。朱文公论文亦曰："子云《太玄》、《法言》，盖亦《长杨》、《校猎》之流而粗变其音节"，直用坡公此语也。

——《御选唐宋文醇》卷三九引

送参寥师

上人学苦空，¹百念已灰冷。

剑头唯一映，²焦谷无新颖。³

胡为逐吾辈，文字争蔚炳？⁴

新诗如玉屑，出语便清警。

退之论草书，万事未尝屏。

忧愁不平气，一寓笔所骋。⁵

颇怪浮屠人，视身如丘井。

颓然寄淡泊，谁与发豪猛？⁶

细思乃不然，真巧非幻影。⁷

欲令诗语妙，无厌空且静。

静故了群动，空故纳万境。⁸

阅世走人间，观身卧云岭。

---

[1]　苦、空：都是佛教的观念，认为世间烦恼是为"苦"，四大皆迁变而无自性，是为"空"。

[2]　映：像风过之声，《庄子·则阳》："惠子曰：夫吹筦也，犹有嗃也；吹剑首者，映而已矣。"

[3]　《维摩诘经》有"色如焦谷芽"句。

[4]　此两句言参寥何必作诗与我辈俗世人争文字之胜。苏轼《参寥子真赞》有语："枯形灰心而喜为感时玩物不能忘情之语，此余所谓参寥子有不可晓者五也。"可以移来概括上面的诗句。

[5]　退之：韩愈。韩愈有《送高闲上人序》论及张旭草书："往时张旭善草书，不治他技，喜怒窘穷，忧悲愉佚，怨恨思慕，酣醉无聊，不平有动于心，必于草书焉发之。"苏诗此四句即引述韩文。

[6]　此亦如韩文，言高闲之草书："今闲师浮屠氏，一死生，解外胶，是其为心，必泊然无所起；其于世，必淡然无所嗜；泊与淡相遭，颓堕委靡，溃败不可收拾，则其于书，得无象之然乎？然吾闻浮屠人善幻多技能，闲如通其术，则吾不能知矣。"

[7]　《金刚经》有语："一切有为法，如梦幻泡影。"

[8]　此言由静可制动，以空而后可容纳万有。

咸酸杂众好，中有至味永。[1]

诗法不相妨，[2]此语更当请。

说明

参寥，即诗僧道潜，与苏轼多有往还。此诗写"诗法不相妨"的主旨，尤其"静故了群动，空故纳万境"很能道出诗学与佛理的沟通所在，在后来引起不少的共鸣（参上注十）。

集评

汪师韩曰：取韩愈论高闲上人草书之旨而反其意以论诗，然正得诗法三昧者。其后严羽遂专以禅喻诗，至为分别宗乘，此篇早已为之点出光明。王士禛尝谓李、杜如来禅，苏、黄祖师禅，不妄也。

—— 汪师韩《苏诗选评笺释》卷二

纪昀曰：查云："公与潜以诗友善，誉潜以诗，潜止一诗僧耳。寻出'空'、'静'二字，便有主脑，便是结穴处。"余谓潜本僧而公之诗友，若专言诗则不见僧，专言禅则不见诗，故禅与诗并而为一，演成妙谛。结处"诗法不相妨"五字，乃一篇之主宰，非专指"空"、"静"也。

—— 纪昀批点《苏文忠公诗集》卷三

---

[1]　此言对诗之各种滋味固一尝而知，但其异乎外在的内质（至味）则有待深入体会。

[2]　法：佛法。宋人论诗多以禅喻，诗与佛法不相妨害的意思，后来多有人言及，如吴可《藏海诗话》"作诗如参禅"，《学诗诗》也说"学诗浑似学参禅"；韩驹则称"学诗当如初学禅"（《赠赵伯鱼》）；曾几说"学诗如参禅"（《读吕居仁旧诗有怀》）；葛天民《寄杨诚斋》"参禅学诗无两法"；戴复古《论诗》"欲参诗律似参禅"；严羽《沧浪诗话·诗辨》"论诗如论禅"。

书鄢陵王主簿所画折枝

论画以形似，见与儿童邻。

赋诗必此诗，定知非诗人。

诗画本一律，[1] 天工与清新。

边鸾雀写生，[2] 赵昌花传神。[3]

何如此两幅，疏淡含精匀。

谁言一点红，解寄无边春。

说明

此诗论艺有两个主要的观点，其一是"诗画本一律"，论诗与画的共通性，赢得较多人的认同；其二是重神似：作画不以形似论优劣，作诗则不可拘执字面的表现。这后一点当然是正确的，但关键在形似的价值如何估计，后来引得许多人评议（见下"集评"所选录）。不过诗中既写到边鸾的雀鸟有"写生"之妙，想来苏轼是不会完全否弃"形似"的吧。

---

[1] 苏轼在别处也谈到过诗、画的相通性，"少陵翰墨无形画，韩干丹青不语诗"（《韩干马》），"味摩诘之诗，诗中有画，观摩诘之画，画中有诗"（《书摩诘蓝田烟雨图》）。这样的说法当时颇多，张舜民《跋百之诗画》"诗是无形画，画是有形诗"，孔武仲《东坡居士画怪石赋》"文者无形之画，画者有形之文，二者异迹而同趣"，这些都是好例。不仅中国，西方也有，可参钱锺书《中国诗与中国画》第二节。

[2] 边鸾：唐代画家，长于花鸟。

[3] 赵昌：宋代画家，善画花，设色明润。

集评

费衮曰：此言可为论画作诗之法也。世之浅近者不知此理，做月诗便说"明"，作雪诗便说"白"，间有不用此等语，便笑其不着题。此风晚唐人尤甚。

————费衮《梁谿漫志》卷七

葛立方曰："非谓画牛作马也，但以气韵为主耳。谢赫云：卫协之画，虽不该备形妙而有气韵，凌跨雄杰。其此之谓乎！"

————葛立方《韵语阳秋》卷十四

王若虚曰：夫所贵于画者，为其似耳，画而不似，则如勿画。命题而赋诗，不必此诗，果为何语？然则坡之论非欤？曰：论妙在形似之外，而非遗其形似；不窘于题，而要不失其题，如是而已耳。世之人不本其是，无得于心，而借此论以为高。画山水者，未能正作一木一石，而托云烟杳霭，谓之气象。赋诗者茫昧僻远，按题而索之，不知所谓，乃曰格律贵尔。一有不然，则必相嗤点，以为浅易而寻常。不求是而求奇，真伪未知，而先论高下，亦自欺而已矣。岂坡公之本意也哉！

————王若虚《滹南诗话》卷二

杨慎曰：言画贵神，诗贵韵也。然其言有偏，非至论也。晁以道和公诗云："画写物外形，要物形不改；诗传画外意，贵有画中态。"其论始为定，盖欲以补坡公之未备也。

————杨慎《升庵诗话》卷十三

李贽曰：东坡先生曰："论画以形似，见与儿童邻，作诗必此诗，定知非诗人。"升庵曰："此言画贵神，诗贵韵也。然其言偏，未是至者。晁以道和之云：'画写物外形，要物形不改，诗传画外意，贵有画中态。'其论始定。"卓吾子谓改形不成画，得意非画外，因复和之曰："画不徒写形，正要形神在，诗不在画外，正写画中态。"杜子美云："花远重重树，云轻处处山。"此诗中画也，可以作画本矣。唐人画桃源图，舒元舆为之记云："烟岚草木，如带香气，熟视详玩，自觉骨戛青玉，身入镜中。"此画中诗也，绝艺入神矣。

————李贽《焚书》卷五《诗画》

黄庭坚

黄庭坚（1045—1105），字鲁直，号山谷道人、涪翁，洪州分宁人。英宗治平四年进士，历任国子教授、校书郎、起居舍人。几经贬谪，终于宜山。有《豫章先生文集》。黄庭坚是北宋形成的江西诗派的开山之祖，讲究学养、技巧，影响极大。他出自苏轼门下，与秦观、张耒、晁补之合称"苏门四学士"，而诗名甚高，与苏轼齐名，称"苏黄"。

答洪驹父书

驹父外甥教授[1]：别来三岁，未尝不思念。闲居绝不与人事相接，故不能作书，虽晋城亦未曾作书也。专人来，得手书，审在官不废讲学，眠食安胜，诸稚子长茂，慰喜无量。

寄诗语意老重，数过读，不能去手，继以叹息，少加意读书，古人不难到也。诸文亦皆好，但少古人绳墨耳，可更熟读司马子长、韩退之文章[2]。

凡作一文，皆须有宗有趣，终始关键，有开有阖[3]；如四渎虽纳百川[4]，或汇而为广泽，汪洋千里，要自发源注海耳。

老夫绍圣以前，不知作文章斧斤[5]，取旧所作读之，皆可笑。绍圣以

---

[1] 洪驹父：黄庭坚外甥，与兄弟四人合称"四洪"，有文才。

[2] 黄庭坚主张熟读古人篇章而融炼之，标举的就是下文所说"老杜作诗，退之作文，无一字无来处"。

[3] 此是重文章主次、安排的意思；他曾说过："每作一篇，先立大意，长篇须曲折三致意，乃可成章。"（胡仔《苕溪渔隐丛话》前集引），可与此相参证。

[4] 四渎：江、淮、河、济合称四渎，都注入大海。

[5] 斧斤：喻法式技巧。绍圣，宋哲宗年号，其二年，黄庭坚谪黔州。这次贬谪前后，黄庭坚的诗法有大进，《豫章先生传赞》："山谷自黔州以后，句法尤高，笔势放纵，实天下之奇作。"（胡仔《苕溪渔隐丛话》后集引）

后，始知作文章，但以老病惰懒，不能下笔也。外甥勉之，为我雪耻。

《骂犬文》虽雄奇，然不作可也。东坡文章妙天下，其短处在好骂[1]，慎勿袭其轨也。

甚恨不得相见，极论诗与文章之善病，临书不能万一，千万强学自爱，少饮酒为佳。

所寄《释权》一篇，词笔从横，极见日新之效[2]，更须治经，深其渊源，乃可到古人耳[3]。青琐祭文，语意甚工，但用字时有未安处。自作语最难，老杜作诗，退之作文，无一字无来处，盖后人读书少，故谓韩、杜自作此语耳。古之能为文章者，真能陶冶万物，虽取古人之陈言入于翰墨，如灵丹一粒，点铁成金也[4]。

文章最为儒者末事，然索学之，又不可不知其曲折，幸熟思之。至于推之使高，如泰山之崇崛，如垂天之云[5]；作之使雄壮，如沧江八月之涛，海运吞舟之鱼[6]，又不可守绳墨令俭陋也[7]。

说明

宋人诗风，重学养，此亦身处诗歌流变之下游，背负历史重压的反

---

[1] 黄庭坚一向反对诗文过于直露地表达怨愤之情，《书王知载朐山杂咏后》："诗者人之情性也，非强谏争于廷，怨忿诟于道，怒邻骂坐之为也。"
[2] 日新：言进步。《礼记·大学》："汤之盘铭曰：苟日新，日日新，又日新。"
[3] 上言读司马迁之史、韩愈之文，此言读经以为根本学养，《与秦少章帖》："文章虽末学，要须茂其根本，探其渊源。"
[4] 此是禅语，《五灯会元·龙华录照禅师》："还丹一粒，点铁成金，至理一言，转凡成圣。"
[5] 此出《庄子·逍遥游》："鹏之背不知其几千里也，怒而飞，其翼若垂天之云。"
[6] 海运：行于海上，语出《庄子·逍遥游》："是鸟也，海运则将徙于南冥。"
[7] 黄庭坚固言讲法式规矩，但其根本祈向是自由无拘的自然境界，故有此语（参下说明）。

应，从积极方面言，则是强烈诗史意识的表现。

黄庭坚一再教人读经史典籍，称杜甫、韩愈"无一字无来处"，这原来无可厚非。杜甫就有"读书破万卷"（《奉赠韦左丞丈二十二韵》）的诗句，韩愈也自言"沈浸酴郁，含英咀华"（《进学解》）。但强调过头，成为一种习气，就难免为人诟病。韩愈到底还说过："陈言务去"（《答李翊书》）。宋代江西诗派依傍黄庭坚的诗学立宗，最引人注目又引人歧义的就是所谓"点铁成金"、"夺胎换骨"之类法门，据惠洪的引述："山谷云：诗意无穷而人之才有限，以有限之才追无穷之意，虽渊明、少陵不得工也。然不易其意而造其语，谓之换骨法；窥入其意而形容之，谓之夺胎法。"（《冷斋夜话》）这种点化前人的办法，唐代诗僧皎然《诗式》所谓"偷语"、"偷意"、"偷势"已为前驱。"以故为新"作为一般原则也是诗家常谈，如陆机《文赋》"袭故而弥新"，苏轼《书柳子原诗》"用事当以故为新"，都是前例。然而一旦被作为"百战百胜"（黄庭坚《再次韵杨明叔小序》）的万能灵方，群起而效法，就自然引起反感乃至持续的攻击，"黄庭坚作诗得名，好用南朝人语，专求古人未使之事，又一二奇字，缀葺而成诗，自以为工，其实所见之僻也"（魏泰《临汉隐居诗话》），"鲁直论诗有夺胎换骨、点铁成金之喻，世以为名言，以予观之，特剽窃之黠者耳"（王若虚《滹南诗话》）。这些批评尖锐而容有过激处。实际上，黄庭坚之诗学理想并非仅局限于形式技法的锻炼，《题意可诗后》"宁律不谐而不使句弱，用字不工不使语俗，此庾开府之所长也，然有意于为诗也。至于渊明，则所谓不烦绳削而自合"，意思就很明白，认为陶渊明之自然风度更高一层；他还讲到李白不拘绳墨之高妙："余评李白诗如黄帝张乐于洞庭之野，无首无尾，不主故常，非墨工椠人所可拟议。"（《题李白诗草后》）黄庭坚曾明确反对偏重文句之技巧，"好作奇语，自是文章病，但当以理为主，理得而辞顺，文章自然出群拔萃，观杜子美到夔州后诗，韩退之自潮州还朝后文章，皆不烦绳削而自合矣"。
(《与王观复书》)

推论黄庭坚的原意，大抵是要由涵泳前人而进至自然为文的状态，从其论杜甫无意为文之妙在深探渊源可知："子美诗妙处乃在无意于文，夫无意而意已至，非广之以《国风》、《雅》、《颂》，深之以《离骚》、《九歌》，安能咀嚼其意味，闯然入其门耶?"(《大雅堂记》)只是往而不返，途经已辟，而归宿未及，因成遗憾。王若虚的评说还是公正的："铺张学问以为富，点化陈腐以为新，而浑然天成如肺肝中流出者不足也。"
(《滹南诗话》)

范　温

范温，字元实，生卒年不详。北宋文学家秦观之婿，有"山抹微云女婿"之称。曾从黄庭坚学诗，亦江西诗派诗学的传人，《诗眼》的议论多代表当时主流诗学的意见。

潜溪诗眼（选录）

王偁定观好论书画[1]，常诵山谷之言曰："书画以韵为主。"予谓之曰："夫书画文章，盖一理也。然而，巧吾知其为巧，奇吾知其为奇，布置关合皆有法度，高妙古澹亦可指陈，独韵者果何形貌耶？"定观曰："不俗之谓韵。"余曰："夫俗者，恶之先；韵者，美之极。书画之不俗，譬如人之不为恶。自不为恶至于圣贤，其间等级固多，则不俗之去韵也远矣。"定观曰："潇洒之谓韵。"予曰："夫潇洒者，清也。清乃一长，安得为尽美之韵乎？"定观曰："古人谓气韵生动[2]，若吴生笔势飞动[3]，可以为韵乎？"予曰："夫生动者，是得其神。曰神则尽之[4]，不必谓之韵也。"定观曰："如陆探微数笔作狻猊[5]，可以为韵乎？"余曰："夫数笔作狻猊，是简而穷其理。曰理则尽之，亦不必谓之韵也。"定观请余发其端，乃告之曰："有余意之谓韵。"定观曰："余得之矣。盖尝闻之撞钟，大声已去，余音复来，悠扬宛转，声外之音，其是之谓矣。"余曰："子得其

---

[1] 王偁，号定观，南宋人，著《东都事略》、《西夏事略》等。

[2] 谢赫《古画品录》有"六法"之说，其一即"气韵生动"。

[3] 吴生：唐代画家吴道子。

[4] 尽之：尽其涵义。

[5] 狻猊：狮子。陆探微，南朝名画家。

梗概而未得其详。且韵恶从生[1]？"定观又不能答。予曰："盖生于有余。请为子毕其说。自三代秦汉，非声不言韵[2]。舍声言韵，自晋人始。唐人言韵者亦不多见，惟论书画者颇及之。至近代先达，始推尊之以为极致。凡事既尽其美，必有其韵；韵苟不胜，亦亡其美。夫立一言于千载之下，考诸载籍而不缪，出于百善而不愧，发明古人郁塞之长，度越世间闻见之陋，其为有包括众妙，经纬万善者矣。且以文章言之，有巧丽，有雄伟，有奇，有巧，有典，有富，有深，有稳，有清，有古。有此一者，则可以立于世而成名矣；然而一不备焉，不足以为韵。众善皆备而露才用长，亦不足以为韵。必也备众善而自韬晦[3]；行于简易闲澹之中，而有深远无穷之味；观于世俗，若出寻常。至于识者遇之，则暗然心服，油然神会；测之而益深，究之而益来，其是之谓矣。其次，一长有余，亦足以为韵。故巧丽者发之于平澹，奇伟有余者行之于简易，如此之类是也。自《论语》、六经，可以晓其辞，不可以名其美，皆自然有韵。左丘明、司马迁、班固之书，意多而语简，行于平夷，不自矜炫，故韵自胜。自曹、刘、沈、谢、徐、庾诸人[4]，割据一奇，臻于极致，尽发其美，无复余蕴，皆难以韵与之。唯陶彭泽，体兼众妙，不露锋芒，故曰：质而实绮，癯而实腴[5]。初若散缓不收，反复观之，乃得其奇处。夫绮而腴与其奇处，韵之所从生；行乎质与癯，而又若散缓不收者，韵于是乎成。《饮酒诗》云：'荣衰无定在，彼此更共之。'山谷云：'此是西汉人文章，他人多少语言尽得此理？'《归田园居诗》，超然有尘外之趣。《赠周、

---

[1]　恶：何处。

[2]　言古时之"韵"只涉声音的范畴。

[3]　韬晦：蕴含，隐藏。

[4]　曹、刘、沈、谢、徐、庾：曹植、刘桢、沈约、谢灵运、徐陵、庾信。

[5]　此苏辙为苏轼《和陶》所作《诗引》中引述后者的评语："吾于诗人无所甚好，独好渊明之诗；渊明作诗不多，然其诗质而实绮，癯而实腴。"

祖、谢诗》[1]，皎然明出处之节。《三良诗》[2]，慨然致忠臣之愿。《荆轲诗》，毅然彰烈士之愤[3]。一时之意，必反覆形容；所见之景，皆亲切模写。如'孟夏草木长，绕屋树扶疏'[4]'日暮天无云，春风扇微和'[5]，乃更丰浓华美，然人无得而称其长。是以古今诗人惟渊明最高。所谓出于有余者如此。至于书之韵，二王独尊[6]。唐以来，颜、杨为胜[7]。故曰：若论工不论韵，则王著优于季海、不下大令[8]；若论韵胜，则右军、大令之门，谁不服膺。又曰：观颜鲁公书，回视欧、虞、褚、薛皆为法度所拘；观杨少师书，觉徐、沈有尘埃气[9]。夫惟曲尽法度，而妙在法度之外，其韵自远。近时学高韵胜者唯老坡[10]。诸公尊前辈，故推蔡君谟为本朝第一[11]。其实山谷以谓不及坡也。坡之言曰：'苏子美兄弟大俊，非有余，乃不足[12]。使果有余，则将收藏于内，必不如是尽发于外也。'又曰美而病韵如某人，劲而病韵如某人。米元章书如李北海[13]，遒丽圆劲，足以名世，然犹未免于

[1] 《示周续之祖企谢景夷三郎》："负疴颓檐下，终日无一欣。药石有时闲，念我意中人。相去不寻常，道路邈何因。周生述孔业，祖谢响然臻。道丧向千载，今朝复斯闻。马队非讲肆，校书亦已勤。老夫有所爱，思与尔为邻；愿言诲诸子，从我颍水滨。"

[2] 《咏三良》："弹冠乘通津，但惧时我遗，服勤尽岁月，常恐功愈微。忠情谬获露，遂为君所私。出则陪文舆，入必侍丹帷；箴规响已从，计议初无亏。一朝长逝后，愿言同此归。厚恩固难忘，君命安可违，临六冈惟疑，投义志攸希。荆棘笼高坟，黄鸟声正悲；良人不可赎，泫然沾我衣。"

[3] 《咏荆轲》有句："惜哉剑术疏，奇功遂不成！其人虽已没，千载有余情。"

[4] 此见《读〈山海经〉》。

[5] 此见《拟古》。

[6] 二王：晋书法家王羲之、王献之父子。

[7] 颜：唐颜鲁公真卿；杨：五代杨凝式，均为有名书法家。

[8] 王著：王知微，宋初书法家。季海：徐浩，唐代书法家。大令：王献之曾为中书令，故称。右军：王羲之曾为右军将军，故称。

[9] 欧、虞、褚、薛：欧阳询、虞世南、褚遂良、薛稷，均为初唐书法家。徐、沈：徐浩、沈传师，均为唐代书法家。

[10] 老坡：苏轼，号东坡。

[11] 蔡君谟：蔡襄，与苏轼、黄庭坚、米芾合称的四大书家。

[12] 此言苏舜钦兄弟余韵不足。

[13] 米元章：米芾。李北海：李邕，唐代书法家。

作为。故自苏子美以及数子[1]，皆于韵为未优也。至于山谷书，气骨、法度皆有可议，唯偏得兰亭之韵[2]。或曰：'子前所论，韵皆生于有余，今不足而韵，又有说乎？'盖古人之学，各有所得，如禅宗之悟入也。山谷之悟入在韵，故开辟此妙，成一家之学，宜乎取捷径，而迳造也。如释氏所谓一超直入如来地者[3]。考其戒定神通[4]、容有未至；而知见高妙，自有超然神会，冥然脗合者矣[5]。是以识有余者，无往而不韵也。然所谓有余之韵，岂独文章哉！自圣贤出处，古人功业皆如是矣。孔子德至矣，然无可无不可，其行事往往俯同乎众人，则圣有余之韵也，视伯夷之清，柳下惠之和，偏矣。圣人未尝有过，其曰：'丘也幸，苟有过，人必知之。'[6]圣有余之韵也，视孟子反覆论辩，自处于无过之地者，狭矣。回也不违如愚[7]，学有余之韵也，视赐辩、由勇，浅矣[8]。汉高祖作《大风歌》，悲思泣下，念无壮士，功业有余之韵也[9]，视战胜攻取者，小矣。张子房出万全之策以安太子[10]，其言曰：'此亦一助也。'若不深经意而发未必中者，智策有余之韵也，视面折廷争者，拙矣[11]。谢东山围棋毕曰：'小儿已复破贼。'器度有余之韵也[12]，视喜怒变色者，陋矣。然则所谓韵者亘古

---

[1]　此"数子"，指宋代米芾、蔡襄等书法家。
[2]　兰亭：王羲之《兰亭集序》为其代表作。
[3]　如来地：彻悟之境地，佛教以本觉为"如"，以今觉为"来"，合称"如来"。
[4]　戒定：持戒、禅定，"戒"以制行，"定"以持心。
[5]　脗合：吻合。
[6]　此见《论语·述而》。
[7]　《论语·为政》："吾与回言终日，不违如愚；退而省其私，亦足以发：回也不愚。"回：颜渊。
[8]　赐：子贡，名端木赐，善辩，列孔门四科之言语科。由：子路，即仲由，以勇力闻名。
[9]　汉高祖《大风歌》："大风起兮云飞扬，威加海内兮归故乡，安得猛士兮守四方。"
[10]　此言张良设计聘商山四皓辅佐刘盈，得以免于被废。
[11]　此指周昌在朝廷强辩反对废太子。
[12]　此言谢安在淝水大战胜利后神情镇静的风度。谢安曾隐居会稽东山，故有"谢东山"之称。《世说新语·雅量》："谢公与人围棋，俄而谢玄淮上信至，看书竟，默然无言，徐向局。客问淮上利害，答曰：'小儿辈大破贼。'意色举止，不异于常。"

今，殆前贤秘惜不传而留以遗后之君子欤？"

说明

　　范温在此节文字中追溯了"韵"这一范畴的历史演变，所谓"自三代秦汉，非声不言韵，舍声言韵，自晋人始"。这确是事实。"韵"可指人的气度，如《世说新语·任诞》"阮浑长成，风气韵度似父"；又移以论艺，如谢赫《古画品录》"气韵生动"，萧子显《南齐书·文学传论》"气韵天成"。宋代文学家如苏轼也有"远韵"之称（参前选《书黄子思诗集后》）。范温承继以往诸家高论，更做了阐扬推展，举凡为人举止、书画诗文都标举"韵"格。在文学中，范温之"韵"盖指"有余意之谓韵"，"行于简易闲澹之中，而有深远无穷之味"，"巧丽者发之于平淡，奇伟有余者行之于简易"。这种内含"绮"、"腴"、"奇"，而外在平淡闲远的特殊美学品格，实则正是苏轼所推赏的"发浓纤于高古，寄至味于淡泊"（《书黄子思诗集后》）的风格。这一段渊源，范温表达得很明白，所谓"近时学高韵胜者唯老坡"，他还引述了苏轼对陶渊明诗"质而实绮，癯而实腴"的评价，至于"曲尽法度而妙在法度之外，其韵自远"的说法，也可说是脱胎自苏轼"出新意于法度之中，寄妙理于豪放之外"（《书吴道子画后》）的主张，而后来姜夔所谓"文以文而工，不以文而妙，然舍文无妙"（《白石道人诗说》）也正是同一脉络的诠说。

集评

　　钱锺书曰：吾国首拈"韵"以通论书画诗文者，北宋范温其人也。温著《潜溪诗眼》，今已久佚。宋人谈艺书中偶然征引，皆识小语琐，惟《永乐大典》卷八〇七《诗》字下所引一则，因书画之"韵"推及诗文之"韵"，洋洋千数百言，匪特为"神韵说"之弘纲要领，抑且为由画"韵"而及诗"韵"之转捩进阶。严羽必曾见之，后人迄无道者……融贯综赅，不特严羽所不逮，即陆时雍、王士祯辈似难继美也。

　　　　　　—— 钱锺书《管锥编》第四册"全上古秦汉三国六朝文"一八九则

李清照

李清照（1084—约1151），号易安居士，济南人。父李格非是当时著名学者，夫赵明诚也是著名的金石学家。早年生活安宁，后半生在夫死国难的情势下，漂泊江南。她是中国历史上最杰出的女词人。

词论

乐府声诗并著[1]，最盛于唐。开元、天宝间[2]，有李八郎者[3]，能歌擅天下。时新及第进士开宴曲江[4]，榜中一名士先召李，使易服隐名姓，衣冠故敝，精神惨沮，与同之宴所。曰："表弟愿与坐末。"众皆不顾。既酒行、乐作，歌者进，时曹元谦、念奴为冠[5]。歌罢，众皆咨嗟称赏。名士忽指李曰："请表弟歌。"众皆哂，或有怒者。及转喉发声，歌一曲，众皆泣下，罗拜曰："此李八郎也。"

自后郑、卫之声日炽，流靡之变日烦。已有《菩萨蛮》《春光好》《莎鸡子》《更漏子》《浣溪纱》《梦江南》《渔父》等词[6]，不可遍举。

五代干戈，四海瓜分豆剖，斯文道熄。独江南李氏君臣尚文雅[7]，故于"小楼吹彻玉笙寒"，"吹皱一池春水"之词[8]，语虽奇甚，所谓亡国之音哀以思者也。

---

[1]　声诗：唐代采为入乐歌词的五、七言诗。
[2]　开元、天宝：唐玄宗年号，时为盛唐时代。
[3]　李八郎：李衮，是其时善歌者。
[4]　曲江：长安城东南风景区，进士新及第通常在此游宴。
[5]　此二人都是天宝年间名歌伎。
[6]　此皆词调名，其中《莎鸡子》今无词传。
[7]　南唐国君李璟、李煜及臣冯延巳等善词。
[8]　上句为李璟《摊破浣溪沙》句，下句出冯延巳《谒金门》。

逮至本朝，礼乐文武大备。又涵养百余年，始有柳屯田永者，变旧声作新声[1]，出《乐章集》，大得声称於世。虽协音律，而词语尘下。又有张子野、宋子京兄弟[2]，沈唐、元绛、晁次膺辈继出[3]，虽时时有妙语，而破碎何足名家！至晏元献[4]、欧阳永叔、苏子瞻，学际天人，作为小歌词，直如酌蠡水于大海[5]，然皆句读不葺之诗尔[6]，又往往不协音律者何耶？盖诗文分平侧，而歌词分五音，又分五声，又分六律，又分清浊轻重[7]。且如近世所谓《声声慢》《雨中花》《喜迁莺》，既押平声韵，又押入声韵。《玉楼春》本押平声韵，又押上去声，又押入声。本押仄声韵，如押上声则协，如押入声，则不可歌矣。王介甫、曾子固，文章似西汉，若作一小歌词，则人必绝倒，不可读也[8]。

乃知别是一家[9]，知之者少。后晏叔原、贺方回、秦少游、黄鲁直出[10]，始能知之。又晏苦无铺叙[11]。贺苦少典重。秦即专主情致，而少故实，譬如贫家美女，虽极妍丽丰逸，而终乏富贵态。黄即尚故实，而多疵病，

---

[1]　柳永，曾官屯田外郎，故称"柳屯田"。他改制旧曲，创作新声长调。

[2]　张子野：张先。宋子京兄弟：宋祁宋庠兄弟，都是宋初词人。

[3]　三人都有词作传世。

[4]　晏元献：晏殊，与子几道合称"大小晏"，是北宋著名词人。

[5]　此言欧阳修、苏轼学问广大，作词，如取海水一瓢水而已，很是容易。

[6]　句读不葺：言长短不齐的意思。李清照持正统词学观念，以为词与诗是不同的。苏轼词的格调近诗而非词，只是形式上长短不齐而已。这种说法，后来的词学家也颇有，"辛稼轩、刘改之作豪气词，非雅词也，于文章余暇戏弄笔墨为长短句之诗"（张炎《词源》），"盖音律欲其协，不协则成长短之诗"（沈义父《乐府指迷》）。

[7]　此言词的声韵比诗更为细致。五音：唇、齿、喉、舌、鼻。五声：宫、商、角、徵、羽。六律：指十二律吕。清浊轻重：声之轻清、重浊。

[8]　此言如王安石、曾巩等以文为词也是不好的。

[9]　别是一家：指"词"，与"诗"是不同的文类。

[10]　晏叔原：晏几道。贺方回：贺铸。秦少游：秦观。黄鲁直：黄庭坚。这些都是北宋著名词人。李清照推重这些词人也不是孤立的见解，陈师道曾说过："今代词手，惟秦七、黄九尔！"就是与苏轼"非本色"的"以诗为词"相对举的（《后山诗话》）。

[11]　晏几道的词多为小令，少有长调，故说"苦无铺叙"。以下对晏、贺、秦、黄的词作批评。

譬如良玉有瑕，价自减半矣。

说明

　　此篇《词论》见《苕溪渔隐丛话》后集中，未必是全篇，而批评各时代词人创作直露而尖锐。就其对所认可的北宋正统词人的批评来看，大抵主张"词"要协律、铺叙、典重、故实、情致，所谓柳永"词语尘下"，苏轼"句读不葺之诗"都是其极力反对的。综而言之，则在尊词体，坚持词"别是一家"的意识。这样强烈的文类意识，实际上是北宋文评中较为普遍的。比如黄庭坚就认为："诗、文各有体，韩（愈）以文为诗，杜（甫）以诗为文，故不工尔。"（《后山诗话》引）陈师道说"退之以文为诗，子瞻以诗为词，如教坊雷大使之舞，虽极天下之工，要非本色"(《后山诗话》)，更可说是李清照"句读不葺之诗"的同调。实际上苏轼"词"写得如"诗"是当时普遍的看法，且是从贬义角度去理解的(《后山诗话》："世语云：苏明允不能诗，欧阳永叔不能赋；曾子固短于韵语，黄鲁直短于散语；苏子瞻词如诗，秦少游诗如词。")，在这样的背景下来看《词论》对苏轼的批评，也就好理会了。

吕本中

吕本中（1084—1145），字居仁，祖籍东莱。幼聪颖，受曾祖赏爱，以荫恩为承务郎，任枢密院编修、中书舍人等。他是江西诗派的重要诗人，尤其以《江西诗社宗派图》，确立此一诗派的传承系统，有很大的影响。

夏均父集序

学诗当识活法。所谓活法者，规矩备具，而能出于规矩之外；变化不测，而亦不背于规矩也。是道也，盖有定法而无定法，无定法而有定法。知是者，则可以与语活法矣。谢元晖有言，"好诗转圆美如弹丸[1]"，此真活法也。近世惟豫章黄公，首变前作之弊，而后学者知所趣向，毕精尽知，左规右矩，庶几至于变化不测。然余区区浅末之论，皆汉、魏以来有意于文者之法，而非无意于文者之法也。子曰："兴于诗，诗可以兴，可以观，可以群，可以怨；迩之事父，远之事君，多识于鸟兽草木之名。"[2] 今之为诗者，读之果可使人兴起其为善之心乎，果可使人兴、观、群、怨乎，果可使人知事父、事君而能识鸟兽草木之名之理乎？为之而不能使人如是，则如勿作。

吾友夏均父，贤而有文章，其于诗，盖得所谓规矩备具，而出于规矩之外，变化不测者。后果多从先生长者游，闻人之所以言诗者而得其要妙，所谓无意于文之文，而非有意于文之文也。

---

[1]　谢元晖：即谢玄晖，谢朓，南朝诗人。据《南史·王筠传》，他常说"好诗流转圆美如弹丸"，此"诗"字下脱一"流"字。
[2]　此见《论语·阳货》。

说明

　　江西诗派是宋代影响最为广大的诗歌流派，吕本中对江西诗派之定型及理论观念的拓展都是有特殊贡献的，前者是他作了《江西诗社宗派图》，后者便是如本文中"活法"那样提出了新的观念，所以朱东润先生说："江西诗派始于北宋之黄庭坚、陈师道，大张于吕居仁。"（《中国文学批评史大纲·第二十七黄庭坚》）

　　吕本中的诗学是承接着黄庭坚的，本文中"无意于文"和"有意于文"的分别，实际正是黄庭坚说过的庾信的"有意于为诗"和杜甫"无意于文"（分别见《题意可诗后》及《大雅堂记》）的不同。黄庭坚是希望由规摹古人而达到"不烦绳削而自合"（《与王观复书》、《题意可诗后》）的境界，可惜往而不返，后学也只学到半截而已。吕本中的历史意义就是推进这一理论的完整展开。他明确批评山谷后学道："近世江西之学者，虽左规右矩，不遗余力，而往往不知出此，故百尺竿头不能更进一步，亦失山谷之旨也。"（《与曾吉甫论诗第二帖》）所以，吕本中的"活法"实际只是要由规矩而达到出于规矩，变化莫测，但又不背离规矩的状态："有定法而无定法，无定法而有定法。"这实际在祖述黄庭坚诗学的范温那里已见端倪："曲尽法度而妙在法度之外。"（参见前选《诗眼》及"说明"）

　　从依循规矩到出乎规矩又不背规矩，这中间的飞跃，吕本中所借重的是禅家的"悟"，"诗有活法，若灵均自得，忽然有入，然后惟意所出，万变不穷"（《江西诗社宗派图》），"有所悟入，则自然越度诸子"。（《与曾吉甫论诗第一帖》）"悟入"看似灵妙神秘，实则吕本中的"悟入"自有途径，所谓"悟入必自工夫中来，非侥幸可得也"（《吕氏童蒙训》），"悟入之理，正在工夫勤惰间耳；如张长史见公孙大娘舞剑，顿悟笔法，如张者，专意此事，未尝少忘胸中，故能遇事有得，遂使神妙，若使他人观舞剑，有何干涉"（《与曾吉甫论诗第一帖》），道理说得明白又透彻了。

集评

　　刘克庄曰：余尝以为此序，天下之至言也。然均父所作，似未能然，往往紫微自道耳。所引谢宣城"好诗流转圆美如弹丸"之语，余以宣城诗考之，如锦工机锦，玉人琢玉，极天下之巧妙，穷巧极妙，然后能流转圆美。近时学者往往误认弹丸之论，而趋于易，故放翁诗云："弹丸之论方误人。"又朱文公云："紫微论诗，欲字字响，其晚年诗多哑了。"然则欲知紫微诗者，以《均父集序》观之，则知"弹丸"之语，非主于易。又以文公之语验之，则所谓字字响者，果不可以退道矣。

　　　　　　　　　　　　　　　—— 刘克庄《江西诗派序·吕紫微》

杨万里

杨万里（1124—1206），字廷秀，号诚斋，吉州吉水人。绍兴二十四年登进士第，授赣州司户参军，调永州零陵丞，累官至宝谟阁学士。有《诚斋集》。他一生做诗甚多，超越江西诗派，自成一格，世称"诚斋体"。他与陆游、范成大、尤袤合称"中兴四大诗人"。

诚斋荆溪集序

予之诗，始学江西诸君子，既又学后山五字律[1]，既又学半山老人七字绝句[2]，晚乃学绝句于唐人，学之愈力，作之愈寡。尝与林谦之屡叹之。谦之云："择之之精，得之之艰，又欲作之之不寡乎？"予喟曰："诗人盖异病而同源也，独予乎哉！"

故自淳熙丁酉之春上塈壬午止，有诗五百八十二首，其寡盖如此。其夏之官荆溪，既抵官下，阅讼牒，理邦赋，惟朱墨之为亲，诗意时往日来于予怀，欲作未暇也。戊戌三朝时节，赐告，少公事，是日即作诗，忽若有寤，于是辞谢唐人及王、陈、江西诸君子，皆不敢学，而后欣如也。试令儿辈操笔，予口占数首，则浏浏焉无复前日之轧轧矣[3]。自此每过午，吏散庭空，即携一便面，步后园，登古城，采撷杞菊，攀翻花竹，万象毕来，献予诗材，盖麾之不去，前者未雠，而后者已迫，涣然未觉作诗之难也。盖诗人之病，去体将有日矣。方是时，不惟未觉作诗之难，亦未觉作州之难也。

---

[1]　后山：陈师道。
[2]　半山：王安石。
[3]　轧轧：迟滞轻出的情状，语见陆机《文赋》："思轧轧其若抽"。

明年二月晦，代者至，予合符而去，试汇其稿，凡十有四月，而得诗四百九十二首，予亦未敢出以示人也。今年备官公府掾，故人钟君将之自淮水，移书于予曰："荆溪比易守，前日作州之无难者，今难十倍不啻。子荆溪之诗，未可以出欤？"予一笑抄以寄之云。淳熙丁未四月三日，庐陵杨万里廷秀序。

说明

　　杨万里是南宋初的重要诗人，他与同时的诗人如陆游，早先都深受江西诗派的影响，而后来的作诗途径都能脱出江西派的樊篱。此序回顾了由江西派经王安石上溯唐人，终于脱弃既有成径，自出机杼的过程。文中所述"步后园，登古城，采撷杞菊，攀翻花竹，万象毕来，献予诗材，盖麾之不去，前者未雠而后者已迫，涣然未觉作诗之难也"，正是直面自然获取诗材的新途径，而不是仅在先达文字中讨生活的办法了。陆游说的"汝果欲学诗，工夫在诗外"（《示子遹》），也是同样的道路；虽然陆游的面前，天地似乎更开阔些："法不孤生自古同，痴人乃欲镂虚空。君诗妙处吾能识，正在山程水驿中。"（《题庐陵萧彦毓秀才诗卷后》）

范　开

范开，字廓之，因避宁宗讳改字先之。生卒年不详。曾从辛弃疾受学八年，为辛词编集，有《稼轩词序》。

稼轩词序

器大者声必闳，志高者意必远。知夫声与意之本原，则知歌词之所自出。是盖不容有意于作为，而其发越著见于声音言意之表者，则亦随其所蓄之浅深，有不能不尔者存焉耳。

世言稼轩居士辛公之词似东坡，非有意于学坡也，自其发于所蓄者言之，则不能不坡若也。坡公尝自言，与其弟子由为文多，而未尝敢有作文之意，且以为得于谈笑之间而非勉强之所为[1]。公之于词亦然：苟不得之于嬉笑，则得之于行乐；不得之于行乐，则得之于醉墨淋漓之际。挥毫未竟而客争藏去。或闲中书石，兴来写地；亦或微吟而不录，漫录而焚藁。以故多散逸。是亦未尝有作之之意，其于坡也，是以似之。

虽然，公一世之豪，以气节自负，以功业自许。方将敛藏其用，以事清旷，果何意于歌词哉，直陶写之具耳。故其词之为体，如张乐洞庭之野，无首无尾，不主故常[2]；又如春云浮空，卷舒起灭，随所变态，无

---

[1] 此见苏轼《江行唱和集序》："自闻家君之论文，以为古之圣人有所不能自己而作者，故轼与弟辙为文至多，而未尝敢有作文之意。己亥之岁，侍行适楚，舟中无事，博弈饮酒，非所以为闺门之欢，而山川之秀美，风俗之朴陋，贤人君子之遗迹，与凡耳目之所接者，杂然有触于中而发于咏叹……终以识一时之事。为他日之所寻绎，且以为得于谈笑之间，而非勉强所为之文也。"

[2] 此出自《庄子·天运》："帝张《咸池》之乐于洞庭之野……其卒无尾，其始无首……变化齐一，不主故常。"黄庭坚《题李白诗草后》用以论诗："余评李白诗如黄帝张乐于洞庭之野，无首无尾，不主故常，非墨工椠人所能拟议"，《后山诗话》亦采入黄氏此评。此处范开用以评辛词之飘逸。

非可观。无他，意不在于作词，而其气之所充，蓄之所发，词自不能不尔也。其间固有清而丽，婉而妩媚，此又坡词之所无，而公词之所独也。昔宋复古、张乖崖方严劲正，而其词乃复有浓纤婉丽之语，岂铁石心肠者类皆如是耶？

开久从公游，其残膏剩馥，得所沾焉为多。因暇日裒集冥搜，才逾百首，皆亲得于公者。以近时流布于海内者率多赝本，吾为此惧，故不敢独秘，将以祛传者之惑焉。淳熙戊申正月元日门人范开序。

说明

范开在淳熙十四年编《稼轩词》，多为早年作品，是辛词的早期集子。《序》中指出辛词之旷放是其"所蓄"之深所致，"器大者声必闳"而已。这是切合"一世之豪"的稼轩心性的诠释。范开移用了黄庭坚点化《庄子》以评李白诗的话来形容辛弃疾的词风，隐然将诗、词两类文体最为放旷飘逸的两位天才联系起来了。此外，他还将苏、辛二位词人做了比较，一则承认有相似处，再则指出辛词"清而丽，婉而妩媚"的一面是东坡所缺乏的。这些都是深入细微、可以信从的判断。

朱　熹

朱熹（1130—1200），字元晦，号晦庵，别号紫阳，徽州婺源人。绍兴十八年进士，历任泉州同安县主簿、江东转运副使、湖南安抚使、焕章阁待制、宝文阁待制等。庆元二年受诬革职。朱熹一生以讲学著书为主，是宋代理学的集大成者，也可说是中国历史上最博学的学者之一。他在中国文化思想史上居有崇高的地位。

答杨宋卿

前辱柬手启一通，及所为诗一编，吟讽累日，不忍去手，足下之赐甚厚。吏事匆匆，报谢不时，足下勿过。

熹闻诗者，志之所之，在心为志，发言为诗[1]，然则诗者，岂复有工拙哉？亦视其志之所向者高下如何耳。是以古之君子，德足以求其志[2]，必出于高明纯一之地[3]，其于诗固不学而能之。

至于格律之精粗，用韵属对比事遣辞之善否，今以魏、晋以前诸贤之作考之，盖未有用意于其间者，而况于古诗之流乎？近世作者，乃始留情于此，故诗有工拙之论，而葩藻之词胜，言志之功隐矣。

熹不能诗，而闻其说如此，无以报足下意，姑道一二。盛编再拜封纳，并以为谢。

---

[1]　此见《毛诗序》。
[2]　求其志：语出《论语·季氏》。
[3]　此言高洁的心性。

说明

　　朱熹是宋代大儒，对文学也极有体会，《诗集传》、《楚辞集注》就是很有影响的著作。作为理学家，朱熹所坚守的是正统儒学诗歌观，"在心为志，发言为诗"就是《毛诗序》的观点。"诗言志"是第一位的，至于格律属对之类工拙计较则是次要的：有高明的心性，诗可"不学而能"；反之，计较藻饰，"言志"的根本则已丧失。这就是此文中所申说的诗学。

　　这样的观点，朱熹在别处也曾申说，如《清邃阁论诗》："今人不去讲义理，只去学诗文，已落得第二义。"以这一观念反省历史，他看到的是诗歌本质渐衰的过程，本文中尚是含蓄的表达，在《答巩仲至》中就说得极明白了："古今之诗，凡有三变。盖自书传所记，虞、夏以来，下及魏、晋，自为一等；自晋、宋间颜、谢以后，下及唐初，自为一等；自沈、宋以后，定著律诗，下及今日，又为一等。然自唐初以前，其为诗者，固有高下，而法犹未变；至律诗出，而后诗之与法始皆大变，以至今日，益巧益密，而无复古人之风矣。"虽然所执的划分准则是以主流诗教为主的，但其实也符合诗歌发展的历史阶段性。

姜　夔

姜夔（1155—1221），字尧章，号白石道人，鄱阳人，进士试不中，以布衣终身。姜夔多才多艺，是有名的词人、诗人和音乐家。有《白石道人歌曲》、《白石道人诗集》。

白石道人诗集自序

诗本无体，《三百篇》皆天籁自鸣，下逮黄初[1]，迄于今人，异韫故所出亦异。或者弗省，遂艳其各有体也。

近过梁谿，见尤延之先生[2]，问余诗自谁氏。余对以异时泛阅众作，已而病其驳如也，三薰三沐，师黄太史氏[3]。居数年，一语噤不敢吐，始大悟学即病，顾不若无所学之为得，虽黄诗亦偃然高阁矣。[4]先生因为余言："近世人士喜宗江西。温润有如范致能者乎[5]，痛快有如杨廷秀者乎[6]？高古如萧东夫[7]，俊逸如陆务观[8]，是皆自出机轴，宣有可观者。又奚以江西为？"

余曰：诚斋之说政尔，昔闻其历数作者，亦无出诸公右，特不肯自屈一指耳。虽然诸公之作，殆方圆曲直之不相似，则其所许可，亦可知

---

[1]　魏文帝曹丕年号。
[2]　尤延之：尤袤，字延之，与陆游、杨万里、范成大合称"中兴四大诗人"。
[3]　黄太史：黄庭坚。
[4]　言束之高阁。
[5]　范致能：范成大，字致能。
[6]　杨廷秀：杨万里，字廷秀。
[7]　萧东夫：萧德藻，字东夫。
[8]　陆务观：陆游，字务观。

矣。余识千岩于潇、湘之上¹，东来识诚斋、石湖²，尝试论兹事，而诸公咸谓其与我合也。岂见其合者而遗其不合者耶？抑不合乃所以为合耶？抑亦欲俎豆余于作者之间，而姑谓其合耶？不然，何其合者众也？余又自嗒曰：余之诗，余之诗耳，穷居而野处，用是陶写寂寞则可，必欲其步武作者，以钓能诗声，不惟不可，亦不敢。

说明

　　姜夔先前也是学江西诗的，最后弄得"一语噤不敢吐"，这与杨万里"学之愈力，作之愈寡"（《诚斋荆溪集序》）一样，陷入了困境；而后"大悟学即病，顾不若无所学之为得"，又由尤袤点拨他要"自出机轴"，才以"陶写"自家"寂寞"为宗旨。宋诗里，学养与性情始终是一组牵扯不清的矛盾体。姜夔在《白石道人诗说》中说过"思有窒碍，涵养未至也，当益以学"，他终究没有能洗清江西诗的印迹，虽然他也学晚唐，"古体黄陈家格律，短章温李氏才情"（项安世《谢姜夔秀才示诗卷，从千岩萧东夫学诗》）。不过这些是别人的评议，姜夔有一段话，说不能不与古人有同异，可以为自己解围吧："作者求与古人合，不若求与古人异；求与古人异，不若不求与古人合而不能不合，不求与古人异而不能不异。彼惟有见乎诗也，故向也求与古人合，今也求与古人异；及其无见乎诗已，故不求与古人合而不能不合，不求与古人异而不能不异。其来如风，其止如雨；如印印泥，如水在器。其苏子所谓不能不为者乎？"（《白石道人诗集自序二》）

---

[1]　千岩：萧德藻自号千岩居士。
[2]　诚斋：杨万里自号。石湖：范成大自号石湖居士。

严　羽

严羽（生卒年不详），字义卿，自号沧浪逋客，邵武人。宋末隐居。有《沧浪吟卷》。严羽的《沧浪诗话》是中国诗学史上最重要的著作之一，标举唐诗风神，对后代影响至大。

沧浪诗话·诗辨

夫学诗者以识为主[1]：入门须正，立志须高，以汉、魏、晋、盛唐为师，不作开元、天宝以下人物。若自退屈，即有下劣诗魔入其肺腑之间；由立志之不高也。行有未至，可加工力；路头一差，愈骛愈远；由入门之不正也。故曰：学其上，仅得其中；学其中，斯为下矣。又曰：见过于师，仅堪传授；见与师齐，减师半德也[2]。

工夫须从上做下，不可从下做上。先须熟读《楚词》，朝夕讽咏以为之本；及读《古诗十九首》，乐府四篇[3]，李陵、苏武、汉魏五言皆须熟读，即以李、杜二集枕藉观之，如今人之治经，然后博取盛唐名家，酝酿胸中，久之自然悟入。虽学之不至，亦不失正路。此乃是从顶𩒺上做来，谓之向上一路[4]，谓之直截根源[5]，谓之顿门[6]，谓之单刀直

---

[1]　识：识见。此黄庭坚已先发之："学者要以识为主，如禅家所谓正法眼者。"（范温《潜溪诗眼》）。

[2]　此《五灯会元》卷三载怀海禅师语；又《传灯录》卷十六："岂不闻智过于师，方堪传授，智与师齐。减师半德。"

[3]　《文选》"乐府"类首列《乐府四首古辞》，为《饮马长城窟行》、《君子行》、《伤歌行》、《长歌行》。此亦从根源着手之意。

[4]　顶𩒺：头上。《传灯录》卷七："宝积禅师上堂示众曰：向上一路，千圣不传，学者劳形，如猿捉影。"

[5]　此谓直截把握根源，《传灯录》卷三十载《永嘉真觉大师证道歌》："直截根源佛所印，摘叶寻枝我不能。"

[6]　顿门：顿悟之门。

入也 [1]。

诗之法有五：曰体制 [2]，曰格力 [3]，曰气象 [4]，曰兴趣 [5]，曰音节 [6]。

诗之品有九：曰高，曰古 [7]，曰深，曰远，曰长 [8]，曰雄浑，曰飘逸 [9]，曰悲壮 [10]，曰凄婉。其用工有三：曰起结 [11]，曰句法 [12]，曰字眼 [13]。其大概有二：曰优游不迫，曰沉着痛快。诗之极致有一：曰入神 [14]。诗而入神，至矣，尽矣，蔑以加矣！惟李、杜得之。他人得之盖寡也。

禅家者流，乘有小大 [15]，宗有南北 [16]，道有邪正，学者须从最上乘，具

---

[1] 单刀直入，也是佛家用语，言直截了当地悟入。神会《菩提达摩南宗定是非论》："六代大师，——皆单刀直入，不言阶渐。"

[2] 体制：诗之体式。《沧浪诗话·诗法》："荆公评文章先体制而后文之工拙。"

[3] 格力：诗之格调及其力度。

[4] 气象：诗之精神气势、面貌。姜夔《白石道人诗说》："气象欲其浑厚。"《沧浪诗话·诗评》："建安之作，全在气象，不可寻枝摘叶。"

[5] 兴趣：即指诗人的感兴、意趣。

[6] 音节：指诗的音调节奏。

[7] "高"谓"高卓"，"古"谓"古朴"。《沧浪诗话·诗评》："黄初之后，惟阮籍《咏怀》之作，极为高古。"

[8] 深、远、长：皆指诗之含义，意味。

[9] 《沧浪诗话·诗评》："子美不能为太白之飘逸。"

[10] 《沧浪诗话·诗评》："高、岑之诗悲壮，读之使人感慨。"

[11] 起结：起句、结句。《沧浪诗话·诗法》："结句好，难得；发句好，尤难得。"

[12] 句法：这是宋人言诗法的常谈，范温就说过："句法之学，自是一家工夫。"（《潜溪诗眼》）

[13] 练字也是宋人诗艺言论中特别重视的一点，范温《诗眼》就说："好句要须好字。"

[14] 极致：最高的境界。

[15] 乘：以车为喻，大乘谓能普度众生，而小乘仅求一己之解脱觉悟。

[16] 禅宗自五祖弘忍分为南、北二宗，南宗始于慧能，北宗延续神秀，南主顿悟，北重渐修。

正法眼¹，悟第一义²。若小乘禅，声闻、辟支果³，皆非正也。论诗如论禅：汉、魏、晋与盛唐之诗，则第一义也。大历以还之诗，则小乘禅也，已落第二义矣。晚唐之诗，则声闻、辟支果也。学汉、魏、晋与盛唐诗者，临济下也⁴。学大历以还之诗者，曹洞下也⁵。

大抵禅道惟在妙语，诗道亦在妙悟⁶。且孟襄阳学力下韩退之远甚⁷，而其诗独出退之之上者，一味妙悟而已。唯悟乃为当行，乃为本色。然悟有浅深，有分限⁸，有透彻之悟，有但得一知半解之悟。汉、魏尚矣，不假悟也⁹。谢灵运至盛唐诸公，透彻之悟也。他虽有悟者，皆非第一义也。

吾评之非僭也，辩之非妄也。天下有可废之人，无可废之言，诗道如是也。若以为不然，则是见诗之不广，参诗之不熟耳¹⁰。试取汉、魏之

---

[1]　正法眼：又称"正法眼藏"，中正不偏为"正"，"法"指中正之心体显现之世间万法，"眼"谓朗照万法，合称可谓佛法正论及观照法门。《大梵天王问佛决疑经》："我有正法眼藏，涅槃妙心，即付嘱于汝"；《传灯录》卷九："有此眼脑，方辨得邪正宗党。"以"正法眼"论诗，韩驹《赠赵伯鱼》中已见："学诗当如初学禅，未悟且遍参诸方，一朝悟罢正法眼，信手拈出皆成章。"

[2]　第一义：言佛家妙义真谛，相对之俗谛则称"第二义"。《大乘义章》："第一义者，亦名真谛"，"彼世谛若对第一，应名第二。"

[3]　佛教分菩萨、辟支、声闻之乘，菩萨乘普度众生，是为大乘，而辟支、声闻仅以自度为目标，故称小乘，辟支：独觉之义，无师承，缘事自悟；声闻：因诵经听法而悟者。

[4]　临济宗源慧能弟子怀让，传马祖、传百丈、传黄檗、传义玄。义玄传道于真定临济院，故名"临济宗"。宋时此宗影响盛大。

[5]　曹洞宗传授：慧能传行思、传希迁、传药山、传云岩、传良价（住洞山）、传本寂（住曹山），合良价、本寂二人所驻处称"曹洞宗"。当时势力衰微。故此严羽将盛唐以上、大历以下的诗分比临济、曹洞。

[6]　《涅槃无名论》："玄道在于妙悟"。论诗言"悟"，前已有吕本中等（参前选《夏均父集序》）。

[7]　《后山诗话》："子瞻谓孟浩然之诗，韵高而才短。"

[8]　分限：天分，性分。

[9]　言汉魏古诗，格调高古而无须借助妙悟。

[10]　参：原是佛教用语，但如吴可所说"学诗浑似学参禅"（《学诗诗》），所以此处亦移以指学习诗了。

诗而熟参之，次取晋、宋之诗而熟参之，次取南北朝之诗而熟参之，次取沈、宋、王、杨、卢、骆、陈拾遗之诗熟参之[1]，次取开元、天宝诸家之诗而熟参之，次独取李、杜二公之诗而熟参之，又取大历十才子之诗而熟参之[2]，又取元和之诗而熟参之[3]，又尽取晚唐诸家之诗而熟参之，又取本朝苏、黄以下诸家之诗而熟参之，其真是非自有不能隐者，傥犹于此而无见焉，则是野狐外道，蒙蔽其真识[4]，不可救药，终不悟也。

夫诗有别材，非关书也；诗有别趣，非关理也。然非多读书，多穷理，则不能极其至。所谓不涉理路、不落言筌者[5]，上也。诗者，吟咏情性也。盛唐诸人惟在兴趣，羚羊挂角，无迹可求[6]。故其妙处透彻玲珑，不可凑泊[7]，如空中之音，相中之色，水中之月，镜中之象[8]，言有尽而意无穷。

近代诸公乃作奇特解会[9]，遂以文字为诗，以才学为诗，以议论为诗。夫岂不工，终非古人之诗也。盖于一唱三叹之音[10]，有所歉焉。且其作多

---

[1]　此言初唐诗人沈佺期、宋之问、王勃、杨炯、卢照邻、骆宾王、陈子昂。

[2]　大历十才子：据《新唐书·文艺传》是卢纶、吉中孚、韩翃、钱起、司空曙、苗发、崔峒、耿沣、夏侯审、李端。

[3]　《新唐书·元稹传》："稹尤长于诗，与居易名相埒，天下传讽，号元和体。"元和诗，主要指的是元稹、白居易一路诗。

[4]　野狐：野狐禅；外道：佛教指佛说正法之外的邪说。此均言非正邪识。

[5]　筌：捕鱼工具。此出《庄子·外物》："筌者所以在鱼，得鱼而忘筌；言者所以在意，得意而忘言。"

[6]　羚羊将角挂于树杈，难以看出踪迹。《传灯录》卷十六："道膺禅师谓众曰：如好猎狗，只解寻得有踪迹的，忽遇羚羊挂角，莫道迹，气亦不识。"

[7]　凑泊：近于止泊处，言无法把握、捉摸。

[8]　禅宗以此诸喻形容无法指实，《五灯会元》有"应物现形，如水中月"、"三界六道，唯自心现，水月镜象，岂有生灭"等语。《宾退录》载张芸叟论王安石诗，"如空中之音，相中之色，欲有寻绎，不可得矣。"

[9]　奇特解会：奇特的理解。

[10]　《礼记·乐记》："清庙之瑟，朱弦而疏越，一唱而三叹，有遗音者矣。"

务使事，不问兴致；用字必有来历，押韵必有出处[1]，读之反复终篇，不知着到何在。其末流甚者，叫噪怒张，殊乖忠厚之风，殆以骂詈为诗[2]。诗而至此，可谓一厄也。

然则近代之诗无取乎？曰：有之，吾取其合于古人者而已。国初之诗，尚沿袭唐人：王黄州学白乐天[3]，杨文公、刘中山学李商隐[4]，盛文肃学韦苏州[5]，欧阳公学韩退之古诗，梅圣俞学唐人平澹处[6]。至东坡、山谷始自出己意以为诗，唐人之风变矣。山谷用工尤为深刻，其后法席盛行，海内称为江西宗派[7]。近世赵紫芝、翁灵舒辈[8]，独喜贾岛、姚合之诗，稍稍复就清苦之风；江湖诗人多效其体[9]，一时自谓之唐宗；不知止入声闻、辟支之果，岂盛唐诸公大乘正法眼者哉！嗟乎！正法眼之无传久矣。唐诗之说未唱，唐诗之道或有时而明也。今既唱其体曰唐诗矣，则学者谓唐诗诚止于是耳，得非诗道之重不幸邪！

故予不自量度，辄定诗之宗旨，且借禅以为喻。推原汉、魏以来，而截然谓当以盛唐为法（后舍汉、魏而独言盛唐者，谓古律之体备也）。虽获罪于世之君子，不辞也。

---

[1] 黄庭坚《答洪驹父书》："老杜作诗，退之作文，无一字无来处。"
[2] 黄庭坚《书王知载朐山杂录后》："诗者人之情性也，非强谏争于廷，怨忿诟于道，怒邻骂座之谓也。"
[3] 王黄州：王禹偁。《蔡宽夫诗话》引其诗曰："本与乐天为后进，敢期杜甫是前身。"
[4] 杨文公：杨亿。刘中山：刘筠。二人与钱惟演等专仿李义山，一时称盛。
[5] 盛文肃：盛度，谥"文肃"。
[6] 梅尧臣力求平淡，参欧阳修《六一诗话》："圣俞覃思精微，以深远闲淡为意。"
[7] 此即吕本中列黄庭坚以下二十余人为《江西诗社宗派图》而得名者。
[8] 赵师秀、翁卷，与徐照、徐玑合称"永嘉四灵"，仿唐代贾岛等的诗风。
[9] 江湖诗人：书商陈起刻《江湖集》等，录刘克庄、戴复古等人诗，此一批诗人因称"江湖诗人"。

说明

严羽《沧浪诗话》是有崇高诗学地位的著作，而其纲领，大抵在《诗辨》一篇。

严羽论诗，标举汉、魏、盛唐。尤以盛唐古体、今体兼备而独尊之。由他对盛唐诗的推赏，可知其诗学观点，以"兴趣"或"兴致"为尚。这是对宋人"以文字为诗，以才学为诗，以议论为诗"倾向的反拨。但严羽并非全然否弃才学、文字的工夫，文中一再教人从古今名家集中熟参，以求悟入："酝酿胸中，久之自然悟入。"这实际与吕本中所谓"悟入之理正在工夫勤惰间耳"（《与曾吉甫论诗第一帖》），并无多大差别。严羽说"熟读"、"熟参"，吕本中也曾教人："只熟，便是精妙处。"（《紫微诗话》）就宋诗的"理趣"，严羽也并非截然划弃，他所祈望的只是情理的融合无间，如"空中之音、相中之色、水中之月、镜中之象"，玲珑剔透，不可离析；这在他对各时代诗作的评估中看得分明："诗有词理意兴。南朝人尚词而病于理，本朝人尚理而病于意兴，唐朝人尚意兴而理在其中，汉、魏之诗，词理意兴，无迹可求。"（《沧浪诗话·诗评》）

《诗辨》论诗还有一特别醒目处，便是多以禅悟喻诗，这也是宋人论艺特点的突出体现。

答出继叔临安吴景仙书

　　仆之《诗辨》[1]，乃断千百年公案，诚惊世绝俗之谈，至当归一之论。其间说江西诗病，真取心肝刽子手[2]。以禅喻诗，莫此亲切。是自家实证实悟者，是自家闭门凿破此片田地，即非傍人篱壁、拾人涕唾得来者。李、杜复生，不易吾言矣。而吾叔靳靳疑之[3]，况他人乎？所见难合固如此，深可叹也！

　　吾叔谓：说禅非文人儒者之言。本意但欲说得诗透彻，初无意于为文，其合文人儒者之言与否，不问也。

　　高意又使回护，毋直致褒贬。仆意谓：辨白是非，定其宗旨，正当明目张胆而言，使其词说沉着痛快，深切著明，显然易见；所谓不直则道不见，虽得罪于世之君子，不辞也[4]。吾叔《诗说》[5]，其文虽胜，然只是说诗之源流，世变之高下耳。虽取盛唐，而无的然使人知所趋向处[6]。其间异户同门之说，乃一篇之要领。然晚唐、本朝，谓其如此，可也；谓唐初以来至大历之异户同门，已不可矣[7]；至于汉、魏、晋、宋、齐、梁之诗，其品第相去，高下悬绝，乃混而称之，谓锱铢而较，实有不同处，大率异户而同门，岂其然矣？

─────────────

[1]　《诗辨》，即上文所选，今见《沧浪诗话》中。
[2]　此言直指关键而剖析。
[3]　靳靳：疑惑。
[4]　此语即《诗辨》末所言者。
[5]　《诗说》，今已不传。
[6]　的然：明白确凿。
[7]　严羽将大历作为诗史前后转变的关头，《沧浪诗话·诗评》："大历以前分明别是一副语言，晚唐分明别是一副语言。"

又谓：韩、柳不得为盛唐，犹未落晚唐。以其时则可矣，韩退之固当别论；若柳子厚五言古诗，尚在韦苏州之上[1]，岂元、白同时诸公所可望耶？高见如此，毋怪来书有甚不喜分诸体制之说[2]，吾叔诚于此未瞭然也。作诗正须辨尽诸家体制，然后不为旁门所惑。今人作诗，差入门户者，正以体制莫辨也。世之技艺，犹各有家数。市缣帛者，必分道地，然后知优劣，况文章乎？仆于作诗，不敢自负，至识则自谓有一日之长，于古今体制，若辨苍素[3]，甚者望而知之。来书又谓：忽被人捉破发问，何以答之？仆正欲人发问而不可得者。不遇盘根，安别利器；吾叔试以数十篇诗，隐其姓名，举以相试，为能别得体制否？惟辨之未精，故所作或杂而不纯。今观盛集中，尚有一二本朝立作处，毋乃坐是而然耶？

又谓：盛唐之诗，雄深雅健。仆谓此四字，但可评文，于诗则用健字不得。不若《诗辨》雄浑悲壮之语，为得诗之体也。毫厘之差，不可不辨。坡、谷诸公之诗，如米元章之字，虽笔力劲健，终有子路事夫子时气象[4]。盛唐诸公之诗，如颜鲁公书，既笔力雄壮，又气象浑厚，其不同如此。只此一字，便见吾叔脚根未点地处也。

所论屈原《离骚》，则深得之，实前辈之所未发；此一段文亦甚佳。大概论武帝以前皆好，无可议者；但李陵之诗，非房中感故人还汉而作，恐未深考。故东坡亦惑江、汉之语，疑非少卿之诗，而不考其胡中也。

妙喜（是径山名僧宗杲也）自谓参禅精子，仆亦自谓参诗精子[5]。尝

<hr>

[1]　此本苏轼的评断："柳子厚诗在陶渊明下，韦苏州上。"（《东坡题跋·评韩柳诗》）

[2]　毋怪：难怪。

[3]　苍素：色不同，此言辨别清楚明白。

[4]　米元章：宋代书法家米芾。子路初遇孔子，强横陵暴，"孔子设礼稍诱，子路遂儒服委质，因门人请为弟子"（《史记·仲尼弟子列传》）。此言苏轼、黄庭坚在盛唐诗人面前终当拜下风。

[5]　妙喜曾受到宋孝宗召见，自称参透佛理。严羽也仿他口气自称参透诗学奥秘。

谒李友山论古今人诗[1]，见仆辨析毫芒，每相激赏，因谓之曰："吾论诗，若那吒太子析骨还父，析肉还母[2]。"友山深以为然。当时临川相会匆匆，所惜多顺情放过，盖倾盖执手[3]，无暇引惹，恐未能卒竟其辨也。鄙见若此，若不以为然，却愿有以相复，幸甚！

说明

此文是严羽对自己批评态度和观点的重申。就观点言，他认为本朝苏轼、黄庭坚的诗作，较"盛唐诸公"，"终有子路事夫子时气象"；而态度、方法是其重点。严羽以为，论评诗作根本目的就是"说得诗透彻"，如"取心肝刽子手"，其余在所不惜，所以"正当明目张胆而言"。其次，无论作诗、评诗，都应辨别"诸家体制"；严羽自称"于古今体制，若辨苍素"，这正是他在《诗辨》中所提出的"熟参"、"熟读"，而后"悟入"的理论经实践后的结果，即本文中所谓"自家实证实悟"的结果。从《沧浪诗话》的评论看，确有精当不能移易的评判，如："子美不能为太白之飘逸，太白不能为子美之沉郁。"（《诗评》）

最后，交待一下吴景仙，其名曰陵，与严羽虽有分歧，但持论大抵相近，《福建通志》上说："自羽以妙远言诗，扫除美刺，独任性灵，邑人上官伟长、吴梦易、朱叔大、黄裳、吴陵，盛传宗派，几与黄鲁直江西诗派并行。"

---

[1] 李友山，即李贾，善诗，与严羽友善。
[2] 《五灯会元》卷二："那吒太子，析肉还母，析骨还父，然后现本身，运大神力，为父母说法。"
[3] 倾盖：言路途中晤言，时间匆促。古时乘车相遇，相近谈论，车盖为之挤侧。

元好问

元好问（1190—1257），字裕之，号遗山，太原秀容（今山西忻州）人。祖系北魏拓跋氏，后改姓元。金宣宗兴定五年进士，官至行尚书省左司员外郎，金亡不仕。晚年隐居秀容，建"野史亭"，以著述自任。诗文俱佳，诗风格沉郁，多伤时、感事之作，论诗以"诚"为本，尚"天然"、"真淳"。有诗作《遗山集》。辑有《中州集》，选金人诗词，寓以诗存史之意。

论诗三十首（选录）

其一

汉谣魏什久纷纭 [1]，正体无人与细论 [2]。
谁是诗中疏凿手 [3]？暂教泾渭各清浑 [4]。

其二

曹刘坐啸虎生风 [5]，四海无人角两雄。
可惜并州刘越石，不教横槊建安中 [6]。

---

[1] 汉谣魏什句：指汉魏诗歌的优良传统已逐渐失传，诗风屡变，伪体乱真。
[2] 正体：指风雅传统，与伪体相对。杜甫《戏为六绝句》有"别裁伪体亲风雅"之句。
[3] 疏凿手：疏浚挖通河道的能手，喻指分辨正伪体的能手。
[4] 泾渭：泾水、渭水，泾水清，渭水浑，比喻界限分明。
[5] 曹刘：曹植、刘桢。坐啸：闲坐吟啸。虎生风：《易·乾·文言》"云从龙，风从虎。"
[6] 可惜并州两句：刘越石，刘琨，西晋诗人，并州人。横槊：即横槊赋诗，曹操父子鞍马间为文往往横槊赋诗，越石以诗人而为统帅，故言其横槊。

其四

一语天然万古新，豪华落尽见真淳。

南窗白日羲皇上[1]，未害渊明是晋人[2]。

其五

纵横诗笔见高情，何物能浇磈磊平[3]？

老阮不狂谁会得[4]？出门一笑大江横[5]。

其七

慷慨歌谣绝不传，穹庐一曲本天然[6]。

中州万古英雄气，也到阴山敕勒川[7]。

其八

沈宋横驰翰墨场[8]，风流初不废齐梁[9]。

论功若准平吴例，合著黄金铸子昂[10]。

---

[1] 南窗白日句：陶渊明《归去来兮辞》"倚南窗以寄傲"。又《与子严等疏》"常言五六月中，北窗下卧，遇凉风暂至，自谓是羲皇上人"。羲皇，伏羲氏，古人想象伏羲以前的人生活闲适，无忧无虑。

[2] 未害渊明句：谓晋诗多追求华美，独陶渊明崇尚自然，但又何妨其为晋人。

[3] 磈磊：石头参差，喻积郁积在心中的不平气。《世说新语》："王孝伯问王大，阮籍何如司马相如？王大曰：'阮籍胸中垒块，故须酒浇之。'"

[4] 老阮：阮籍。

[5] 出门一笑句：语见黄庭坚《王充道送水仙花五十枝欣然会心为之作咏》，意为出得门来，大江横前却一笑置之。

[6] 穹庐一曲：指北朝民歌《敕勒歌》，其中有"天似穹庐，笼盖四野"句。

[7] 阴山敕勒川：泛指敕勒族所居住的大草原。《敕勒歌》中有"敕勒川，阴山下"句。

[8] 沈宋：沈佺期、宋之问，初唐诗人，诗风绮靡。

[9] 风流初不句：指沈宋诗风没有摆脱齐梁绮靡的局限。

[10] 论功若准两句：《吴越春秋》载范蠡辅佐越王勾践灭吴后，泛舟五湖不知所终。越王使良工铸范蠡金像，"置之坐侧"，每天朝礼之。准，依照。著，用。子昂，陈子昂，初唐诗人。

其十一

眼处心生句自神[1]，暗中摸索总非真。

画图临出秦川景，亲到长安有几人[2]？

其十二

望帝春心托杜鹃，佳人锦瑟怨华年[3]。

诗家总爱西昆好[4]，独恨无人作郑笺[5]。

其二十四

有情芍药含春泪，无力蔷薇卧晓枝[6]。

拈出退之山石句[7]，始知渠是女郎诗。

其二十九

池塘春草谢家春[8]，万古千秋五字新。

传语闭门陈正字[9]，可怜无补费精神[10]。

---

[1]　眼处心生句：谓亲眼所接触的实境，有真情实感，自能写出入神之句。

[2]　画图临出两句：意指后人作诗多无实感，一味靠临摹仿古和闭门想象为能事。秦川，泛指长安一带，宋代范宽有名画《秦川图》。

[3]　望帝春心两句：李商隐《锦瑟》"锦瑟无端五十弦，一弦一柱思华年。庄生晓梦迷蝴蝶，望帝春心托杜鹃。沧海月明珠有泪，蓝田日暖玉生烟。此情可待成追忆，只是当时已惘然"。

[4]　西昆：北宋初杨亿等人作诗宗法李商隐，并将唱和之作编成《西昆酬唱集》，后人称为"西昆体"。这里指李商隐作品。

[5]　郑笺：郑玄作《诗毛氏笺》，此处泛指笺注。

[6]　有情芍药两句：秦观《春日》中句。

[7]　退之山石：韩愈《山石》诗，诗风宏伟奇崛，如有句"芭蕉叶大栀子肥"、"水声激激风吹衣"。

[8]　池塘春草句：指谢灵运《登池上楼》名句"池塘生春草"。

[9]　陈正字：陈师道，北宋诗人，作诗闭门谢客，拥被苦吟。

[10]　可怜无补句：语出王安石《韩子》诗。

说明

　　论诗绝句，滥觞于杜甫《戏为六绝句》，或阐说诗理，或品评作家。宋元明清中，这种风气代代相传，元好问《论诗绝句》是其中最杰出的一组。元好问通过对汉魏以来著名作家作品的评论明确提出了自己的文学主张。选诗中第一首开宗明义，以疏凿手自任，树立了疏凿的准则，那就是"汉谣魏什"和"正体"。以此为标准，元好问《论诗》主张刚健豪壮，反对纤弱柔靡；主张自然天成，反对雕琢奇才；主张体验自得，反对模仿驾虚。从所选诗作中可以看出，作者论诗不但论及作家风格，且把这种风格之优劣放在文学史正变盛衰中加以历史地考察，这是元好问论诗的深刻处。

张 炎

张炎（1248—1320？），字叔夏，号玉田、乐笑翁。西秦（今陕西天水）人，寓居临安（今浙江杭州）。这位出身于将门、书香世家的词人饱尝了时代变迁所带来的人世炎凉。张炎是南宋抗金名将张俊的六世孙，祖父和父亲都是著名词人，尤其乃父张枢精通音律对张炎影响极大。宋亡时，张炎三十多岁，曾在元初北游大都，求官未得失意而归，晚年设卜肆谋生，落拓而终。张炎作词重视音韵格律，讲究形式技巧，内容上也有感怀苍凉处。著有《山中白云词》八卷。其论词反对豪放，主雅正、尚清空，词学专著有《词源》二卷。

词源序

古之乐章、乐府、乐歌、乐曲[1]，皆出于雅正。粤自隋、唐以来，声诗间为长短句[2]；至唐人则有《尊前》《花间集》[3]。迄于崇宁[4]，立大晟府[5]，命周美成诸人讨论古音[6]，审定古调，沦落之后，少得存者。由此八十四调之声稍传[7]；而美成诸人又复增演慢曲、引、近[8]，或移宫换羽为三

---

[1] 乐章、乐府、乐歌、乐曲：同指配合音乐可以歌唱的诗。

[2] 间：间或，偶尔。

[3] 《尊前》《花间集》：词总集名。《尊前集》编者不详，《花间集》五代赵崇祚编。

[4] 崇宁：宋徽宗年号。公元1102年至1106年。

[5] 大晟府：宋代宫廷音乐机构。

[6] 周美成：周邦彦，字美成。北宋词人。

[7] 八十四调：古代音律分十二律吕，又分七音，相乘得八十四调。

[8] 慢曲、引、近：词调类别名。

犯、四犯之曲¹，按月律为之²，其曲遂繁。美成负一代词名，所作之词，浑厚和雅，善于融化诗句，而于音谱且间有未谐，可见其难矣。作词者多效其体制，失之软媚而无所取。此惟美成为然，不能学也。所可仿效之词，岂一美成而已。旧有刊本《六十家词》³，可歌可诵者，指不多屈。中间如秦少游、高竹屋、姜白石、史邦卿、吴梦窗⁴，此数家格调不俟⁵，句法挺异，俱能特立清新之意，删削靡曼之词，自成一家，各名于世。作词者能取诸人之所长，去诸人之所短，精加玩味，象而为之⁶，岂不能与美成辈争雄长哉！余疏陋谫才⁷，昔在先人侍侧⁸，闻杨守斋、毛敏仲、徐南溪诸公商榷音律⁹，尝知绪余，故生平好为词章，用功逾四十年，未见其进。今老矣，嗟古音之寥寥，虑雅词之落落，僭述管见，类列于后，与同志者商略之。

说明

　　以"雅正"为诗文标准，几乎是自孔子删诗以来千年不二的标准。可是以"雅正"为词的标准，则不是铁板一块了。不过，张炎还是严格

---

［1］　移宫换羽为三犯、四犯：谓制作犯调之曲。犯调的本义是宫调相犯，即一词中兼有两个或两个以上音律不同的曲调。还有一类是句法相犯，集取同一宫调中两个以上不同词调的乐句而为一新调。

［2］　按月律为之：古代乐律分十二律以应十二月，宋徽宗曾命大晟府"依月用律，月进一曲"。

［3］　《六十家词》：书佚。

［4］　秦少游、高竹屋、姜白石、史邦卿、吴梦窗：秦观、高观国、姜夔、史达祖、吴文英。

［5］　俟：同。

［6］　象：模仿。

［7］　谫：浅薄。

［8］　先人：指张炎亡父张枢。

［9］　杨守斋：杨缵。毛敏仲：未详。徐南溪：徐理。

遵循这一规范的,《词源序》劈头就说"古之乐章、乐府、乐歌、乐曲,皆出于雅正",可见他对雅正的重视。雅正首先要求词的内容合乎规范,不能把词作为倾吐一己私情的工具而有涉于郑卫之音;其次要求内容表达应该完美和谐,像周邦彦词虽"间有未谐"之处,但总体上"温厚和雅",可以说合乎雅正准绳的。张炎贬斥了那些效仿周词体制的人,"失之软媚而无所取",内容形式俱不雅不正了。相形之下,他赞美秦观、姜夔等人词"格调不侔,句法挺异,俱能特立清新之意,删削靡曼之词",从而能"自成一家,各名于世"。博采众长、转益多师,而又有创造,这才是张炎论词所企盼的。

词源·清空

词要清空，不要质实。清空则古雅峭拔，质实则凝涩晦昧。姜白石词，如闲云孤飞，去留无迹；吴梦窗词，如七宝楼台，眩人眼目，碎拆下来，不成片段。此清空质实之说。梦窗《声声慢》云："檀栾金碧，婀娜蓬莱[1]，游云不蘸芳洲。"前八字恐亦太涩。如《唐多令》云："何处合成愁？离人心上秋[2]。纵芭蕉不雨也飕飕。都道晚凉天气好，有明月，怕登楼。前事梦中休，花空烟水流。燕辞归，客尚淹流。垂柳不萦裙带住，谩长是，系行舟。"此词疏快，却不质实。如是者集中尚有，惜不多耳。白石词如《疏影》《暗香》《扬州慢》《一萼红》《琵琶仙》《探春》《八归》《淡黄柳》等曲，不惟清空，又且骚雅[3]，读之使人神观飞越。

说明

张炎论词，特立"清空"一目，以姜夔为典范作家，并以吴文英之"质实"相对照。这一点在后来反响很大，众议纷纭。大抵说来，张炎所说的"清空"重精神神理，重高远飘逸，重古雅峭拔，他认为质实重形貌外在，浓艳晦涩又胶着板滞。这对校正吴文英的词风来讲，是切中要害的。然而，姜夔词也不能以"清空"二字一概论之，正如清空作为一种词风也未必就能排斥其他风格而一统词章之天下。

---

[1]　檀栾金碧，婀娜蓬莱：这八字确为晦涩难解。梦窗此词是为"陪幕中饯孙无怀于郭希道池亭"作。檀栾、金碧、婀娜均为形容词，一般用檀栾形容竹，金碧形容楼台，婀娜形容柳。或许吴梦窗此词这两句在说郭希道园中有竹、楼台、柳，景致犹如蓬莱仙境。

[2]　何处合成愁？离人心上秋：此处为拆字法作词，"愁"由"心"、"秋"合成。

[3]　骚雅：意谓符合大小雅、《离骚》的精神。张炎于白石词推重其骚雅。

宋　濂

宋濂（1310—1381），字景濂，浙江金华人，自号潜溪。这位后来被明太祖朱元璋称为"开国文臣之首"的文学家早年师事于元代古文家柳贯、黄溍、吴莱。曾隐居为道士，后受明太祖之征，官江南儒学提举，受命修《元史》。他为文以六经为宗，唐宋为法，颇负盛名，公推为明初文坛领袖。明朝许多庙堂典册文字皆出于他手，但其成就主要在于传记散文和写景散文。著有《宋学士全集》。

答章秀才论诗书

濂白，秀才足下：承书，知学诗弗倦，且疑历代诗人皆不相师，旁引曲证，亹亹数百言，自以为确乎弗拔之论。濂窃以谓世之善论诗者，其有出于足下乎？敢然，不敢从也。濂非能诗者，自汉、魏以至于今，诸家之什，不可谓不攻习也。荐绅先生之前，亦不可谓不磨切也。揆于足下之论，容或有未尽者，请以所闻质之，可乎？

《三百篇》勿论已，姑以汉言之，苏子卿、李少卿非作者之首乎[1]？观二子之所著，纡曲凄惋，实宗国风与楚人之辞。二子既没，继者绝少。下逮建安、黄初[2]，曹子建父子，起而振之，刘公干、王仲宣力从而辅翼之，正始之间，嵇、阮又叠作[3]，诗道于是乎大盛，然皆师少卿而驰骋于风雅者也。自时厥后，正音衰微，至太康复中兴[4]。陆士衡兄弟则仿子建，

---

[1]　苏子卿、李少卿：苏武、李陵。《文选》中收题为苏武、李陵的诗七首，但均为他人托名之作。

[2]　黄初：三国魏文帝年号，公元220—226年。

[3]　嵇、阮：嵇康、阮籍。

[4]　太康：西晋武帝年号，公元280—289年。

潘安仁、张茂先、张景阳则学仲宣，左太冲、张季鹰则法公干，独陶元亮天分之高，其先虽出于太冲、景阳，究其所自得，直超建安而上之，高情远韵，殆犹大羹玄酒，不假盐醯，而至味自存者也。元嘉以还[1]，三谢、颜、鲍为之首[2]。三谢亦本子建而杂参于郭景纯，延之则祖士衡，明远则效景阳，而气骨渊然，骎骎有西汉风。余或伤于刻镂而乏雄浑之气，较之太康则有间矣。永明而下，抑又甚焉。沈休文拘于声韵，王元长局于褊迫，江文通过于摹拟，阴子坚涉于浅易，何仲言流于琐碎，至于徐孝穆、庾子山一以婉丽为宗，诗之变极矣。然而诸人虽或远式子建、越石，近宗灵运、元晖，方之元嘉则又有不逮者焉。唐初承陈、隋之弊，多尊徐、庾，遂致颓靡不振。张子寿、苏廷硕、张道济相继而兴，各以风雅为师；而卢昇之、王子安务欲凌跨三谢，刘希夷、王昌龄、沈云卿、宋少连亦欲蹴驾江、薛，固无不可者。奈何溺于久习，终不能改其旧。甚至以律法相高，益有四声八病之嫌矣。唯陈伯玉痛惩其弊，专师汉、魏，而友景纯、渊明，可谓挺然不群之士，复古之功，于是为大。开元、天宝中，杜子美复继出，上薄风雅，下该沈、宋，才夺苏、李，气吞曹、刘，掩颜、谢之孤高，杂徐、庾之流丽，真所谓集大成者，而诸作皆废矣。并时而作，有李太白，宗风骚及建安七子，其格极高，其变化若神龙之不可羁。有王摩诘依仿渊明，虽运词清雅，而萎弱少风骨。有韦应物祖袭灵运，能一寄秾鲜于简淡之中，渊明以来，盖一人而已。他如岑参、高达夫、刘长卿、孟浩然、元次山之属，咸以兴寄相高，取法建安。至于大历之际[3]，钱、郎远师沈、宋[4]，而苗、崔、卢、耿、吉、李诸

---

[1] 元嘉：南朝宋文帝年号，公元 424—453 年。

[2] 三谢颜、鲍：谢混、谢灵运、谢朓、颜延年、鲍照。

[3] 大历：唐代宗年号，公元 766—779 年。

[4] 钱、郎：钱起、郎士元。

家[1]，亦皆本伯玉而宗黄初，诗道于是为最盛。韩、柳起于元和之间[2]，韩初效建安，晚自成家，势若掀雷抉电，撑决于天地之垠。柳斟酌陶、谢之中，而措辞窈眇清妍，应物而下，亦一人而已。元、白近于轻俗[3]，王、张过于浮丽[4]，要皆同师于古乐府。贾浪仙独变入辟，以矫艳于元、白。刘梦得步骤少陵，而气韵不足。杜牧之沉涵灵运，而句意尚奇。孟东野阴祖沈、谢，而流于蹇涩。卢仝则又自出新意，而涉于怪诡。至于李长吉、温飞卿、李商隐、段成式专夸靡蔓，虽人人各有所师，而诗之变又极矣。比之大历，尚有所不逮，况厕之开元哉？过此以往，若朱庆余、项子迁、李文山、郑守愚、杜彦之、吴子华辈，则又驳乎不足议也。宋初，袭晚唐五季之弊。天圣以来，晏同叔、钱希圣、刘子仪、杨大年数人，亦思有以革之，第皆师于义山，全乖古雅之风。迨王元之以迈世之豪[5]，俯就绳尺，以乐天为法，欧阳永叔痛矫西崑，以退之为宗，苏子美、梅圣俞介乎其间。梅之覃思精微，学孟东野，苏之笔力横绝，宗杜子美，亦颇号为诗道中兴。至若王禹玉之踵徽之，盛公量之祖应物，石延年之效牧之，王介甫之原三谢，虽不绝似，皆尝得其仿佛者。元祐之间[6]，苏、黄挺出[7]，虽曰共师李、杜，而竞以己意相高，而诸作又废矣。自此以后，诗人迭起，或波澜富而句律疏，或煅炼精而情性远，大抵不出于二家。观于苏门四学士，及江西宗派诸诗，盖可见矣。陈去非虽晚出，乃能因

---

[1]　苗、崔、卢、耿、吉、李：苗发、崔峒、卢纶、耿沣、吉中孚、李端，与钱起、韩翃、司空曙、夏侯审并称大历十才子。
[2]　韩、柳：韩愈、柳宗元。元和：唐宪宗年号，公元806—820年。
[3]　元、白：元稹、白居易。
[4]　王、张：王建、张籍。
[5]　王元之：王禹偁。
[6]　元祐：北宋哲宗年号，公元1086—1094年。
[7]　苏、黄：苏轼、黄庭坚。

崔德符而归宿于少陵，有不为流俗之所移易。驯至隆兴、乾道之时[1]，尤延之之清婉，杨廷秀之深刻，范至能之宏丽，陆务观之敷腴，亦皆有可观者，然终不离天圣、元祐之故步[2]，去盛唐为益远。下至萧、赵二氏，气局荒颓，而音节促迫，则其变又极矣。

由此观之，诗之格力崇卑，固若随世而变迁，然谓其皆不相师可乎？第所谓相师者，或有异焉。其上焉者，师其意，辞固不似而气象无不同；其下焉者，师其辞，辞则似矣，求其精神之所寓，固未尝近也。然唯深于比兴者，乃能察知之尔。虽然，为诗当自名家，然后可传于不朽。若体规画圆，准方作矩，终为人之臣仆，尚乌得谓之诗哉？是何者？诗乃吟咏性情之具，而所谓风、雅、颂者，皆出于吾之一心，特因事感触而成，非智力之所能增损也。古之人其初虽有所沿袭，末复自成一家言，又岂规规然必于相师者哉？

呜呼！此未易为初学道也。近来学者，类多自高，操觚未能成章，辄阔视前古为无物。且扬言曰：曹、刘、李、杜、苏、黄诸作虽佳，不必师；吾即师，师吾心耳。故其所作，往往猖狂无伦，以扬沙走石为豪，而不复知有纯和冲粹之音，可胜叹哉！可胜叹哉！濂非能诗者，因足下之言，姑略诵所闻如此，唯足下裁择焉，不宣，濂白。

说明

这篇书信堪称一部简明的诗歌发展史。宋濂对汉魏以来诗歌之继承发展做了一个清楚地描述，目的是为了纠正"近来学者，类多自高，操

---

[1]　隆兴、乾道：南宋孝宗年号，公元 1163—1164、 1165—1173 年。
[2]　天圣：北宋仁宗年号，公元 1023—1032 年。

觚未能成章，辄阔视前古为无物"的弊端。确实，诗歌的发展离不开对古代遗产的继承和学习，而且宋濂对古代诗人的师承关系、功过是非的记叙、品评大体是符合诗歌史的实际的。但是，纵观有明一代，重要的不是学古不学古的问题，而是怎样学古又怎样创新的问题。宋濂也谈到怎样学，他认为最上者"师其意，辞固不似而气象无不同"，但既然"气象无不同"，又怎能"自成一家之言"？宋濂是明初最有影响的文坛领袖，他的关于学古与成一家言的论点预示着明代文论将要走过的轨迹。

高棅

高棅（1350—1423），又名廷礼，字彦恢，号漫士，福建长乐人。明永乐初年以布衣征授翰林待诏，后升为典籍。工书画，尤专于诗，"闽中十才子"之一。著有《啸台集》、《木天清气集》。编选有《唐诗品汇》，收六百二十家、诗五千七百六十九首。此选集影响甚大，《四库提要》认为"平心而论，唐音之流为肤廓者，此书实启其弊；唐音之不绝于后世者，亦此书实衍其传。功过并存，不能互掩"。这种评价是公允的。

唐诗品汇总序

有唐三百年诗，众体备矣。故有往体、近体、长短篇[1]、五七言律句绝句等制，莫不兴于始，成于中，流于变，而陊之于终[2]。至于声律兴象，文词理致，各有品格高下之不同[3]。略而言之，则有初唐、盛唐、中唐、晚唐之不同。详而分之，贞观、永徽之时[4]，虞、魏诸公[5]，稍离旧习，王、杨、卢、骆，因加美丽，刘希夷有闺帷之作，上官仪有婉媚之体[6]，此

---

[1] 往体、近体、长短篇：往体即古体，又称古诗、古风；近体又称今体，唐代形成的律诗、绝诗的通称，句数、字数、平仄，用韵都有较严格规范；长短篇主要指乐府诗。

[2] 陊：坏，崩溃。

[3] 品格高下之不同：《唐诗品汇》将诸体各分正始、正宗、大家、名家、羽翼、接武、正变、余响、旁流等九格。大略以初唐为正始，盛唐为正宗、大家、名家、羽翼，中唐为接武，晚唐为正变、余响。

[4] 贞观、永徽：贞观，唐太宗年号，公元627年至649年；永徽，唐高宗年号，公元650年至655年。

[5] 虞、魏：虞世南、魏征。

[6] 婉媚之体：上官仪工五言诗，诗风绮错婉媚，因居高位而追随其诗风者甚众，当时人称之为上官体。

初唐之始制也；神龙以还[1]，泊开元初[2]，陈子昂古风雅正，李巨山文章宿老[3]，沈、宋之新声[4]，苏、张之大手笔[5]，此初唐之渐盛也；开元、天宝间，则有李翰林之飘逸[6]，杜工部之沈郁，孟襄阳之清雅[7]，王右丞之精致[8]，储光羲之真率，王昌龄之声俊，高适、岑参之悲壮，李颀、常建之超凡，此盛唐之盛者也；大历、贞元中[9]，则有韦苏州之雅澹[10]，刘随州之闲旷[11]，钱、郎之清赡[12]，皇甫之冲秀[13]，秦公绪之山林[14]，李从一之台阁[15]，此中唐之再盛也；下暨元和之际[16]，则有柳愚溪（原作谿）之超然复古[17]，韩昌黎之博大其词[18]，张、王乐府[19]，得其故实，元、白序事，务在分明，与夫李贺、卢仝之鬼怪[20]，孟郊、贾岛之饥寒[21]，此晚唐之变也；降而开成以

---

[1]　神龙：唐中宗年号，公元 705 年至 706 年。

[2]　泊：到、及。

[3]　李巨山文章宿老：李巨山即李峤（字巨山）。李峤开始与王、杨接踵，后又与崔融、苏味道齐名。晚年诸人没，李遂独为文章宿老。

[4]　沈、宋：沈佺期、宋之问。

[5]　苏、张：苏颋、张说，俱官阶显赫，朝廷大述作，多由其主笔，因之号称大手笔。

[6]　李翰林：李白，玄宗时，李白被召，待诏翰林。

[7]　孟襄阳：孟浩然，曾隐于襄阳。

[8]　王右丞：王维，官尚书右丞。

[9]　大历、贞元中：大历为唐代宗年号，公元 766 年至 779 年；贞元是唐德宗年号，公元 785年至 804 年。

[10]　韦苏州：韦应物，曾任苏州刺史。

[11]　刘随州：刘长卿，官终随州刺史。

[12]　钱、郎：钱起、郎士元。

[13]　皇甫：皇甫冉，皇甫曾兄弟。

[14]　秦公绪：秦系，字公绪。

[15]　李从一：李嘉祐，字从一。

[16]　元和：唐宪宗年号，公元 806 年至 820 年。

[17]　柳愚溪：柳宗元，贬永州司马时，更其地冉溪之名为愚溪。

[18]　韩昌黎：韩愈，自谓郡望昌黎，世称韩昌黎。

[19]　张、王乐府：张籍、王建，俱长于乐府诗。

[20]　李贺句：李贺诗风奇丽、想象独特，有鬼才之称；卢仝诗尚险怪，与李相近。

[21]　孟郊句：孟、贾并称，苏轼品之为"郊寒岛瘦"，以示其诗风寒苦、瘦硬。

后[1]，则有杜牧之之豪纵[2]，温飞卿之绮靡[3]，李义山之隐僻[4]，许用晦之偶对[5]，他若刘沧、马戴、李频、李群玉辈，尚能黾勉气格[6]，特迈时流，此晚唐变态之极，而遗风余韵，犹有存者焉。

是皆名家擅场，驰骋当世。或称才子，或推诗豪，或谓五言长城[7]，或为律诗龟鉴[8]，或号诗人冠冕，或尊海内文宗，靡不有精、粗、邪、正、长、短、高、下之不同。观者苟非穷精阐微，超神入化，玲珑透彻之悟，则莫能得其门，而臻其壶奥矣。今试以数十百篇之诗，隐其姓名，以示学者，须要识得何者为初唐，何者为盛唐，何者为中唐、为晚唐，又何者为王、杨、卢、骆，又何者为沈、宋，又何者为陈拾遗，又何者为李、杜，又何者为孟为储，为二王，为高、岑，为常、刘、韦、柳，为韩、李、张、王、元、白、郊、岛之制。辩书诸家，剖析毫芒，方是作者[9]。

予夙耽于诗，恒欲窥唐人之藩篱，首踵其域，如堕终南万叠间，茫然弗知其所往。然后左攀右涉，晨跻夕览，下上陟顿[10]，进退周旋，历十数年。厥中僻蹊通庄，高门邃室，历历可指数。故不自揆，窃愿偶心前哲，采摭群英，芟夷繁芜[11]，裒成一集[12]，以为学唐诗者之门径。载观诸家

---

[1] 开成：唐文宗年号，公元 836 年至 840 年。
[2] 杜牧之：杜牧，字牧之。
[3] 温飞卿：温庭筠，字飞卿。
[4] 李义山：李商隐，字义山。
[5] 许用晦：许浑，字用晦。
[6] 黾勉：努力，勉力。
[7] 五言长城：刘长卿擅长五律，有五言长城之誉。
[8] 龟鉴：借鉴，楷模。
[9] 作者：作诗之人。
[10] 陟顿：陟，登、上；顿，停顿。
[11] 芟夷繁芜：芟夷，铲除；繁芜，猎毛丛集，喻繁杂。
[12] 裒：聚集。

选本，详略不侔，《英华》以类见拘[1]，《乐府》为题所界[2]，是皆略于盛唐，而详于晚唐。他如《朝英》《国秀》《箧中》《丹阳》《英灵》《间气》《极玄》《又玄》《诗府》《诗统》《三体》《众妙》等集[3]，立意造论，各该一端[4]，惟近代襄城杨伯谦氏《唐音》集[5]，颇能别体制之始终，审音律之正变，可谓得唐人之三尺矣[6]，然而李、杜大家不录，岑、刘古调弗存，张籍、王建、许浑、李商隐律诗，载诸正音，勃海高适、江宁王昌龄五言，稍见遗响。每一披读，未尝不叹息于斯。

由是远览穷搜，审详取舍，以一二大家，十数名家，与夫善鸣者，殆将数百，校其体裁，分体从类，随类定其品目，因目别其上下、始终、正变，各立序论，以弁其端。爰自贞观至天祐[7]，通得六百二十人，共诗五千七百六十九首，分为九十卷，总题曰《唐诗品汇》。呜呼！唐诗之阏，弗传久矣。唐诗之道，或时以明。诚使吟咏性情之士，观诗以求其人，因人以知其时，因时以辩其文章之高下，词气之盛衰，本乎始以达其终，审其变而归于正，则优游敦厚之教，未必无小补云。

洪武癸酉春新宁高棅谨序[8]。

---

[1]　《英华》：《文苑英华》，宋代李昉、扈蒙、徐铉、宋白等编。

[2]　《乐府》：《乐府诗集》，宋郭茂倩编撰。

[3]　朝英句：《朝英集》未详，《国秀集》唐芮挺章选，《箧中集》唐元结选，《丹阳集》唐殷璠选，《英灵》即《河岳英灵集》唐殷璠选；《间气》即《中兴间气集》唐高仲武选；《极玄集》唐姚合选；《又玄集》唐韦庄选；《江南续又玄集》唐刘吉选；《诗府》即《文林馆诗府》选者不详；《诗统》未详；《三体》即《三体唐诗》元周弼选；《众妙》即《唐众妙集》宋赵师秀选。

[4]　该：具备。

[5]　《唐音》：元杨士宏（字伯谦）选《唐音》十四卷。

[6]　三尺：汉代用三尺四寸竹简书法律，后世遂用三尺作为法律、法度的代称。

[7]　天祐：唐昭宗和唐哀帝年号，公元904年至906年。

[8]　洪武癸酉：洪武，明太祖年号，公元1368年至1398年；洪武癸酉，公元1393年。

说明

　　学古（或曰继承）是学诗者的永恒话题。宋诗以理致见长，清新刻露，语言平近似散文，与唐诗雄浑高古、华美壮阔的意境相比较，已是大大不同了。高棅直追盛唐，盛唐之中又以李杜为宗，在元明之际，具有广泛的代表性。唐诗分初、盛、中、晚，并非自高棅始，但他以系统的观点、发展的观点，把有唐一代众多诗人分时期、分品格，而不同时期、不同品格又互为关联、蔚为大观，谁为正、谁为变，谁为大家、名家，谁为羽翼、接武，等等，《唐诗品汇》让人一目了然，而不至于迷失于"终南万叠间，茫然弗知其所往"。高棅追盛唐、宗李杜，上承严羽之余绪，下启七子之先河。

何景明

何景明（1483—1521），字仲默，号大复山人，信阳（今属河南）人。弘治十五年进士，授中书舍人，后托病归。权宦刘瑾诛后复旧官。著有《大复山人集》。与李梦阳一样，何氏为人志操耿介，所以初时二人惺惺相惜，甚为契合。后来因对复古的途径、方法上意见相左而互相诋诃，各立门户，不相上下。其实，共为前七子的领袖，两人的同大于异，倡导复古对扭转台阁体文风都起到积极的作用。《四库全书》评论李何之争说："摹拟蹊径，二人之所短略同。至梦阳豪迈之气，与景明谐雅之音，亦各有所长。"这个评价是比较公正的。

与李空同论诗书

敬奉华牍[1]，省诵连日，初憮然若遗[2]，既涣涣然若有释也[3]。发迷彻蔽，爰助激成[4]，空同子功德我者厚矣！仆自念离析以来，单处寡类[5]，格人逖德[6]，程缺元龟[7]，去道符爽[8]；是故述作靡式[9]，而进退失步也。空同子曰：子必有谔谔之评[10]。夫空同子何有于仆谔谔也，然仆所自志者，何可弗一质之。

---

[1] 敬奉华牍：奉，同"捧"。华，称美之词。牍，古代写字用的木板，后世称书信。
[2] 憮然若遗：憮然，茫然自失；若遗，若有所失。
[3] 涣涣然若有释：涣涣然，松散的样子；释，消溶。这句谓不久疑虑消除、心情得以放松。
[4] 爰助激成：关怀帮助，激励之使成就事业。
[5] 寡类：缺少同道之人。
[6] 格人逖德：格人，与人阻隔；逖德，远离有德之人。逖，远。
[7] 程缺元龟：程，法式、效法；元龟，古占卜之具，引申为准则。
[8] 去道符爽：离开正道与错误相合。爽：差错。
[9] 靡式：靡，元；式，榜样。
[10] 谔谔：直言。

追昔为诗，空同子刻意古范[1]，铸形宿镆，而独守尺寸。仆则欲富于材积，领会神情，临景构结，不仿形迹。[2]诗曰："惟其有之，是以似之[3]。"以有求似，仆之愚也。近诗以盛唐为尚，宋人似苍老而实疏卤，元人似秀峻而实浅俗。今仆诗不免元习，而空同近作，间入于宋。仆固蹇拙薄劣，何敢自列于古人？空同方雄视数代，立振古之作[4]，乃亦至此，何也？凡物有则弗及者，及而退者，与过焉者，均谓之不至。譬之为诗，仆则可谓勿及者，若空同求之则过矣。

夫意象应曰合，意象乖曰离，是故乾坤之卦，体天地之撰[5]，意象尽矣。空同丙寅间诗为合[6]，江西以后诗为离[7]。譬之乐，众响赴会，条理乃贯；一音独奏，成章则难。故丝竹之音要眇[8]，木革之音杀直[9]。若独取杀直，而并弃要眇之声，何以穷极至妙，感情饰听也？试取丙寅间作，叩其音，尚中金石[10]；而江西以后之作，辞艰者意反近，意苦者辞反常，色澹黯而中理披慢[11]，读之若摇鞞铎耳[12]。空同贬清俊响亮，而明柔澹沉着含蓄典厚之义，此诗家要旨大体也。然究之作者命意敷辞[13]，兼于诸义

---

[1]　古范：古代诗歌模式。下文"尺寸"义同。
[2]　仆则句：此句与上句对举。作者与李空同之见解毕现。
[3]　惟其句：《左传·襄公三年》："夫唯善，故能举其类。《诗》云：'惟其有之，是以似之。'"意谓唯有有德之人能识似己者而加以推举。
[4]　振古：自古以来。
[5]　撰：自然变化之规律。
[6]　丙寅：指明武宗正德元年，公元 1506 年。
[7]　江西以后：李梦阳出狱（正德五年）后任江西提学副使时期。
[8]　要眇：精微美妙。
[9]　杀直：细小而平直。
[10]　金石：钟磬类乐器。
[11]　中理披慢：中理，内在的文理；披慢，支离散乱。
[12]　鞞铎：古代军中作信号用的鼓和铃，声不悦耳。
[13]　敷辞：布辞、措辞。

不设自具[1]。若闲缓寂寞以为柔澹，重浊剞切以为沉着[2]，艰诘晦塞以为含蓄[3]，野俚辏积以为典厚，岂惟缪于诸义[4]，亦并其俊语亮节[5]，悉失之矣!

鸿荒邈矣，书契以来，人文渐朗，孔子斯为折中之圣[6]，自余诸子，悉成一家之言。体物杂撰，言辞各殊，君子不例而同之也，取其善焉已尔。故曹、刘、阮、陆，下及李、杜，异曲同工，各擅其时，并称能言。何也? 辞有高下，皆能拟议以成其变化也[7]。若必例其同曲，夫然后取，则既主曹、刘、阮、陆矣，李、杜即不得更登诗坛，何以谓千载独步也?

仆尝谓诗文有不可易之法者，辞断而意属，联类而比物也[8]。上考古圣立言，中征秦、汉绪论，下采魏、晋声诗，莫之有易也。夫文靡于隋，韩力振之，然古文之法亡于韩;诗弱于陶，谢力振之，然古诗之法，亦亡于谢[9]。比空同尝称陆、谢，仆参详其作:陆诗语俳，体不俳也;谢则体语俱俳矣;未可以其语似，遂得并例。故法同则语不必同矣。仆观尧、舜、周、孔、子思、孟氏之书，皆不相沿袭，而相发明，是故德日新而道广，此实圣圣传授之心也[10]。后世俗儒，专守训诂，执其一说，终

---

[1] 诸义不设自具:诸义指前所谓柔淡、沉着、含蓄、典厚等。不设自具:不需刻意为之而自然具备。

[2] 剞切:着力重加刻画。剞，用力挖。

[3] 艰诘:艰涩。

[4] 缪:通"谬"。

[5] 俊语亮节:俊爽的语言，响亮的音节。

[6] 折中之圣:折中，即折衷、取正。《史记·孔子世家赞》:"言六艺者折中于夫子。"意谓儒者谈六经均以孔子学说为准则。

[7] 拟议以成其变化:《易·系辞》:"拟之而后言，议之而后动，拟议以成其变化。"意为如有所言动须有考虑策划，这样既不离规矩而又有所变化。

[8] 联类而比物:使同类事物相联系，使相近事物相并列。

[9] 夫文靡于隋以下句:韩指韩愈，陶指陶渊明，谢指谢灵运。韩愈力振古文之衰靡，古文之法尽备，因而不再有大发展，故曰古文之法亡于韩。谢灵运与古诗关系类似于此。这种观点在明前期盛行，但批评者亦甚众。

[10] 圣圣传授:圣人与圣人间互相传授。

身弗解，相传之意背矣。今为诗不推类极变，开其未发，泯其拟议之迹，以成神圣之功，徒叙其已陈，修饰成文，稍离旧本，便自杌陧[1]。如小儿倚物能行，独趋颠仆。虽由此即曹、刘，即阮、陆，即李、杜，且何以益于道化也？佛有筏喻，言舍筏则达岸矣，达岸则舍筏矣[2]。

今空同之才，足以命世，其志金石可断，又有超代轶俗之见。自仆游从，获睹作述，今且十馀年来矣。其高者不能外前人也，下焉者已践近代矣。自创一堂室，开一户牖，成一家之言，以传不朽者，非空同撰焉，谁也？《易·大传》曰："神而明之"，"存乎德行"，"成性存存，道义之门[3]。"是故可以通古今，可以摄众妙，可以出万有；是故殊途百虑，而一致同归。夫声以窍生，色以质丽，虚其窍，不假声矣，实其质，不假色矣。苟实其窍，虚其质，而求之声色之末，则终于无有矣。

北风便[4]，冀反复鄙说[5]，幸甚！

说明

明代前期，萎靡平庸的台阁体一统文坛。前七子为拯救文风，举起了复古的旗帜。七子之中领袖群伦的是李梦阳、何景明二人。但在同一面旗帜下，李何两人的复古精神还是大相不同的，这才有了文论史上一段著名的论争。李梦阳刻意古范，以古之规矩法度为圭臬；而何景明则

---

[1] 杌陧：倾危不安。
[2] 佛有筏喻以下句：佛经典故，筏用来渡河，渡河后即应舍弃筏子，否则成为累赘。佛法如此，诗法亦应做如是观。
[3] 《易·大传》以下句：作者引《易·系辞》三句，意在强调道德性情的修养。
[4] 北风：指邮递。《洛阳伽蓝记》"北风吹雁，飞雪千里"。古人认为雁可传书，北风驱雁，促其速至。
[5] 反复：回答。

强调学古法而不拘于古法，筏以渡河，渡河后即当舍筏。因此，关键在于精神上的学习，而非形迹上的刻意模仿。何景明认为诗歌的各种风格境界是意象统一的结果，胸中德行滋育，自会领会神情、临景构造，这样学古而又能创新，不像小儿学步那样"倚物能行，独趋颠仆"。应该说，何氏的看法更符合艺术创造的规律。有了这样的认识，何景明的诗文创作比起李梦阳也就多了一份清新之气。但是，即便是何景明，也并未能彻底做到学古与创新的统一，这是明清复古者们的共同局限。

茅　坤

茅坤（1512—1601），字顺甫，号鹿门，归安（今浙江吴兴）人。嘉靖十七年进士，好言兵，官至大名兵备副使。又好为古文，最折服唐顺之、王慎中等人，跻身于唐宋派代表人物之列。然根底稍薄，摹拟有迹。著有《白华楼藏稿》、《续稿》、《吟稿》、《玉芝山房稿》等。影响最大的当属他编选的《唐宋八大家文钞》，收韩、柳、欧、三苏、王、曾八家文章，据《明史·本传》载"其书盛行海内，乡里小生无不知茅鹿门者"。可以想见茅坤当时的声名。

唐宋八大家文钞总序

孔子之系《易》，曰："其旨远，其辞文。"斯固所以教天下后世为文者之至也。然而及门之士，颜渊、子贡以下，并齐、鲁间之秀杰也，或云，身通六艺者七十余人，文学之科[1]，并不得与，而所属者仅子游、子夏两人焉。何哉？盖天生贤哲，各有独禀，譬则泉之温，火之寒，石之结绿[2]，金之指南，人于其间，以独禀之气，而又必为之专一，以致其至，伶伦之于音，神灶之于占，养由基之于射，造父之于御，扁鹊之于医，僚之于丸，秋之于弈，彼皆以天纵之智，加之以专一之学，而独得其解[3]，斯固以之擅当时而名后世，而非他所得而相雄者。

---

[1]　文学之科：孔门四科之一，其余三科为德行、言语、政事。

[2]　宋有结绿：《史记·范雎蔡泽列传》："周有砥砨，宋有结绿，梁有县藜，楚有和朴，此四宝者，土之所生。"结绿，宝石名。

[3]　伶伦以下句：伶伦，传说中黄帝时作律之人；神灶，春秋时善占卜者；养由基，春秋善射者；造父，西周善御者；扁鹊，传说中黄帝时良医，战国时秦越人与古之扁鹊相类，世以扁鹊称之；僚，弄丸人名；秋，善弈者名。

孔子没而游、夏辈各以其学授之诸侯之国，已而散逸不传。而秦人燔经坑学士[1]，而六艺之旨几辍矣。汉兴，招亡经，求学士，而晁错、贾谊、董仲舒、司马迁、刘向、扬雄、班固辈，始乃稍稍出，而西京之文，号为尔雅。崔、蔡以下[2]，非不矫然龙骧也，然六艺之旨渐流失。魏、晋、宋、齐、梁、陈、隋、唐之间，文日以靡，气日以弱，强弩之末，且不及鲁缟矣[3]，而况于穿札乎[4]？

昌黎韩愈，首出而振之，柳柳州又从而和之，于是始知非六经不以读，非先秦两汉之书不以观。其所著书、论、序、记、碑、铭、颂、辩诸什，故多所独开门户，然大较并寻六艺之遗略，相上下而羽翼之者。贞元以后[5]，唐且中坠，沿及五代，兵戈之际，天下寥寥矣。宋兴百年，文运天启，于是欧阳公修，从隋州故家覆瓿中，偶得韩愈书，手读而好之[6]，而天下之士，始知通经博古为高，而一时文人学士，彬彬然附离而起，苏氏父子兄弟，及曾巩、王安石之徒，其间材旨小大，音响缓哑，虽属不同，而要之于孔子所删六艺之遗，则共为家习而户眇之者也[7]。

由今观之，譬则世之走骎襄骐骥于千里之间，而中及二百里三百里而辍者有之矣，谓涂之蓟而辕之粤则非也。世之操觚者[8]，往往谓文章与时相高下，而唐以后且薄不足为。噫！抑不知文特以道相盛衰，时非所论也。其间工不工，则又系乎斯人者之禀，与其专一之致否何如耳？如

---

[1]　燔经坑学士：秦始皇焚书坑儒。
[2]　崔、蔡：崔瑗、蔡邕。
[3]　语出《史记·韩长孺列传》："强弩之极矢，不能穿鲁缟。"
[4]　札：古时铠甲上的金属叶片。
[5]　贞元：唐德宗年号，公元785年至804年。
[6]　于是以下句：指欧阳修发现韩愈文集并力加推崇事。
[7]　眇：细视。
[8]　操觚：拿木简写文章，著文者。

所云，则必太羹玄酒之尚[1]，茅茨土簋之陈[2]，而三代而下，明堂玉带[3]，云罍牺樽之设[4]，皆骈枝也已[5]！孔子之所谓"其旨远"，即不诡于道也；"其辞文"，即道之灿然，若象纬者之曲而布也。斯固庖牺以来人文不易之统也，而岂世之云乎哉！

我明弘治、正德间[6]，李梦阳崛起北地，豪隽辐凑[7]，已振诗声，复揭文轨，而曰，吾《左》吾《史》与《汉》矣，已而又曰，吾黄初[8]、建安矣。以予观之，特所谓词林之雄耳，其于古六艺之遗，岂不湛淫涤滥[9]，而互相剿裂已乎！

予于是手掇韩公愈、柳公宗元、欧阳公修、苏公洵、轼、辙、曾公巩、王公安石之文，而稍为批评之，以为操觚者之券，题之曰《八大家文钞》。家各有引，条疏如左。嗟乎！之八君子者，不敢遽谓尽得古六艺之旨，而予所批评，亦不敢自以得八君子者之深，要之大义所揭，指次点缀，或于道不相盩已[10]。谨书之以质世之知我者。

说明

这篇总序主旨即在于溯源流以昭文统。作者茅坤认为文章本于六经，

[1] 玄酒：水。
[2] 茅茨土簋：茅草屋、土制的盛食物的器具。
[3] 明堂：古代天子太庙，祭祀或从事其他重大活动的地方。
[4] 云罍：刻有云纹的酒器。牺樽：画有牛象的酒器。
[5] 骈枝：《庄子·骈拇》"骈拇枝指"，足大拇指连第二指为骈拇，手大拇指旁边一指为枝指。
[6] 正德：明武宗年号，公元1506年至1521年。
[7] 豪隽辐凑：许多有才之士聚集在他周围。
[8] 黄初：魏文帝年号，公元220年至226年。
[9] 涤滥：放荡。
[10] 盩：不合、乖离。

古文之所以为古文，主要在于它能阐发儒家的道。西汉崔、蔡以后，六艺之旨渐失，以至魏晋六朝，"文日以靡，气日以弱"，直到唐代韩愈"首出而振之"，由于柳宗元的应和，"六艺之遗略"得以寻回。唐末兵革蜂起，古文又衰落，但宋代欧阳修、苏氏父子兄弟重新恢复了六艺之旨，因而也重新恢复了文道。这是典型的文道合一观。但茅坤也认为，古文又是一种专门之学，孔门弟子通六艺者七十余人却只有两人长于文学之科，可见作文要有"独禀之气"，可见儒道又不等同于文学。由六艺而至孔门，由孔门而至先秦、两汉，由秦汉而至唐宋，文统的兴衰迭变，茅坤勾勒了一个清晰的轮廓。在这一轮廓背景中，他认为古文"以道相盛衰"，而非"与时相高下"，一切随"道"而发展、变迁，这种观点与简单的崇古卑今的复古主义相比深入了一层。

提倡唐宋文，把唐宋古文又归结为八大家，这只能代表一个流派的文学主张，其影响面和狭隘性同时存在。

李 贽

李贽（1527—1602），字宏甫，号卓吾。泉州晋江人。曾官云南姚安知府等。这是一个公开以异端自居的著名思想家。他出生于一个从事航海和经商的家庭，性格倔强不羁，与宋明理学格格不入。四十而后，以王学左派的"心"学为武器，锋芒直指封建伦理和程朱理学，公然宣称"孔子之是非为不足据"，被明神宗以"敢倡乱道，惑世诬民"的罪名逮捕入狱，在狱中自杀身死。他论文主张"童心"，反对摹拟剽窃，重视小说戏曲这些通俗文学。著有《焚书》、《续焚书》、《藏书》、《续藏书》、《李氏文集》等约三十种。

童心说

龙洞山农叙《西厢》[1]，末语云："知者勿谓我尚有童心可也。"[2] 夫童心者，真心也，若以童心为不可，是以真心为不可也。夫童心者，绝假纯真[3]，最初一念之本心也。若失却童心，便失却真心；失却真心，便失却真人。人而非真，全不复有初矣[4]。

童子者，人之初也；童心者，心之初也。夫心之初，曷可失也，然童心胡然而遽失也？盖方其始也，有闻见从耳目而入，而以为主于其内而童心失。其长也，有道理从闻见而入，而以为主于其内而童心失。其久也，道理闻见日以益多，则所知所觉日以益广，于是焉又知美名之可

---

[1] 龙洞山农：不详，疑为李贽别号。
[2] 此为反话，李贽认为自己是有童心。
[3] 绝假：没有一点假。
[4] 初：人最初的自然淳朴状态。

好也，而务欲以扬之而童心失；知不美之名之可丑也，而务欲以掩之而童心失。夫道理闻见，皆自多读书识义理而来也 [1]。古之圣人，曷尝不读书哉！然纵不读书，童心固自在也，纵多读书，亦以护此童心而使之勿失焉耳，非若学者反以多读书识义理而反障之也。夫学者既以多读书识义理障其童心矣，圣人又何用多著书立言以障学人为耶？童心既障，于是发而为言语，则言语不由衷；见而为政事，则政事无根柢；著而为文辞，则文辞不能达。非内含以章美也 [2]，非笃实生辉光也，欲求一句有德之言，卒不可得。所以者何？以童心既障，而以从外入者闻见道理为之心也。

夫既以闻见道理为心矣，则所言者皆闻见道理之言，非童心自出之言也。言虽工，于我何与？岂非以假人言假言，而事假事、文假文乎？盖其人既假，则无所不假矣。由是而以假言与假人言，则假人喜；以假事与假人道，则假人喜；以假文与假人谈，则假人喜。无所不假，则无所不喜。满场是假，矮人何辩也 [3]？然则虽有天下之至文，其湮灭于假人而不尽见于后世者，又岂少哉！何也？天下之至文，未有不出于童心焉者也。苟童心常存，则道理不行，闻见不立，无时不文，无人不文，无一样创制体格文字而非文者。诗何必古《选》 [4]，文何必先秦。降而为六朝，变而为近体 [5]，又变而为传奇 [6]，变而为院本 [7]，为杂剧，为《西厢曲》，为《水浒传》，为今之举子业 [8]，大贤言圣人之道皆古今至文，不可得而时

---

[1]　义理：旧指经义，宋以后主要指程朱理学。
[2]　章：同"彰"。
[3]　此句以矮人看戏不辨真假为喻。场，戏场。辩，通"辨"。
[4]　《选》：《文选》。
[5]　近体：隋唐格律诗。
[6]　传奇：唐宋传奇小说。
[7]　院本：指金宋戏剧作品。
[8]　举子业：科举考试所用文体，明代多为八股文。

势先后论也。故吾因是而有感于童心者之自文也，更说什么六经，更说什么《语》《孟》乎？

夫六经、《语》《孟》，非其史官过为褒崇之词，则其臣子极为赞美之语。又不然，则其迂阔门徒，懵懂弟子，记忆师说，有头无尾，得后遗前，随其所见，笔之于书。后学不察，便谓出自圣人之口也，决定目之为经矣，孰知其大半非圣人之言乎？纵出自圣人，要亦有为而发，不过因病发药，随时处方，以救此一等懵懂弟子，迂阔门徒云耳。药医假病，方难定执[1]，是岂可遽以为万世之至论乎？然则六经、《语》《孟》，乃道学之口实，假人之渊薮也[2]，断断乎其不可以语于童心之言明矣。呜呼！吾又安得真正大圣人童心未曾失者而与之一言文哉！

说明

明代思想和文学领域中，李贽和徐渭是开启一代新思想和文学新风的主将。徐渭是一个诗文书画戏无一不精的文艺通才，李贽则是一位建立了系统学说的哲学家、思想家。人们当他是"异端之尤"，他自己也以"异端"自居。在文艺思想方面，他的异端学说就是"童心说"。童心就是真心，是"心之初"、"最初一念之本心"。它不是一般所谓的"真情实感"，而是出于人的自然本性的真情实感。宋明理学家主张"存天理，灭人欲"，李贽的"童心"恰恰是与"天理"相对立的"人欲"，即人们生存发展的自然要求，包括穿衣吃饭，好货好色。可见，"童心"显然具有一定的人本主义色彩。

---

[1]　方难定执：方，药方；定执，固定不变。
[2]　渊薮：鱼兽聚居地，比喻人物聚集之所。

"童心说"把矛头直指"闻见道理"，后者又来自"多读书识义理"。以这些闻见道理为心，就不是童心自出之言，这样就成为"以假人言假言，而事假事、文假文"，一切都成为假的。他大胆指出，即便是六经、《语》《孟》也不过是"道学之口实，假人之渊薮"。锋芒所向不仅后世儒学，而且直及儒家源泉。李贽童心说的彻底与无所畏惧于此尽可得以展现。

　　"童心说"建立了一个文学的标准。凡是出自真心童心，不管出自何时何种体格，均可成为"天下之至文"。近体、传奇、院本、杂剧乃至举子业都可以与古选诗、先秦文相提并论。这对复古主义者的贵古贱今、剽窃模拟又是一个彻底的否定。按照童心标准，诗文独宗文坛的传统观念打破了，小说、戏剧的地位得以与诗文并肩。

　　《童心说》是新的时代、新的社会力量在文艺思想中掀起的波澜。它以全新的标准衡量了前代的文学，又以全新的思想启发了一代作家，它的巨大回响持续了几个世纪之久。

忠义水浒传序

太史公曰："《说难》、《孤愤》，贤圣发愤之所作也。"[1]由此观之，古之贤圣，不愤则不作矣。不愤而作，譬如不寒而颤，不病而呻吟也，虽作何观乎？《水浒传》者，发愤之所作也。盖自宋室不竞[2]，冠屦倒施，大贤处下，不肖处上。驯致夷狄处上[3]，中原处下，一时君相犹然处堂燕鹊，纳币称臣，甘心屈膝于犬羊已矣。施、罗二公身在元[4]，心在宋；虽生元日，实愤宋事。是故愤二帝之北狩[5]，则称大破辽以泄其愤[6]，愤南渡之苟安，则称灭方腊以泄其愤[7]。敢问泄愤者谁乎？则前日啸聚水浒之强人也，欲不谓之忠义不可也。是故施、罗二公传《水浒》而复以忠义名其传焉。

夫忠义何以归于水浒也？其故可知也。夫水浒之众何以一一皆忠义也？所以致之者可知也。今夫小德役大德，小贤役大贤[8]，理也。若以小贤役人，而以大贤役于人，其肯甘心服役而不耻乎？是犹以小力缚人，而使大力者缚于人，其肯束手就缚而不辞乎？其势必至驱天下大力大贤而尽纳之水浒矣。则谓水浒之众，皆大力大贤有忠有义之人可也，然未

---

[1] 此句语出《史记·太史公自序》："《说难》、《孤愤》、《诗三百篇》，大抵圣贤发愤之所为作也。"
[2] 竞：强劲。
[3] 驯致：渐渐地。
[4] 施、罗：施耐庵、罗贯中。
[5] 二帝之北狩：指靖康二年（公元1126年）徽、钦二帝被金人所掳。狩：古代君主冬天打猎之专称，引申为君主失国出亡或被掳。
[6] 指宋江招安后奉旨破辽事。
[7] 指《水浒传》中宋江等灭方腊事。
[8] 小德役大德，小贤役大贤：被动句式。役，供人役使。

有忠义如宋公明者也，今观一百单八人者，同功同过，同死同生，其忠义之心，犹之乎宋公明也[1]。独宋公明者身居水浒之中，心在朝廷之上，一意招安，专图报国，卒至于犯大难，成大功，服毒自缢，同死而不辞，则忠之烈也！真足以服一百单八人者之心，故能结义梁山，为一百单八人之主。最后南征方腊，一百单八人者阵亡已过半矣，又智深坐化于六和[2]，燕青涕泣而辞主[3]，二童就计于"混江"[4]。宋公明非不知也，以为见几明哲[5]，不过小丈夫自完之计，决非忠于君义于友者所忍屑矣。是之谓宋公明也，是以谓之忠义也。传其可无作欤！传其可不读欤！

故有国者不可以不读，一读此传，则忠义不在水浒，而皆在于君侧矣。贤宰相不可以不读，一读此传，则忠义不在水浒，而皆在于朝廷矣。兵部掌军国之枢，督府专阃外之寄[6]，是又不可以不读也，苟一日而读此传，则忠义不在水浒，而皆为干城心腹之选矣。否则不在朝廷，不在君侧，不在干城腹心，乌乎在？在水浒。此传之所为发愤矣。若夫好事者资其谈柄，用兵者藉其谋画，要以各见所长，乌睹所谓忠义者哉！

说明

本文开篇明义，以司马迁"发愤著书"作为《水浒传》的创作精神，不仅道出了《水浒传》的创作原委，而且树立了一个评价、衡量《水浒

---

[1]　宋公明：宋江。
[2]　指鲁智深坐化于杭州六和寺。
[3]　指燕青苦劝其主卢俊义归隐，未遂而辞之先去。
[4]　指混江龙李俊诈病与童威、童猛等八人出海投化外国事。
[5]　见几：事前洞察事物细微的动向。
[6]　阃外：阃，郭门的门槛。阃外之寄，将帅统兵于外担负起军事上的专责。

传》的标尺，由此确立了《水浒传》在文学史上的应有地位。这与诬蔑、敌视市民文学的正统文人形成了对照。

李贽的这篇序言指出了《水浒传》作者是感于时事所作，时事的不公，君臣的荒淫无能，大力大贤不见任用等等这一切是水浒英雄揭竿而起的真正根源。作者歌颂了这些屡被诬蔑的英雄好汉，说他们是"同功同过，同死同生"的忠义之士。这大大提高了《水浒传》的社会地位和文学价值。

当然，李贽受时代局限，把招安受降、征讨方腊说成是忠义之举，说明他思想深处并没有突破封建传统观念的樊篱。毕竟，他属于十六世纪与十七世纪之交那个特定的时代。

杂说

《拜月》、《西厢》，化工也；《琵琶》，画工也。夫所谓画工者，以其能夺天地之化工，而其孰知天地之无工乎？今夫天之所生，地之所长，百卉具在，人见而爱之矣，至觅其工，了不可得，岂其智固不能得之与！要知造化无工，虽有神圣，亦不能识知化工之所在，而其谁能得之？由此观之，画工虽巧，已落二义矣[1]。文章之事，寸心千古[2]，可悲也夫！

且吾闻之：追风逐电之足，决不在于牝牡骊黄之间[3]；声应气求之夫，决不在于寻行数墨之士[4]；风行水上之文，决不在于一字一句之奇。若夫结构之密，偶对之切；依于理道，合乎法度；首尾相应，虚实相生：种种禅病皆所以语文[5]，而皆不可以语于天下之至文也。杂剧院本，游戏之上乘也，《西厢》、《拜月》，何工之有！盖工莫工于《琵琶》矣。彼高生者，固已殚其力之所能工，而极吾才于既竭。惟作者穷巧极工，不遗余力，是故语尽而意亦尽，词竭而味索然亦随以竭。吾尝揽琵琶而弹之矣：一弹而叹，再弹而怨，三弹而向之怨叹无复存者。此其故何耶？岂其似真非真，所以入人之心者不深耶？盖虽工巧之极，其气力限量只可达于

---

[1] 二义：佛家语。佛家以为佛理为“第一义”的“真谛”，世俗之理因其虚幻所以是“第二义”的“世谛”。

[2] 文章之事，寸心千古：语本杜甫《偶题》“文章千古事，得失寸心知”。

[3] 追风逐电以下句：谓真正神速的良马不应于外貌中寻求。牝牡，雌雄。骊黄，黑色黄色。《列子·说符》中载九方皋相千里马将牝骊看成牡黄。

[4] 声应气求以下句：意指真正同声相应、同气相求的人，决不是斤斤计较于细枝末节的人。寻行数墨，形容只会背诵章句的拘谨迂腐之徒。

[5] 禅病：黄庭坚有诗“多虑乃禅病”。

皮肤骨血之间，则其感人仅仅如是，何足怪哉！《西厢》、《拜月》乃不如是。意者宇宙之内，本自有如此可喜之人，如化工之于物，其工巧自不可思议尔。

且夫世之真能文者，比其初皆非有意于为文也。其胸中有如许无状可怪之事，其喉间有如许欲吐而不敢吐之物，其口头又时时有许多欲语而莫可所以告语之处，蓄极积久，势不能遏。一旦见景生情，触目兴叹；夺他人之酒杯，浇自己之垒块；诉心中之不平，感数奇于千载[1]。既已喷玉唾珠，昭回云汉，为章于天矣[2]，遂亦自负，发狂大叫，流涕恸哭，不能自止。宁使见者闻者切齿咬牙，欲杀欲割，而终不忍藏于名山，投之水火。余览斯记[3]，想见其为人，当其时必有大不得意于君臣朋友之间者，故借夫妇离合因缘以发其端。于是焉喜佳人之难得，羡张生之奇遇，比云雨之翻覆，叹今人之如土[4]。其尤可笑者：小小风流一事耳，至比之张旭、张颠、羲之、献之而又过之[5]。尧夫云[6]："唐虞揖让三杯酒，汤武征诛一局棋。"夫征诛揖让何等也，而以一杯一局觑之，至眇小矣！

呜呼！今古豪杰，大抵皆然。小中见大，大中见小[7]，"举一毛端建宝王刹，坐微尘里转大法轮"[8]，此自至理，非干戏论。倘尔不信，中庭月下，木落秋空，寂寞书斋，独自无赖[9]，试取琴心一弹再鼓[10]，其无尽藏不

[1]　数奇：命运不好。
[2]　昭回云汉，为章于天：意为写出文章光耀万丈，就像银河在天上布成的云彩。语出《诗·大雅·云汉》"倬彼云汉，昭回于天"。
[3]　斯记：指《西厢记》。
[4]　比云雨之反复以下句：意谓人情反复无常，当时人犹如粪土般鄙下。语本杜甫《贫交行》。
[5]　张旭：唐书法家，擅狂草，嗜酒狂放，人唤张颠。羲之、献之：晋代书法家，世称"二王"，为父子。《西厢记》第五本第二折曲子有"张旭张颠，羲之献之"句。
[6]　尧夫：邵雍，字尧夫，北宋哲学家。引诗出自其《伊川击壤集》卷二十《首尾吟》。
[7]　小中见大，大中见小：语本《周易·系辞下》"其称名也小，其取义也大"。
[8]　语本《指月录》："大慧禅师曰：身舍十方，无尽虚空，于一毛端现宝王刹，坐微尘里转大法轮。"
[9]　无赖：百无聊赖。
[10]　琴心："崔莺莺夜听琴"的主要情节，此处借指《西厢记》。

可思议¹，工巧固可思也。呜呼！若彼作者，吾安能见之欤！

说明

李贽曲论与文论的精神是完全一致的。《童心说》是这一精神的正面阐发，《杂说》则是同一精神在戏曲领域中的运用和印证。真情真心，发诸自然，如骨鲠在喉不吐不快，"蓄极积久，势不能遏。一旦见景生情，触目兴叹；夺他人之酒杯，浇自己之垒块"，并不是有意要写文章。凡是符合这一精神的都是天下之至文，因此他重视通俗文学就在情理之中，因为戏曲小说这些通俗文学不是虚假和做作的。也正是因此，他极推崇《西厢记》，认为："《拜月》、《西厢》化工也；《琵琶》画工也。"这种观点对后世影响很大。另外值得一提的是，李贽评点《琵琶记》等剧本，开创了戏曲评点的先河。

---

[1]　无尽藏：佛家语，谓佛法广大、深奥，作用于万物，无穷无尽。此处指《西厢记》所蕴含的艺术力量无穷无尽。

汤显祖

汤显祖（1550—1616），字义仍，号海若、若士，别署清远道人，江西临川人。万历十一年进士，官至浙江遂昌知县，因弹劾时政、触忤权贵而被夺官，家居二十年卒。这位杰出的戏曲家对中国戏曲的发展居功甚伟。他创作传奇《紫箫记》、《紫钗记》、《还魂记》、《南柯记》、《邯郸记》五种，后四种合称"临川四梦"，其中尤以《还魂记》即《牡丹亭》最具代表性。汤的居室名玉茗堂，故又称"玉茗堂四梦"。后世戏曲作家摹拟其文词、意境，形成"临川派"或称"玉茗堂派"。在思想上倾心于李贽和王学左派，反复古、倡性情。曲论上重辞采，轻音律，形成与沈璟所代表的吴江派对峙之势。诗文有《红泉逸草》等。

牡丹亭记题词

天下女子有情宁如杜丽娘者乎？梦其人即病，病即弥连[1]，至手画形容传于世而后死[2]。死三年矣，复能溟莫中求得其所梦者而生[3]。如丽娘者，乃可谓之有情人耳。情不知所起，一往而深，生者可以死，死可以生。生而不可与死，死而不可复生者，皆非情之至也。梦中之情，何必非真。天下岂少梦中之人耶。必因荐枕而成亲[4]，待挂冠而为密者，皆形骸之论也。

---

[1]　弥连：弥留。
[2]　形容：面貌。
[3]　溟莫：冥间，阴曹地府。
[4]　荐枕：席子与枕头，代指同床。

传杜太守事者，仿佛晋武都守李仲文[1]、广州守冯孝将儿女事[2]。予稍为更而演之。至于杜守收考柳生，亦如汉睢阳王收考谈生也[3]。

嗟夫！人世之事，非人世所可尽。自非通人，恒以理相格耳。第云理之所必无，安知情之所必有耶。

万历戊戌秋清远道人题[4]。

说明

吴江派言律，临川派言情，汤显祖之钟于"情"，从这两篇文章中可以清楚地看出。"情不知所起，一往而深，生者可以死，死者可以生。"《牡丹亭》正是以浪漫主义手法描绘并讴歌了这种能冲决一切乃至生死大限的人间真情。要表现情，就不能受"理"之羁绊，这个"理"，一方面是理学家们所说的"性理"，即纲常之理，另一方面也指逻辑推理，即理性之理，"以理相格"就包含了这两种"理"。这样，汤显祖说"第云理之所必无，安知情之所必有耶"，就不仅具有叛逆性和人文主义色彩，同时也揭示了艺术创作的一条永恒真理。要表现情，还要不能受"律"的限制。汤显祖为表现情，于创作要旨中拈出"意、趣、神、色"四字加以演绎，意、趣、神可以说是情的三方面，色即辞采也是为表现情而服

---

[1] 武都守李仲文：记李仲文亡女还魂与张子长相爱事。事见《法苑珠林》（见《太平广记》卷三百一十九《张子长》）。

[2] 冯孝将儿女：记冯孝将之子与徐元方亡女之魂相爱，后徐女还魂与冯结为夫妇事。事出《法苑珠林》（见《太平广记》卷三百七十五《徐玄方女》）。

[3] 汉睢阳王收考谈生：汉时睢阳王亡女之魂与谈生相爱，并赠谈生以珠袍。后睢阳王认出是其女墓中之物，遂收拷谈生。生如实相告，睢阳王认谈生为婿，表其子为侍中。事出《列异传》（见《太平广记》卷三百一十六《谈生》）。

[4] 万历戊戌：明万历二十六年，公元1598年。万历，明神宗年号，公元1573—1620年。

务的，"四者到时，或有丽词俊音可用，尔时能一一顾九宫四声否"？词曲音律不能束缚、妨碍情感的表现，所以汤显祖不怕"拗折天下人嗓子"（《答孙俟居》），这与沈璟宁协律而词不工恰好成两极。

汤显祖曾说，"人生而有情"（《宜黄县戏神清源师庙记》），与李贽的"童心"、"最初一念之本心"精神实质极其相近，可以相发挥，相参照。主乎情，情不限于理，情不囿乎律，汤显祖从正反两方面旗帜鲜明地阐明了自己的主张。

袁宏道

袁宏道（1568—1610），字中郎，号石公，湖广公安（今属湖北）人。万历二十年进士。与兄宗道（字伯修）、弟中道（字小修）并有才名，而以宏道声名最响、成就最大，是公安派领袖。以三袁为代表的公安派反对贵古贱今，反对模拟古人，提倡变古创新。袁宏道重视戏曲、小说和民歌，对明代通俗文学发展起了积极的推动作用。著有《袁中郎集》。

叙小修诗

弟小修诗，散逸者多矣，存者仅此耳。余惧其复逸也，故刻之。

弟少也慧，十岁余即著《黄山》、《雪》二赋，几五千余言，虽不大佳，然刻画饤饾[1]，傅以相如、太冲之法[2]，视今之文士，矜重以垂不朽者，无以异也。然弟自厌薄之，弃去。顾独喜读老子、庄周、列御寇诸家言，皆自作注疏，多言外趣。旁及西方之书，教外之语[3]，备极研究。即长，胆量愈廓，识见愈朗，的然以豪杰自命[4]，而欲与一世之豪杰为友。其视妻子之相聚，如鹿豕之与群而不相属也[5]；其视乡里小儿，比牛马之尾行[6]，而不可与一日居也。泛舟西陵[7]，走马塞上，穷览燕、赵、齐、鲁、吴、越之地，足迹所至，几半天下，而诗文亦因之以日进。大都独抒性

---

[1] 刻画饤饾：刻画物象，堆砌词藻。饤饾：食品堆砌盘中，喻堆砌文词。
[2] 相如、太冲：司马相如、左思。
[3] 西方之书，教外之语：指佛学经典、禅宗语录。
[4] 的然：明确地。
[5] 其视妻子两句：谓其鄙弃凡俗生活，对家庭毫不关注。
[6] 尾行：追随。
[7] 西陵：西陵峡。

灵，不拘格套，非以自己胸臆流出，不肯下笔。有时情与境会，顷刻千言，如水东注，令人夺魄。其间有佳处，亦有疵处。佳处自不必言，即疵处亦多本色独造语，然余则极喜其疵处，而所谓佳者，尚不能不以粉饰蹈袭为恨，以为未能尽脱近代文人气习故也。

盖诗文至近代而卑极矣。文则必欲准于秦汉，诗则必欲准于盛唐。剿袭模拟，影响步趋，见有人一语不相肖者，则共指以为野狐外道[1]。曾不知文准秦汉矣，秦汉人曷尝字字学六经欤！诗准盛唐矣，盛唐人曷尝字字学汉魏欤！秦汉而学六经，岂复有秦汉之文？盛唐而学汉魏，岂复有盛唐之诗？唯夫代有升降，而法不相沿，各极其变，各穷其趣，所以可贵，原不可以优劣论也。且夫天下之物，孤行则必不可无。必不可无，虽欲废焉而不能；雷同则可以不有，可以不有，则虽欲存焉而不能。故吾谓今之诗文不传矣。其万一传者，或今闾阎妇人孺子所唱《擘破玉》《打草竿》之类[2]，犹是无闻无识真人所作，故多真声，不效颦于汉魏，不学步于盛唐，任性而发，尚能通于人之喜怒哀乐嗜好情欲，是可喜也。

盖弟既不得志于时，多感慨；又性喜豪华，不安贫窘；爱念光景，不受寂寞[3]；百金到手，顷刻都尽，故尝贫；而沉湎嬉戏，不知樽节[4]，故尝病；贫复不任贫[5]，病复不任病，故多愁；愁极则吟，故尝以贫病无聊之苦，发之于诗，每每若哭若骂，不胜其哀生失路之感。予读而悲之。大概情至之语，自能感人，是谓真诗，可传也。而或者犹以太露病之，曾不知情随境变，字逐情生，但恐不达，何露之有？且《离骚》一经，

---

[1]　野狐外道：禅宗称邪门歪道为"野狐禅"。

[2]　《擘破玉》《打草竿》：明代民歌。

[3]　爱念光景两句：谓其喜欢纵情游乐。

[4]　樽节：节制。

[5]　任：受得了。

忿怼之极，党人偷乐[1]，众女谣诼[2]，不揆中情[3]，信谗齌怒[4]，皆明示唾骂，安在所谓怨而不伤者乎？穷愁之时，痛哭流涕，颠倒反覆，不暇择音[5]，怨矣，宁不有伤者？且燥湿异地，刚柔异性，若夫劲质而多怼，峭急而多露，是之谓楚风，又何疑焉！

说明

　　"即疵处亦多本色独造语"，一句话足可以道清公安派论文之大概。袁宏道最不满复古，在《雪涛阁集序》中说："文章之不能不古而今也，时使之也。"这是正面的立论，除此而外，有时甚而骂得很俗，但也酣畅之至，说复古模拟是"粪里嚼查（渣），顺口接屁"，是"一个八寸三分帽子，人人戴得"（《与张幼于》）。公安派主"性灵"二字，继承了南朝梁萧子显"莫不禀以生（性）灵"的看法，更强调抒发真情，表现个性，"非以自己胸臆流出，不肯下笔"，"每每若哭若骂，不胜其哀生失路之感"。这与李贽的"童心"、汤显祖的"真情"显然是精神一致的。后世袁枚讲"性灵"较之这些明代思想家则圆通了许多，可以说批判精神差不多丧失殆近。袁宏道尚"性灵"，所以特别不避俚俗，他也重视"趣"，说"世人难得者唯趣，趣如山上之色，水中之味，花中之光，女中之态，虽善说者不能下语"（《序陈正甫会心集》）。但把"趣"和"俗"联系在一起，故而"戏谑嘲笑，间及俚语"，这在公安三袁中，袁宏道是最为突出的，可以说是他个人的特色，从这篇叙文中也可以看出。

---

[1]　党人偷乐：《离骚》"惟夫党人之偷乐兮"。
[2]　众女谣诼：《离骚》"众女嫉余之蛾眉兮，谣诼谓余以善淫"。指众奸造谣诋毁。
[3]　不揆中情：《离骚》"荃不察余中情兮"。揆，察，体谅。
[4]　信谗齌怒：《离骚》"反信谗言而齌怒。"齌，迅疾。
[5]　择音：通"择荫"，《左传·文公十七年》有"鹿死不择音"之句。此处指斟酌用词。

怀 林

怀林，曾为李贽侍者。但据后人考证推测，认为评点《水浒》的怀林可能系叶昼托名。叶昼，字文通，又自号叶阳开、锦翁、叶不夜、梁无知等，江苏无锡人。家困而又嗜酒，著书后卖书稿以偿债，大约在天启四、五年（1624、1625年）前后死于河南。据明钱希言《戏瑕》等书记载，托名李卓吾（李贽）批点的《水浒传》、《三国志》、《西游记》、《琵琶记》、《拜月亭》、《红拂记》等多种小说和戏曲皆出自叶昼手，如属实，那么叶昼当是小说和戏曲评点的实际开创者之一，其功绩不应因其声名长期被埋没而被轻视乃至抹杀。

容与堂本李卓吾先生批评忠义水浒传回评（选录）

李载贽曰[1]：《水浒传》事节都是假的，说来却似逼真，所以为妙。常见近来文集，乃有真事说做假者，真钝汉也[2]，何堪与施耐庵、罗贯中作奴。（第一回）

李和尚曰：描画鲁智深，千古若活，真是传神写照妙手。且《水浒传》文字妙绝千古，全在同而不同处有辨，如鲁智深、李逵、武松、阮小七、石秀、呼延灼、刘唐等众人，都是急性的，渠形容刻画来各有派头[3]，各有光景，各有家数，各有身分，一毫不差，半些不混。读去自有分辨，不必见其姓名，一睹事实就知某人某人也，读者亦以为然乎？读

---

[1] 李载贽：李贽。下文李和尚、李卓吾、秃翁、李生等均为李贽。但据考证，本文所选回评系叶昼所作，托名李贽。
[2] 钝：愚笨。
[3] 渠：他。

者即不以为然，李卓老自以为然，不易也。（第三回）

李卓吾曰：施耐庵、罗贯中真神手也，摩写鲁智深处，便是个烈丈夫模样；摩写洪教头处，便是忌嫉小人底身分；至差拨处，一怒一喜，倏忽转移，咄咄逼真，令人绝倒，异哉！（第九回）

秃翁曰：《水浒传》文字原是假的，只为他描写得真情出，所以便可与天地相终始。即此回中李小二夫妻两人情事咄咄如画。若到后来混天阵处，都假了，费尽苦心亦不好看。（第十回）

卓老曰：刻画三阮处各各不同，请自着眼。（第十五回）

卓吾曰：此回文字逼真，化工肖物。摩写宋江、阎婆惜并阎婆处，不惟能画眼前，且画心上；不惟能画心上，且并画意外。顾虎头、吴道子安得到此[1]。至其中转转关目，恐施罗二君亦不自料到此。余谓断有鬼神助之也。（第二十一回）

李卓吾曰：人以武松打虎，到底有些怯在，不如李逵勇猛也。此村学究见识，如何读得《水浒传》？不知此正施、罗二公传神处。李是为母报仇不顾性命者，武乃出于一时不得不如此耳。俗人何足言此，俗人何足言此！（第二十三回）

李生曰：说淫妇便象个淫妇，说烈汉便象个烈汉，说呆子便象个呆子，说马泊六便象个马泊六，说小猴子便象个小猴子，但觉读一过，分明淫妇、烈汉、呆子、马泊六、小猴子光景在眼，淫妇、烈汉、呆子、马泊六、小猴子声音在耳，不知有所谓语言文字也何物。文人有此肺肠，有此手眼，若令天地间无此等文字，天地亦寂寞了也。不知太史公堪作此衙官否[2]？（第二十四回）

卓吾曰：此回文字不可及处只在石勇寄书一节。若无此段，一同到

---

[1]　顾虎头：晋画家顾恺之，小名虎头。
[2]　衙官：原指军府中的属官。这里指太史公《史记》也在《水浒传》之下。

梁山泊来只是做强盗耳！有何波澜？有何变幻？真是不可思议文字。（第三十五回）

李和尚曰：有一村学究道：李逵太凶狠，不该杀罗真人；罗真人亦无道气，不该磨难李逵。此言真如放屁。不知《水浒传》文字当以此回为第一。试看种种摩写处，那一事不趣？那一言不趣？天下文章当以趣为第一。既是趣了，何必实有是事并实有是人！若一一推究如何如何，岂不令人笑杀。（第五十三回）

卓吾曰：此回文字极不济。那里张旺便到李巧奴家，就到巧奴家，缘何就杀死他四命？不是，不是。即王定六父子过江亦不合便撞着张顺，张顺却缘何不渡江南来接王定六父子？都少关目[1]。（第六十五回）

李秃翁曰：《水浒传》文字不可及处，全在伸缩次第。但看这回，若一味形容梁山泊得胜，便不成文字了。绝妙处正在董平一箭，方有伸缩，方有次第，观者亦知之乎？（第七十八回）

李和尚曰：《水浒传》文字不好处只在说梦、说怪、说阵处。其妙处都在人情物理上，人亦知之否？（第九十七回）

说明

不愿显山露水的叶昼堪称明代文坛一奇人。他没有留下显赫的声名，但是这并不妨碍他对小说的鉴赏、理解实际上达到了他那个时代的高峰。从我们选录的这些《水浒》回评中不难看出他的真知灼见，不但与俗儒三家村学究不可同日语，甚至可以与李贽这样的超一流高手相并肩。首

---

[1]　关目：情节衔接。

先，叶昼指出了小说的真实在于写出社会生活、社会关系的情理，所谓"描写得真情出"，"妙处都在人情物理上"，相反不合情理的混天阵、玄女娘娘、说怪说梦即使费尽苦心也不好看。真实又不是"实有是事"、"实有是人"。用现在的话说，叶昼说清了一个道理：艺术不但允许而且必须虚构，只要它符合生活的情理，不合情理的虚构则不成艺术。其次，叶昼提出了塑造典型性格的理论，这一理论的深刻性是前无古人的。他认为典型性格具有代表性，鲁智深是"烈丈夫模样"，洪教头是"忌嫉小人底身分"，潘金莲"当作淫妇谱看"。同时典型人物又具有鲜明的个性，"全在同而不同处有辨"，鲁智深、李逵、武松、阮小七、石秀等都是急性的，可是"各有派头，各有光景，各有家数，各有身分"，一毫不差，互不混淆。即便三阮兄弟也各有不同。个性与共性的统一，才能描摹"传神"，传达出实际生活的情理之神。典型人物的塑造还具有层次性："画眼前"、"画心上"、"画意外"，这是人物形象的三层次，由外到内，由实而虚，这样塑造的人物才是真正立体的，全方位的，是绘画所不及的。再次，叶昼涉及了读者接受方面的某些美学规律，仿佛"光景在眼"，"声音在耳"，"不知有所谓语言文字也何物"，读者阅读作品之关键处就在于形象的重建，语言文字作为手段、媒介在形象重建时那已退居幕后。

叶昼，对小说知之可谓深矣，在他看来，如《水浒传》这般出神入化的文字当"先天地始，后天地终"。我们相信，叶昼的评点也必将与《水浒传》相始终。

王骥德

　　王骥德（？—1623），字伯良、伯骏，号方诸生，秦楼外史，会稽（今浙江绍兴）人。明代著名的戏曲理论家，创作上也有相当的成就。他与同时代的戏曲家吕天成、汤显祖相交甚密，师事同乡徐渭，又出入于沈璟之门。因此能兼融各家之所长，在此基础上形成了自己的系统理论，代表论著《曲律》即与吕天成《曲品》有"论曲双璧"之称。戏曲作品传奇有《题红记》，杂剧《男王后》及散曲集《方诸馆乐府》，诗文有《方诸馆集》。

　　曲律（选录）

总论南北曲第二

　　曲之有南、北，非始今日也。关西胡鸿胪侍《珍珠船》（其所著书名）引刘勰《文心雕龙》[1]，谓：涂山歌于"候人"，始为南音；有娀谣于"飞燕"，始为北声；及夏甲为东，殷整为西[2]。古四方皆有音，而今歌曲但统为南、北。如《击壤》《康衢》《卿云》《南风》，《诗》之二南[3]，汉之乐府，下逮关、郑、白、马之撰[4]，词有雅、郑，皆北音也；《孺子》《接

---

[1] 胡鸿胪侍：胡侍，明代宁夏人，官鸿胪少卿。

[2] 谓涂山歌于"候人"以下句：引文出自《文心雕龙·乐府》，刘勰之说本自《吕氏春秋·音初》。据后者载，夏禹巡省南土时，有涂山女作歌曰"候人兮猗"；有娀氏（夏商时国名）二女捕得上帝差来看望她们的飞燕，燕飞后，二女作歌"燕燕往飞"；夏帝孔甲有感于其养子被斧子伤足，作《破斧之歌》；商朝殷整迁居西河以后还思念以前住的地方，于是开始作"西音"。

[3] 二南：《诗经》中《周南》、《召南》合称。

[4] 关、郑、白、马：关汉卿、郑光祖、白朴、马致远。

舆》《越人》《紫玉》[1]，吴歈、楚艳[2]，以及今之戏文，皆南音也。豫章左克明《古乐府》载[3]：晋马南渡，音乐散亡，仅存江南吴歌，荆楚西声[4]。自陈及隋，皆以《子夜》《欢闻》《前溪》《阿子》等曲属吴[5]，以《石城》《乌栖》《估客》《莫愁》等曲属西[6]。盖吴音故统东南，而西曲则后之，人概目为北音矣。以辞而论，则宋胡翰所谓[7]："晋之东，其辞变为南、北；南音多艳曲，北俗杂胡戎。"以地而论，则吴莱氏所谓[8]："晋、宋、六代以降，南朝之乐，多用吴音；北国之乐，仅袭夷虏。"以声而论，则关中康德涵所谓[9]："南词主激越，其变也为流丽；北曲主慷慨，其变也为朴实。惟朴实故声有矩度而难借，惟流丽故唱得宛转而易调。"吴郡王元美谓：[10]南、北二曲，"譬之同一师承，而顿、渐分教[11]；俱为国臣，而文武异科。""北主劲切雄丽，南主清峭柔远。""北字多而调促，促处见筋；南字少而调缓，缓处见眼。北辞情少而声情多，南声情少而辞情多。北力在弦，南力在板[12]。北宜和歌，南宜独奏。北气易粗，南气易弱。"此其大较。康北人，故差易南调，似不如王论为确。然阴阳、平仄之用，南、北故绝不同，详见后说。

---

[1] 《儒子》《接舆》《越人》《紫玉》：古歌曲名。

[2] 吴歈、楚艳：吴地楚地的歌曲。

[3] 豫章：今南昌。

[4] 晋马南渡以下句：参见《古乐府》"晋武南渡，其音已散……后魏孝文、宣武，相继南伐，得江左所传旧曲及江南吴歌，荆楚西声"。

[5][6] 《子夜》、《石城》等：古歌曲名。

[7] 胡翰：元末明初人。引文见《古乐府诗类编序》。

[8] 吴莱：元人。以下所引五句见其《张氏大乐玄机赋论后题》。

[9] 康德涵：康海，明前七子之一。下所引六句见《沜东乐府序》。

[10] 王元美：王世贞，明后七子之一。下引均见《曲藻》。

[11] 顿、渐：佛教分顿、渐两派。

[12] 弦：指北曲伴奏、按节的弦索，如琵琶。板：南曲按节之拍板。

论家数第十四 [1]

曲之始，止本色一家 [2]，观元剧及《琵琶》《拜月》二记可见 [3]。自《香囊记》以儒门手脚为之，遂滥觞而有文词家一体 [4]。近郑若庸《玉玦记》作，而益工修词，质几尽掩。夫曲以模写物情，体贴人理，所取委曲宛转，以代说词，一涉藻缋，便蔽本来。然文人学士，积习未忘，不胜其靡，此体遂不能废，犹古文六朝之于秦、汉也。大抵纯用本色，易觉寂寥；纯用文调，复伤雕镂。《拜月》质之尤者，《琵琶》兼而用之，如小曲语语本色，大曲引子如"翠减祥鸾罗幌"、"梦绕春闱"，过曲如"新篁池阁"、"长空万里"等调，未尝不绮绣满眼，故是正体。《玉玦》大曲，非无佳处；至小曲亦复填垛学问，则第令听者愦愦矣！故作曲者须先认其路头，然后可徐议工拙。至本色之弊，易流俚腐；文词之病，每苦太文。雅俗浅深之辨，介在微茫，又在善用才者酌之而已。

论章法第十六

作曲，犹造宫室者然。工师之作室也，必先定规式，自前门而厅、而堂、而楼，或三进、或五进、或七进，又自两厢而及轩寮 [5]，以至廪庾、庖湢、藩垣、苑榭之类 [6]，前后、左右、高低、远近，尺寸无不了然胸中，而后可施斤斫。作曲者，亦必先分段数，以何意起，何意接，何意作中段敷衍，何意作后段收煞，整整在目，而后可施结撰。此法，从古之为文，为辞赋，为歌诗者皆然。于曲，则在剧戏，其事头原有步骤，作套

---

[1] 家数：犹言师传、流派。
[2] 本色：明戏曲家对本色理解各不相同，或强调遵循宋元典范；或强调曲文质朴易懂；或指剧作家本人的风格特色。
[3] 《拜月》：元施惠作。
[4] 《香囊记》：明邵璨作。
[5] 寮：小屋。
[6] 湢：浴室。

数曲[1]，遂绝不闻有知此窍者，只漫然随调，逐句凑泊，掇拾为之，非不间得一二好语，颠倒零碎，终是不成格局。古曲如《题柳》"窥青眼"，久脍炙人口，然弇州亦訾为牵强而寡次序[2]，他可知矣。至闺怨、丽情等曲，益纷错乖迕，如理乱丝，不见头绪，无一可当合作者。是故修辞，当自炼格始。

论句法第十七

句法，宜婉曲不宜直致，宜藻艳不宜枯瘁，宜溜亮不宜艰涩，宜轻俊不宜重滞，宜新采不宜陈腐，宜摆脱不宜堆垛，宜温雅不宜激烈，宜细腻不宜粗率，宜芳润不宜噍杀。又总之，宜自然不宜生造。意常则造语贵新，语常则倒换须奇。他人所道，我则引避；他人用拙，我独用巧。平仄调停，阴阳谐叶，上下引带，减一句不得，增一句不得。我本新语，而使人闻之，若是旧句，言机熟也；我本生曲，而使人歌之，容易上口，言音调也。一调之中，句句琢炼，毋令有败笔语，毋令有欺嗓音[3]，积以成章，无遗恨矣。

论用事第二十一（选录）

曲之佳处，不在用事[4]，亦不在不用事。好用事，失之堆积；无事可用，失之枯寂。要在多读书，多识故实，引得的确，用得恰好，明事暗使，隐事显使，务使唱去人人都晓，不须解说。又有一等事，用在句中，令人不觉，如禅家所谓撮盐水中，饮水乃知咸味[5]，方是妙手。《西厢》、

---

[1]　套数曲：套曲，由同一宫调的曲牌组成一套曲子。
[2]　弇州：王世贞。
[3]　欺嗓音：义同"拗嗓"，曲词不谐音律，不易唱。
[4]　用事：用典故。
[5]　语见《传灯录》"如水中煮盐，饮水不知咸味。"

《琵琶》用事甚富，然无不恰好，所以动人。《玉玦》句句用事，如盛书柜子，翻使人厌恶，故不如《拜月》一味清空，自成一家之为愈也……

论剧戏第三十

剧之与戏，南北故自异体。北剧仅一人唱，南戏则各唱。一人唱则意可舒展，而有才者得尽其春容之致；[1]各人唱则格有所拘，律有所限，即有才者，不能恣肆于三尺之外也[2]。于是，贵剪裁，贵锻炼，以全帙为大间架，以每折为折落，以曲白为粉垩、为丹腰[3]；勿落套，勿不经，勿太蔓，蔓则局懈，而优人多删削；勿太促，促则气迫，而节奏不畅达；毋令一人无着落，毋令一折不照应。传中紧要处，须重著精神，极力发挥使透。如《浣纱》遗了越王尝胆及夫人采葛事[4]，红拂私奔[5]，如姬窃符[6]，皆本传大头脑，如何草草放过？若无紧要处，只管敷演，又多惹人厌憎：皆不审轻重之故也。又用宫调，须称事之悲欢苦乐，如游赏则用仙吕、双调等类，哀怨则用商调、越调等类，以调合情，容易感动得人。其词格俱妙，大雅与当行参间，可演可传，上之上也；词藻工，句意妙，如不谐里耳，为案头之书，已落第二义[7]；既非雅调，又非本色，掇拾陈言，凑插俚语，为学究，为张打油[8]，勿作可也。

---

[1]　春容：原指钟被用力叩击后的声音，此处指尽情发挥。一说同"从容"。

[2]　三尺：意谓法度。

[3]　丹腰：红色的涂漆。

[4]　《浣纱》句：《浣纱记》，明梁辰鱼作。写越王勾践兴国灭吴事，但越王卧薪尝胆只草草提过。"采葛"非越王夫人事，所记略差。

[5]　红拂私奔：事见唐传奇《虬髯客传》。明凌濛初《虬髯翁》杂剧、张凤翼《红拂记》传奇，皆本于此。

[6]　如姬窃符：事见《史记·信陵君列传》，明张凤翼据此作传奇《窃符记》。

[7]　第二义：佛教谓佛家道理为"第一义"的"真谛"，世俗的道理是虚幻的，不能反映实质的"第二义"的"俗谛"、"世谛"。

[8]　张打油：唐人，有《雪诗》"江上一笼统，井上黑窟窿。黄狗身上白，白狗身上肿"。此诗系其戏作，后世遂称俚俗之诗为打油诗。

杂论第三十九上（选录）

南、北二调，天若限之。北之沉雄，南之柔婉，可画地而知也。北人工篇章，南人工句字。工篇章，故以气骨胜；工句字，故以色泽胜。

胡鸿胪言：[1]"元时，台省元臣、郡邑正官，皆其国人为之；中州人每沉抑下僚，志不获展。如关汉卿乃太医院尹，马致远江浙行省务官，宫大用钓台山长[2]，郑德辉杭州路吏，张小山首领官[3]，于是多以有用之才，寓于声歌，以抒其拂郁感慨之怀，所谓不得其平而鸣也。"然其时如贯酸斋、白无咎、杨西庵、胡紫山、卢疏斋、赵松雪、虞邵庵辈[4]，皆昔之宰执贵人也，而未尝不工于词。以今之宰执贵人，与酸斋诸公角而不胜；以今之文人墨士，与汉卿诸君角而又不胜也。盖胜国时，上下成风，皆以词为尚，于是业有专门。今吾辈操管为时文[5]，既无暇染指，迨起家为大官，则不胜功名之念，致仕居乡[6]，又不胜田宅子孙之念，何怪其不能角而胜之也。

曲之尚法固矣，若仅如下算子、画格眼、垛死尸，则赵括之读父书[7]，故不如飞将军之横行匈奴也[8]。当行本色之说，非始于元[9]，亦非始于曲，盖本宋严沧浪之说诗。沧浪以禅喻诗，其言："禅道在妙悟，诗道亦

---

[1]　胡鸿胪言：以下引文见《珍珠船》"元曲"条，有节删。
[2]　宫大用：宫天挺，字大用。曾任钓台书院院山长。
[3]　张小山：张可久，字小山。以路吏转首领官。擅散曲，有《小山乐府》。
[4]　贯酸斋：贯云石。白无咎：白贲。杨西庵：杨果。胡紫山：胡祗遹。卢疏斋：卢挚。赵松雪：赵孟頫。虞邵庵：虞集。多为元词曲家。
[5]　时文：指八股文。
[6]　致仕：辞官。
[7]　赵括：战国名将赵奢之子，善纸上谈兵，但不知变化和应用，致有赵国长平之败。
[8]　飞将军：汉名将李广，匈奴称之为"飞将军"。
[9]　当行：犹"内行"，指合乎戏曲的特殊规律。古典曲论中"当行"、"本色"，各人论来内涵并不相同，俱须具体分析。

然。惟悟乃为当行，乃为本色。有透彻之悟，有一知半解之悟。"又云："行有未至，可加工力；路头一差，愈骛愈远[1]。"又云："须以大乘正法眼为宗，不可令堕入声闻辟支之果[2]。"知此说者，可与语词道矣。

杂论第三十九下（选录）

……宋词句有长短，声有次第矣，亦尚限边幅，未畅人情。至金、元之南北曲，而极之长套，敛之小令，能令听者色飞，触者肠靡，洋洋缅缅，声蔑以加矣！此岂人事，抑天运之使然哉。

…………

作闺情曲，而多及景语，吾知其窘矣。此在高手，持一"情"字，摸索洗发[3]，方挹之不尽，写之不穷，淋漓渺漫，自有余力，何暇及眼前与我相二之花鸟烟云，俾掩我真性，混我寸管哉。世之曲，咏情者强半，持此律之，品力可立见矣。

古人往矣，吾取古事，丽今声[4]，华衮其贤者[5]，粉墨其慝者[6]，奏之场上，令观者藉为劝惩兴起，甚或扼腕裂眦，涕泗交下而不能已，此方为有关世教文字。若徒取漫言，既已造化在手，而又未必其新奇可喜，亦何贵漫言为耶？此非腐谈，要是确论。故不关风化，纵好徒然，此《琵琶》持大头脑处，《拜月》只是宣淫，端士所不与也[7]。

---

[1]　见《沧浪诗话·诗辨》。
[2]　见《沧浪诗话》，字句有变动。
[3]　摸索洗发：指艺术创造中探求、捕捉、提炼、想象等事。
[4]　取古事、丽今声：把古事搬到今天戏曲中。
[5]　华衮：喻赞美。
[6]　粉墨：喻贬斥。慝：邪恶。
[7]　端士：犹言正人君子。

说明

　　王骥德曾述其《曲律》之志曰："吾姑从世界缺陷处一修补之"（毛以燧《曲律·跋》）。这是何等的自信与豪情！确实，《曲律》门类详备、论述全面、组织严密、自成体系，与之比肩的只有吕天成的《曲品》。《曲律》兼收了沈璟、汤显祖、徐渭、孙矿等各派所长，达到了当时曲论研究的高峰。全书共四十章，以上节选的只是其中一部分，涉及内容如下：

　　从总论上说，所选部分论述了南北曲的差别，戏曲的社会功能。南北曲的差别不仅表现在源流上，而且体现在风格以及构成风格的表现形式上。"北之沉雄"、"工篇章"、"以气骨胜"，"南之柔婉"、"工字句"、"以色泽胜"。戏曲的功能则是应"令观者借为劝惩兴起，甚或扼腕裂眦、涕泗交下"。就分论来说，论述了读书，用典的尺度问题，本色与文调的分寸把握，章法、句法、字法等等。由于王骥德论述时纲举目张、条理甚明，兹不一一赘述。窥斑见豹，王氏《曲律》之博与精不难想见。

金人瑞

金人瑞（1608？—1661），本姓张，名采。后改姓金，名喟，字圣叹，明亡后更名人瑞。吴县人。虽然自小即享有才名，可是终生布衣。明亡入清后更绝意仕进，专事于文学批评活动。将《离骚》、《庄子》、《史记》、《杜诗》、《水浒传》、《西厢记》依次称为世间六才子书。经其评点的《水浒传》、《西厢记》流传甚广，他本人也因此名震当时。金圣叹是小说理论史上的一位天才理论家，他的评点建立起了中国古典小说美学。清代小说评点家冯镇峦说："金人瑞批《水浒》、《西厢》，灵心妙舌，开后人无限眼界，无限文心。"金圣叹一生著述甚丰，因与当朝思想不合，于顺治末以哭庙案被杀。

第五才子书施耐庵水浒传序三

施耐庵《水浒正传》七十卷，又《楔子》一卷，《原序》一篇亦作一卷[1]，共七十二卷。今与汝释弓[2]。

序曰：吾年十岁，方入乡塾，随例读《大学》《中庸》《论语》《孟子》等书，意惛如也[3]。每与同塾儿窃作是语：不知习此将何为者？又窥见大人彻夜吟诵，其意乐甚，殊不知其何所得乐？又不知尽天下书当有几许？其中皆何所言？不雷同耶？如是之事，总未有明于心。

明年十一岁，身体时时有小病，病作，辄得告假出塾。吾既不好弄，

[1]　金人瑞批注的《第五才子书施耐庵水浒传》称为贯华堂本。有一篇伪托施耐庵撰的序文，楔子"张天师祈禳瘟疫，洪太尉误走妖魔"一回，正文自"王教头私走延安府，九纹龙大闹史家村"到"忠义堂石碣受天文，梁山泊英雄惊恶梦"七十回，共七十二卷。

[2]　释弓：金人瑞子雍，字释弓。

[3]　惛如：糊里糊涂样子。

大人又禁不许弄，仍以书为消息而已[1]。吾最初得见者，是《妙法莲华经》[2]，次之，则见屈子《离骚》，次之，则见太史公《史记》，次之，则见俗本《水浒传》，是皆十一岁病中之创获也。《离骚》苦多生字，好之而不甚解，记其一句两句，吟唱而已；《法华经》《史记》解处为多，然而胆未坚刚，终亦不能尝读；其无晨无夜不在怀抱者，吾于《水浒传》可谓无间然矣。吾每见今世之父兄，类不许其子弟读一切书，亦未尝引之见于一切大人先生，此皆大错。夫儿子十岁，神智生矣，不纵其读一切书，且有他好；又不使之列于大人先生之间，是驱之与婢仆为伍也。汝昔五岁时，吾即容汝出坐一隅，今年始十岁，便以此书相授者，非过有所宠爱，或者教汝之道当如是也。

吾犹自记十一岁读《水浒》后，便有于书无所不窥之势。吾实何曾得见一书，心知其然则有之耳。然就今思之，诚不谬矣。天下之文章，无有出《水浒》右者；天下之格物君子[3]，无有出施耐庵先生右者。学者诚能澄怀格物，发皇文章[4]，岂不一代文物之林，然但能善读《水浒》而已，为其人绰绰有余也。

《水浒》所叙，叙一百八人，人有其性情，人有其气质，人有其形状，人有其声口。夫以一手而画数面，则将有兄弟之形；一口而吹数声，斯不免再眏也[5]。施耐庵以一心所运，而一百八人各自入妙者，无他，十年格物而一朝物格，斯以一笔而写百千万人，固不以为难也。格物亦有法，汝应知之。格物之法，以忠恕为门。何谓忠？天下因缘生法[6]，故忠

---

[1]　消息：此处指消遣。
[2]　《妙法莲华经》：佛经，简称《法华经》。
[3]　格物：推究事物的道理。下文"物格"指事物道理得以推究通达。
[4]　发皇：显豁、开发明朗。
[5]　眏：小声音。
[6]　因缘生法：因缘，佛教名词。事物生灭的主要条件为因、辅助条件为缘。法，佛教名词，此处指一切事物和道理。

不必学而至于忠，天下自然无法不忠。火亦忠，眼亦忠，故吾之见忠；钟忠耳忠，故闻无不忠；吾既忠，则人亦忠，盗贼亦忠，犬鼠亦忠。盗贼犬鼠无不忠者，所谓恕也。夫然后物格，夫然后能尽人之性，而可以赞化育[1]，参天地[2]。今世之人，吾知之，是先不知因缘生法；不知因缘生法，则不知忠；不知忠，乌知恕哉！是人生二子而不能自解也，谓其妻曰：眉犹眉也，目犹目也，鼻犹鼻，口犹口，而大儿非小儿，小儿非大儿者何故？而不自知实与其妻亲造作之也。夫不知子，问之妻，夫妻因缘，是生其子。天下之忠，无有过于夫妻之事者；天下之忠，无有过于其子之面者。审知其理，而睹天下人之面，察天下夫妻之事，彼万面不同，岂不甚宜哉！忠恕，量万物之斗斛也，因缘生法，裁世界之刀尺也。施耐庵左手握如是斗斛，右手持如是刀尺，而仅乃叙一百八人之性情气质形状声口者，是犹小试其端也。若其文章，字有字法，句有句法，章有章法，部有部法，有何异哉！吾既喜读《水浒》，十二岁便得贯华堂所藏古本，吾日夜手抄，谬自评释，历四五六七八月，而其事方竣，即今此本是已。如此者，非吾有读《水浒》之法，若《水浒》固自为读一切书之法矣。

　　吾旧闻有人言，庄生之文放浪，《史记》之文雄奇，始亦以之为然，至是忽哑然其笑[3]，古今之人，以瞽语瞽，真可谓一无所知，徒令小儿肠痛耳。夫庄生之文何尝放浪？《史记》之文何尝雄奇？彼殆不知庄生之所云，而徒见其忽言化鱼[4]，忽言解牛[5]，寻之不得其端，则以为放浪。徒见《史记》所记皆刘、项争斗之事，其它又不出于杀人报仇，捐金重义为

---

[1]　赞化育：赞，佐助。化育，化生和养育，指大自然生长万物。
[2]　参天地：与天地并立为三。
[3]　哑然：大笑状。
[4]　化鱼：《庄子·逍遥游》云"北冥有鱼，其名为鲲。鲲之大，不知其几千里也"。
[5]　解牛：《庄子·养生主》有庖丁解牛之典。

多，则以为雄奇也。若诚以吾读《水浒》之法读之，正可谓庄生之文精严，《史记》之文亦精严。不宁惟是而已，盖天下之书，诚欲藏之名山，传之后人，即无有不精严者。何谓之精严？字有字法，句有句法，章有章法，部有部法，是也。夫以庄生之文，杂之《史记》，不似《史记》，以《史记》之文，杂之庄生，不似庄生者，庄生意思欲言圣人之道，《史记》摅其怨愤而已。其志不同，不相为谋。有固然者，毋足怪也。若复置其中之所论而直取其文心，则惟庄生能作《史记》，惟子长能作《庄子》。吾恶乎知之，吾读《水浒》而知之矣。夫文章小道，必有可观，吾党斐然，尚须裁夺，古来至圣大贤，无不以其笔墨为身光耀。只如《论语》一书，岂非仲尼之微言，洁净之篇节。然而善论道者论道，善论文者论文，吾尝观其制作，又何其甚妙也。《学而》一章，三唱"不亦"[1]；"叹觚"之篇，有四"觚"字，余者一"不"两"哉"而已[2]；"质胜文则野，文胜质则史"[3]，其文交互而成；"知之者不如好之者，好之者不如乐之者"[4]，其法传接而出；山水动静乐寿，譬禁树之对生[5]；"子路问闻斯行"[6]，如晨鼓之频发。其他不可悉数，约略皆佳构也。彼庄子《史记》各以其书独步万年，万年之人，莫不叹其何处得来。若自吾观之，彼亦岂能有其多才者乎？皆不过以此数章引而伸之，触类而长之者也。

《水浒》所叙，叙一百八人，其人不出绿林，其事不出劫杀，失教丧心，诚不可训，然而吾独欲略其形迹，伸其神理者，盖此书七十回，数十万言，可谓多矣，而举其神理，正如《论语》之一节两节，浏然以

[1] 语出《论语·学而》："学而时习之，不亦说乎？有朋自远方来，不亦乐乎？人不知而不愠，不亦君子乎？"
[2] 语出《论语·雍也》："子曰：'觚不觚，觚哉！觚哉！'"
[3] 语出《论语·雍也》。野，粗野；史，浮华。
[4] 语出《论语·雍也》。
[5] 禁树：禁中之树，对互而生。禁中，皇帝居住的地方。
[6] 语出《论语·先进》。

清，湛然以明，轩然以轻[1]，濯然以新。彼岂非《庄子》《史记》之流哉！不然何以有此。如必欲苟其形迹，则夫十五国风，淫污居半，《春秋》所书，弑夺十九，不闻恶神奸而弃禹鼎[2]，憎梼杌而诛倚相[3]，此理至明，亦易晓矣。

嗟乎！人生十岁，耳目渐吐，如日在东，光明发挥。如此书。吾即欲禁汝不见，亦岂可得？今知不可相禁，而反出其旧所批释，脱然授之于手也。夫固以为《水浒》之文精严，读之即得读一切书之法也。汝真能善得此法，而明年经业既毕，便以之遍读天下之书，其易果如破竹也者，夫而后叹施耐庵《水浒传》真为文章之总持。不然，而犹如常儿之泛览者而已。是不惟负施耐庵，亦殊负吾。汝试思之，吾如之何其不郁郁乎哉！

皇帝崇祯十四年二月十五日[4]。

说明

提高通俗文学的地位，乃至于与经史子集相并肩，这不是金圣叹的独创。但是真正完整、全面、深入地从文学创作的角度去论述小说和戏曲，并形成独特体系的，金圣叹无疑是较早的一个。清代冯镇峦说"金人瑞批《水浒》、《西厢》，灵心妙舌，开后人无限眼界，无限文心"，此

---

[1]　轩：车子前高后低，引申为轻扬，飞举。
[2]　神奸：鬼神怪异之物。禹鼎：《左传·宣公三年》"远方图物，贡金九枚，铸鼎象物，百物为之备，使民知神奸。"
[3]　梼杌：传说中怪兽名。倚相：春秋时楚左史。能读三坟、五典、八索、九丘，楚灵王称为良史。
[4]　崇祯：明思宗年号，自公元 1628 年至 1644 年。十四年即 1641 年。

话确实一点也不过分。因为金圣叹自己就是一个眼界广阔、文心丰赡的理论家。如果说李贽是一个思想家，他多从哲学思想角度去论述文学的话，那么金圣叹堪称一位地地道道的文学理论家。像这篇《水浒传》的序言阐述了典型塑造的两条规律：一是典型人物的根本点在于其独特性，所谓"一百八人，人有其性情，人有其气质，人有其形状，人有其声口"，外在的和内在的、生理的和心理的，人人之间各不相同；二是典型塑造的认识论，即"十年格物"和"因缘生法"。作家要十年格物，孜孜以求事物变化的因和缘，对这些因、缘长期观察，深入分析，刻苦研究后才有可能"一朝物格"，豁然开朗，创作出各自入妙的典型形象来。

王夫之

王夫之（1619—1692），字而农，号姜斋，湖南衡阳人。明崇祯举人，明亡不仕，筑土室于湘西石船山，学者称船山先生。王夫之是明清之际与顾炎武、黄宗羲齐名的著名学者，是中国哲学史上少见的唯物论者。所著达百余种，其中七十种收入《船山遗书》。在治学之暇，王夫之不但作诗，还精研诗学，后人把他的《诗绎》、《夕堂永日绪论内编》、《南窗漫记》等诗论著作合编为《姜斋诗话》。王夫之的美学思想是对全面成熟的中国艺术的总结和升华，是中国古典美学一个灿烂的高峰。

夕堂永日绪论内编（选录）

无论诗歌与长行文字，俱以意为主。意犹帅也，无帅之兵，谓之乌合。李、杜所以称大家者，无意之诗，十不得一二也。烟云泉石，花鸟苔林，金铺锦帐，寓意则灵。若齐、梁绮语，宋人挼合成句之出处（原注：宋人论诗字字求出处），役心向彼掇索，而不恤己情之所自发，此之谓小家数，总在圈缋中求活计也[1]。

把定一题一人一事一物，于其上求形模、求比似、求词采、求故实，如钝斧子劈栎柞，皮屑纷霏，何尝动得一丝纹理。以意为主，势次之，势者意中之神理也。唯谢康乐为能取势。宛转屈伸，以求尽其意，意已尽则止，殆无剩语。夭矫连蜷，烟云缭绕，乃真龙，非画龙也。

"僧敲月下门"[2]，只是妄想揣摩，如说他人梦；纵令形容酷似，何尝毫发关心。知然者以其沈吟推敲二字，就他作想也。若即景会心，则

---

[1]　圈缋：圈套。
[2]　见贾岛《题李凝幽居诗》。

或推或敲，必居其一；因景因情，自然灵妙，何劳拟议哉？"长河落日圆"[1]，初无定景，"隔水问樵夫"[2]，初非想得，则禅家所谓现量也[3]。

诗文俱有主宾，无主之宾，谓之乌合。俗论以比为宾，以赋为主，以反为宾，以正为主，皆塾师赚童子死法耳。立一主以待宾，宾无非主之宾者，乃俱有情而相浃洽。若夫"秋风吹渭水，落叶满长安"[4]，于贾岛何与？"湘潭云尽暮烟出，巴蜀雪消春水来"[5]，于许浑奚涉？皆乌合也。"影静千官里，心苏七校前"[6]，得主矣，尚有痕迹；"花迎剑佩星初落"[7]，则宾主历然，镕合一片。

身之所历，目之所见，是铁门限[8]。即极写大景，如"阴晴众壑殊"[9]，"乾坤日夜浮"[10]，亦必不逾此限。非按舆地图便可云"平野入青徐"[11]也，抑登楼所见者耳。隔垣听演杂剧，可闻其歌，不见其舞；更远则但闻鼓声，而可云所演何出乎？前有齐、梁，后有晚唐及宋人，皆欺心以炫巧。

以神理相取，在远近之间，才著手便煞，一放手又飘忽去，如物在人亡无见期捉煞了也。如宋人咏河豚云："春洲生荻芽，春岸飞杨花"[12]，饶他有理，终是于河豚没交涉。"青青河畔草"与"绵绵思远道"[13]，何以

---

[1]　王维《使至塞上》句。

[2]　王维《终南山》句。

[3]　现量：古印度因明学术语。"量"指知识及构成知识的过程，有现量和比量。现量是通过感觉器官直接接触事物而获取知识。

[4]　贾岛《忆江上吴处士》句。

[5]　许浑《凌歊台》句。

[6]　杜甫《喜达行在所》第三首句。

[7]　岑参《奉和中书舍人贾至早朝大明宫》句。

[8]　铁门限：铁门槛。喻限制谨严。

[9]　王维《终南山》句。

[10]　杜甫《登岳阳楼》句。

[11]　杜甫《登兖州城楼》句。

[12]　梅尧臣《范饶州坐中客语食河豚鱼》句。

[13]　二句皆系古乐府《饮马长城窟行》句。

238　　　　　　　　　　　　　　　　　　　　　　　　　　　　　　　诗文评品

相因依，相含吐，神理凑合时，自然拾得。

"海暗三山雨"，接"此乡多宝玉"，不得迤逦；说到"花明五岭春"[1]，然后彼句可来，又岂尝无法哉？非皎然、高棅之法耳[2]。若果足为法，乌容破之？非法之法，则破之不尽，终不得法。诗之有皎然、虞伯生[3]，经义之有茅鹿门、汤宾尹、袁了凡[4]，皆画地为牢以陷人者，有死法也。死法之立，总缘识量狭小。如演杂剧，在方丈台上，故有花样步位，稍移一步，则错乱。若驰骋康庄，取涂千里，而用此步法，虽至愚者不为也。

情景名为二，而实不可离。神于诗者，妙合无垠。巧者则有情中景，景中情。景中情者，如"长安一片月"[5]，自然是孤栖忆远之情；"影静千官里"，自然是喜达行在之情。情中景尤难曲写，如"诗成珠玉在挥毫"[6]，写出才人翰墨淋漓自心欣赏之景。凡此类知者遇之，非然亦鹘突看过，作等闲语耳。

不能作景语，又何能作情语邪？古人绝唱句多景语，如"高台多悲风"[7]，"胡蝶飞南园"[8]，"池塘生春草"[9]，"亭皋木叶下"[10]，"芙蓉露下落"[11]皆是也，而情寓其中矣。以写景之心理言情，则身心中独喻之微轻安拈出，谢太傅于毛诗取"訏谟定命，远犹辰告"[12]，以此八字如一串珠，将大臣经

---

[1]　三句皆系岑参《送张子尉南海》句。
[2]　皎然：唐诗僧。高棅：明诗人、书画家。
[3]　虞伯生：虞集，元文论家。
[4]　茅鹿门、袁了凡：茅坤、袁黄。与汤宾尹俱为明文论家。
[5]　李白《子夜吴歌·秋歌》句。
[6]　杜甫《奉和贾至舍人早朝大明宫》句。
[7]　曹植《杂诗》第一首句。
[8]　张协《杂诗》第八首句。
[9]　谢灵运《登池上楼句》。
[10]　柳恽《捣衣诗》句。
[11]　萧悫《秋思》句。
[12]　谢太傅：指谢安。"訏谟定命，远犹辰告"系《诗经·大雅·抑》句。訏，大。谟，谋。犹，图。辰，时。

营国事之心曲写出次第，故与"昔我往矣，杨柳依依；今我来思，雨雪霏霏"[1]同一达情之妙。

一解弈者，以诲人弈为游资，后遇一高手与对弈，至十数子，辄揶揄之曰："此教师棋耳。"诗文立门庭，使人学己，人一学即似者，自诩为大家、为才子，亦艺苑教师而已。高廷礼、李献吉、何大复、李于鳞、王元美、锺伯敬、谭友夏所尚异科[2]，其归一也。才立一门庭，则但有其局格，更无性情，更无兴会，更无思致。自缚缚人，谁为之解者？昭代风雅[3]，自不属此数公。若刘伯温之思理[4]，高季迪之韵度[5]，刘彦昺之高华[6]，贝廷琚之俊逸[7]，汤义仍之灵警[8]，绝壁孤骞，无可攀蹑，人固望洋而返，而后以其亭亭岳岳之风神，与古人相辉映。次则孙仲衍之畅适[9]，周履道之萧清[10]，徐昌穀之密赡[11]，高子业之戌削[12]，李宾之之流丽[13]，徐文长之豪迈[14]，各擅胜场，沈酣自得，正以不悬牌开肆，充风雅牙行；要使光焰熊熊，莫能揜抑，岂与碌碌余子争市易之场哉？李文饶有云[15]："好驴马不逐队行。"立门庭与依傍门庭者，皆逐队者也。

---

[1]　《诗经·小雅·采薇》句。
[2]　高廷礼：高棅。李献吉：李梦阳。何大复：何景明。李于鳞：李攀龙。王元美：王世贞。锺伯敬：锺惺。谭友夏：谭元春。
[3]　昭代：指明朝，旧时称当代的王朝。
[4]　刘伯温：刘基。明诗人，散文家。
[5]　高季迪：高启。明诗人。
[6]　刘彦昺：刘炳。明诗人。
[7]　贝廷琚：贝琼。明诗人。
[8]　汤义仍：汤显祖。
[9]　孙仲衍：孙蕡，明诗人。
[10]　周履道：周砥。明诗人。
[11]　徐昌穀：徐祯卿，明诗人。
[12]　高子业：高叔嗣，明诗人。
[13]　李宾之：李东阳，明诗人，曾为文坛领袖。
[14]　徐文长：徐渭。
[15]　李文饶：李德裕，唐政治家、诗人。

说明

　　中国古典美学在明末清初进入了自己的总结时期，作为这一时期的标志之一是王夫之的美学体系。这位哲学大师于诗歌理论上的成就已超越了一般诗论、诗话的层次，而上升到美学的高度。他建立了一个以诗歌的审美意象为中心的美学体系。这一博大精深的美学体系又由两个支柱所支持，一是情景说，一是现量说。先说情景说。王夫之明确把"诗"和"志"、"意"加以区分。"'诗言志，歌永言。'非志即为诗，言即为歌也"（《唐诗评选》卷一）。"诗之深远广大，与夫舍旧趋新也，俱不在意"（《明诗评选》卷八）。那么诗在何处？诗在于"意"与"象"的统一，所谓诗"以意为主"，即是从审美意象的情景关系而说的。诗歌意象是情与景的内在统一，或言之，情景统一是诗歌意象的基本结构。情景不可或离，"情不虚情，情皆可景，景非虚景，景总含情"（《古诗评选》卷五），"情景名为二，而实不可离"，"巧者则有情中景，景中情"，他还说"景以情合、情以景生"（《姜斋诗话》卷二），"景者情之景，情者景之情"（《唐诗评选》卷四）。王夫之还论及了情景结合常见的几种类型，除上述"情中景"、"景中情"外，还有"人中景"、"景中人"，等等。情景须自然契合而升华，从而构成审美意象。那么这一过程又是怎样进行的呢？这就是他的"现量说"，该说对审美观照、审美感兴的基本性质、特点做了深刻的分析。"身之所历，目之所见，是铁门限"，谁也不能违背这一创作规律，脱离直接的审美观照则是"妄想揣摩，如说他人梦"。王夫之为了说明审美意象必须从审美观照中产生并进而说明审美观照的性质，引进了"现量"二字。据他解释，"现"有三义："现在义"，"不缘过去作影"；"现成义"，"一触即觉，不假思量计较"；"显现真实义"，"乃彼之体性本自如此，显现无疑，不参虚妄"。这三层涵义恰恰是对审美观照性质的概括：直觉性。"直"是指亲身经历、直截了当、不假思索、不生分别、不审意义、不立名言；"觉"则觉察义、觉醒义、觉悟义。与许多也推崇审美主体之心灵作用的理论家不同，王夫之并不否定客观之美："天不靳以其风日而为人和，物不靳以其情态而为人赏……是以乐者，两间之固有也，然后人可取而得也"（《诗广传》卷四），"形于吾身以外者化也，生于吾身以内者心也。相值而相取，一俯一仰之际，几与为通，而淳然兴矣"（《诗广传》卷二）。"人心"与"天化"相值而相取，这才有审美感兴。这是多么深刻而又独特的美学思想！重主观，而不唯心；重客观，而又不机械。

在情景说、现量说基础上，王夫之还论述了诗歌意象的整体性、真实性、多义性、独创性，论述了审美创造所必具的心胸和灵感。这些不一一论述了。

刘大櫆

刘大櫆（1698—1779），字才甫、耕南，号海峰，安徽桐城人。官安徽黟县教谕。游京师时，以文谒方苞，苞惊服为之揄扬，由是名著当时，后姚鼐继起，世称方、刘、姚，为桐城派中坚。刘对桐城派文论起承前启后作用，文论思想见于《论文偶记》。著有《海峰先生文集》、《海峰先生诗集》。

论文偶记（选录）

行文之道，神为主，气辅之。曹子桓、苏子由论文[1]，以气为主，是矣。然气随神转，神浑则气灏，神远则气逸，神伟则气高，神变则气奇，神深则气静，故神为气之主。至专以理为主者，则犹未尽其妙也。盖人不穷理读书，则出词鄙倍空疏[2]；人无经济，则言虽累牍，不适于用。故义理、书卷、经济者，行文之实；若行文自另是一事。譬如大匠操斤，无土木材料，纵有成风尽垩手段[3]，何处设施？然即土木材料，而不善设施者甚多，终不可为大匠。故文人者，大匠也；神气、音节者，匠人之能事也；义理、书卷、经济者，匠人之材料也。

古人文字最不可攀处，只是文法高妙。

神者，文家之宝。文章最要气盛，然无神以主之，则气无所附，荡乎不知其所归也。神者气之主，气者神之用。神只是气之精处。

---

[1] 曹子桓、苏子由：三国魏国曹丕、北宋苏辙。

[2] 出词鄙倍：《论语·泰伯》"出辞气，斯远鄙倍矣。"鄙，鄙恶。倍，乖戾。

[3] 成风尽垩：《庄子·徐无鬼》"郢人垩墁其鼻端若蝇翼，使匠石斫之。匠石运斤成风，听而斫之。尽垩而鼻不伤，郢人立不失容"。垩，石灰。墁，涂污。斤，斧。

古人文章可告人者惟法耳。然不得其神而徒守其法，则死法而已。要在自家于读时微会之。李翰云："文章如千军万马；风恬雨霁，寂无人声[1]。"此语最形容得气好。论气不论势，文法总不备。

文章最要节奏；譬之管弦繁奏中，必有希声窈眇处[2]。

神气者，文之最精处也；音节者，文之稍粗处也；字句者，文之最粗处也。然论文而至于字句，则文之能事尽矣。盖音节者，神气之迹也；字句者，音节之矩也。神气不可见，于音节见之；音节无可准，以字句准之[3]。

音节高则神气必高，音节下则神气必下，故音节为神气之迹。一句之中，或多一字，或少一字；一字之中，或用平声，或用仄声；同一平字仄字，或用阴平、阳平、上声、去声、入声，则音节迥异，故字句为音节之矩。积字成句，积句成章，积章成篇，合而读之，音节见矣；歌而咏之，神气出矣。

近人论文，不知有所谓音节者；至语以字句，则必笑以为末事。此论似高实谬。作文若字句安顿不妙，岂复有文字乎？但所谓字句音节，须从古人文字中实实讲贯过始得，非如世俗所云也。

文贵奇，所谓"珍爱者必非常物"[4]。然有奇在字句者，有奇在意思者，有奇在笔者，有奇在丘壑者，有奇在气者，有奇在神者。字句之奇，不足为奇；气奇则真奇矣；神奇则古来亦不多见。次第虽如此，然字句亦不可不奇，自是文家能事。扬子《太玄》《法言》，昌黎甚好之，故昌黎文奇。

奇气最难识。大约忽起忽落，其来无端，其去无迹。读古人文，于

---

[1] 语出唐李德裕《文章论》，"军"原作"兵"。李翰，唐进士。
[2] 希声：《老子》"大音希声"，希声，听之不闻。窈眇：美妙。
[3] 盖音节者以下句：姚鼐曾阐述类似观点。
[4] 语出韩愈《答刘正夫书》"其所爱者，必非常物"。

起灭转接之间，觉有不可测识，便是奇气。奇，正与平相对。气虽盛大，一片行去，不可谓奇。奇者，于一气行走之中，时时提起。

……

文贵变。《易》曰："虎变文炳，豹变文蔚。"[1] 又曰："物相杂，故曰文。"[2] 故文者，变之谓也。一集之中篇篇变，一篇之中段段变，一段之中句句变，神变，气变，境变，音节变，字句变，惟昌黎能之。

文法有平有奇，须是兼备，乃尽文人之能事。上古文字初开，实字多，虚字少。典谟训诰，何等简奥，然文法要是未备。至孔子之时，虚字详备，作者神态毕出。《左氏》情韵并美，文彩照耀。至先秦、战国，更加疏纵。汉人敛之，稍归劲质，惟子长集其大成。唐人宗汉多峭硬。宋人宗秦，得其疏纵，而失其厚懋，气味亦少薄矣。文必虚字备而后神态出，何可节损？然枝蔓软弱，少古人厚重之气，自是后人文渐薄处。

理不可以直指也，故即物以明理；情不可以显出也，故即事以寓情。即物以明理，《庄子》之文也；即事以寓情，《史记》之文也。

凡行文多寡短长，抑扬高下，无一定之律，而有一定之妙，可以意会，而不可以言传。学者求神气而得之于音节，求音节而得之于字句，则思过半矣。其要只在读古人文字时，便设以此身代古人说话，一吞一吐，皆由彼而不由我。烂熟后，我之神气即古人之神气，古人之音节都在我喉吻间，合我喉吻者，便是与古人神气音节相似处，久之自然铿锵发金石声。

---

[1]　语出《易·革》"象曰：大人虎变，其文炳也"，"象曰：君子豹变，其文蔚也"。炳，光明。蔚，华茂。
[2]　语出《易·系辞下》。

说明

　　刘大櫆与方苞、姚鼐并称桐城三祖，刘居中间，为承前启后人物。他在方苞义法论基础上进一步探讨了散文的艺术问题。他论文的中心是神气音节说。"行文之道，神为主，气辅之。"那么什么是神与气？这一点恰恰是令世代学者为之拈断白须的，中国古代哲学家、美学家、文论家论"神"、"气"等概念的差不多汗牛充栋，但各有体会与见解，而且一般都未从理论上加以逻辑清楚地厘清与阐述，刘大櫆也不例外。他所谓的"神"大致是指作者的精神秉性以及构成作品风格的内在精神；他所说的"气"大致指文章风格的气势。离开了神而言气，那么"气无所归附"，所以说"神者气之主，气者神之用"，神是文章的最精处、是文章之宝。如此论述神气，还是不易捉摸，于是刘大櫆指出于音节以求神气，于字句以求音节。音节字句是神气的具体体现，所以他非常重视虚字的运用，"文必虚字备而后神态出"，同时又强调熟读涵咏，"合而读之，音节见矣；歌而咏之，神气出矣"。文章是语言的艺术，韩愈《答李翊书》曾说"气盛则言之短长与声之高下者皆宜"，但韩愈未加具体地论述，以音节证入，是刘大櫆的独到之处。但是如果片面强调音节，又将产生许多鹦鹉学舌般的流弊，以模仿古人腔调为能事。

　　在文道关系上，刘大櫆指出文章之出色由"大匠"、"能事"、"材料"三者有机合一方可成功，这令人联想起亚里士多德的"四因说"（质料因、形式因、动力因、目的因是一切事物形成之不可或缺的条件）。文与道是两回事，不可互相替代，能告人者只有"法"，不可晓人者是"神"，由法而入神，是作文者成"大匠"的标志。

曹雪芹

曹雪芹（1715—1763?），名霑，字梦阮，号雪芹、芹圃、芹溪。祖籍辽阳，后迁沈阳，原为汉军旗人，后归入满洲正白旗。康熙朝，家族煊赫一时，自曾祖父曹玺起，三代世袭江宁织造。康熙六次南巡，五次以江宁织造署为行宫。祖父曹寅名冠一时，善诗词戏曲，主持刻印著名的《全唐诗》。雍正五年，父曹頫因事株连，罢官抄家，家道一蹶不振。约在公元1750年以后，雪芹移居北京香山一带，在"蓬牖茅椽、绳床瓦灶"、"举家食粥"的困顿中，创作出了伟大的《红楼梦》(又名《石头记》)，可惜因幼子夭折、感伤成疾而不到五十岁就在贫病交迫中搁笔长逝，让后人扼腕长叹。

红楼梦第一回（选录）

后来，又不知过了几世几劫[1]，因有个空空道人访道求仙，忽从这大荒山无稽崖青埂峰下经过[2]，忽见一大块石上字迹分明，编述历历。空空道人乃从头一看，原来就是无材补天[3]、幻形入世，蒙茫茫大士、渺渺真人携入红尘，历尽离合悲欢炎凉世态的一段故事。后面又有一首偈云：

> 无材可去补苍天，枉入红尘若许年。
>
> 此系身前身后事，倩谁记去作奇传。

---

[1] 劫：佛教用语，佛教认为世界的一成一败为一劫，表示难以计数的很长时间。
[2] 大荒山无稽崖青埂峰：作者虚构地名。
[3] 无材补天：《红楼梦》第一回交待女娲炼石补天，炼了三万六千五百零一块，只用了三万六千五百块，多余一块弃于青埂峰下。

诗后便是此石坠落之乡，投胎之处，亲自经历的一段陈迹故事，其中家庭闺阁琐事，以及闲情诗词，倒还全备，或可适趣解闷；然朝代年纪、地舆邦国，却反失落无考。

空空道人遂向石头说道："石兄，你这一段故事，据你自己说有些趣味，故编写在此，意欲问世传奇。据我看来，第一件，无朝代年纪可考；第二件，并无大贤大忠、理朝廷治风俗的善政，其中只不过几个异样的女子，或情或痴，或小才微善，亦无班姑、蔡女之德能¹。我纵抄去，恐世人不爱看呢。"石头笑答道："我师何太痴也！若云无朝代可考，今我师竟假借汉、唐等年纪添缀，又有何难？但我想，历来野史皆蹈一辙，莫如我这不借此套者，反倒新奇别致，不过只取其事体情理罢了，又何必拘拘于朝代年纪哉！再者，市井俗人喜看理治之书者甚少，爱看适趣闲文者特多。历来野史，或讪谤君相，或贬人妻女，奸淫凶恶，不可胜数；更有一种风月笔墨，其淫秽污臭，涂毒笔墨，坏人子弟，又不可胜数。至若佳人才子等书，则又千部共出一套，且其中终不能不涉于淫滥，以致满纸潘安、子建、西子、文君²，不过作者要写出自己的那两首情诗艳赋来，故假拟出男女二人名姓，又必傍出一小人其间拨乱，亦如剧中之小丑然。且鬟婢开口即者也之乎，非文即理。故逐一看去，悉皆自相矛盾、大不近情理之话，竟不如我半世亲睹亲闻的这几个女子，虽不敢说强似前代书中所有之人，但事迹原委，亦可以消愁破闷；也有几首歪诗熟话，可以喷饭供酒。至若离合悲欢，兴衰际遇，则又追踪摄迹，不敢稍加穿凿，徒为供人之目而反失其真传者。今之人，贫者日为衣食所

---

[1]　班姑、蔡女：东汉史学家班昭、才女蔡琰（文姬）。

[2]　潘安、子建、西子、文君：潘安即潘岳，西晋美男子，后世称美男子往往以"貌似潘安"来形容。子建即三国魏陈思王曹植，有"才高八斗"之誉。西子即西施。文君即卓文君，曾与司马相如私奔。

累，富者又怀不足之心，纵然一时稍闲，又有贪淫恋色、好货寻愁之事，那里去有功夫看那理治之书！所以，我这一段故事，也不愿世人称奇道妙，也不定要世人喜悦检读；只愿他们当那醉余饱卧之时，或避事去愁之际，把此一玩，岂不省了些寿命筋力？就比那谋虚逐妄，却也省了口舌是非之害，腿脚奔忙之苦。再者，亦令世人换新耳目，不比那些胡牵乱扯，忽离忽遇，满纸才人、淑女、子建、文君、红娘、小玉等通共熟套之旧稿[1]。我师意为何如？"

空空道人听如此说，思忖半晌，将这《石头记》再检阅一遍[2]，因见上面虽有些指奸责佞、贬恶诛邪之语，亦非伤时骂世之旨；及至君仁臣良、父慈子孝，凡伦常所关之处，皆是称功颂德，眷眷无穷，实非别书之可比。虽其中大旨谈情，亦不过实录其事，又非假拟妄称，一味淫邀艳约、私订偷盟之可比。因毫不干涉时世，方从头至尾抄录回来，问世传奇。因空见色，由色生情，传情入色，自色悟空，遂易名为"情僧"，改《石头记》为《情僧录》。至吴玉峰题曰《红楼梦》[3]，东鲁孔梅溪则题曰《风月宝鉴》[4]。后因曹雪芹于悼红轩中披阅十载，增删五次，纂成目录，分出章回，则题《金陵十二钗》，并题一绝云：

> 满纸荒唐言，一把辛酸泪。
> 都云作者痴，谁解其中味！

---

[1] 红娘、小玉：红娘为唐传奇《莺莺传》和元杂剧《西厢记》中人物，为张生与莺莺结成连理热情牵线，后世称媒人为"红娘"即出于此。小玉为唐传奇《霍小玉传》中主人公。

[2] 《石头记》：意指石头所记，《红楼梦》又名。

[3] 吴玉峰：作者假拟名。

[4] 孔梅溪：作者假拟名。

说明

　　"都云作者痴，谁解其中味！"曹雪芹或许预料到了《红楼梦》问世后将遭受的种种误解、指斥乃至劫难，于是在这部巨著的第一回里，他把自己的一片辛酸、满腔热血先行倾洒出来，奉献给读者诸君。曹雪芹十分不屑于那些"历代野史"、"风月笔墨"，才子佳人之书，认为它们"奸淫凶恶"、"淫秽污臭"，自相矛盾、不近情理、千篇一套、"胡牵乱扯"、"涂毒笔墨，坏人子弟"。他不肯步此后尘，决意写出一部"新奇别致"的故事反映出"离合悲欢、兴衰际遇"来。他强调他的创作来自生活，严格遵守生活的逻辑，是"亲睹亲闻"，是"身前身后事"，"追踪蹑迹，不敢稍加穿凿"。他强调要从平凡中着眼，在"家庭闺阁琐事"中写出几个奇女子，不"拘拘于朝代年纪"，只求"事体情理"没有乖讹。艺术来源于生活，又不同于生活，曹雪芹可谓知之深矣！至于这一回乃至《红楼梦》全书中所流露、宣扬的色、空、梦、幻思想，是时代的局限，我们不必苛求于他。

　　正如曹雪芹所料，他的杰作问世后，所遭受的种种非议、曲解乃至咒骂可谓沸沸扬扬，又岂是他这一番自诉可以消解的？知音少，弦断有谁听？！

袁　枚

袁枚（1716—1797），字子才，号简斋，浙江钱塘（今杭州）人。乾隆四年进士，官至江宁知县。中年后卜筑江宁小仓山，号随园，优游其中凡五十年。一生著述甚多，涉猎面广。论诗主张性灵，见其《随园诗话》及《小仓山房诗文集》。当时与赵翼、蒋士铨齐名，号称三家。

答沈大宗伯论诗书

先生诮浙诗，谓沿宋习败唐风者，自樊榭为厉阶[1]。枚浙人也，亦雅憎浙诗。樊榭短于七古，凡集中此体，数典而已[2]，索索然寡真气，先生非之甚当。然其近体清妙，于近今少偶。先生诗论粹然，尚复何说。然鄙意有未尽同者，敢质之左右。

尝谓诗有工拙，而无今古。自葛天氏之歌至今日[3]，皆有工有拙，未必古人皆工，今人皆拙。即《三百篇》中，颇有未工不必学者，不徒汉、晋、唐、宋也；今人诗有极工极宜学者，亦不徒汉、晋、唐、宋也。然格律莫备于古，学者宗师，自有渊源。至于性情遭遇，人人有我在焉，不可貌古人而袭之，畏古人而拘之也。今之莺花，岂古之莺花乎？然而不得谓今无莺花也。今之丝竹，岂古之丝竹乎？然而不得谓今无丝竹也。天籁一日不断，则人籁一日不绝。孟子曰："今之乐犹古之乐[4]。"乐即诗也。唐人学汉、魏变汉、魏，宋学唐变唐，其变也，非有心于变也，乃

---

[1]　樊榭：厉鹗，字太鸿，号樊榭，清诗人，浙派诗宗。
[2]　数典：《左传·昭公十五年》"数典而忘其祖"。
[3]　葛天氏之歌：《吕氏春秋·古乐》"昔葛天氏之乐，三人操牛尾投足以歌八阕……"
[4]　语出《孟子·梁惠王下》。

不得不变也。使不变，则不足以为唐，不足以为宋也。子孙之貌，莫不本于祖父，然变而美者有之，变而丑者有之，若必禁其不变，则虽造物有所不能。先生许唐人之变汉、魏，而独不许宋人之变唐，惑也。且先生亦知唐人之自变其诗，与宋人无与乎？初、盛一变，中、晚再变，至皮、陆二家已浸淫乎宋氏矣[1]。风会所趋，聪明所极，有不期其然而然者。故枚尝谓变尧、舜者，汤、武也；然学尧、舜者，莫善于汤、武，莫不善于燕哙[2]。变唐诗者，宋、元也；然学唐诗者，莫善于宋、元，莫不善于明七子。何也？当变而变，其相传者心也；当变而不变，其拘守者迹也。鹦鹉能言而不能得其所以言，夫非以迹乎哉！

大抵古之人先读书而后作诗，后之人先立门户而后作诗。唐、宋分界之说，宋、元无有，明初亦无有，成、弘后始有之[3]。其时议礼讲学皆立门户，以为名高。七子狃于此习，遂皮傅盛唐，搤嚌自矜[4]，殊为寡识。然而牧斋之排之[5]，则又已甚。何也？七子未尝无佳诗，即公安、竟陵亦然[6]。使掩姓氏，偶举其词，未必牧斋不嘉与。又或使七子湮沉无名，则牧斋必搜访而存之无疑也。惟其有意于摩垒夺帜，乃不暇平心公论，此亦门户之见。先生不喜樊榭诗，而选则存之，所见过牧斋远矣。

至所云诗贵温柔，不可说尽，又必关系人伦日用。此数语有褒衣大袑气象[7]，仆口不敢非先生，而心不敢是先生。何也？孔子之言，戴经不

[1] 皮、陆：皮日休、陆龟蒙，晚唐诗人。
[2] 燕哙：战国燕主，仿尧禅让而失国。
[3] 成、弘：成化，明宪宗年号，公元1465年至1487年。弘治，明孝宗年号，公元1488年至1505年。
[4] 搤嚌：扼腕，表情绪激动。搤，同"扼"。
[5] 牧斋之：钱谦益，字受之，号牧斋。明末清初诗人。
[6] 公安、竟陵：公安派、竟陵派。
[7] 褒衣大袑：比喻言语堂皇而空虚。褒衣，大衣。袑，裤子上半部。

诗文评品

足据也 [1]，惟《论语》为足据。子曰："可以兴，可以群"，此指含蓄者言之，如《柏舟》《中谷》是也 [2]。曰"可以观，可以怨"，此指说尽者言之，如"艳妻煽方处""投畀豺虎"之类是也 [3]。曰"迩之事父，远之事君"，此诗之有关系者也。曰"多识于鸟兽草木之名"，此诗之无关系者也。仆读诗常折衷于孔子，故持论不得不小异于先生，计必不以为僭。

说明

　　随园老人袁枚是性灵说的倡导者，"诗之传者，都自性灵"（《随园诗话》）。这是针对当时诗坛以考据为诗的诗风以及"格调说"而提出的。这篇向"格调说"发难的著名论文最让人击节赞叹的是明清两代最为罕见因而也最为珍贵的变化发展观。"诗有工拙，而无今古"，古之诗有拙正如今之诗有工。唐学汉魏，宋学唐，唐又有初盛中晚之变，"其变也，非有心于变也，乃不得不变也"，"当变而不变，其拘守者迹也。"袁枚以莺花、丝竹、天籁人籁正面作比，又以鹦鹉能言而不得其所以言反面设喻，共同说明了"变"的重要性。但变中有不变者存。既是诗歌，就有诗歌内在的共性，那就是袁枚大张旗鼓要宣扬的"性灵"，性灵的核心是情感的真挚，"至于性情遭遇，人人有我在焉"。凡有性情，不管是含蓄者还是说尽者，不管是有关教化的事父事君还是无关教化的识草木鸟兽之名，都是诗歌恰当的表现。因而袁枚说"鸟啼花落，皆与神通"

---

[1]　戴经：指《礼记》。"温柔敦厚，诗教也"语见《礼记·经解》。
[2]　《柏舟》《中谷》：《诗经》中篇名。
[3]　艳妻煽方处：《诗·小雅·十月之交》句，为刺幽王的诗。艳妻，指幽王后褒姒。煽，炽盛。处，居。意思是后妃得宠而使同党居于高位。投畀豺虎：《诗·小雅·巷伯》句，刺幽王的诗，意思是拿那些进谗言的人去喂豺虎。

（《续诗品》），这与那种写诗必讲究温柔敦厚的格调说相比，无疑更为通达。重性情、重发展，袁枚论诗不因时废人，不因人废诗，打破了古今和门户的限制，这在崇古卑今又派系森严的明清两代，无疑是很有见地的。

赵　翼

赵翼（1727—1814），字云松，或耘松、云崧，号瓯北，今江苏常州人。乾隆二十六年进士，累官至贵西兵备道，以母老乞归。晚年主讲安定书院，专心著述。与袁枚、蒋士铨世称乾嘉三大家。论诗主张与袁枚相近，但更强调创新。著有《瓯北诗集》、《瓯北诗话》、《檐曝杂记》、《皇朝武功纪盛》等。

论诗

作诗必此诗，定知非诗人[1]。此言出东坡，意取象外神[2]，羚羊眠挂角[3]，天马奔绝尘。其实论过高，后学未易遵。诗文随世运，无日不趋新，古疏后渐密，不切者为陈。譬如覂驾马[4]，将越而适秦，灞浐终南景[5]，何与西湖春。又如写生手，貌施而昭君[6]，琵琶春风面[7]，何关苧萝颦[8]。是知兴会超，亦贵肌理亲。吾试为转语，案翻老斲轮[9]，作诗必此诗，乃是真诗人。

---

[1]　语出苏轼《书鄢陵王主簿所画折枝》"赋诗必此诗，定知非诗人"。

[2]　象：具象。司空图《诗品》中有"超以象外，得其环中"语。

[3]　羚羊眠挂角：《传灯录》"如好猎狗，只解寻得有踪迹底；忽遇羚羊挂角，莫道迹，气亦不识。"成语有"羚羊挂角，无迹可求"。

[4]　覂驾马：《汉书·武帝本纪》"夫泛驾之马，跅弛之士，亦在御之而已。"覂，通"覆"。覆驾马，不循陈规的马。

[5]　灞浐：陕西二水名。终南，陕西山名。

[6]　施：西施。昭君：王昭君。

[7]　琵琶春风面：杜甫《咏怀古迹》咏昭君诗有"画图省识春风面"、"千载琵琶作胡语"二句。

[8]　苧萝颦：苧萝山，浙江诸暨地名，传说西施居住之地。颦，皱眉。西施因病心而皱眉。

[9]　斲轮：《庄子·天道》"是以行年七十而老斲轮"。后世喻为有经验高手。

论诗（选录）

满眼生机转化钧，天工人巧日争新。预支五百年新意，到了千年又觉陈。

李、杜诗篇万口传，至今已觉不新鲜。江山代有才人出，各领风骚数百年。

说明

韩愈有诗曰："李杜文章在，光焰万丈长"（《调张籍》)，赵翼却说："李杜诗篇万口传，至今已觉不新鲜。"孰是孰非？其实二者并不矛盾，韩愈论诗强调了李杜诗歌作为"一种规范和高不可及的范本"（马克思《〈政治经济学批判〉导言》）具有永恒性的一面，但是典范的永恒性并不妨碍恰恰会促进文学的发展，赵翼论诗的主要精神正在于创新、发展。"诗云随世运，无日不趋新"，说得多妥帖。正如诗骚高峰不窒塞李杜高峰一样，李杜高峰也绝对不会成为文学史上的最后一抹辉煌，当清中叶沈德潜等人又在重扬明七子复古余谈时，赵翼诗论的针对性和进步性就昭昭然了。在所选论诗中，还有一句"作诗必此诗，乃是真诗人"，这是对苏轼论诗的反动。但是文学领域不存在非此即彼的简单逻辑。苏轼论诗强调超以象外，在言外之意、韵外之致，这是对宋代以理念入世的拨正；而有清一代神韵派末流空谈兴会、性灵，赵翼论述于是重申诗歌"此在"的一面，诗歌之兴因时因地因事因人而生。只有在深刻观察、体验、领悟此在的基础上，擘肌分理地写出面目不同的诗篇，以形写神，形神兼备，才是"切"。司空图论诗曰："超以象外，得其环中"，由于时代的不同需要，苏轼和赵翼各侧重一个方面，都是诗歌创作的至理。赵翼善作翻案文章，他的翻案不是为翻而翻，而是见前人未见，纠前人之偏，是他所倡导的创新精神的具体体现。

姚　鼐

姚鼐（1732—1815），字姬传，号惜抱，安徽桐城人。乾隆二十八年进士，官至刑部广东司郎中，曾任四库全书馆纂修官。辞官后往来于桐城、南京一带，先后主讲于梅花、钟山、紫阳、敬敷等书院四十余年。姚鼐为桐城派主将之一，论学主张集义理、考据、词章之长，不拘汉、宋门户。所著古文风格简洁严整，讲求声色格律、神理气味。著有《惜抱轩文集》《惜抱轩诗集》。所编《古文辞类纂》流传甚广，对清中叶以后散文影响很大。

复鲁絜非书

桐城姚鼐顿首，絜非先生足下。相知恨少，晚遇先生。接其人，知为君子矣。读其文，非君子不能也。往与程鱼门、周书昌尝论古今才士惟为古文者最少[1]，苟为之，必杰士也，况为之专且善如先生乎！辱书引义谦而见推过当，非所敢任。鼐自幼迄衰，获侍贤人长者为师友，剟取见闻，加臆度为说，非真知文能为文也，奚辱命之哉？盖虚怀乐取者，君子之心；而诵所得以正于君子，亦鄙陋之志也。

鼐闻天地之道，阴阳刚柔而已。文者，天地之精英，而阴阳刚柔之发也。惟圣人之言，统二气之会而弗偏[2]，然而《易》《诗》《书》《论语》所载，亦间有可以刚柔分矣。值其时其人，告语之体各有宜也[3]。自

---

[1]　程鱼门：程晋芳，字鱼门。周书昌：周永年，字书昌。
[2]　二气：阴阳二气。《老子》"万物负阴而抱阳，冲气以为和"。我国古代哲学家认为宇宙间一切运行不息的现象都是阴阳二气的矛盾与统一。
[3]　告语之体：表达的方式。

诸子而降，其为文无弗有偏者。其得于阳与刚之美者，则其文如霆，如电，如长风之出谷，如崇山峻崖，如决大川，如奔骐骥；其光也，如杲日 [1]，如火，如金镠铁 [2]；其于人也，如冯高视远 [3]，如君而朝万众 [4]，如鼓万勇士而战之。其得于阴与柔之美者，则其文如升初日，如清风，如云，如霞，如烟，如幽林曲涧，如沦 [5]，如漾 [6]，如珠玉之辉，如鸿鹄之鸣而入寥廓；其于人也，漻乎其如叹 [7]，邈乎其如有思，暶乎其如喜 [8]，愀乎其如悲 [9]。观其文，讽其音，则为文者之性情形状举以殊焉。且夫阴阳刚柔，其本二端，造物者糅而气有多寡进绌 [10]，则品次亿万，以至于不可穷，万物生焉。故曰：一阴一阳之为道 [11]。夫文之多变，亦若是已。糅而偏胜可也，偏胜之极，一有一绝无，与夫刚不足为刚，柔不足为柔者，皆不可以言文。今夫野人孺子闻乐，以为声歌弦管之会尔；苟善乐者闻之，则五音十二律 [12]，必有一当，接于耳而分矣。夫论文者，岂异于是乎？宋朝欧阳、曾公之文 [13]，其才皆偏于柔之美者也。欧公能取异己者之长而时济之；曾公能避所短而不犯。观先生之文，殆近于二公焉。抑人之学文，其功力所能至者，陈理义必明当，布置取舍繁简廉肉不失

---

[1] 杲日：《诗·卫风·伯兮》"杲杲出日"。杲，明亮。
[2] 镠：纯色好的金子。
[3] 冯：同"凭"。
[4] 朝：使……朝。
[5] 沦：微波。
[6] 漾：水面微微动态。
[7] 漻：清澈状。
[8] 暶：同"暖"。
[9] 愀：容色变动的样子。
[10] 进绌：指二气的消长。绌，退，不足。
[11] 一阴一阳之为道：《易·系辞下》"一阴一阳之谓道。"
[12] 五音十二律：五音，五个音级宫、商、角、徵、羽。十二律，用律管定出来的音，有十二律。
[13] 欧阳、曾公：欧阳修、曾巩。

法[1]，吐辞雅驯，不芜而已。古今至此者，盖不数数得，然尚非文之至；文之至者通乎神明，人力不及施也。先生以为然乎？

惠寄之文，刻本固当见与，抄本谨封还。然抄本不能胜刻者。诸体以书疏赠序为上，记事之文次之，论辨又次之。萧亦窃识数语于其间，未必当也。《梅崖集》果有逾人处[2]，恨不识其人。郎君令甥[3]，皆美才未易量，听所好恣为之，勿拘其途可也。于所寄文，辄妄评说，勿罪勿罪。秋暑惟体中安否？千万自爱。七月朔日。

说明

姚鼐连用一系列比喻来形容文章的阳刚之美和阴柔之美，确乎脍炙人口。然而，放在美学史的坐标系中，姚鼐的贡献或许没有一般人想象的那样居功甚伟。古罗马的朗吉弩斯在三世纪所写的《论崇高》一书，系统地论述了文章崇高风格的特征、构成，其理论的深度与逻辑的严密是中国美学、文论一直所未能企及的。从中国美学本身发展来讲，阳刚阴柔自《易传》、《老子》之后，一直是美学家们所常常论及的，如书之"力"与"韵"，词之"豪放"与"婉约"，画之"刚健"与"婉媚"等等，不一而足。但是姚鼐的贡献也不应抹杀。在这篇书信中，他论述了以下几点：一是文章风格是作者才性与气质的表现。"观其文，讽其音，则为文者之性情形状举以殊焉。"二是阳刚阴柔总括两大类，而具体变化则"不可穷"、"品次亿万"。三是阳刚与阴柔之间的区别，一系列形象比

---

[1] 廉肉：《礼记·乐记》"使其曲直繁瘠，廉肉节奏，足以感动人之善心而已矣。"孔颖达《正义》"廉，谓廉棱；肉，谓肥美。"棱，即棱。
[2] 《梅崖集》：朱仕琇，清古文家，有《梅崖居士文集》。
[3] 令甥：指陈用光，絜非之甥，姚鼐门人。

喻即描述了区别之所在。四是指出了两者互相联系的一面，两者"偏胜可也"，但"一有一绝无"、"刚不足为刚，柔不足为柔者"都是不可以成就好文章的。两者调剂以为用，相反须相成。姚鼐的这些论述不仅就文章的风格来说，还是就审美两大范畴而言都具备某种总结的形态，因此其地位还是应该予以肯定的。

周　济

周济（1781—1839），字保绪、介存，号未斋、止庵，江苏荆溪（今宜兴）人。嘉庆十年进士，官淮安府学教授。著有《晋略》、《介存斋论词杂著》、《味隽斋词》、《词辩》，选有《宋四家词选》。

宋四家词选目录序论

序曰：清真[1]，集大成者也。稼轩[2]，敛雄心，抗高调，变温婉，成悲凉。碧山[3]，餍心切理，言近指远，声容调度，一一可循。梦窗[4]，奇思壮采，腾天潜渊，返南宋之清泚，为北宋之秾挚。是为四家，领袖一代；余子荦荦，以方附庸。夫词，非寄托不入，专寄托不出。一物一事，引而伸之，触类多通，驱心若游丝之缥飞英，含毫如郢斤之斫蝇翼[5]。以无厚入有间[6]，既习已，意感偶生，假类毕达，阅载千百，馨欬勿违，斯入矣。赋情独深，逐境必寤，酝酿日久，冥发妄中[7]，虽铺叙平淡，摹绘浅近[8]，而万感横集，五中无主[9]；读其篇者，临渊窥鱼，意为鲂鲤[10]，中宵惊电，罔识东西，赤子随母笑啼，乡人缘剧喜怒，抑可谓能出矣。问涂碧山，历梦窗、稼轩以还清真之浑化。余所望于世之为词人者，盖如此。

---

[1]　清真：周邦彦，字美成，号清真居士。北宋词人。
[2]　稼轩：辛弃疾，字幼安，号稼轩。南宋词人。
[3]　碧山：王沂孙，字圣与，号碧山。南宋词人。
[4]　梦窗：吴文英，字君特，号梦窗。南宋词人。
[5]　典出《庄子·徐无鬼》。
[6]　典出《庄子·养生主》庖丁解牛。无厚，指刀刃；有间，有骨隙。
[7]　冥发妄中：善射者在黑夜中好像随意发射也能中的。
[8]　绘：通"绘"。
[9]　五中：五脏。
[10]　临渊窥鱼，意为鲂鲤：刘向《说苑》语。鲂鲤，美味之鱼。比喻读词时的感受。

说明

　　周济以周、辛、王、吴为宋词之各派代表，选法之偏执、之杂糅是众多论者业已指出的。然而这一切是非曲直都掩盖不住这两句话的光彩："夫词，非寄托不入，专寄托不出。"要入，就要深切体验；要出，就要把种种体验通过铺叙、摹绘来表现出来。情与景共、思与境偕，妙合无垠，似无寄托而寄托已在其中，虽有寄托而寄托生之自然。这些必能以事感人，以情动人，产生深切的共鸣。其实，何止词是如此，谭献曾称这两句话："千古辞章之能事尽，岂徒填词为然。"当然，周济的思想在诗文理论中也是渊源已久，可是积淀成这样精炼的两句，不能不说是他的一个贡献。

龚自珍

龚自珍（1792—1841），又名巩祚、易简，字璱人，号定庵，浙江仁和（今杭州）人。道光九年进士，官至礼部主事。因受排挤而于道光十九年辞职南归。自幼受乾嘉学派熏陶，但却不被所囿，主张以"通经致用"之学来取代当时脱离实际的汉学和程朱理学，提倡"更法"、"改图"，宣传社会变革。龚学识渊博，诗文富于创造性，既具有爱国主义精神，又带有突出的对封建思想的叛逆色彩，深刻地反映了中国封建社会的解体和时代巨变的来临。其思想对后来资产阶级维新派和革命派作家、政治家，都产生过积极而深刻的影响。著有《定庵文集》，梁启超说"初读《定庵文集》，若受电然"（《清代学术概论》）。

最录李白集

龚自珍曰：《李白集》，十之五六伪也：有唐人伪者，有五代十国人伪者，有宋人伪者。李阳冰曰："当时著述，十丧其九，今所存者，得之他人焉。"阳冰已为此言矣。韩愈曰："惜哉传于今，泰山一毫芒。"[1] 愈已为此言矣。刘全白云："李君文集家有之，而无定卷。"全白贞元时人，又为此言矣。苏轼、黄庭坚、萧士赟皆非无目之士，苏、黄皆尝指某篇为伪作，萧所指有七篇，善乎三君子之发之端也。宋人各出其家藏，愈出愈多，补缀成今本。宋人皆自言之。委巷童子，不窥见白之真，以白诗为易效。是故效杜甫、韩愈者少，效白者多，予以道光戊子夏 [2]，费再旬日之力，用朱墨别真伪，定李白真诗百二十二篇。于是最录其指意曰：

---

[1] 韩愈曰以下句：韩愈《调张籍》"流落人间者，太山一毫芒"。太山，泰山。
[2] 道光：清宣宗年号，公元 1821—1850 年。戊子指 1828 年。

庄、屈实二[1]，不可以并，并之以为心，自白始。儒、仙、侠实三，不可以合，合之以为气，又自白始也。其斯以为白之真原也已。次第依明许自昌本。

说明

"庄屈实二，不可以并，并之以为心，自白始。儒、仙、侠实三，不可以合，合之以为气，又自白始。"龚自珍对李白的这段议论几乎成了不刊之论。确实，龚自珍可谓知李白者，虽然两人所处时代状况迥然不同，一个处于封建盛世，一个处于封建社会土崩瓦解之际，但两人的精神却有着相通之处。两人的精神境界都是崇高的，也都是复杂的，所谓并庄屈以为心，并儒仙侠以为气，不止是李白，于龚自珍本人恐怕也是如此，从龚之诗文及生平经历中可以看出。同样对社会负有强烈的责任感，同样有着刻骨铭心的沉痛，同样都有着某种无奈心理和超脱欲望，还同样有着孤傲乃至叛逆精神，这一切使得相距千余年的两位诗人心灵上有着息息相通处。李白说："大雅久不作，吾衰竟谁陈?"龚自珍说："欲为平易近人诗，下笔情深不自持。"如果说两人精神境界有什么不同的话，或许可以说李白多一份豪迈，龚自珍多一份沉痛。这是时代使然。

---

[1]　庄、屈：庄子、屈原。

刘熙载

刘熙载（1813—1881），字伯简，号融斋，江苏兴化人。道光二十四年进士，官至广东学政。治经学没有汉、宋门户之见，兼通天文算法。他告诫后学"真博必约，真约必博"、"才出于学，器出于养"。确实，这位学者无论治学还是生活、为人，都堪为后人师范。晚年主讲上海龙门书院达四十年之久。有诗词《昨非集》，文艺论著《艺概》（分《文概》、《诗概》、《赋概》、《词曲概》、《书概》、《经义概》六部分）。富有辩证思想，是中国古典美学收获期的重要成果之一。

艺概·文概（选录）

《六经》，文之范围也。圣人之旨，于经观其大备；其深博无涯涘，乃《文心雕龙》所谓"百家腾跃，终入环内"者也[1]。

庄子文看似胡说乱说，骨里却尽有分数。彼固自谓"猖狂妄行而蹈乎大方"也[2]，学者何不从蹈大方处求之？

庄子寓真于诞，寓实于元[3]，于此见寓言之妙。

文之神妙，莫过于能飞。庄子之言鹏曰"怒而飞"[4]，今观其文，无端而来，无端而去，殆得"飞"之机者。乌知非鹏之学为周耶[5]？

"意出尘外，怪生笔端"，庄子之文，可以是评之。其根极则《天下篇》已自道矣，曰："充实不可以已。"

---

[1]　引文语出刘勰《文心雕龙·宗经》。
[2]　引文语出《庄子·山木》，"而"作"乃"。
[3]　元：通"玄"。
[4]　见《庄子·逍遥游》。
[5]　周：庄子名周。

太史公文，精神气血，无所不具。学者不得其真际而袭其形似，此庄子所谓"非生人之行而至死人之理，适得怪焉"者也[1]。

太史公文，疏与密皆诣其极。密者，义法也。苏子由称其"疏荡有奇气"[2]，于义法犹未道及。

太史公时有河汉之言，而意理却细入无间。评者谓"乱道却好"[3]，其实本非乱道也。

太史公文，悲世之意多，愤世之意少，是以立身常在高处。至读者或谓之悲，或谓之愤，又可以自征器量焉[4]。

学《离骚》得其情者为太史公，得其辞者为司马长卿。长卿虽非无得于情，要是辞一边居多。"离形得似"，当以史公为尚。

文如云龙雾豹，出没隐见，变化无方，此《庄》、《骚》、太史所同。

太史公文，韩得其雄，欧得其逸[5]。雄者善用直捷，故发端便见出奇；逸者善用纡徐，故引绪乃觇入妙。

太史公文，如张长史于歌舞战斗[6]，悉取其意与法以为草书。其秘要则在于无我，而以万物为我也。

韩文起八代之衰[7]，实集八代之成。盖惟善用古者能变古，以无所不包，故能无所不扫也。

八代之衰，其文内竭而外侈；昌黎易之以万怪惶惑、抑遏蔽掩，在当时真为补虚消肿良剂。

昌黎论文曰："惟其是尔。"余谓"是"字注脚有二：曰正，曰真。

---

[1]　语出《庄子·天下》。
[2]　语出苏辙《上韩太尉书》。
[3]　语出《唐子西文录》。
[4]　自征器量：自我检测器量。
[5]　韩、欧：韩愈、欧阳修。
[6]　张长史：唐书法家张旭，曾官右率府长史。
[7]　起八代之衰：苏轼《潮州韩文公庙碑》"文起八代之衰，而道济三王之溺。"

昌黎以"是""异"二字论文，然二者仍须合一。若不异之是，则庸而已；不是之异，则妄而已。

昌黎文两种，皆于《答尉迟生书》发之：一则所谓"昭晰者无疑"，"行峻而言厉"是也；一则所谓"优游者有余"，"心醇而气和"是也。

文或结实，或空灵，虽各有所长，皆不免著于一偏。试观韩文，结实处何尝不空灵，空灵处何尝不结实？

东坡文虽打通墙壁说话，然立脚自在稳处。譬如舟行大海之中，把柁未尝不定，视放言而不中权者异矣。

坡文多微妙语。其论文曰"快"、曰"达"、曰"了"，正为非此不足以发微阐妙也。

东坡最善于没要紧底题说没要紧底话，未曾有底题说未曾有底话，抑所谓"君从何处看，得此无人态"耶！

子由曰："子瞻之文奇，吾文但稳耳。"余谓百世之文，总可以"奇""稳"两字判之。

自《典论·论文》以及韩、柳，俱重一"气"字。余谓文气当如《乐记》二语曰："刚气不怒，柔气不慑。"

文贵备四时之气，然气之纯驳厚薄，尤须审辨。

文要与元气相合，戒与尽气相寻。翕聚、偾张，其大较矣。

文之要，本领气象而已。本领欲其大而深，气象欲其纯而懿。

白贲占于贲之上爻[1]，乃知品居极上之文，只是本色。

文尚华者日落，尚实者日茂。其类在色老而衰，智老而多矣。

---

[1]　贲：易经中卦名。贲义同饰。

　　　　　　　　　　　　　　　　　　诗文评品

说明

　　想概述刘熙载谈文论艺的美学思想是很困难的，这主要是因为其著作《艺概》涉及面广而又采取札记式论述方式，任何选择都有可能像那个著名的寓言一样成为摸象的盲人。上述节选自《艺概·文概》，主要评述了庄子、司马迁、韩愈、苏轼等著名文学家之作品风格。庄文之真与诞、实与虚，"看似胡说乱说，骨里却尽有分数"；司马迁文之疏与密、悲与愤，"精神气血，无所不具"；韩文之结实与空灵、用古与变古，"起八代之衰，实集八代之成"；苏文则多微妙语、快、达、了，等等。从中可以看出刘熙载论文札记的精辟，如想对《艺概》有更全面了解，只有深入其中自行探求了，相信入宝山就决不会空手归的。

花也怜侬

花也怜侬，韩邦庆的别号。韩邦庆（1856—1894），字子云，别号太仙、大一山人、花也怜侬，上海松江人。早年随父宦游豫省，后应试失败无意功名。与《申报》主笔钱忻伯交契，常为该报撰稿。《海上花列传》为其所著的一部长篇小说，用吴语写成，以描写妓女生活为主。

海上花列传例言

此书为劝戒而作。其形容尽致处，如见其人，如闻其声。阅者深味其言，更返观风月场中，自当厌弃嫉恶之不暇矣。所载人名事实俱系凭空捏造，并无所指。如有强作解人，妄言某人隐某人，某事隐某事，此则不善读书，不足与谈者矣！

苏州土白，弹词中所载多系俗字，但通行已久，人所共知，故仍用之，盖演义小说不必沾沾于考据也。惟有有音而无字者，如说勿要二字，苏人每急呼之，并为一音，若仍作勿要二字，便不合当时神理，又无他字可以替代，故将勿要二字并写一格。阅者须知"覅"字本无此字，乃合二字作一音读也。他若"嗄"音眼，"嗄"音贾，"耐"即你，"俚"即伊之类，阅者自能意会，兹不多赘。

全书笔法自谓从《儒林外史》脱化出来，惟穿插藏闪之法则为从来说部所未有。一波未平，一波又起，或竟接连起十余波。忽东忽西，忽南忽北，随手叙来，并无一事完全（部），并无一丝挂漏。阅之觉其背面无文字处尚有许多文字，虽未明明叙出，而可以意会得之。此穿插之法也。劈空而来，使阅者茫然不解其如何缘故，急欲观后文，而后文又舍而叙他事矣；及他事叙毕，再叙明其缘故，而其缘故仍未尽明，直至全体尽露，乃知前文所叙并无半个闲字。此藏闪之法也。

此书正面文章如是如是，尚有一半反面文章，藏在字句之间，令人意会，直须阅至数十回后方能明白。恐阅者急不及待，特先指出一二。如写王阿二时[1]，处处有一张小村在内；写沈小红时，处处有一小柳儿在内；写黄翠凤时，处处有一钱子刚在内。此外每出一人，即核定其生平事实，句句照应，并无落空。阅者细会自知。

从来说部必有大段落，乃是正面文章，精神团结之处，断不可含糊了事。此书虽有穿插藏闪之法，而其中仍有段落可寻。如第九回沈小红如此大闹，以后慢慢收拾，一丝不漏，又整齐，又暇豫[2]，即一大段落也。然此大段落中间仍参用穿插藏闪之法，以合全书体例。

说部书，题是断语，书是叙事。往往有题目系说某事，而书中长篇累幅，竟不说起，一若与题目毫无关涉者。前人已有此例。今十三回陆秀宝开宝，十四回杨媛媛通谋，亦此例也。

此书俱系闲话，然若真是闲话，更复成何文字？阅者于闲话中间寻其线索，则得之矣。如周氏双珠、双宝、双玉及李漱芳、林素芬诸人终身结局，此两回中俱可想见。

第廿二回如黄翠凤、张蕙贞、吴雪香诸人，皆是第二次描写，所载事实言语，自应前后关照；至于性情脾气、态度行为，有一丝不合之处否？阅者反覆查勘之，幸甚！

或谓书中专叙妓家，不及他事，未免令阅者生厌否？仆谓不然。小说作法与制艺同，连章题要包括。如《三国》演说汉魏间事，兴亡掌故了如指掌，而不嫌其简略枯窘。题要生发，如《水浒》之强盗，《儒林》之文士，《红楼》之闺娃，一意到底，颠倒敷陈，而不嫌其琐碎。彼

---

[1]　王阿二：《海上花列传》中人物。以下人物同。
[2]　暇豫：悠闲安乐，指文章从容舒展。

有以忠孝、神仙、英雄、儿女、赃官、剧盗、恶鬼、妖狐，以至琴棋书画、医卜星相，萃于一书，自谓五花八门，贯通淹博，不知正见其才之窘耳！

合传之体有三难。一曰无雷同：一书百十人，其性情言语面目行为，此与彼稍有相仿，即是雷同。一曰无矛盾：一人而前后数见，前与后稍有不符，即是矛盾。一曰无挂漏：写一人而无结局，挂漏也；叙一事而无收场，亦挂漏也。知是三者而后可与言说部。

说明

花也怜侬，仅这个别号就透露出几分风流和呢喃气。事实上，在这篇例言中，最惹人耳目的、也比较有新意的有两点：一是对小说用方言的肯定。"吴酒一杯春竹叶，吴娃双舞醉芙蓉"（白居易《忆江南》），其实，吴娃最动人之处不在于"舞"，而恰恰在于"语"，像"勿要"二字苏州女子连读为一音，娇媚之气是任何笔墨也难以形容的。作者说"覅"能传"当时神理"，确非妄言。据其他著作记载，这位自称"花也怜侬"的韩子云对用苏白入小说是颇为自负的。二是"三难说"：无雷同，无矛盾，无挂漏。三难之中，尤其论述"无挂漏"为最多，亦即强调结构的繁简、藏露、穿插、起伏、虚实。这实际上是要求作者先有全局在胸，然后巧为布局。比起串珠式、流水式等常见的古典小说结构，这无疑要精巧、复杂得多，也更具有艺术性，更具有现代小说味道。

林　纾

林纾（1852—1924），原名群玉，字琴南，号畏庐、冷红生，福建闽县人。早年参与改良活动，后极力反对新文化运动。据合作者口述，以文言译出欧美小说一百七十余种，在当时很有影响。另有《畏庐文集》、《畏庐诗存》。

孝女耐儿传序

予不审西文，其勉强厕身于译界者，恃二三君子，为余口述其词，余耳受而手追之，声已笔止，日区四小时，得文字六千言，其间疵谬百出。乃蒙海内名公，不鄙秽其径率而收之，此予之大幸也。

予尝静处一室，可经月，户外家人足音，颇能辨了了，而余目固未之接也。今我同志数君子，偶举西士之文字示余，余虽不审西文，然日闻其口译，亦能区别其文章之流派，如辨家人之足音。其间有高厉者，清虚者，绵婉者，雄伟者，悲梗者，淫冶者；要皆归本于性情之正，彰瘅之严，[1] 此万世之公理，中外不能僭越。而独未若却而司·迭更司文字之奇特[2]。

天下文章，莫易于叙悲，其次则叙战，又次则宣述男女之情。等而上之，若忠臣、孝子、义夫、节妇，决脰溅血，生气凛然，苟以雄深雅健之笔施之，亦尚有其人。从未有刻划市井卑污龌龊之事，至于二三十万言之多，不重复，不支厉，如张明镜于空际，收纳五虫万怪，物物皆涵涤清光而出，见者如凭阑之观鱼鳖虾蟹焉；则迭更司盖以至清

---

[1]　彰瘅：《古文尚书·毕命》："彰善瘅恶。"瘅：憎。
[2]　却而司·迭更司：今译查尔斯·狄更斯，英国十九世纪杰出的小说家。

之灵府，叙至浊之社会，令我增无数阅历，生无穷感喟矣。

中国说部，登峰造极者，无若《石头记》。叙人间富贵，感人情盛衰，用笔缜密，著色繁丽，制局精严，观止矣。其间点染以清客，间杂以村妪，牵缀以小人，收束以败子，亦可谓善于体物；终竟雅多俗寡，人意不专属是。若迭更司者，则扫荡名士美人之局，专为下等社会写照：奸狯驵酷，至于人意未所尝置想之局，幻为空中楼阁，使观者或笑或怒，一时颠倒，至于不能自已，则文心之邃曲，宁可及耶？

余尝谓古文中序事，惟序家常平淡之事为最难著笔。《史记·外戚传》述窦长君之自陈，谓姊与我别逆旅中，丐沐沐我，饭我乃去[1]。其足生人恍怆者，亦只此数语。若《北史》所谓隋之苦桃姑者[2]，亦正仿此，乃百摹不能遽至，正坐无史公笔才，遂不能曲绘家常之恒状。究竟史公于此等笔墨，亦不多见，以史公之书，亦不专为家常之事发也。今迭更司则专意为家常之言，而又专写下等社会家常之事，用意著笔为尤难。

吾友魏春叔购得《迭更司全集》[3]，闻其中事实，强半类此。而此书特全集中之一种，精神专注在耐儿之死。读者迹前此耐儿之奇孝，谓死时必有一番死诀悲怆之言，如余所译茶花女之日记[4]。乃迭更司则不写耐儿，专写耐儿之大父凄恋耐儿之状，疑睡疑死，由昏愦中露出至情，则又《茶花女日记》外别成一种写法。盖写耐儿，则嫌其近于高雅；惟写其大父一穷促无聊之愚叟，始不背其专意下等社会之宗旨：此足见迭更司之用心矣。

---

[1]　此林纾误记，当是"窦少君"。《史记·外戚世家》记汉文帝之窦皇后有弟窦广国，字少君，小时候为人拐卖，后知窦氏立为皇后，自陈请认，问何以为验之，对曰："姊去我西时，与我决传舍中，丐沐沐我，请食饭我，乃去。"

[2]　隋高祖杨坚母亲一家微贱，不知所在，开皇初年，有吕永吉上书，自称有姑，字苦桃，嫁杨氏为妻，验之，知为舅之子。

[3]　魏春叔：名易，与林纾合作译书，魏口译。

[4]　此即林译法国小仲马著《茶花女》。

迭更司书多，不胜译。海内诸公请少俟之。余将继续以伧荒之人，译伧荒之事，为诸公解醒醒睡可也。书竟，不禁一笑。

光绪三十三年八月十日，闽县林纾畏庐父叙于京师望瀛楼。

说明

《孝女耐儿传》，今通译《老古玩店》。

林纾是近代翻译史上的奇人，他一个西文字不识，却译了许多书，风靡一时。他在序中多阐发自己的文学、文化乃至政治观点，林译小说的序实在是很值得玩味的遗产。

本篇序中指出西洋小说的多种风格，足见林纾含咏西方文学家的作品，是有所悟入的。林纾的论说，尤其喜好将中国的司马迁等史家笔法牵扯过来与西方小说家比较，本篇中就引证了司马迁《史记》的描写；又比较狄更斯与《红楼梦》，以为前者写下层社会之屈尽其妙，或过于后者，这层意思，林琴南在别处也曾说过："史、班叙妇人琐事，已绵细可味矣，顾无长篇可以寻绎。其长篇可以寻绎者，惟一《石头记》，然炫语富贵，叙述故家，纬之以男女之艳情，而易动目。若迭更司此书，种种描摹下等社会，虽可哕可鄙之事，一运以佳妙之笔，皆足供人喷饭。"（《块肉余生述序》）如果不太牵强的话，这也可算是近代中国的比较文学评论了吧。林纾多从传统文学的眼光，以笔法之类角度评论西洋小说，虽然颇有局限，但对接引西方文学起了积极的作用，即使后来他是一激烈的反新文化运动的代表，而实际上真正是新文化运动的先驱。

梁启超

梁启超（1873—1929），字卓如，号任公，又署饮冰室主人，广东新会人。早年参与戊戌变法，失败后流亡外国。他是当时改良派的主要宣传家，所办《清议报》、《新民丛报》风行一时。民国时曾任司法总长、财政总长。晚年任教清华。他在清末民初的学术界、文学界有广泛影响和显著的地位。有《饮冰室合集》。

论小说与群治之关系

欲新一国之民，不可不先新一国之小说。故欲新道德，必新小说；欲新宗教，必新小说；欲新政治，必新小说；欲新风俗，必新小说；欲新学艺，必新小说；乃至欲新人心，欲新人格，必新小说。何以故？小说有不可思议之力支配人道故。

吾今且发一问：人类之普通性，何以嗜他书不如其嗜小说？答者必曰：以其浅而易解故，以其乐而多趣故。是固然；虽然，未足以尽其情也。文之浅而易解者，不必小说；寻常妇孺之函札，官样之文牍，亦非有艰深难读者存也，顾谁则嗜之？不宁惟是。彼高才赡学之士，能读《坟》《典》《索》《邱》[1]，能注虫鱼草木[2]，彼其视渊古之文，与平易之文，应无所择，而何以独嗜小说？是第一说有所未尽也。小说之以赏心乐事为目的者固多[3]，然此等顾不甚为世所重；其最受欢迎者，则必其可惊可愕可悲可感，读之而生出无量噩梦，抹出无量眼泪者也。夫使以欲乐故

---

[1]　《左传·昭公十二年》载"三坟、五典、八索、九邱"。皆古代典籍。
[2]　《尔雅》有《释草》、《释木》、《释虫》、《释鱼》篇。此泛指能为训诂名物之学。
[3]　赏心乐事：出谢灵运《拟魏太子邺中集诗序》。

而嗜此也，而何为偏取此反比例之物而自苦也？是第二说有所未尽也。吾冥思之，穷鞫之[1]，殆有两因：凡人之性，常非能以现境界而自满足者也。而此蠢蠢躯壳，其所能触能受之境界[2]，又顽狭短局而至有限也。故常欲于其直接以触以受之外，而间接有所触有所受，所谓身外之身，世界外之世界也。此等识想，不独利根众生有之，即钝根众生亦有焉[3]。而导其根器，使日趋于钝，日趋于利者，其力量无大于小说。小说者，常导人游于他境界，而变换其常触常受之空气者也。此其一。人之恒情，于其所怀抱之想像，所经阅之境界，往往有行之不知，习矣不察者；无论为哀为乐，为怨为怒，为恋为骇，为忧为惭，常若知其然而不知其所以然。欲摹写其情状，而心不能自喻，口不能自宣，笔不能自传。有人焉，和盘托出，彻底而发露之，则拍案叫绝曰："善哉善哉，如是如是。"所谓"夫子言之，于我心有戚戚焉"[4]，感人之深，莫此为甚。此其二。此二者，实文章之真谛，笔舌之能事。苟能批此窾，导此窍[5]，则无论为何等之文，皆足以移人；而诸文之中能极其妙而神其技者，莫小说若。故曰，小说为文学之最上乘也。由前之说，则理想派小说尚焉；由后之说，则写实派小说尚焉。小说种目虽多，未有能出此两派范围外者也。

抑小说之支配人道也，复有四种力：一曰熏[6]。熏也者，如入云烟中而为其所烘，如近墨朱处而为其所染；《楞伽经》所谓"迷智为识，转识成智"者，皆恃此力。人之读一小说也，不知不觉之间，而眼识为之迷漾，而脑筋为之摇飐，而神经为之营注；今日变一二焉，明日变一二

---

[1]　此言穷究之。
[2]　触、受：皆是佛学用语。本文用佛语极多。
[3]　利根、钝根：均为佛家语，言根性之明利、或愚钝。
[4]　此语出《孟子·梁惠王上》。
[5]　《庄子·养生主》有"批大隙，导大窾"。
[6]　熏：熏习，佛家语。

焉；刹那刹那[1]，相断相续；久之而此小说之境界，遂入其灵台而据之[2]，成为一特别之原质之种子[3]。有此种子故，他日又更有所触所受者，旦旦而熏之，种子愈盛，而又以之熏他人。故此种子遂可以遍世界，一切器世间有情世间之所以成所以住[4]，皆此为因缘也[5]。而小说则巍巍焉具此威德以操纵众生者也。二曰浸。熏以空间言，故其力之大小，存其界之广狭；浸以时间言，故其力之大小，存其界之长短。浸也者，入而与之俱化者也。人之读一小说也，往往既终卷后数日或数旬而终不能释然，读《红楼》竟者，必有余恋有余悲，读《水浒》竟者，必有余快有余怒，何也？浸之力使然也。等是佳作也，而其卷帙愈繁事实愈多者，则其浸人也亦愈甚；如酒焉，作十日饮，则作百日醉。我佛从菩提树下起[6]，便说偌大一部《华严》[7]，正以此也。三曰刺。刺也者，刺激之义也。熏浸之力利用渐，刺之力利用顿[8]。熏浸之力，在使感受者不觉；刺之力，在使感受者骤觉。刺也者，能入于一刹那顷，忽起异感而不能自制者也。我本蔼然和也，乃读林冲雪天三限，武松飞云浦一厄，何以忽然发指？我本愉然乐也，乃读晴雯出大观园，黛玉死潇湘馆，何以忽然泪流？我本肃然庄也，乃读实甫之《琴心》、《酬简》[9]，东塘之《眠香》、《访翠》[10]，何以忽然情动？若是者，皆所谓刺激也。大抵脑筋愈敏之人，则其受刺激力

---

[1]　极短暂之时间为一"刹那"。

[2]　灵台：心。《庄子·庚桑楚》："不可内于灵台。"

[3]　佛学以眼、耳、鼻、舌、身、意、末那、阿赖耶八识中最后一识能变现世间诸色法，与种子相似，故称。

[4]　器世间：佛说以为一切众生所居处。有情世间：指一切有情众生。成、住，为佛说四劫之二，此成就、成立、完成之意。

[5]　因缘：佛学以为世间一切都是因缘和合而成的。

[6]　佛在毕钵罗树下证道，故称菩提树（菩提：觉、智。）

[7]　《华严经》据说是佛初说法而成的，部类庞大。

[8]　渐、顿：佛教言悟，原有此两门，此借言以形容。

[9]　此为《西厢记》二折。

[10]　此为《桃花扇》二出。东塘：孔尚任之号。

也愈速且剧。而要之必以其书所含刺激力之大小为比例。禅宗之一棒一喝[1]，皆利用此刺激力以度人者也。此力之为用也，文字不如语言。然语言力所被，不能广不能久也，于是不得不乞灵于文字。在文字中，则文言不如其俗语，庄论不如其寓言。故具此力最大者，非小说末由。四曰提。前三者之力，自外而灌之使入；提之力，自内而脱之使出，实佛法之最上乘也。凡读小说者，必常若自化其身焉，入于书中，而为其书之主人翁。读《野叟曝言》者，必自拟文素臣。读《石头记》者，必自拟贾宝玉。读《花月痕》者，必自拟韩荷生若韦痴珠。读"梁山泊"者，必自拟黑旋风若花和尚。虽读者自辩其无是心焉，吾不信也。夫既化其身以入书中矣，则当其读此书时，此身已非我有，截然去此界以入于彼界，所谓华严楼阁[2]，帝网重重[3]；一毛孔中[4]，万亿莲花[5]；一弹指顷[6]，百千浩劫[7]，文字移人，至此而极。然则吾书中主人翁而华盛顿，则读者将化身为华盛顿，主人翁而拿破仑，则读者将化身为拿破仑，主人翁而释迦、孔子，则读者将化身为释迦、孔子，有断然也。度世之不二法门[8]，岂有过此？此四力者，可以卢牟一世[9]，亭毒群伦[10]，教主之所以能立教门，政治家所以能组织政党，莫不赖是。文家能得其一，则为文豪，能兼其四，则为文圣。有此四力而用之于善，则可以福亿兆人；有此四力而用之于恶，则可以毒万千载。而此四力所最易寄者，惟小说。可爱哉小说！可

[1]　禅宗往往以棒喝启人警悟。
[2]　言其广旷无量，见《华严经》："见其楼阁，广博无量，同于虚空。"
[3]　《华严经》中说："普现如来所有境界，如天帝网，于中布列。"
[4]　《维摩诘经》："以四大海水入一毛孔。"
[5]　据《梵网经》："卢舍那佛坐百花莲花赫赫光明座上。"
[6]　弹指，言极短的时间。
[7]　天地成毁为一劫。
[8]　不二法门：言唯一的途径。
[9]　卢牟：笼络、规模。
[10]　亭毒：安、定。《老子》："亭之毒之。"

畏哉小说!

小说之为体,其易入人也既如彼,其为用之易感人也又如此,故人类之普通性,嗜他文终不如其嗜小说,此殆心理学自然之作用,非人力之所得而易也。此天下万国凡有血气者莫不皆然,非直吾赤县神州之民也[1]。夫既已嗜之矣,且遍嗜之矣,则小说之在一群也,既已如空气如菽粟,欲避不得避,欲屏不得屏,而日日相与呼吸之餐嚼之矣。于此其空气而苟含有秽质也,其菽粟而苟含有毒性也,则其人之食息于此间者,必憔悴,必萎病,必惨死,必堕落,此不待蓍龟而决也[2]。于此而不洁净其空气,不别择其菽粟,则虽日饵以参苓[3],日施以刀圭[4],而此群中人之老病死苦[5],终不可得救。知此义,则吾中国群治腐败之总根原,可以识矣。吾中国人状元宰相之思想何自来乎?小说也。吾中国人佳人才子之思想何自来乎?小说也。吾中国人江湖盗贼之思想何自来乎?小说也。吾中国人妖巫狐鬼之思想何自来乎?小说也。若是者,岂尝有人焉提其耳而诲之,传诸钵而授之也?[6]而下自屠爨贩卒、妪娃童稚,上至大人先生、高才硕学,凡此诸思想,必居一于是,莫或使之,若或使之,盖百数十种小说之力直接间接以毒人,如此其甚也。(原注:即有不好读小说者,而此等小说既已渐渍社会,成为风气。其未出胎也,固已承此遗传焉。其既入世也,又复受此感染焉。虽有贤智,亦不能自拔。故谓之间接。)今我国民惑堪舆[7],惑相命,惑卜筮,惑祈禳,因风水而阻止铁路,阻止开矿,争坟墓而阖族械斗,杀人如草,因迎神赛会,而岁耗百万金

[1] 《史记·孟荀列传》:"中国名日赤县神州。"
[2] 古时卜筮用龟甲蓍草。
[3] 参苓:人参茯苓。
[4] 刀圭:量药的工具。
[5] 佛教以生、老、病、死为四苦。
[6] 禅宗传法以衣钵为证。
[7] 堪舆:看风水。

钱，废时生事，消耗国力者，曰惟小说之故。今我国民慕科第若羶[1]，趋爵禄若鹜，奴颜婢膝，寡廉鲜耻，惟思以十年萤雪[2]，暮夜苞苴[3]，易其归骄妻妾、武断乡曲一日之快，遂至名节大防，扫地以尽者，曰惟小说之故。今我国民轻弃信义，权谋诡诈，云翻雨覆，苛刻凉薄，驯至尽人皆机心，举国皆荆棘者，曰惟小说之故。今我国民轻薄无行，沉溺声色，绻恋床第，缠绵歌泣于春花秋月，销磨其少壮活泼之气，青年子弟，自十五岁至三十岁，惟以多情多感多愁多病为一大事业，儿女情多，风云气少[4]，甚者为伤风败俗之行，毒遍社会，曰惟小说之故。今我国民，绿林豪杰，遍地皆是，日日有桃园之拜，处处为梁山之盟，所谓"大碗酒，大块肉，分秤称金银，论套穿衣服"等思想，充塞于下等社会之脑中，遂成为哥老、大刀等会[5]，卒至有如义和拳者起，沦陷京国，启召外戎，曰惟小说之故。呜呼！小说之陷溺人群，乃至如是，乃至如是！大圣鸿哲数万言谆诲之而不足者，华士坊贾一二书败坏之而有余[6]。斯事既愈为大雅君子所不屑道，则愈不得不专归于华士坊贾之手。而其性质其位置，又如空气然，如菽粟然，为一社会中不可得避不可得屏之物，于是华士坊贾，遂至握一国之主权而操纵之矣。呜呼！使长此而终古也，则吾国前途尚可问耶，尚可问耶！故今日欲改良群治，必自小说界革命始；欲新民，必自新小说始。

---

[1]　《庄子·徐无鬼》："蚁慕羊肉，羊肉羶也。"

[2]　萤雪，皆苦读故事，《晋书·车胤传》："博学多通，家贫不常得油，夏月则练囊盛数十萤火以照书"；《尚友录》："孙康，晋京兆人，性敏好学，家贫无油，于冬月尝映雪读书。"

[3]　苞苴：贿赂。

[4]　此出《诗品》。

[5]　哥老：哥老会，以反清复明为宗旨，后分青、红二帮。大刀：即义和团。

[6]　华士：尚华藻之士。

说明

本文作于一九〇二年，对小说之社会影响、作用，以及小说的特点作了直接有力的论述。

小说之影响、作用，当时新进人士早有深刻认识，如夏曾佑、严复所作《国闻报附印说部缘起》（1897）中已说："说部之兴，其入人之深，行世之远，几几乎出于经史上，而天下之人心风俗，遂不免为说部之所持。"此正梁启超在本文中历数小说之毒害中国民众之头脑行为的源头。基于此，梁氏疾呼"新小说"！"新小说"，而后可以"新道德"、"新宗教"、"新政治"、"新风俗"、"新学艺"，乃至"新人格"、"新人心"。这似乎是夸大其词，但当时知识界普遍持此类观点。严复、夏曾佑的文章中说到，"且闻欧美、东瀛，其开化之时，往往得小说之助"，梁启超早几年写的《译印政治小说序》也已说过："政治小说之体，自泰西人始也"，"往往每一书出，而全国之议论为之一变，彼美、英、德、法、奥、意、日本各国政界之日进，则政治小说为功最高焉"。梁启超流亡日本，对小说的社会、政治地位有了更深切的体会，这一观念的源头或许更可追溯至雨果，据说是他向板垣退助指示了译编政治小说的方向（吉田精一《现代日本文学史》）。

如果说，对小说的社会、政治作用与影响的认识是梁启超认同当时思想界一般思潮的表现，那么他对小说之艺术力量发生作用的"熏"、"浸"、"刺"、"力"四者的分析，则是他深入一步的重要贡献。"熏"是以佛学诠说小说之陶冶人的情状；"浸"、"刺"则是这种陶冶的两种方式；"力"则论及了艺术对人格的内化、改造之功。这较之以往的泛论要细密、明晰得多了。

至于揭出"理想派小说"、"写实派小说"，指前者"常导人游于他境界"，后者"和盘托出，彻底而发露之"云云，也都是极具现代意味的概括、分析。

王国维

王国维（1877—1927），字静安，号观堂，浙江海宁人。早年研究西方哲学、美学、教育学；中期治文学；晚期主要研治领域为史学、文字学等。有《海宁王静安先生遗书》。他在所涉及的每一个学术领域，都有创造性的贡献，这在近现代学术史上极为罕见。

屈子文学之精神

我国春秋以前，道德政治上之思想，可分之为二派：一帝王派，一非帝王派。前者称道尧、舜、禹、汤、文、武，后者则称其学出于上古之隐君子，（如庄周所称成子之类[1]）或托之于上古之帝王。前者近古学派，后者远古学派也。前者贵族派，后者平民派也。前者入世派，后者遁世派也。（非真遁世派，知其主义之终不能行于世，而遁焉者也）前者热情派，后者冷性派也。前者国家派，后者个人派也。前者大成于孔子、墨子，而后者大成于老子。（老子楚人，在孔子后，与孔子问礼之老聃，系二人，说见汪容甫《述学·老子考异》[2]）故前者北方派，后者南方派也。此二派者，其主义常相反对，而不能相调和。观孔子与接舆、长沮、桀溺、荷蓧丈人之关系[3]，可知之矣。战国后之诸学派，无不直接出于此二派，或出于混合此二派。故虽谓吾国固有之思想，不外此二者，可也。

夫然，故吾国之文学，亦不外发表二种之思想。然南方学派则仅有散文的文学，如老子、庄、列是已。至诗歌的文学，则为北方学派之所

---

[1]　此见《庄子·在宥》。
[2]　汪容甫：清代学者汪中。
[3]　诸人皆隐士，其思想与孔子适相反。

专有。《诗》三百篇，大抵表北方学派之思想者也。虽其中如《考槃》、《衡门》等篇[1]，略近南方之思想。然北方学者所谓"用之则行，舍之则藏"，"有道则见，无道则隐"者[2]，亦岂有异于是哉？故此等谓之南北公共之思想则可，不必为南方思想之特质也。然则诗歌的文学，所以独出于北方之学派者，又何故乎？

诗歌者，描写人生者也。（用德国大诗人希尔列尔之定义[3]）此定义未免太狭。今更广之曰"描写自然及人生"，可乎？然人类之兴味，实先人生，而后自然。故纯粹之模山范水，留连光景之作，自建安以前，殆未之见。而诗歌之题目，皆以描写自己深邃之感情为主。其写景物也，亦必以自己深邃之感情为之素地，而始得于特别之境遇中，用特别之眼观之。故古代之诗，所描写者，特人生之主观的方面；而对于人生之客观的方面，及纯处于客观界之自然，断不能以全力注之也。故对古代之诗，前之定义，苦其广，而不苦其隘也。

诗之为道，既以描写人生为事，而人生者，非孤立之生活，而在家族、国家及社会中之生活也。北方派之理想，置于当日之社会中，南方派之理想，则树于当日之社会外。易言以明之，北方派之理想，在改作旧社会，南方派之理想，在创造新社会。然改作与创作，皆当日之社会之所不许。南方之人，以长于思辩，而短于实行，故知实践之不可能，而即于其理想中，求其安慰之地，故有遁世无闷，嚣然自得以没齿者矣[4]。若北方之人，则往往以坚忍之志，强毅之气，恃其改作之理想，以与当日之社会争；而社会之仇视之也，亦与其仇视南方学者无异，或有甚焉。故彼之视社会也，一时以为寇，一时以为亲，如此循环，而遂

---

[1] 《考槃》见《诗经·卫风》，《衡门》见《诗经·陈风》，皆有关隐士志行。
[2] 上句见《论语·述而》，下句见《论语·泰伯》。
[3] 希尔列尔：今通译席勒。
[4] 没齿：终身。

生欧穆亚（Hamour）之人生观。《小雅》之杰作，皆此种竞争之产物也。且北方之人，不为离世绝俗之举，而日周旋于君臣父子夫妇之间，此等在在界以诗歌之题目，与以作诗之动机。此诗歌的文学，所以独产于北方学派中，而无与于南方学派者也。

然南方文学中，又非无诗歌的原质也。南人想象力之伟大丰富，胜于北人远甚。彼等巧于比类，而善于滑稽：故言大则有若北溟之鱼[1]，语小则有若蜗角之国[2]；语久则大椿冥灵，语短则蟪蛄朝菌[3]；至于襄城之野，七圣皆迷[4]；汾水之阳，四子独往[5]；此种想象，决不能于北方文学中发见之。故庄、列书中之某分，即谓之散文诗，无不可也。夫儿童想象力之活泼，此人人公认之事实也。国民文化发达之初期亦然，古代印度及希腊之壮丽之神话，皆此等想象之产物也。以我中国论，则南方之文化发达较后于北方，则南人之富于想象，亦自然之势也。此南方文学中之诗歌的特质所以优于北方文学者也。

由此观之，北方人之感情，诗歌的也，以不得想象之助，故其所作遂止于小篇。南方人之想象，亦诗歌的也，以无深邃之感情之后援，故其想象亦散漫而无所丽[6]，是以无纯粹之诗歌。而大诗歌之出，必须俟北方人之感情，与南方之想象合而为一，即必通南北之骑驿而后可，斯即屈子其人也。

---

[1]　《庄子·逍遥游》："北溟有鱼，其名为鲲，鲲之大，不知其几千里也。"
[2]　《庄子·则阳》："有国于蜗之左角者曰触氏，有国于蜗之右角者曰蛮氏，时相与争地而战，伏尸数万，逐北旬有五日而后反。"
[3]　《庄子·逍遥游》："小知不及大知，小年不及大年。奚以知其然也？朝菌不知晦朔，蟪蛄不知春秋，此小年也。楚之南有冥灵者，以五百岁为春，五百岁为秋；上古有大椿者，以八千岁为春，八千岁为秋。"
[4]　《庄子·徐无鬼》："黄帝将见大隗乎具茨之山"，"至于襄城之野，七圣皆迷，无所问涂。"
[5]　四子：王倪、啮缺、被衣、许由。《庄子·逍遥游》："尧治天下之民，平海内之政，往见四子藐姑射之山，汾水之阳，窅然丧其天下焉。"
[6]　丽：附丽，依附。

屈子南人而学北方之学者也。南方学派之思想，本与当时封建贵族之制度，不能相容。故虽南方之贵族，亦当奉北方之思想焉。观屈子之文，可以征之。其所称之圣王，则有若高辛、尧、舜、禹、汤、少康、武丁、文、武，贤人则有若皋陶、挚说、彭、咸（谓彭祖、巫咸，商之贤臣也，与"巫咸时夕降兮"之巫咸，自是二人，列子所谓郑有神巫，名季咸者也）、比干、伯夷、吕望、甯戚、百里、介推，暴君则有若夏康、羿、浞、桀、纣，皆北方学者之所常称道，而于南方学者所称黄帝、广成等不一及焉。虽《远游》一篇，似专述南方之思想，然此实屈子愤激之词，如孔子之居夷浮海[1]，非其志也。《离骚》之卒章，其旨亦与《远游》同。然卒曰："陟升皇之赫戏兮，忽临睨夫旧乡。仆夫悲余马怀兮，蜷局顾而不行。"《九章》中之《怀沙》，乃其绝笔，然犹称重华、汤、禹[2]，足知屈子固彻头彻尾抱北方之思想，虽欲为南方之学者，而终有所不慊者也。

屈子之自赞曰"廉贞"。[3]余谓屈子之性格，此二字尽之矣。其廉固南方学者之所优为，其贞则其所不屑为，亦不能为者也。女媭之詈[4]，巫咸之占[5]，渔父之歌[6]，皆代表南方学者之思想，然皆不足以动屈子。而知屈子者，唯詹尹一人[7]。盖屈子之于楚，亲则肺腑，尊则大夫，又尝管内政外交上之大事矣，其于国家既同累世之休戚，其于怀王又有一日之知遇，被疏者一，被放者再，而终不能易其志，于是其性格与境遇相得，

---

[1] 居夷：《论语·子罕》："子欲居九夷，或曰陋如之何。子曰：君子居之，何陋之有？"浮海：《论语·公冶长》："子曰：道不行，乘桴浮于海。"
[2] 《怀沙》："重华不可遻兮，孰知余之从容"，"汤、禹久远兮，邈而不可慕"。
[3] 《卜居》："吁嗟默默兮，谁知吾之廉贞。"
[4] 《离骚》："女媭之婵媛兮，申申其詈予。"
[5] 巫咸：古之神巫，《离骚》有"巫咸将夕降兮"之句。
[6] 歌曰："沧浪之水清兮，可以濯吾缨，沧浪之水浊兮，可以濯吾足。"
[7] 《卜居》中，詹尹劝屈原自行其志。

而使之成一种欧穆亚。《离骚》以下诸作，实此欧穆亚所发表者也。使南方之学者处此，则贾谊（《吊屈原文》）、扬雄（《反离骚》）是，而屈子非矣[1]。此屈子之文学，所负于北方学派者。然就屈子文学之形式言之，则所负于南方学派者，抑又不少。彼之丰富之想象力，实与庄、列为近。《天问》、《远游》凿空之谈，求女谬悠之语，庄语之不足，而继之以谐，于是思想之游戏，更为自由矣。变《三百篇》之体，而为长句，变短什而为长篇，于是感情之发表，更为婉转矣。此皆古代北方文学之所未有，而其端自屈子开之。然所以驱此想象而成此大文学者，实由其北方之朒挚的性格。此庄周等之所以仅为哲学家，而周、秦间之大诗人，不能不独数屈子也。

要之，诗歌者，感情的产物也。虽其中之想象的原质（即知力的原质），亦须有朒挚之感情，为之素地，而后此原质乃显。故诗歌者实北方文学之产物，而非儇薄冷淡之夫所能托。观后世之诗人，若渊明，若子美，无非受北方学派之影响者。岂独一屈子然哉！岂独一屈子然哉！

说明

屈原的辞赋创作及其思想归宿，在两汉曾引发了热烈的争论，分歧所在即屈原是否与北方之儒学传统相契合。王国维以现代立场对屈原与南北文化的关系问题作出自己的诠释。他从南北思想的不同趋向着手，分别南北文学特质的差异；指出屈原思想上归依北方之学统，是"南人而学北方之学者"，是"彻头彻尾抱北方之思想"的人，而在"文学之形

---

[1]　贾谊《吊屈原文》："历九州而相其君兮，何必怀此都也。"扬雄《反离骚》："弃由、聃之所珍兮，蹠彭咸之所遗。"都对屈原的执着以死表示了不同的意见。

式"方面、"丰富之想象力"方面，则与南方传统相近。因此，屈原可说是融合了南北两方面的文化传统，将"北方人之感情，与南方之想象合而为一"的大诗人。这一论断，有深远的文化观照为基础，高屋建瓴，确实堪为千余年纷纭议论的综结。

红楼梦评论

第一章　人生及美术之概观

　　老子曰："人之大患，在我有身。"[1] 庄子曰："大块载我以形，劳我以生。"[2] 忧患与劳苦之与生相对待也久矣。夫生者，人人之所欲；忧患与劳苦者，人人之所恶也。然则，讵不人人欲其所恶、而恶其所欲欤？将其所恶者，固不能不欲，而其所欲者，终非可欲之物欤？人有生矣，则思所以奉其生。饥而欲食，渴而欲饮，寒而欲衣，露处而欲宫室，此皆所以维持一人之生活者也。然一人之生，少则数十年，多则百年而止耳。而吾人欲生之心，必以是为不足。于是于数十年百年之生活外，更进而图永远之生活：时则有牝牡之欲家室之累[3]，进而育子女矣，则有保抱扶持饮食教诲之责，婚嫁之务。百年之间，早作而夕思，穷老而不知所终，问有出于此保存自己及种姓之活之外者乎？无有也。百年之后，观吾人之成绩，其有逾于此保存自己及种姓之生活之外者乎？无有也。又人人知侵害自己及种姓之生活者之非一端也，于是相集而成一群，相约束而立一国，择其贤且智者以为之君。为之立法律以治之，建学校以教之，为之警察以防内奸，为之陆海军以御外患，使人人各遂其生活之欲而不相侵害：凡此皆欲生之心之所为也。夫人之于生活也，欲之如此其切也，用力如此其勤也，设计如此其周且至也，固亦有其真可欲者存欤？吾人之忧患劳苦，固亦有所以偿之者欤？则吾人不得不就生活之本质，熟思

---

[1]　此见《老子》十三章："吾所以有大患者为吾有身，及吾无身，吾有何患？"
[2]　此见《庄子·大宗师》。
[3]　此"食色，性也"的意思。

而审考之也。

生活之本质何？"欲"而已矣。欲之为性无厌，而其原生于不足。不足之状态，苦痛是也。既偿一欲，则此欲以终。然欲之被偿者一，而不偿者什伯。一欲既终，他欲随之。故究竟之慰籍，终不可得也。即使吾人之欲悉偿，而更无所欲之对象，倦厌之情即起而乘之。于是吾人自己之生活，若负之而不胜其重。故人生者，如钟表之摆，实往复于痛苦与倦厌之间者也，夫倦厌固可视为苦痛之一种。有能除去此二者，吾人谓之曰快乐。然当其求快乐也，吾人于固有之苦痛外，又不得不加以努力，而努力亦苦痛之一也。且快乐之后，具感苦痛也弥深。故苦痛而无回复之快乐者有之矣，未有快乐而不先之或继之以苦痛者也。又此苦痛与世界之文化俱增，而不由之而减。何则？文化愈进，其知识弥广，其所欲弥多，又其感苦痛亦弥甚，故也。然则人生之所欲，既无以逾于生活，而生活之性质又不外乎苦痛，故欲与生活、与苦痛，三者一而已矣。

吾人生活之性质，既如斯矣，故吾人之知识，遂无往而不与生活之欲相关系，即与吾人之利害相关系。就其实而言之，则知识者，固生于此欲，而示此欲以我与外界之关系，使之趋利而避害者也。常人之知识，止知我与物之关系，易言以明之，止知物之与我相关系者，而于此物中又不过知其与我相关系之部分而已。及人知渐进，于是始知欲知此物与我之关系，不可不研究此物与彼物之关系。知愈大者，其研究愈远焉。自是而生各种之科学：如欲知空间之一部之与我相关系者，不可不知空间全体之关系，于是几何学兴焉。（按西洋几何学 Geometry 之本义系量地之意，可知古代视为应用之科学，而不视为纯粹之科学也。）欲知力之一部之与我相关系者，不可不知力之全体之关系，于是力学兴焉。吾人既知一物之全体之关系，又知此物与彼物之全体之关系，而立一法则焉，以应用之。于是物之现于吾前者，其与我之关系，及其与他物之关系，粲然陈于目前而无所遁。夫然后吾人得以利用此物，有其利而无其害，以使吾人生活之欲，增进于无穷。此科学之功效也。故科学上之成功，虽若层楼杰观，高严巨丽，然其基址则筑乎生活之欲之上，与政治上之系统立于生活之欲之上无以异。然则吾人理论与实际之二方面，皆此生活之欲之结果也。

由是观之，吾人之知识与实践之二方面，无往而不与生活之欲相关系，即与苦痛相关系。有兹一物焉，使吾人超然于利害之外，而忘物与我之关系。此时也，吾人之心，无希望，无恐怖，非复欲之我，而但知之我也。此犹积阴弥月，而旭日杲杲也；犹覆舟大海之中，浮沉上下，而飘著于故乡海岸也；犹阵云惨淡，而插翅之天使，赍平和之福音而来者也；犹鱼之脱于罶网，鸟之自樊笼出而游于山林江海也。然物之能使吾人超然于利害之外者，必其物之于吾人无利害之关系而后可，易言以明之，必其物非实物而后可。然则，非美术何足以当之乎？夫自然界之物，无不与吾人有利害之关系；纵非直接，亦必间接相关系者也。苟吾人而能忘物与我之关系而观物，则夫自然界之山明水媚，鸟飞花落，固无往而非华胥之国，[1] 极乐之土也。岂独自然界而已？人类之言语动作，悲欢啼笑，孰非美之对象乎？然此物既与吾人有利害之关系，而吾人欲强离其关系而观之，自非天才，岂易及此？于是天才者出，以其所观于自然人生中者复现之于美术中，而使中智以下之人，亦因其物之与己无关系，而超然于利害之外。是故观物无方，因人而变：濠上之鱼，庄、惠之所乐也[2]，而渔父袭之以网罟；舞雩之木，孔、曾之所憩也[3]，而樵者继之以斤斧。若物非有形，心无

---

[1] 华胥之国：出《列子·黄帝》，是黄帝梦游之远国。

[2] 《庄子·秋水》："庄子与惠子游于濠梁之上，庄子曰：'鲦鱼出游从容，是鱼之乐也。'惠子曰：'子非鱼，安知鱼之乐？'庄子曰：'子非我，安知我不知鱼之乐？'"

[3] 《论语·先进》记曾子言其志："莫春者，春服既成，冠者五六人，童子六七人，浴乎沂，风乎舞雩，咏而归。"孔子叹曰："吾与点也！"

所住，则虽殉财之夫，贵私之子，宁有对曹霸、韩干之马¹，而计驰骋之乐，见毕宏、韦偃之松²，而思栋梁之用；求好逑于雅典之偶³，思税驾于金字之塔者哉⁴？故美术之为物，欲者不观，观者不欲；而艺术之美所以优于自然之美者，全存于使人易忘物我之关系也。

而美之为物有二种：一曰优美，一曰壮美。苟一物焉，与吾人无利害之关系，而吾人之观之也，不观其关系，而但观其物；或吾人之心中，无丝毫生活之欲存，而其观物也，不视为与我有关系之物，而但视为外物，则今之所观者，非昔之所观者也。此时吾心宁静之状态，名之曰优美之情，而谓此物曰优美。若此物大不利于吾人，而吾人生活之意志为之破裂，因之意志遁去，而知力得为独立之作用，以深观其物，吾人谓此物曰壮美，而谓其感情曰壮美之情。普通之美，皆属前种。至于地狱变相之图，决斗垂死之像，庐江小吏之诗⁵，雁门尚书之曲⁶，其人固氓庶之所共怜，其遇虽戾夫为之流涕，讵有子颓乐祸之心⁷，宁无尼父反袂之戚⁸，而吾人观之，不厌千复。格代之诗曰⁹："What in life doth only grieve us. That in art we gladly see."（凡人生中足以使人悲者，于美术中则吾人乐而观之。）此之谓也。此即所谓壮美之情。而其快乐存于使人忘物我之关系则固与优美无以异也。

至美术中之与二者相反者，名之曰眩惑。夫优美与壮美，皆使吾人

---

[1]　曹霸、韩干：唐代画家，善画马。
[2]　毕宏、韦偃：善画松石的唐代画家。
[3]　雅典之偶：此言希腊雅典之女神像。
[4]　税驾：停宿。
[5]　此即《孔雀东南飞》。
[6]　此诗，吴伟业作。为尚书孙传庭而作。
[7]　《左传·庄公二十年》："王子颓歌舞不倦，乐祸也。"
[8]　孔子听到获麟的消息，"反袂拭面，涕沾袍"（《公羊传·哀公十四年》）。
[9]　格代：今译歌德，德国诗人。

离生活之欲，而入于纯粹之知识者。若美术中而有眩惑之原质乎，则又使吾人自纯粹之知识出，而复归于生活之欲。如粗粝蜜饵[1]，《招魂》《七发》之所陈；玉体横陈[2]，周昉、仇英之所绘[3]；《西厢记》之《酬柬》，《牡丹亭》之《惊梦》，伶元之传飞燕[4]，杨慎之赝《秘辛》[5]：徒讽一而劝百[6]，欲止沸而益薪。所以子云有"靡靡"之诮，法秀有"绮语"之诃[7]。虽则梦幻泡影，可作如是观，而拔舌地狱，专为斯人设者矣。故眩惑之于美，如甘之于辛，火之于水，不相并立者也。吾人欲以眩惑之快乐，医人世之苦痛，是犹欲航断港而至海，入幽谷而求明，岂徒无益，而又增之。则岂不以其不能使人忘生活之欲，及此欲与物之关系，而反鼓舞之也哉！眩惑之与优美及壮美相反对，其故实存于此。

今既述人生与美术之概略如左。吾人且持此标准，以观我国之美术。而美术中以诗歌、戏曲、小说为其顶点，以其目的在描写人生故。吾人于是得一绝大著作曰《红楼梦》。

第二章　红楼梦之精神

袁伽尔之诗曰[8]：

"Ye wise men, highly deeply learned,

---

[1]　此出《招魂》，是以蜜和米面，熬煎而成的。

[2]　玉体横陈：出司马相如《好色赋》。

[3]　前为唐代画家，后为明代画家。

[4]　传伶玄作《飞燕外传》。

[5]　杨慎伪撰《杂事秘辛》。

[6]　辞赋多写宫馆田猎，虽有讽语，但相形为微不足道，《文心雕龙·杂文》就已批评那是"讽一劝百"。

[7]　黄庭坚好为艳词，僧人法秀以为"绮语"当下阿鼻地狱，黄氏因不作。

[8]　袁伽尔：今通译毕尔格，德国狂飙运动之诗人。

Who think it out and know,

How, when and where do all things pair?

Why do they kiss and love?

Ye men of lofty wisdom, say

what happened to me then,

Search out and tell me where, how, when,

And why it happened thus."

嗟汝哲人，靡所不知，靡所不学，既深且跻。粲粲生物，罔不匹俦，各齿厥唇，而相厥攸。匪汝哲人，孰知其故？自何时始，来自何处？嗟汝哲人，渊渊其知。相彼百昌，[1] 奚而熙熙？愿言哲人，诏余其故。自何时始，来自何处？（译文）

　　哀伽尔之问题，人人所有之问题，而人人未解决之大问题也。人有恒言曰："饮食男女，人之大欲存焉。"[2] 然人七日不食则死，一日不再食则饥。若男女之欲，则于一人之生活上，宁有害无利者也，而吾人之欲之也如此，何哉？吾人自少壮以后，其过半之光阴，过半之事业，所计画、所勤动者为何事？汉之成、哀，曷为而丧其生？殷辛、周幽，曷为而亡其国？励精如唐玄宗，英武如后唐庄宗[3]，曷为而不善其终？且人生苟为数十年之生活计，则其维持此生活，亦易易耳，曷为而其忧劳之度，倍蓰而未有已？记曰："人不婚宦，情欲失半。"[4] 人苟能解此问题，则于人生之知识，思过半矣。而蚩蚩者乃日用而不知，岂不可哀也与！其自

---

[1]　百昌：万物；《庄子·在宥》："百昌皆生于土而反于土。"

[2]　此见《礼记·礼运》。

[3]　成帝宠赵飞燕，哀帝宠董贤妹，纣王宠妲己，周幽王宠褒姒，唐玄宗宠杨贵妃，后唐庄宗采美女，因而败亡乃至亡国。

[4]　此语出《列子·杨朱》。

哲学上解此问题者，则二千年间，仅有叔本华之《男女之爱之形而上学》耳。诗歌文学之描写此事者，通古今东西，殆不能悉数，然能解决之者鲜矣。《红楼梦》一书，非徒提出此问题，又解决之者也。彼于开卷即下男女之爱之神话的解释。其叙此书之主人公贾宝玉之来历曰：

> 却说女娲氏炼石补天之时，于大荒山无稽崖，炼成高十二丈，见方二十四丈火的顽石二万六千五百零一块。那娲皇只用了三万六千五百块，单单剩下一块未用，弃在青埂峰下。谁知此石自经锻炼之后，灵性已通，自去自来，可大可小。因见众石俱得补天，独自己无才，不得入选，遂自怨自艾，日夜悲哀。（第一回）

此可知生活之欲之先人生而存在，而人生不过此欲之发现也。此可知吾人之坠落，由吾人之所欲，而意志自由之罪恶也。夫顽钝者既不幸而为此石矣，又幸而不见用，则何不游于广莫之野，无何有之乡，以自适其适，而必欲入此忧患劳苦之世界，不可谓非此石之大误也。由此一念之误，而遂造出十九年之历史，与百二十回之事实，与茫茫大士、渺渺真人何与？又于第百十七回中，述宝玉与和尚之谈论曰：

> "弟子请问师父，可是从太虚幻境而来？"那和尚道："什么幻境！不过是来处来，去处去罢了。我是送还你的玉来的。我且问你，那玉是从那里来的？"宝玉一时对答不来。那和尚笑道："你的来路还不知，便来问我！"宝玉本来颖悟，又经点化，早把红尘看破，只是自己的底里未知；一闻那僧问起玉来，好象当头一棒，便说："你也不用银子了，我把那玉还你罢。"那僧笑道："早该还我了！"

所谓"自己的底里未知"者，未知其生活乃自己之一念之误，而此念之所自造也。及一闻和尚之言，始知此不幸之生活，由自己之所欲，而其拒绝之也，亦不得由自己，是以有还玉之言。所谓玉者，不过生活之欲之代表而已矣。故携入红尘者，非彼二人之所为，顽石自己而已；引登彼岸者，亦非二人之力，顽石自己而已。此岂独宝玉一人然哉？人类之堕落与解脱，亦视其意志而已。而此生活之意志，其于永远之生活，比个人之生活为尤切；易言以明之，则男女之欲，尤强于饮食之欲。何则？前者无尽的，后者有限的也；前者形而上的，后者形而下的也。又如上章所说生活之于苦痛，二者一而非二，而苦痛之度，与主张生活之欲之度为比例。是故前者之苦痛，尤倍蓰于后者之苦痛。而《红楼梦》一书，实示此生活此苦痛之由于自造，又示其解脱之道，不可不由自己求之者也。

而解脱之道，存于出世，而不存于自杀。出世者，拒绝一切生活之欲者也。彼知生活之无所逃于苦痛，而求入于无生活之域。当其终也，恒干虽存，固已形如槁木，而心如死灰矣[1]。若生活之欲如故，但不满于现在之生活，而求主张之于异日，则死于此者，固不得不复生于彼，而苦海之流，又将与生活之欲而无穷。故金钏之堕井也，司棋之触墙也，尤三姐、潘又安之自刎也，非解脱也，求偿其欲而不得者也。彼等之所不欲者，其特别之生活，而对生活之为物，则固欲之而不疑也。故此书中真正之解脱，仅贾宝玉、惜春、紫鹃三人耳。而柳湘莲之入道，有似潘又安；芳官之出家，略同于金钏。故苟有生活之欲存乎，则虽出世而无与于解脱；苟无此欲，则自杀亦未始非解脱之一者也。如鸳鸯之死，彼固有不得已之境遇在；不然，则惜春、紫鹃之事，固亦其所优为者也。

而解脱之中，又自有二种之别：一存于观他人之苦痛，一存于觉自

---

[1]　《庄子·齐物论》："形固可使如槁木，而心固可使如死灰乎？"

己之苦痛。然前者之解脱，唯非常之人为能，其高百倍于后者，而其难亦百倍。但由其成功观之，则二者一也。通常之人，其解脱由于苦痛之阅历，而不由于苦痛之知识。唯非常之人，由非常之知力，而洞观宇宙人生之本质，始知生活与苦痛之不能相离，由是求绝其生活之欲，而得解脱之道。然于解脱之途中，彼之生活之欲，犹时时起而与之相抗，而生种种之幻影。所谓恶魔者，不过此等幻影之人物化而已矣。故通常之解脱，存于自己之苦痛，彼之生活之欲，因不得其满足而愈烈，又因愈烈而愈不得其满足，如此循环，而陷于失望之境遇，遂悟宇宙人生之真相，遽而求其息肩之所。彼全变其气质，而超出乎苦乐之外，举昔之所执著者，一旦而舍之。彼以生活为炉，苦痛为炭，而铸其解脱之鼎。彼以疲于生活之欲故，故其生活之欲，不能复起而为之幻影。此通常之人解脱之状态也。前者之解脱，如惜春、紫鹃；后者之解脱，如宝玉。前者之解脱，超自然的也，神明的也；后者之解脱，自然的也，人类的也。前者之解脱，宗教的也；后者美术的也。前者平和的也；后者悲感的也，壮美的也，故文学的也，诗歌的也，小说的也。此《红楼梦》之主人公，所以非惜春、紫鹃，而为贾宝玉者也。

呜呼，宇宙一生活之欲而已！而此生活之欲之罪过，即以生活之苦痛罚之：此即宇宙之永远的正义也。自犯罪，自加罚，自忏悔，自解脱。美术之务，在描写人生之苦痛与其解脱之道，而使吾侪冯生之徒，于此桎梏之世界中，离此生活之欲之争斗，而得其暂时之平和，此一切美术之目的也。夫欧洲近世之文学中，所以推格代之《法斯德》为第一者[1]，以其描写博士法斯德之苦痛，及其解脱之途径，最为精切故也。若《红楼梦》之写宝玉，又岂有以异于彼乎？彼于缠陷最深之中，而已伏解脱

---

[1] 《法斯德》：今通译《浮士德》。

之种子：故听《寄生草》之曲，而悟立足之境，读《胠箧》之篇，而作焚花散麝之想[1]，所以未能者，则以黛玉尚在耳。至黛玉死而其志渐决，然尚屡失于宝钗，几败于五儿，屡蹶屡振，而终获最后之胜利。读者观自九十八回以至百二十回之事实，其解脱之行程，精进之历史，明了精切何如哉！且法斯德之苦痛，天才之苦痛；宝玉之苦痛，人人所有之苦痛也。其存于人之根柢者为独深，而其希救济也为尤切。作者一一掇拾而发挥之。我辈之读此书者，宜如何表满足感谢之意哉！而吾人于作者之姓名，尚未有确实之知识，岂徒吾侪寡学之羞，亦足以见二百余年来吾人之祖先，对此宇宙之大著述，如何冷淡遇之也。谁使此大著述之作者，不敢自署其名？此可知此书之精神，大背于吾国人之性质，及吾人之沉溺于生活之欲，而乏美术之知识，有如此也。然则予之为此论，亦自知有罪也夫。

第三章　红楼梦之美学上之价值

如上章之说，吾国人之精神，世间的也，乐天的也，故代表其精神之戏曲小说，无往而不著此乐天之色彩：始于悲者终于欢，始于离者终于合，始于困者终于亨；非是而欲厌阅者之心，难矣！若《牡丹亭》之返魂，《长生殿》之重圆，其最著之一例也。《西厢记》之以《惊梦》终也，未成之作也，此书若成，吾乌知其不为《续西厢》之浅陋也？有《水浒传》矣，曷为而又有《荡寇志》？有《桃花扇》矣，曷为而又有《南桃花扇》？有《红楼梦》矣，彼《红楼复梦》、《补红楼梦》、《续红楼》者，曷为而作也？又曷为而有反对《红楼梦》之《儿女英雄传》？故吾国之文学中，其具厌世解脱之精神者，仅有《桃花扇》与《红楼梦》

---

[1]　见第二十二回。

　　　　　　　　　　　　　　　　　　诗文评品

耳。而《桃花扇》之解脱，非真解脱也：沧桑之变，目击之而身历之，不能自悟，而悟于张道士之一言；且以历数千里，冒不测之险，投缧绁之中，所索之女子，才得一面，而以道士之言，一朝而舍之，自非三尺童子，其谁信之哉？故《桃花扇》之解脱，他律的也；而《红楼梦》之解脱，自律的也。且《桃花扇》之作者，但借侯、李之事[1]，以写故国之戚，而非以描写人生为事。故《桃花扇》，政治的也，国民的也，历史的也；《红楼梦》，哲学的也，宇宙的也，文学的也。此《红楼梦》之所以大背于吾国人之精神，而其价值亦即存乎此。彼《南桃花扇》、《红楼复梦》等，正代表吾国人乐天之精神者也。

《红楼梦》一书，与一切喜剧相反，彻头彻尾之悲剧也。其大宗旨如上章之所述，读者既知之矣。除主人公不计外，凡此书中之人有与生活之欲相关系者，无不与苦痛相终始，以视宝琴、岫烟、李纹、李绮等，若藐姑射神人[2]，复乎不可及矣。夫此数人者，曷尝无生活之欲，曷尝无苦痛？而书中既不及写其生活之欲，则其苦痛自不得而写之；足以见二者如骖之靳[3]，而永远的正义，无往不逞其权力也。又吾国之文学，以挟乐天之精神故，故往往说诗歌的正义，善人必令其终，而恶人必离其罚[4]：此亦吾国戏曲小说之特质也。《红楼梦》则不然：赵姨、凤姊之死，非鬼神之罚，彼良心自己之苦痛也。若李纨之受封，彼于《红楼梦》十四曲中，固已明说之曰：

[晚韶华] 镜里恩情，更那堪梦里功名！那美韶华去之何迅。再休题绣帐鸳衾；只这戴珠冠，披凤袄，也抵不了无常性命。虽说是

---

[1]　侯、李：侯方域、李香君。
[2]　《庄子·逍遥游》："藐姑射之山有神人居焉，肌肤若冰雪，绰约若处子。"
[3]　骖：旁边拉车的马；靳：车中的马。
[4]　离：罹，遭受的意思。

人生莫受老来贫，也须要阴骘积儿孙。气昂昂头戴簪缨，光灿灿胸悬金印，威赫赫爵禄高登，昏惨惨黄泉路近。问古来将相可还存？也只是虚名儿与后人钦敬。（第五回）

此足以知其非诗歌的正义，而既有世界人生以上，无非永远的正义之所统辖也。故曰《红楼梦》一书，彻头彻尾的悲剧也。由叔本华之说，悲剧之中，又有三种之别：第一种之悲剧，由极恶之人，极其所有之能力，以交构之者。第二种，由于盲目的运命者。第三种之悲剧，由于剧中之人物之位置及关系而不得不然者；非必有蛇蝎之性质，与意外之变故也，但由普遍之人物，普通之境遇，逼之不得不如是；彼等明知其害，交施之而交受之，各加以力而各不任其咎，此种悲剧，其感人贤于前二者远甚。何则？彼示人生最大之不幸，非例外之事，而人生之所固有故也。若前二种之悲剧，吾人对蛇蝎之人物，与盲目之命运，未尝不悚然战栗；然以其罕见之故，犹幸吾生之可以免，而不必求息肩之地也。但在第三种，则见此非常之势力，足以破坏人生之福祉者，无时而不可坠于吾前；且此等惨酷之行，不但时时可受诸己而或可以加诸人；躬丁其酷，而无不平之可鸣：此可谓天下之至惨也。若《红楼梦》，则正第三种之悲剧也。兹就宝玉、黛玉之事言之：贾母爱宝钗之婉娈[1]，而惩黛玉之孤僻，又信金玉之邪说，而思压宝玉之病；王夫人固亲于薛氏；凤姐以持家之故，忌黛玉之才，而虞其不便于己也；袭人惩尤二姐、香菱之事，闻黛玉"不是东风压西风，就是西风压东风"之语（第八十一回），惧祸之及，而自同于凤姐，亦自然之势也。宝玉之于黛玉，信誓旦旦，而不能言之于最爱之之祖母，则普通之道德使然；况黛玉一女子哉！由此种

---

[1] 淑顺之意。

种原因，而金玉以之合，木石以之离，又岂有蛇蝎之人物，非常之变故，行于其间哉？不过通常之道德，通常之人情，通常之境遇为之而已。由此观之，《红楼梦》者，可谓悲剧中之悲剧也。

由此之故，此书中壮美之部分，较多于优美之部分，而眩惑之原质殆绝焉。作者于开卷即申明之曰：

> 更有一种风月笔墨，其淫秽污臭，最易坏人子弟。至于才子佳人等书，则又开口文君，满篇子建，千部一腔，千人一面，且终不能不涉淫滥。在作者不过欲写出自己两首情诗艳赋来，故假捏出男女二人名姓，又必旁添一小人拨乱其间，如戏中小丑一般。（此又上节所言之一证）

兹举其最壮美者之一例，即宝玉与黛玉最后之相见一节曰：

> 那黛玉听著傻大姐说宝玉娶宝钗的话，此时心里竟是油儿酱儿糖儿醋儿倒在一处的一般，甜苦酸咸，竟说不上什么味儿来了。……自己转身，要回潇湘馆去，那身子竟有千百斤重的，两只脚却像踏著棉花一般，早已软了。只得一步一步慢慢的走将下来。走了半天，还没到沁芳桥畔，脚下愈加软了。走的慢，且又迷迷痴痴，信著脚从那边绕过来，更添了两箭地路。这时刚到沁芳桥畔，却又不知不觉的顺著堤往向里走起来。紫鹃取了绢子来，却不见黛玉。正在那里看时，只见黛玉颜色雪白，身子恍恍荡荡的，眼睛也直直的，在那里东转西转，……只得赶过来轻轻的问道："姑娘怎么又回去？是要往那里去？"黛玉也只模糊听见，随口答道："我问问宝玉去。"……紫鹃只得搀他进去。那黛玉却又奇怪了，这时不似先前那

样软了，也不用紫鹃打帘子，自己掀起帘子进来。……见宝玉在那里坐着，也不起来让坐，只瞧着嘻嘻的呆笑。黛玉自己坐下，却也瞧着宝玉笑。两个也不问好，也不说话，也无推让，只管对着脸呆笑起来。忽然听着黛玉说道："宝玉！你为什么病了？"宝玉笑道："我为林姑娘病了。"袭人、紫鹃两个，吓得面目改色，连忙用言语来岔。两个却又不答言，仍旧呆笑起来。……紫鹃搀起黛玉，那黛玉也就站起来，瞧着宝玉，只管笑，只管点头儿。紫鹃又催道："姑娘回家去歇歇罢。"黛玉道："可不是，我这就是回去的时候儿了！"说着，便回身笑着出来了。仍旧不用丫头们搀扶，自己却走得比往常飞快。（第九十六回）

如此之文，此书中随处有之，其动吾人之感情何如！凡稍有审美的嗜好者，无人不经验之也。

《红楼梦》之为悲剧也如此。昔雅里大德勒于《诗论》中[1]，谓悲剧者，所以感发人之情绪而高上之，殊如恐惧与悲悯之二者，为悲剧中固有之物，由此感发，而人之精神于焉洗涤。故其目的，伦理学上之目的也。叔本华置诗歌于美术之顶点，又置悲剧于诗歌之顶点；而于悲剧之中，又特重第三种，以其示人生之真相，又示解脱之不可已故。故美学上最终之目的，与伦理学上最终之目的合。由是《红楼梦》之美学上之价值，亦与其伦理学上之价值相联络也。

第四章　红楼梦之伦理学上之价值

自上章观之，《红楼梦》者，悲剧中之悲剧也。其美学上之价值，即

---

[1]　此即亚里士多德著《诗学》一书。

存乎此。然使无伦理学上之价值以继之，则其于美术上之价值，尚未可知也。今使为宝玉者，于黛玉即死之后，或感愤而自杀，或放废以终其身，则虽谓此书一无价值可也。何则？欲达解脱之域者，固不可不尝人世之忧患，然所贵乎忧患者，以其为解脱之手段故，非重忧患自身之价值也。今使人日日居忧患言忧患，而无希求解脱之勇气，则天国与地狱，彼两失之；其所领之境界，除阴云蔽天，沮洳弥望外[1]，固无所获焉。黄仲则《绮怀》诗曰：

> 如此星辰非昨夜，为谁风露立中宵。

又其卒章曰：

> 结束铅华归少作，屏除丝竹入中年；茫茫来日愁如海，寄语羲和快着鞭。

其一例也。《红楼梦》则不然，其精神之存于解脱，如前二章所说，兹固不俟喋喋也。

然则解脱者，果足为伦理学上最高之理想否乎？自通常之道德观之，夫人知其不可也。夫宝玉者，固世俗所谓绝父子、弃人伦、不忠不孝之罪人也。然自太虚中有今日之世界，自世界中有今日之人类，乃不得不有普通之道德，以为人类之法则。顺之者安，逆之者危；顺之者存，逆之者亡。于今日之人类中，吾固不能不认普通之道德之价值也。然所以有世界人生者，果有合理的根据欤？抑出于盲目的动作，而别无意义存

---

[1]　沮洳：低温之处。

乎其间欤？使世界人生之存在，而有合理的根据，则人生中所有普通之道德，谓之绝对的道德可也。然吾人从各方面观之，则世界人生之所以存在，实由吾人类之祖先一时之误谬。诗人之所悲歌，哲学者之所瞑想，与夫古代诸国民之传说，若出一揆。若第二章所引《红楼梦》第一回之神话的解释，亦于无意识中暗示此理，较之《创世记》所述人类犯罪之历史[1]，尤为有味者也。夫人之有生，既为鼻祖之误谬矣，则夫吾人之同胞，凡为此鼻祖之子孙者，苟有一人焉，未入解脱之域，则鼻祖之罪，终无时而赎，而一时之误谬，反覆至数千万年而未有已也。则夫绝弃人伦如宝玉其人者，自普通之道德言之，固无所辞其不忠不孝之罪；若开天眼而观之，则彼固可谓干父之蛊者也[2]。知祖父之误谬，而不忍反覆之以重其罪，顾得谓之不孝哉？然则宝玉"一子出家，七祖升天"之说，诚有见乎所谓孝者在此不在彼，非徒自辩护而已。

然则举世界之人类，而尽入于解脱之域，则所谓宇宙者，不诚无物也欤？然有无之说，盖难言之矣。夫以人生之无常，而知识之不可恃，安知吾人之所谓有非所谓真有者乎？则自其反而言之，又安知吾人之所谓无非所谓真无者乎？即真无矣，而使吾人自空乏与满足，希望与恐怖之中出，而获永远息肩之所，不犹愈于世之所谓有者乎！然则吾人之畏无也，与小儿之畏暗黑何以异？自己解脱者观之，安知解脱之后，山川之美，日月之华，不有过于今日之世界者乎？读《飞鸟各投林》之曲，所谓"一片白茫茫大地真干净"者，有欤无欤，吾人且勿问，但立乎今日之人生而观之，彼诚有味乎其言之也。

难者又曰：人苟无生，则宇宙间最可宝贵之美术，不亦废欤？曰：美术之价值，对现在之世界人生而起者，非有绝对的价值也。其材料取

---

[1]　《圣经·创世纪》述亚当、夏娃偷吃禁果，被逐出乐园。
[2]　干父之蛊：出《易经》，此意能饰父辈之失。

诸人生，其理想亦视人生之缺陷逼仄，而趋于其反对之方面。如此之美术，唯于如此之世界，如此之人生中，始有价值耳。今设有人焉，自无始以来，无生死，无苦乐，无人世之挂碍而唯有永远之知识，则吾人所宝为无上之美术，自彼视之，不过蛙鸣蝉噪而已。何则？美术上之理想，固彼之所自有，而其材料，又彼之所未尝经验故也。又设有人焉，备尝人世之苦痛，而已入于解脱之域，则美术之于彼也，亦无价值。何则？美术之价值，存于使人离生活之欲，而入于纯粹之知识。彼既无生活之欲矣，而复进之以美术，是犹馈壮夫以药石，多见其不知量而已矣。然而超今日之世界人生以外者，于美术之存亡，固自可不必问也。

　　夫然，故世界之大宗教，如印度之婆罗门教及佛教，希伯来之基督教，皆以解脱为唯一之宗旨。哲学家如古代希腊之柏拉图，近世德意志之叔本华，其最高之理想，亦存于解脱。殊如叔本华之说，由其深邃之知识论，伟大之形而上学出，一扫宗教之神话的面具，而易以名学之论法，其真挚之感情，与巧妙之文字，又足以济之：故其说精密确实，非如古代之宗教及哲学说，徒属想像而已。然事不厌其求详，姑以生平所疑者商榷焉：夫由叔氏之哲学说，则一切人类及万物之根本，一也。故充叔氏拒绝意志之说，非一切人类及万物，各拒绝其生活之意志，则一人之意志，亦不可得而拒绝。何则？生活之意志之存于我者，不过其一最小部分，而其大部分之存于一切人类及万物者，皆与我之意志同。而此物我之差别，仅由于吾人知力之形式，故离此知力之形式，而反其根本而观之，则一切人类及万物之意志，皆我之意志也。然则拒绝吾一人之意志，而姝姝自悦曰解脱 [1]，是何异决蹄踌之水，而注之沟壑，而曰天下皆得平土而居之哉！佛之言曰："若不尽度众生，誓不成佛。"其言犹

---

[1]　姝姝：自足的样子。

若有能之而不欲之意。然自吾人观之，此岂徒能之而不欲哉！将毋欲之而不能也。故如叔本华之言一人之解脱，而未言世界之解脱，实与其意志同一之说，不能两立者也。叔氏无意识中亦触此疑问，故于其《意志及观念之世界》之第四编之末，力护其说曰：

> 人之意志，于男女之欲，其发现也为最著。故完全之贞操，乃拒绝意志，即解脱之第一步也。夫自然中之法则，固自最确实者。使人人而行此格言，则人类之灭绝，自可立而待。至人类以降之动物，其解脱与堕落，亦当视人类以为准。《吠陀》之经典曰："一切众生之待圣人，如饥儿之待慈父母也。"基督教中亦有此思想。珊列休斯于其《人持一切物归于上帝》之小诗中曰："嗟汝万物灵，有生皆爱汝。总总环汝旁，如儿索母乳。携之适天国，惟汝力是怙！"德意志之神秘学者马斯太哀克赫德亦云："《约翰福音》云：'余之离世界也，将引万物而与我俱。基督岂欺我哉！'夫善人固将持万物而归之于上帝，即其所从出之本者也。今夫一切生物，皆为人而造，又各自相为用；牛羊之于水草，鱼之于水，鸟之于空气，野兽之于林莽皆是也。一切生物皆上帝所造，以供善人之用，而善人携之以归上帝。"彼意盖谓人之所以有用动物之权利者，实以能救济之之故也。
>
> 于佛教之经典中，亦说明此真理。方佛之尚为菩提萨埵也[1]，自王宫逸出而入深林时，彼策其马而歌曰："汝久疲于生死兮，今将息此任载。负余躬以遐举兮，继今日而无再。苟彼岸其余达兮，余将徘徊以汝待！"（《佛国记》）此之谓也。（英译《意志及观念之世界》

---

[1]　即"菩萨"，较"佛"尚距一间。

第一册第四百九十二页。)

　　然叔氏之说，徒引据经典，非有理论的根据也。试问释迦示寂以后，基督尸十字架以来，人类及万物之欲生奚若？其痛苦又奚若？吾知其不异于昔也。然则所谓持万物而归之上帝者，其尚有所待欤？抑徒沾沾自喜之说，而不能见诸实事者欤？果如后说，则释迦、基督自身之解脱与否，亦尚在不可知之数也。往者作一律曰：

　　　　生平颇忆挈卢敖[1]，东过蓬莱浴海涛。何处云中闻犬吠[2]，至今湖畔尚乌号。人间地狱真无间，死后泥洹枉自豪。终古众生无度日，世尊祇合老尘嚣。

　　何则？小宇宙之解脱，视大宇宙之解脱以为准故也。赫尔德曼人类涅槃之说，所以起而补叔氏之缺点者以此。要之，解脱之足以为伦理学上最高之理想与否，实存于解脱之可能与否。若夫普通之论难，则固如楚楚蜉蝣[3]，不足以撼十围之大树也。

　　今使解脱之事，终不可能，然一切伦理学上之理想，果皆可能也欤？今夫与此无生主义相反者，生生主义也。夫世界有限，而生人无穷；以无穷之人，生有限之世界，必有不得遂其生者矣。世界之内，有一人不得遂其生者，固生生主义之理想之所不许也。故由生生主义之理想，则欲使世界生活之量，达于极大限，则人人生活之度，不得不达于极小限。盖度与量二者，实为一精密之反比例，所谓最大多数之最大福祉者，

---

[1]　卢敖：秦时隐士。
[2]　传说刘安修炼，鸡犬吃了其药，亦尽升天。
[3]　《诗经·曹风·蜉蝣》："蜉蝣之羽，衣冠楚楚。"

亦仅归于伦理学者之梦想而已。夫以极大之生活量，而居于极小之生活度，则生活之意志之拒绝也奚若？此生生主义与无生主义相同之点也。苟无此理想，则世界之内，弱之肉，强之食，一任诸天然之法则耳，奚以伦理为哉？然世人日言生生主义，而此理想之达于何时，则尚在不可知之数。要之，理想者，可近而不可即，亦终古不过一理想而已矣。人知无生主义之理想之不可能，而自忘其主义之理想之何若？此则大不可解脱者也。

夫如是，则红楼梦之以解脱为理想者，果可菲薄也软？夫以人生忧患之如彼，而劳苦之如此，苟有血气者，未有不渴慕救济者也；不求之于实行，犹将求之于美术。独《红楼梦》者，同时与吾人以二者之救济。人而自绝于救济则已耳；不然，则对此宇宙之大著述，宜如何企踵而欢迎之也！

第五章　余　论

自我朝考证之学盛行，而读小说者，亦以考证之眼读之。于是评《红楼梦》者，纷然索此书之主人公之为谁，此又甚不可解者也。夫美术之所写者，非个人之性质，而人类全体之性质也。惟美术之特质，贵具体而不贵抽象。于是举人类全体之性质，置诸个人之名字之下。譬诸"副墨之子"，"洛诵之孙"[1]，亦随吾人之所好名之而已。善于观物者，能就个人之事实，而发见人类全体之性质；今对人类之全体，而必规规焉求个人以实之，人之知力相越，岂不远哉！故《红楼梦》之主人公，谓之贾宝玉可，谓之"子虚""乌有"先生可[2]，即谓之纳兰容若[3]，谓之曹雪

---

[1]　副墨：文字。洛诵：反复读诵。皆见《庄子·大宗师》。
[2]　此司马相如《子虚赋》中假托人物。
[3]　即纳兰性德，著名词人，大学士明珠长子。清人多以《红楼梦》写明珠家事。

芹，亦无不可也。

综观评此书者之说，约有二种：一谓述他人之事，一谓作者自写其生平也。第一说中，大抵以贾宝玉为即纳兰性德。其说要非无所本。案性德《饮水诗集·别意》六首之三曰：

> 独拥馀香冷不胜，残更数尽思腾腾。今宵便有随风梦，知在红楼第几层？

又《饮水词》中《於中好》一阕云：

> 别绪如丝睡不成，那堪孤枕梦边城。因听紫塞三更雨，却忆红楼半夜灯。

又《减字木兰花》一阕咏新月云：

> 莫教星替，守取团圆终必遂。此夜红楼，天上人间一样愁。

"红楼"之字凡三见，而云"梦红楼"者一。又其亡妇忌日作《金缕曲》一阕，其首三句云：

> 此恨何时已，滴空阶寒更雨歇，葬花天气。

"葬花"二字，始出于此。然则《饮水集》与《红楼梦》之间，稍有文字之关系，世人以宝玉为即纳兰侍卫者，殆由于此。然诗人与小说家之用语，其偶合者固不少。苟执此例以求《红楼梦》之主人公，吾恐其可以傅合者，断不止容若一人而已。若夫作者之姓名，（遍考各书，未见曹雪芹何名）与作书之年月，其为读此书者所当知，似更比主人公之姓名为尤要。顾无一人为之考证者，此则大不可解者也。[1]

至谓《红楼梦》一书，为作者自道其生平者。其说本于此书第一回"竟不如我亲见亲闻的几个女子"一语。信如此说，则唐旦之《天国喜剧》[2]，可谓无独有偶者矣。然所谓亲见亲闻者，亦可自旁观者之口言之，未必躬为剧中之人物。如谓书中种种境界，种种人物，非局中人不能道，则是《水浒传》之作者，必为大盗，《三国演义》之作者，必为兵家，此又大不然之说也。且此问题，实为美术之渊源之问题相关系。如谓美术上之事，非局中人不能道，则其渊源必全存于经验而后可。夫美术之源，出于先天，抑由于经验，此西洋美学上至大之问题也。叔本华之论此问题也，最为透辟。兹援其说，以结此论。其言（此论本为绘画及雕刻发，然可通之于诗歌小说）曰：

人类之美之产于自然中者，必由下文解释之：即意志于其客观化之最高级（人类）中，由自己之力与种种之情况，而打胜下级（自然力）之抵抗，以占领其物质。且意志之发现于高等之阶级也，其形式必复杂：即以一树言之，乃无数之细胞，合而成一系统者也。其阶级愈高，其结合愈复。人类之身体，乃最复杂之系统也：各部分各有一特别之生活，其对全体也，则为隶属；其互相对也，则为同僚；互相调和，以为其全体之说明；不能增也，不能减也。能如此者，则谓之美。此自然中不得多见者也。顾美之于自然中如此，于美术中则何如？或有以美术家为模仿自然者。然彼苟无美之预想

---

[1]　曹雪芹著《红楼梦》的情况及其生平至胡适《红楼梦考证》方大致考清。
[2]　今通译但丁《神曲》。

存于经验之前，则安从取自然中完全之物而模仿之，又以之与不完全者相区别哉？且自然亦安得时时生一人焉，于其各部分皆完全无缺哉？或又谓美术家必先于人之肢体中，观美丽之各部分，而由之以构成美丽之全体。此又大愚不灵之说也。即令如此，彼又何自知美丽之在此部分而非彼部分哉？故美之知识，断非自经验的得之，即非后天的，而常为先天的；即不然，亦必其一部分常为先天的也。吾人于观人类之美后，始认其美；但在真正之美术家，其认识之也，极其明速之度，而其表出之也，胜乎自然之为。此由吾人之自身即意志，而于此所判断及发见者，乃意志于最高级之完全之客观化也。唯如是，吾人斯得有美之预想。而在真正之天才，于美之预想外，更伴以非常之巧力。彼于特别之物中，认全体之理念，遂解自然之嗫嚅之言语而代言之；即以自然所百计而不能产出之美，现之于绘画及雕刻中，而若语自然曰："此即汝之所欲言而不得者也。"苟有判断之能力者，必将应之曰："是。"唯如是，故希腊之天才，能发见人类之美之形式，而永为万世雕刻家之模范。唯如是，故吾人对自然于特别之境遇中所偶然成功者，而得认其美。此美之预想，乃自先天中所知者，即理想的也，比其现于美术也，则为实际的。何则？此与后天中所与之自然物相合故也。如此，美术家先天中有美之预想，而批评家于后天中认识之，此由美术家及批评家，乃自然之自身之一部，而意志于此客观化者也。哀姆攀独克尔曰[1]："同者唯同者知之。"故唯自然能知自然，唯自然能言自然，则美术家有自然之美之预想，固自不足怪也。

芝诺芬述苏格拉底之言曰[2]："希腊人之发见人类之美之理想也，

---

[1]　今通译恩培多克勒，古希腊哲学家。
[2]　芝诺芬：今通译色诺芬，其《回忆录》是有关苏格拉底的重要文献。

由于经验。即集合种种美丽之部分，而于此发见一膝，于彼发见一臂。"此大谬之说也。不幸而此说又蔓延于诗歌中。即以狭斯丕尔言之[1]，谓其戏曲中所描写之种种之人物，乃其一生之经验中所观察者，而极其全力以模写之者也。然诗人由人性之预想而作戏曲小说，与美术家之由美之预想而作绘画及雕刻无以异。唯两者于其创造之途中，必须有经验以为之补助。夫然，故其先天中所已知者，得唤起而入于明晰之意识，而后表出之事，乃可得而能也。（叔氏《意志及观念之世界》第一册第二百八十五页至八十九页。）

由此观之，则谓红楼梦中所有种种之人物，种种之境遇，必本于作者之经验，则雕刻与绘画家之写人之美也，必此取一膝，彼取一臂而后可。其是与非，不待知者而决矣。读者苟玩前数章之说，而知《红楼梦》之精神，与其美学、伦理学上之价值，则此种议论，自可不生。苟知美术之大有造于人生，而《红楼梦》自足为我国美术上之唯一大著述，则其作者之姓名，与其著书之年月，固当为唯一考证之题目。而我国人之所聚讼者，乃不在此而在彼；此足以见吾国人之对此书之兴味之所在，自在彼而不在此也，故为破其惑如此。

说明

王国维是近代学术史上的天才，早年攻习西洋哲学，深有悟入，本文就是他以叔本华的悲剧人生观来观照论说中国的伟大作品《红楼梦》

---

[1]　狭斯丕尔：今通译莎士比亚，是英国伟大戏剧家。

的名著。此文首先从哲学人生观，论定文艺之佳作以能使人脱弃"生活之欲"为准的，而后论析《红楼梦》之主题即"人生之苦痛与其解脱之道"，提出《红楼梦》是"悲剧中之悲剧"。这在中国文艺论评的历史上，都是前无古人、石破天惊的大判断，大眼光。这在根本上是因为王国维站在融会中西的新高度上，站在古今演替的历史关头，正如陈寅恪先生所云："取外来之观念，与固有之材料互相释证"，"足以转移一时之风气，而示来者以轨则"（《王静安先生遗书序》）。

王国维也并非一味信从西方哲学家的思想，本文中（第四章）对叔本华的观点便有辩证，其《静安文集自序》也说，对叔本华人生哲学观"渐觉其有矛盾之处，去夏所作《红楼梦评论》，其立论虽全在叔氏之立脚地，然于第四章内已提出绝大之疑问"。

王国维在"余论"中对红学研究的若干偏颇提出批评，这在红学史上也是极具见识的。他还指出：《红楼梦》自足为我国美术上之唯一大著述，则其作者之姓名，与其著书之年月，固当为唯一考证之题目。"后来胡适作《红楼梦考证》，就可视为对王氏此一期待的回应，而王、胡二文可说是20世纪初红学研究之双璧，从思想和史实两方面开拓了现代红学的新纪元。

图书在版编目(CIP)数据

诗文评品/陈引驰,韩可胜编著.—上海:上海
人民出版社,2017
(中华经典诗文之美/徐中玉主编)
ISBN 978-7-208-14677-8

Ⅰ.①诗… Ⅱ.①陈… ②韩… Ⅲ.①古典诗歌-诗
歌评论-中国-古代②古典散文-文学评论-中国-古代
Ⅳ.①I206.2

中国版本图书馆 CIP 数据核字(2017)第 169017 号

特约编辑 时润民
责任编辑 马瑞瑞
装帧设计 高 熹

• 中华经典诗文之美 •
徐中玉 主编
诗 文 评 品
陈引驰 韩可胜 编著
世 纪 出 版 集 团
上海人民出版社出版
(200001 上海福建中路 193 号 www.ewen.co)
世纪出版集团发行中心发行 常熟市新骅印刷有限公司印刷
开本 890×1240 1/32 印张 10.25 插页 2 字数 247,000
2017 年 7 月第 1 版 2017 年 7 月第 1 次印刷
ISBN 978-7-208-14677-8/I·1646
定价 36.00 元